MICHAEL KOGLIN

Bluttaufe

*Buch*

Eine in fünf Teile zerstückelte weibliche Leiche wird in einem kleinen Waldstück in der Nähe Lüneburgs gefunden, fachmännisch zerteilt und bereits vor Wochen abgelegt. In der Nähe des Fundorts wird eine Plastiktüte mit Kleidungsstücken der Toten und einem Supermarkt-Kassenbon aus Hamburg entdeckt. Die Polizei ist in höchster Alarmbereitschaft, denn auf den Leichenteilen finden sich Spuren von Sperma, die erst einige Tage nach der Ablage auf die sterblichen Überreste des Opfers gekommen sein können. Wegen des Kassenbons und weiterer Spuren, die in die Hansestadt führen, wird der Fall an den Hamburger Kommissar Peer Mangold übergeben. Den erinnern die Umstände der Leichenablage an das Vorgehen des berüchtigten amerikanischen Serienkillers Ted Bundy, der sechzig Frauen ermordet haben soll und im Jahr 1989 auf dem elektrischen Stuhl hingerichtet wurde. Kopiert der Mörder also ein Vorbild?
Um diese Frage zu klären, erhält Mangold Unterstützung von der Profilerin Kaja Winterstein. Auch die Sonderkommission arbeitet auf Hochtouren. Da geschieht ein zweiter Mord. Diesmal deuten die Spuren auf einen anderen bekannten Serienmörder. Während sowohl Mangold als auch Kaja Winterstein mit ihren Ermittlungen nicht recht weiterkommen, meldet sich der Täter überraschend bei der Polizei und lotst die Mordkommission an einen neuen Tatort. Es gibt Hinweise darauf, dass es sich bei dem Mörder um einen mit einem außergewöhnlichen Gehirn ausgestatteten *Savant* handelt, um einen Inselbegabten. Will er seine geistigen Kräfte messen, oder geht es ihm um ein einzelnes Mitglied der Mordkommission? Ein perverses Katz- und-Maus-Spiel zwischen Täter, Polizei und Profilerin beginnt ...

*Autor*

Michael Koglin wurde 1955 geboren und lebt als freier Journalist, u. a. für Mare, Brigitte, NDR, Die Zeit, und Schriftsteller in Hamburg. Neben Kriminalromanen hat er Kurzgeschichten, Kinder- und Sachbücher sowie zahlreiche Drehbücher und Theaterstücke verfasst. Er wurde mehrfach mit Literaturpreisen ausgezeichnet. Mehr Informationen zum Autor unter www.michael-koglin.de.

# Michael Koglin
# Bluttaufe

Thriller

**GOLDMANN**

**Mix**
Produktgruppe aus vorbildlich
bewirtschafteten Wäldern und
anderen kontrollierten Herkünften

Zert.-Nr. SGS-COC-001940
www.fsc.org
© 1996 Forest Stewardship Council

Verlagsgruppe Random House FSC-DEU-0100
Das FSC-zertifizierte Papier *München Super* für dieses Buch
liefert Arctic Paper Mochenwangen GmbH.

1. Auflage
Originalausgabe April 2010
Copyright © 2010
by Wilhelm Goldmann Verlag, München, in der
Verlagsgruppe Random House GmbH
Umschlaggestaltung: Uno Werbeagentur München
Umschlagfoto: Getty Images/Aurora/Shoshannah White
BH · Herstellung: Str.
Redaktion: Karin Ballauff
Satz: IBV Satz- und Datentechnik GmbH, Berlin
Druck und Bindung: GGP Media GmbH, Pößneck
Printed in Germany
ISBN: 978-3-442-47072-3

www.goldmann-verlag.de

*Für Anna*

»Auch ist das vielleicht nicht eigentlich Liebe,
wenn ich sage, daß Du mir das Liebste bist;
Liebe ist, daß Du mir das Messer bist,
mit dem ich in mir wühle.«

Franz Kafka

*Niemand war zu sehen. Sie beschleunigte ihre Schritte, schaute sich noch einmal um. Nichts. Der Weg hinter ihr lag im matten Licht einer Laterne. Kein Geräusch mehr zu hören.*

*Dieser eine Tag vor ein paar Wochen hatte sie verändert.*

*Begonnen hatte es mit dem Vorfall. So etwas geschah, kam alle Tage vor, nur ihr war es eben zum ersten Mal passiert. Nein, sie hatte nichts Böses getan, sich nicht schuldig gemacht, sie würde dafür nicht bestraft werden können.*

*Sie musste es nur loswerden. Und dann würde sie es vergessen. So wie man das Rauchen vergaß, wenn man nur ein paar Wochen durchhielt. Eines Tages würde sie aufwachen und nicht mehr daran denken.*

*Das Knacken eines Astes gleich neben ihr. Sie blieb stehen, lauschte. Nein, sie hätte besser nicht die Abkürzung durch das kleine Wäldchen nehmen sollen. Doch so war sie eine Viertelstunde früher zu Hause. Gesparte Zeit, die sie mit einem Bad verbringen wollte. Den ganzen Ärger aus dem Büro einweichen und dann abduschen. Dieses »die Verkaufszahlen wollte ich doch schon gestern«, »wann gehen Sie meine Ablage durch« und auch diese Schlampe von Volontärin, die dem Chef mit ihren 18 Jahren schöne Augen machte. Und dieser Idiot lächelte auch noch zurück, während sich auf ihrem Schreibtisch die Arbeit stapelte.*

*Alles abduschen, durch den Abfluss und weg damit. Weg auch mit dem »Vorfall«.*

*Die Frau mit dem Kinderwagen hätte doch an der roten Ampel stehen bleiben können. Diese Mütter hatten Zeit, schoben Kinderwagen durch den sonnigen Nachmittag und hatten Zeit. Mit einem Kind im Kinderwagen lief man nicht einfach so über die Straße, wenn die Ampel rot war.*

*Niemand hatte dieser Frau gesagt, dass sie es ihr nachmachen sollte. Dann das Quietschen der Bremsen und ein dumpfer Aufschlag. Stille, dann das Schreien der Mutter. Sie war weitergegangen. Ohne sich umzudrehen. Fluchtreflex nennt man das. Das lag im Menschen drin, tief verborgen. In jedem Menschen.*

*Sie zuckte zusammen. Etwas schlich in der Nähe durchs Unterholz. Sie beschleunigte den Schritt. Trippelte zunächst, begann zu laufen. Hörte hinter sich ein Keuchen, verlor einen Schuh, stolperte, fiel.*

*Dann sah sie ihn über sich. Er war nicht vermummt. Blickte sie an, schüttelte tadelnd den Kopf und kniete sich neben sie. Er griff in das Innere seiner Jacke und zog etwas heraus. Sie schloss die Augen, als könnte sie das, was da gerade mit ihr geschah, aussperren. Dann sah sie die Klinge.*

*»Oh, nein«, sagte sie, »bitte nicht.«*

# 1.

Peer Mangold duckte sich unter den Ast und folgte dem Streifenpolizisten. »Hier entlang«, sagte der junge Beamte und führte ihn durch das kleine Wäldchen. Überall verstreut lag Toilettenpapier auf dem Boden, daneben leere Hüllen von Papiertaschentüchern, ein Stück Stoff, Pappbecher, Zeitungsreste.

»Nur vier Kilometer weiter ist eine Raststätte«, sagte der Uniformierte kopfschüttelnd und strebte weiter auf eine Lichtung zu.

Es war neun Uhr morgens. Die einstündige Autofahrt hatte Mangold nicht gerade munter gemacht. Hensen, der ein paar Meter hinter ihm war, hatte unterwegs ein Schläfchen gehalten. War es wirklich eine gute Idee gewesen, den Journalisten mitzunehmen? Zumindest hatte es den nicht sonderlich gewundert, als er ihn in der Früh angerufen und um seine Mithilfe gebeten hatte.

»Scheiße«, sagte Hensen hinter ihm. Er stieß seinen Schuh in ein Grasbüschel, doch die Schlieren ließen sich nur mit erneutem Hin- und Herscheuern entfernen.

»Wieso holen sie dich extra aus Hamburg? Zu einem Tatort in Niedersachsen?«, hatte er gefragt.

»Da vorn ist es«, sagte der junge Polizist. Mangold meinte in seinen Gesichtszügen Erleichterung darüber zu sehen, dass er wieder zurück zum Parkplatz durfte.

»Sieht aus wie bei den Pfadfindern«, sagte Hensen und deutete auf die beiden weißen Zelte, die man über dem eigentlichen Tatort errichtet hatte. Gleißendes Licht drang durch die Planen.

»Das wird von der Spurensicherung so aufgebaut«, erläuterte Mangold. »Tatorte unter freiem Himmel sind immer schwirig. Regen und Wind vernichten die Spuren.«

Er nahm Hensen zum ersten Mal mit zu einem Tatort. Darüber reden ist das eine, sich die Sauerei anzusehen – nun ja. Tote hatte Hensen schon eine Menge zu Gesicht bekommen. Schließlich war er als Kriegsreporter im Kosovo und in Darfur gewesen. Er hatte es bei einem ihrer Gespräche am Rande erwähnt und heruntergespielt. Mangold hatte nicht weiter nachgebohrt.

»Gibt's nicht so etwas wie Ländergrenzen, Zuständigkeiten und den ganzen Scheiß? Warum fischt ein Hamburger Kommissar in niedersächsischen Gewässern?«

»Keine Ahnung«, sagte Mangold. »Ich weiß nur, dass mein Chef mich hierhergeschickt hat. Und der macht so was bestimmt nicht grundlos. Schon gar nicht morgens um sechs.«

»Oh, heilige Hierarchien der Innenbehörde, mit Sicherheit nicht. Welcher Chef?«

»Ganz oben.«

»El Presidente?«

Mangold nickte und sagte:

»Du hättest im Bett bleiben können.«

Hensen brummte eine unverständliche Antwort und drückte eine mannshohe Tanne zur Seite.

Ein Fotograf feuerte seinen Blitz auf die nähere Umgebung ab. Kriminaltechniker in weißen Overalls knieten neben dem Zelt und suchten mithilfe ihrer Lampen und Pinzetten den Boden ab. Ein hagerer Mann, der die Kapuze so zugezogen hatte, dass nur Nase, Augen und Mund zu sehen waren, hielt eine beleuchtete Lupe auf die Grasnarbe.

Auf dem Zeltstoff zeichnete sich ein Schatten ab, dann schlug ein schnurrbärtiger Mann die Eingangsplane beiseite. Um seine gedrungene Figur schlackerte ein viel zu großer Anorak. Das dünne Haar war mit Gel in Form gebracht, der Hemdkragen war fleckig. Er bemerkte Mangold und Hensen und stapfte in weißen Gummistiefeln, die mit einem durchsichtigen, bläulichen Überzug umwickelt waren, auf die beiden zu.

»Sind Sie Mangold? Der Hamburger Kommissar? Ich bin Klanke, Hauptkommissar Klanke.«

Mangold schüttelte die ausgestreckte Hand und deutete auf Hensen.

»Das ist Jan Hensen, ist so eine Art Berater.«

»Berater? Können wir gebrauchen, dringend sogar«, sagte Klanke. »Verfluchte Sauerei, so was.« Er blieb stehen und blickte Mangold an. »Und glauben Sie nicht, ich übertreibe. Ist nicht die Zeit zum Übertreiben. Herrgott, bin ich froh, dass ich noch nicht gefrühstückt habe!«

Sie gingen zurück zum Zelt. Klanke schlug die Plane beiseite und deutete hinein.

»Ich bin verdammt noch mal zu alt für diesen Scheiß, viel zu alt.«

Mangold brauchte ein paar Sekunden, um zu begreifen, was er dort sah.

Arme und Beine der entkleideten Leiche waren abgetrennt, aber so am Torso angeordnet, als hätte der Täter nachträglich wieder einen Menschen daraus machen wollen. Den Kopf mit den langen braunen Haaren hatte der Täter an den Ellenbogen des linken Arms gelehnt, als hätte es sich die junge Frau gerade für ein Nickerchen bequem gemacht.

Die Haare hatte er mit einem Haarfestiger zu geraden Strahlenbündeln geformt, die vom Kopf wegstrebten und aussahen wie der göttliche Strahlenkranz eines Heiligen auf einer Ikone. Genauso hatte er die Haare eingefärbt: übersprüht mit Goldbronze.

Neben der Toten lag sauber übereinandergestapelt ihre Kleidung. Sie sah aus, als hätte der Täter sie schrankfertig zusammengelegt und dabei peinlich genau darauf geachtet, dass die Stapel quadratisch waren. Daneben eine Handtasche, aus der ein Beamter gerade die Utensilien mit einer Pinzette herauszog und sie auf einer Plastikunterlage ausbreitete. Puderdose, Portemonnaie, ein Deostift, eine Packung Tempotaschentücher, eine weitere Packung mit Schmerztabletten, zwei Kugelschreiber.

Mangold spürte, wie etwas Saures seine Speiseröhre hinaufkroch.

»Ein wirklicher Künstler«, sagte Hensen.

Klanke nickte.

»Eine Tat im Affekt können wir wohl ausschließen.«

»Sieht aus wie eine Art Hampelmann, dem die Schnüre gerissen sind«, sagte Mangold.

Hensen kratzte durch seine Bartstoppeln.

»Oder wie ein Heiliger, der die Torturen der Inquisition durchgemacht hat.«

Klanke nickte.

»Ein durchgedrehter religiöser Eiferer. Schon möglich.«

»Ich verstehe ja, dass Sie da Verstärkung brauchen«,

sagte Mangold. »Aber gibt es einen Grund, warum Sie einen Hamburger Kommissar einem Kollegen aus Hannover vorziehen?«

»Gibt es«, sagte Klanke. »Kommen Sie.«

Hensen blieb im Zelt zurück und zog Block und Bleistift aus der Tasche. Klanke klappte die Kofferraumklappe seines Audis hoch. Vor ihm standen vier Kisten mit bereits eingetütetem Beweismaterial.

»Wir haben den üblichen Scheiß gefunden. Verrostete Kugelschreiber, vergammelte Zigarettenkippen, einen verbrauchten Lippenstift, den Ausweis. Sie heißt Carla Kanuk und ist in Hamburg gemeldet. 32 Jahre alt. Meine Leute sagen, dass dies hier nach dem ersten Augenschein wohl nicht der Tatort, sondern lediglich der Ablageort ist.«

Mangold nickte.

»Nur weil das Opfer aus Hamburg stammt, werden wir zu Ihrem Tatort geschickt?«

Klanke griff in eine der Kisten.

»Und dann haben wir noch das«, sagte er.

Er hob eine durchsichtige Tüte.

»Ein Kassenbon?«, fragte Mangold.

»Sehen Sie ihn sich an.«

Mangold zog eine Taschenlampe aus dem Mantel, um den Aufdruck am oberen Ende entziffern zu können.

»Ein Hamburger Supermarkt. Auf der Reeperbahn.«

»Sehen Sie genau hin. Was hat er oder sie gekauft?«

»Man-Power Batterien und Goldmais.«

»Und?«, fragte Klanke.

»Was und?«

»Sehen Sie sich die markierten Silben an.«

Mangold sah auf den in einer Plastiktüte verstauten Bon.

Die beiden Silben waren mit dünnem Bleistift rechteckig markiert und jeweils mit einem Kreuz versehen.

»›Man‹ und ›Gold‹?«

»Ich weiß, ich weiß, könnte ein Zufall sein, aber der wurde nun mal neben der Leiche gefunden und er stammt aus einem Hamburger Supermarkt. Entweder hat das Opfer ihn verloren oder der Täter und vielleicht ist es verdammt noch mal so etwas wie eine Nachricht.«

»Eine Nachricht?«, fragte Mangold.

»Man – Gold. Vielleicht ein Zufall, vielleicht nicht, auf alle Fälle könnten Sie eine Art Schlüssel sein. Sehen Sie, hinten wurden ›Kassenbon‹ und ›Geldnote‹ draufgeschrieben. Vielleicht einer Ihrer ehemaligen Kunden, der sich in Erinnerung bringen will. Außerdem sind wir hier zwischen Hamburg und Hannover. Offiziell ist das so eine Art länderübergreifende Angelegenheit, was immer das heißt. Unser Chef hat gleich mit Ihrem Chef telefoniert … wie es so geht.«

»Die Leiche kommt also in unsere Pathologie?«

»Wenn Sie das Leiche nennen … «, sagte Klanke. »Und, Mangold, das ist nicht alles. Sie leiten die Untersuchung und wir werden Sie unterstützen. Glückwunsch.«

»Unübliches Vorgehen.«

»Nennen Sie das, wie Sie wollen, ist jedenfalls so eine Art oberste Direktive. Gefällt mir verflucht noch mal auch nicht. Andererseits: Hamburger Opfer, Hamburger Supermarkt, Kassenbon mit dem passenden Namen, fehlt eigentlich nur noch ein Hamburger Täter. Das Rundum-Sorglos-Paket.«

»Fall gelöst, und jetzt gibt's Sekt?«, fragte Hensen, der mit seinem Block in der Hand erschien.

»So arm sind wir nicht dran, wir haben Fotografen«,

sagte Klanke und deutete auf die Skizze, die Hensen von der Leiche angefertigt hatte.

»Zeichnen ist eine beruhigende Beschäftigung, kann ich nur empfehlen«, erwiderte Hensen und lächelte.

»Wo haben Sie diesen Berater her?«, fragte Klanke und blickte ihn an. »Von der Kunstakademie, was? Doll.«

»Sehen Sie sich das mal an«, sagte Hensen. Mangold und Klanke folgten ihm zu dem Leichnam, der immer noch hell angestrahlt wurde.

»Sehen Sie das da auf der Strumpfnaht?«

»Ist 'ne Schnecke drübergekrochen, na und? Die Leiche liegt hier schon ein paar Tage.«

»Sperma«, sagte Hensen.

Klanke schüttelte abwehrend den Kopf.

»Getrocknetes Sperma sieht anders aus. Außerdem haben wir eine aufgerissene Kondompackung gefunden. Dieser Irre war vorsichtig. Und dann die Vagina ... Sie sehen ja selbst, was diese Sau damit angestellt hat.«

»Sperma«, sagte Hensen.

Klanke zögerte ein paar Sekunden. Dann nickte er resigniert und rief einen Kollegen der Spurensicherung herbei.

»Das ist nicht alles«, sagte Hensen und zeigte auf die rechte Schädelhälfte und den Hals.

»Und?«, fragte Klanke. »Hat unser Künstler noch einen Wunsch?«

»Erschlagen und erdrosselt.«

»Heilige Scheiße, wir sind doch hier nicht im Kino!«

Mangold deutete auf die schleimige Spur am Oberschenkel.

»Das muss nach der Ablage dorthin gekommen sein, nachdem er sie zerstückelt hatte. Außerdem ...«

»Ja?«, fragte Hensen.

»Dieser Schleim sieht frisch aus, im Gegensatz zum Zustand der Leiche. Also doch eine Schnecke?«

Klanke sah sie belustigt an.

»Das ist nicht gesagt«, sagte Hensen. »Wenn ich recht habe, dann ...«

»Hat der Mörder auf die Leiche masturbiert?«

»Und das erst vor kurzer Zeit, vor sehr kurzer Zeit.«

Klanke starrte Hensen an, verdrehte die Augen und wendete sich ab.

Mangold ließ eine Detailaufnahme machen. Dieser Fall begann wie ein Albtraum, und genau den musste sehr real das Opfer erlebt haben. Dem Zustand ihrer Fingernägel nach hatte sie mit dem Täter gekämpft. Auch die Handflächen zeigten Abwehrverletzungen, und beide Mundwinkel waren eingeschnitten. Vielleicht fanden sich unter den Fingernägeln brauchbare Spuren vom Täter.

Mangold räusperte sich. »Also sollte das mit dem Sperma stimmen, dann haben wir DNA und der Typ, der das gemacht hat, der muss vorher aufgefallen sein. So jemand fängt damit nicht plötzlich an, der tastet sich vor, steigert sich und überschreitet irgendwann die Schwelle. Und dann beginnt er, seine Fantasien zu leben.«

»Tja, Gewalttätigkeit, Perversität, Tierquälerei, Vergewaltigung, Nötigung ... da habt ihr eine Menge an Hausarbeiten zu erledigen«, sagte Klanke.

»Es sei denn, wir haben DNA«, wiederholte Mangold. »Das dürfte die Sache erleichtern.«

Hensen fuhr sich mit den Fingern durchs Haar.

»Woran denkst du?«, fragte Mangold.

»An Ähnlichkeiten«, sagte Hensen, »an furchtbare Ähnlichkeiten.« Dann schüttelte er den Kopf, als wollte er den

Gedanken verscheuchen und sagte: »Nachher, wir reden nachher darüber.«

Drei Stunden später saßen Mangold und Hensen im Auto und fuhren zurück. Klanke hatte zugesichert, dass er die Ergebnisse der Spurensicherung umgehend schicken würde. Der Leichnam wurde vom Tatort direkt in die Hamburger Gerichtsmedizin überführt.

Mangold sah hinüber zu Jan Hensen. Die kurz geschnittenen Haare waren struppig, über seiner Nasenwurzel hatten sich zwei steil nach oben laufende Falten eingegraben. Rundliches Gesicht, immer etwas spöttische und doch warme Augen, dünne Lippen, die eine gerade Linie weißer Zähne verbargen, die Mangold wegen ihrer Regelmäßigkeit an die Tasten eines Klaviers erinnerten.

Der Journalist hatte die Augen geschlossen. Auch er selbst musste das Gesehene erst mal sacken lassen. Nicht zu tief, nur gerade dorthin, wo auch die anderen Leichen lagen, die er sich hatte ansehen müssen. Eine gnädige Hirnregion, die half, die Bilder langsam verblassen zu lassen. Was blieb, waren die Tatorte, das Blut an Wänden, die Kampfspuren, und vor allem die Filme, die sich einstellten, wenn er versuchte, sich das Geschehene vorzustellen. Der Alltag, in den die Gewalt einbrach, und dann der Todeskampf.

Die Frau, über deren Leichnam sie sich gebeugt hatten, war nicht dort im Wald gestorben. Man hatte sie abgelegt, nicht weggeworfen oder entsorgt, der Täter hatte die Leiche arrangiert, aus den abgetrennten Gliedmaßen und dem Torso eine Art auseinandergeschnittener Marionette geformt und Botschaften hinterlassen. Wenn Hensen

Recht hatte, dann war er an diesen Ort zurückgekehrt. In der vergangenen Nacht.

Mangold sah auf die Uhr. Es würde ein paar Stunden dauern, bis Klanke ihm die ersten Ermittlungsergebnisse schicken würde. Früher hätte er jetzt frische Brötchen geholt und wäre auf eine halbe Stunde nach Hause gefahren. Hätte Vera mit dem Frühstückstablett in der Hand geweckt. Das war vorbei, doch dieses Bild wollte nicht verblassen, es lag in einer Schublade seines Hirns, die sich von allein öffnete. Immer wieder. Er hatte keinen Schlüssel, den er hätte umdrehen und wegwerfen können.

Hensens Atem rasselte, sein Kopf lehnte am Fenster. Mangold wollte ihn bei passender Gelegenheit fragen, wo er seine Bilder aufbewahre. Die zerfetzten Leiber der Toten auf den Schlachtfeldern, die angeschossenen und durch Landminen verkrüppelten Kinder, traumatisierte Frauen, die über die Kriegsschauplätze im ehemaligen Jugoslawien und in Darfur irrten. Ein Kriegsreporter, der sich nun dem heimischen Schlachtfeld zugewandt hatte. Nicht ganz freiwillig, aber Mangold war dankbar für seine Hilfe. Hensen konnte Situationen blitzschnell erfassen, er verfügte über ein schier unglaubliches Wissen. Und er war ein akribischer Beobachter. »Meine Lebensversicherung«, wie er es nannte.

»Das war ein Anfang«, sagte Hensen mit geschlossenen Augen, »ein Auftakt.«

»Was?«

»Der Täter fängt gerade erst an, es ist ein Auftakt.«

»Hört sich theatralisch an. Und eine besonders brutale Beziehungstat, wie wär's damit?«

Hensen kramte ein Lakritzbonbon aus seiner Tasche.

»Warum dieses Durcheinander?«, fragte er. »Entweder du versteckst eine Leiche oder du präsentierst sie wie eine Trophäe. Eine Samenspur und daneben eine aufgerissene Kondompackung. Alle weiteren sichtbaren Spuren beseitigt, außer einem Kassenbon, der direkt neben der Leiche liegt. Mit krakelig geschriebenen Wörtern drauf. Kassenbon und Geldnote, Man-Power und Goldmais.«

»Du glaubst doch nicht an dieses Klanke-Silbenrätsel? Warum sollte jemand ausgerechnet mich meinen?«

»Keine Ahnung«, sagte Hensen. »Sicher ist nur die Inszenierung. Ein Schaustück namens Bundy.«

»Bundy?«

»Ted Bundy, der Campus-Killer. Hat in den Siebzigern die Erdenbewohner mit seiner Anwesenheit beglückt. Eine Berühmtheit unter den amerikanischen Serienkillern.«

»Ja, ich erinnere mich dunkel. Er hat seine Opfer ebenfalls zerstückelt und wieder zusammengelegt?«

»Er hat die Frauen bis zur Bewusstlosigkeit gedrosselt, sie dann vergewaltigt und anschließend erwürgt. Sein Markenzeichen war das Zerstückeln der Leichen.«

»Passt nicht, Bundy hat die Frauen zu einsamen Orten gebracht und sie dort ermordet. Unser Täter legt sie direkt in der Nähe der Autobahn ab«, erwiderte Mangold.

»Aber die anderen Umstände passen. Auch Bundy hat seine Leichen zerstückelt und er kehrte immer wieder zu ihnen zurück, um darauf zu masturbieren.«

»Hensen, wenn es sich bei der Flüssigkeit tatsächlich um Samen handelt. Worauf willst du hinaus? Auf so etwas wie einen Copykiller? Jemand, der Bundy nacheifert?«

Hensen strich das Bonbonpapier glatt und begann es zu einem Quadrat zu falten.

»Keine Ahnung. Zwischen 35 und 65 Opfer hatte Bundy

vorzuweisen. Einige gehen von bis zu 260 getöteten Frauen aus.«

Mangold spürte, wie wieder Magensäure in seine Speiseröhre schoss. Dann klingelte Hensens Handy.

»Hensen? Ja, Sybill ...« Hensen sah Mangold an und verzog sein Gesicht zu einem gequälten Grinsen.

»Ja, ich denk daran ... Nein, heute nicht ... Ich will mich nicht drücken, aber heute ... beim besten Willen. Ja, sicher.«

Hensen klappte das Handy wieder zusammen und blickte aus dem Fenster.

»Wie ich das hasse«, sagte er.

Mangold fragte lieber nicht nach. Diese Auseinandersetzungen zwischen Hensen und seiner Freundin verstand er ohnehin nicht. Was sollte das? Er dachte an Vera, die jetzt sicher mit einem Kerl an irgendeinem Küchentisch saß und »universitäre Probleme« besprach.

Hensen strich mit dem Rücken seines Zeigefingers seine Augenbrauen glatt. Das Braun seiner Augen leuchtete zu dieser frühen Stunde eine Spur heller als sonst. Hensen massierte die Ohrmuschel, an der das obere Teil fehlte. Er hatte ihm erzählt, dass es eine Schussverletzung war, die ihn immer daran erinnerte, dass man sein Glück nicht überstrapazieren darf.

Draußen zog die triste Landschaft vorbei. Kahle Baumgruppen, graue Äcker und ein zugezogener Himmel, der sich nicht dazu durchringen konnte, dem Frühling eine Chance zu geben. Es war März, vielleicht noch zu früh für laue Tage und saftiges Grün. Es würde der erste Frühling ohne Vera werden. Ohne die Abende in ihrer Küche, gemeinsame Urlaubsplanungen, ohne, ohne ...

Mangold reckte sich und sah in den Rückspiegel. Sein Gesicht war selbst für diese Jahreszeit zu blass. An den Schläfen hatten sich nun tatsächlich die ersten grauen Haare durchgesetzt. »Clooney für Arme«, hatte Vera das genannt. Jetzt strich sie jemand anderem durchs Haar.

Mangold konzentrierte sich wieder auf die Straße. Erste Regentropfen schlugen gegen die Scheibe und hinterließen ihre Schlieren. Quietschend glitt der Wischer über das Glas.

Hensen hielt die Augen immer noch geschlossen.

»Und dann die Ablage«, sagte er. »Dicht an der Autobahn, das kann ich verstehen, aber direkt neben einer Freilichttoilette, zum Finden freigegeben?«

»Er wollte sie uns präsentieren«, meinte Mangold.

»Schon richtig, aber dennoch fährt er dorthin, um auf die Leichenteile zu masturbieren und seine Macht zu genießen. Er liebt das Risiko. Was ist, wenn dort jemand zum Pinkeln anhält? Alles ein wenig zu dicke. Das Ganze könnte auch eine gigantische Ablenkung sein. Ein gewöhnlicher Mord, wenn es so etwas gibt, der als perverse Killernummer daherkommt. Zu viele amerikanische Filme.«

»Unwahrscheinlich. Ein eifersüchtiger Ehemann oder durchgedrehter Liebhaber bringt das nicht. Der zerhackt nicht die Frau, mit der er eben noch über das Fernsehprogramm geredet hat.«

Mangolds Handy signalisierte den Empfang einer Nachricht auf seiner Mailbox. Wahrscheinlich war der Anruf umgeleitet worden, als sie sich in einem Funkloch befunden hatten.

Er wählte die Eins, um sich die Nachricht anzuhören.

»Nel mezzo del cammin di nostra vita mi ritrovai in una selva oscura«, hörte er. Die Stimme klang so, als hätte ein Schauspieler den Text auf einer Bühne gesprochen, mit einem brüchigen Tonfall.

»Du siehst aus, als hätte dich E.T. angerufen.«

»Da muss sich jemand verwählt haben, irgendwas Italienisches«, sagte Mangold und drückte Hensen sein Handy in die Hand.

Der hörte sich die Nachricht zweimal an und pfiff dann durch die Zähne.

Er zog sein eigenes Handy aus der Tasche und begann, konzentriert etwas einzugeben.

»Lass mich das mal im Internet checken«, sagte Hensen. »Ich glaube, da will einer die ganz große Oper.«

Ja, so hatte er den ehemaligen Kriegsreporter kennen gelernt. Als jemand, der einen »Geruch« aufnahm und nicht locker ließ, bis er eine handfeste Spur hatte, die sich in eine konkrete Richtung verfolgen ließ.

Vor zwei Jahren war Mangold ihm im Archiv des Polizeipräsidiums begegnet. Hensen sollte einen Bericht über die Verwicklung der Hamburger Polizei in den Nazi-Apparat erstellen und hatte dafür Zugang in alle Bereiche des Archivs und der Asservaten erhalten. Mangold war froh über ein intelligentes Gesicht gewesen und hatte ihn mit Kaffee versorgt. Gemeinsam hatten sie ein paar Mittagspausen verbracht und sich dabei angefreundet.

Hensen hatte zu ihm gestanden, als nahezu alle seine Freunde und Bekannten sich für Vera entschieden hatten. Schon vier Wochen nach der Trennung gab es das nicht mehr, was einmal ein gemeinsamer Freundeskreis gewesen war. Dabei konnte er sie durchaus verstehen. Was sollten diese Leute auch mit einem wortkargen Bullen anfangen, der im Dreck anderer Menschen herumwühlte und darüber noch nicht einmal frei sprechen durfte, einer, der zweimal am Tag duschte, um den Geruch von Gier und Hass und die Erinnerung an die öden Gesichter seiner Kollegen loszuwerden. Ab und zu hatten ihn Veras Freunde höflich nach seinem Alltag bei der Mordkommission gefragt und sich dann wieder den Assyrern, den Sumerern und neuen Grabungsprojekten gewidmet.

»Du hast eine Nachricht von Dante Alighieri«, sagte Hensen.

»Na klasse, die Göttliche Komödie auf der Autobahn. Da hat dir jemand etwas Bildung verpasst. Könnte es von deiner ... könnte es von Vera sein?«

»Kann ich mir nicht vorstellen. War ja auch nicht ihre Stimme.«

»Das kann man von einem Hörbuch abnehmen.«

»Was bedeutet es?«

»In der Mitte meines Lebensweges fand ich mich wieder in einem dunklen Wald.«

»Wie du siehst: Absender unbekannt.«

»Wie unser Täter.«

Mangold schüttelte den Kopf und schlug leicht auf das Lenkrad.

»Unsinn, es wird ein Spaß sein. Vielleicht von einem meiner fantasiebegabten Kollegen. Ein freundlicher Morgengruß.«

Dann klingelte das Handy erneut. Klanke schnaufte in das Telefon. »Ist doch ein Verrückter, der einen Fehler gemacht hat«, sagte er. »Ihr Kollege Hensen hatte Recht, dieses Zeug auf dem Oberschenkel hat sich beim Blick durch ein Mikroskop als Sperma erwiesen. Frisches Sperma. Jetzt brauchen wir nur noch die DNA abzuwarten. Wer auch immer die Kleine zerstückelt hat, ich wette einen Hunderter gegen einen kalten Furz, dass wir dieses Arschloch in unserer Kartei haben.«

Für den DNA-Abgleich bräuchten sie allerdings ein paar Stunden. Ohne sich zu verabschieden, unterbrach Klanke die Verbindung.

»Wie wär's mit einem Kaffee?«, fragte Mangold. Hensen nickte.

Eine halbe Stunde später fuhr Mangold in eine Parkbucht im Hamburger Schanzenviertel. Jetzt am frühen Nachmittag waren die portugiesischen Cafés nur spärlich besucht. Im »Lisboa« lehnte ein junger Mann an der Theke. Während er die Zeitung durchblätterte, schlürfte er an seiner Tasse. An einem der Tische saß ein Pärchen, das sich ansah, als hätte es gerade die erste Nacht miteinander verbracht. Der vielleicht Dreißigjährige warf seine Rastalocken nach hinten, während das Mädchen etwas in seinem indischen Täschchen suchte.

»Die guten alten Zeiten sind wieder da«, sagte Hensen. »Bin gespannt, wann die Reisewelle nach Goa wieder rollt.«

Sie setzten sich an einen der Fenstertische. Während Mangold seinen Teebeutel auspresste, rührte Hensen Zucker unter seinen Galão.

»Vielleicht gibt es Spuren in der Wohnung der Toten«, sagte Mangold.

»Ich glaube, dass sie ein Zufallsopfer war. Zur falschen Zeit am falschen Ort.«

»Die Untersuchung der Wohnung gehört zur Routine. Irgendwo und irgendwie muss sie dem Täter begegnet sein. Bis jetzt haben wir nicht mal einen Tatort.«

»Du meinst, der Täter hat sie in der Wohnung umgebracht, zerteilt, die Leichenteile die Treppe heruntergeschleppt und dann knapp 100 Kilometer durch die Gegend gefahren? Vergiss es.«

»Was ist mit einem abgewiesenen Liebhaber? Oder einem Chatpartner, der sie aus dem Haus gelockt hat? Wir stehen ganz am Anfang.«

Hensen kratzte sich die Haarstoppeln.

»Und was ist mit einem Polizisten?«

»Willst du mich verarschen?«

»Das sieht ganz nach jemandem aus, der sich gut auskennt. Und der das Timing drauf hat. Er war in der Nacht noch bei der Leiche, ich meine, bei dem, was er übrig gelassen hat.«

»Wir haben psychologische Tests, so ein Psychopath ...«

»... könnte erst bei der Polizei dazu werden. Denk an die Feuerwehr, die zieht Pyromanen geradezu an.«

Hensen drückte mit Daumen und Zeigefinger die Nasenflügel zusammen und schüttelte den Kopf: »Und Neurotiker gibt es bei der Polizei nicht?«

Sie verabredeten, dass Hensen das Internet nach Informationen zu diesem Bundy durchforsten sollte. Es musste einen triftigen Grund geben, wenn er sich den Serienkiller als Vorbild auserkoren hatte.

Nachdem Mangold Hensen vor der Haustür abgeliefert hatte, fuhr er zum Präsidium.

Er hatte sich gerade hingesetzt und seine Waffe in der Schublade verstaut, als sein Handy klingelte.

»Klanke nochmal. Die Scheiße kocht zum Himmel. Wir

konnten die Samenspuren zuordnen. Wir haben da so einen Schnelltest.«

»Dann ist doch alles klar«, sagte Mangold.

Klanke hustete in den Hörer.

»Nichts ist klar. Die Samenspur gehört zu einem Wachmann. Der Kerl hat an einer Reihenuntersuchung teilgenommen, als es um einen Mord in Schleswig-Holstein ging.«

»Ja und?«

»Jetzt kommt's, Mangold, der Mann ist tot. In einem Krankenhaus gestorben, nach einem Unfall.«

»Ein göttliches Strafgericht?«

»Fehlanzeige. Er hat schon vor fünf Monaten den Löffel abgegeben. Fünf Monate! Und die Samenspuren waren frisch, keine fünf Stunden alt.«

## 2.

In der Wohnung der Ermordeten war auf den ersten Blick nichts Ungewöhnliches zu entdecken. Helle Wandfarbe, Teppichboden, unauffällige Möbel, keine Bilder, die auf einen ausgesuchten Geschmack hinwiesen.

Hendrik Tannen schob seinen Kugelschreiber unter einen auf dem Wohnzimmertisch liegenden Stapel Papier und hob ihn an. Darunter kam ein verschlossenes Fläschchen mit Nagellack zum Vorschein, daneben ein Stapel Visitenkarten und eine Postkarte mit einem großen Herzen.

Der übliche Schnick-Schnack, den man ein paar Wochen zur Aufmunterung behielt und dann in den Papierkorb warf.

Auch in den anderen Zimmern gab es nur wenig Deko, gerade Flächen, modern-karg eingerichtet. Die Frau hatte als Sachbearbeiterin bei einer Versicherung gearbeitet.

Der Hausmeister, der ihnen vor einer halben Stunde die Tür geöffnet hatte, sprach von einer ganz durchschnittlichen Mieterin. Vor drei Wochen hätte sie einen Freund gehabt, aber das sei wohl wieder vorbei gewesen. Nein, an dessen Namen könne er sich nicht erinnern. Ansonsten sei sie ganz normal zur Arbeit gegangen, Ärger wegen zu lauter Musik oder sonstigem Lärm hätte es nicht gegeben. Dass sie wohl ganz gut verdient haben musste, hatte er gemutmaßt und auf die Designer-Flurmöbel gezeigt. »Und die Wohnung ist auch nicht gerade geschenkt in dieser Gegend. Altbau.« Dann hatte er Daumen und Zeigefinger gegeneinander gerieben. Tannens Kollege Marc Weitz untersuchte das Schlafzimmer.

Schon ungewöhnlich, dass sein Chef, Mangold, nicht selbst dabei war. Am Telefon hatte er gesagt, er wolle sich die Wohnung später ansehen. Wieder eine seiner Allüren, dachte Tannen. Dabei wollte er sonst bei allem und jedem dabei sein. Der Mann war schwer einzuschätzen. Hielt sich für etwas Besseres, setzte sich in der Kantine in eine Ecke und deutete mit seiner ganzen Haltung an, dass er nicht gestört werden wollte.

Seitdem er sich mit diesem angeblichen Journalisten angefreundet hatte, wurde es Tag für Tag schlimmer.

Die beiden bildeten einen undurchschaubaren Zirkel, ließen sich nicht in die Karten blicken. Was hatte das mit Teamarbeit, mit dem gegenseitigen Abstimmen, mit Austausch zu tun? Sie durften hier als Fußvolk die Arbeit erledigen und der feine Herr Mangold saß mit diesem Hensen wahrscheinlich in einem Café und schwadronierte über tolle Theorien, die bestimmt mehr mit Fernsehkrimis als mit der Realität zu tun hatten.

Tannen klappte das auf einer Kommode abgelegte Notebook auf und drückte den Knopf. Als das Passwort verlangt wurde, fuhr er den Computer herunter und stellte ihn auf den Glastisch. Darum sollten sich die Computerfreaks im Präsidium kümmern.

Der Fernseher und die Boxen waren in ein Bücherregal integriert. Tannen fuhr mit dem Finger das Regal entlang. Ildiko von Kürthy, Rosamunde Pilcher, Bücher über Horoskope, Ayurveda und »Botschaften an den Kosmos«. In der Mini-Stereoanlage steckte eine CD mit Filmmusik von Vangelis. Troja.

Tannen blätterte die Bücher durch, doch außer einem Lesezeichen fiel nur ein gepresstes vierblättriges Kleeblatt zu Boden. Tannen dachte an seine Freundin Joyce. Ein wenig von der romantischen Ader dieser Carla Kanuk hätte er auch ihr gewünscht. Er schob den Gedanken beiseite.

Die beigefarbenen Sofakissen standen in der Sitzecke wie zwei Schoßhündchen, die hier die Feierabendgemütlichkeit bewachten. Stoisch, aufrecht und mit einem Knick in der Mitte.

Tannen ließ sich auf dem Sofa nieder und sah hinüber zu einem kleinen Globus, der allerdings nicht die Erde, sondern den Sternenhimmel zeigte. Er knipste die Beleuchtung an und wieder aus und öffnete die Tür zum Schlafzimmer, um sich bei seinem Kollegen Marc Weitz zu erkundigen, ob der etwas gefunden hatte.

Tannen traute seinen Augen nicht.

»Das könnte ein Spurenträger sein, verflucht noch mal!«

Weitz winkte ab und blieb im Bett liegen.

»Wir sollen uns hier umsehen und nicht im Bett eines Opfers pennen.«

»Vergiss es. Neue Methoden, Tannen. Wollte mal hineinhorchen, was die Frau so gedacht, was sie hier so gefühlt hat.«

»Mangold wird sich freuen.«

»Himmel, Mangold! Der feine Herr kann mich mal, der hat doch nicht alle Tassen im Schrank.«

»Und wenn das hier der Tatort war?«

Weitz stöhnte auf.

»Tannen, hast du was mit den Augen? Die Frau wurde portioniert, in viele handliche Einzelteile. Siehst du Blut? Hirnmasse, Schlachtermesser, Sägen, Haarbüschel in der Badewanne, häh?«

»Und wenn der Täter alles gründlich gesäubert hat?«

»Unsinn, warum sollte der sich die Mühe machen. Der hat sich die Tussi geschnappt, seinen Spaß gehabt und dann ein Puzzlespiel aus der Frau gemacht. Eine kranke Type, weiß der Teufel, womit diese Carla den Kerl auf 180 gebracht hat.«

»Du bist doch nicht ganz dicht.«

Auch das Schlafzimmer war peinlich aufgeräumt. Auffällig war ein Schminktisch, der aus den 1950er Jahren stammen musste.

Marc Weitz ächzte, als er sich erhob und die Schubladen im Nachttisch aufzog.

Tannen nahm sich die Küche vor. Nein, hier deutete nichts auf ein Verbrechen hin. Die Wohnung war bereit, ihre Bewohnerin zu empfangen. So wie jeden der vergangenen Abende, nur, dass sie nie mehr kommen würde.

Tannen untersuchte einen Papierstapel, der in einem weißen Pappkarton im Regal verstaut war. Haftpflicht- und Hausratsversicherung, ein Schreiben des Vermieters, der zusicherte, die Heizungsthermostate auszutauschen, Rechnungen über den Monatsbeitrag für ein Fitnessstudio ... das Übliche eben.

»Hey Tannen, wonach suchen wir eigentlich?«

Im Türrahmen zum Schlafzimmer stand Weitz und kratzte sich im Schritt.

»Keine Ahnung, Auffälligkeiten.«

»Das ist ja ganz toll, Auffälligkeiten! Dass ich nicht selbst drauf gekommen bin. Unser Herr Kriminalinspektor Tannen ganz im Auftrag seines Herrn und Meisters sucht Auffälligkeiten. Wo steckt der überhaupt? Macht sich die Finger nicht dreckig, was?«

So ganz Unrecht hatte Weitz nicht. Mangold war unberechenbar. Erst letzten Monat hatte er ihm einen Berg unerledigter Akten auf den Tisch gelegt und sich dann in einen längst aufgeklärten Fall vertieft. Als Tannen nachgefragt hatte, war von Mangold nur ein »Das muss Sie jetzt nicht interessieren« gekommen. Nein, das musste ihn nicht interessieren. Er durfte Klinken putzen, unter Demenz leidende Zeugen befragen und durch die ganze Stadt telefonieren, um herauszufinden, wo es überall Videotheken mit einem bestimmten Film gab.

»Was ist mit dem Flur?«

»Was soll damit sein?«

»Du weißt, ich wühl mich so richtig gern durch die Taschen fremder Leute«, sagte Weitz.

Tannen setzte sich auf die Couch. Nein, hier war nichts zu holen. Möglich, dass der Computer etwas hergab, E-Mails, vielleicht Fotos, die eine Verbindung von Carla Kanuk mit ihrem Mörder andeuteten. Für ihn war es eine Beziehungstat.

In seinen vier Jahren bei der Mordkommission hatte er, mit Ausnahme eines Falles, bei dem der Täter aus dem Rotlichtmilieu stammte, auch noch nichts anderes erlebt. Und selbst dieser Zuhälter hatte eine Beziehung zu seinem Opfer gehabt. Eine Prostituierte, die nicht mehr genug Geld anschaffte und mit der er über eine andere, jüngere Prostituierte in Streit geraten war. Sie hatten nicht mal zwei Tage gebraucht, um den Fall aufzuklären. Mord und Totschlag, das fand unter Ehepaaren, unter Verlobten oder in schiefgelaufenen Liebesbeziehungen statt. Und bei Stalkern.

Sicher, es gab da noch die Leiche, die sie halb verwest in einem Fleet gefunden hatten, und die sich trotz aller Bemühungen nicht identifizieren ließ. Der wahrscheinlich aus Asien stammende Mann hatte in Hamburg weder eine Familie noch enge Freunde gehabt. Vielleicht hatte ihn ein Saufkumpan übers Brückengeländer geworfen?

Und jetzt jagten sie einem Perversen hinterher, der seine Vorgehensweise von einer miesen Fernsehserie abgekupfert haben musste.

Tannen sah auf die Uhr. Um acht musste er seinen zweiten Job antreten. Eingangskontrolle zu einem Schuppen, in dem sich junge Leute ihre Trommelfelle demolieren ließen. Sieben Euro die Stunde. Den ganzen Abend würde er sich die Beine in den Bauch stehen und darüber entscheiden, wer in den meist überfüllten Laden durfte und wer nicht.

»Das hilft deinem Energieausgleich«, hatte seine Freundin Joyce gesagt, als er laut darüber nachgedacht hatte, diesen Nebenjob hinzuschmeißen. Kein »Wäre schön, wenn ich dich öfter sehen würde« oder ein »Kann ich verstehen«, nein, er solle sich um seinen »Energiehaushalt« kümmern. Joyce war undurchsichtig und knallhart. Vom ersten Tag an. Und sie war das, was man eine Traumfrau nannte. Ein wunderschönes zierliches Gesicht, lange Haare, eine Figur, die denen internationaler Models in nichts nachstand, eine Frau, nach der sich die Männer umdrehten und anschließend Witze rissen, weil sie nie im Leben mehr als einen Satz mit einer wie ihr wechseln würden.

»Lass uns abhauen, ich hab die Schnauze voll«, sagte Weitz. Tannen nickte.

*

»Willst du mich anmachen, alter Sack?«

Mangold schreckte zurück. Dabei hatte er die höchstens Siebzehnjährige im Halbdunkel des Hausflurs nur leicht angerempelt.

»Sexuelle Belästigung, dafür geht man in den Knast«, sagte sie.

»Entschuldigung«, erwiderte Mangold und hob die schwarze Tasche mit seinen Unterlagen auf, die er fallen gelassen hatte.

»In Ihrem Alter kleinen Mädchen auflauern …«

»Hör auf mit dem Scheiß, ich bin ein Bulle.«

»Erstens kann das jeder sagen, und …«

Mangold kramte den Dienstausweis aus seiner Jacketttasche und hielt ihn dem Mädchen vor die Nase.

»Und zweitens?«, fragte er.

»Ist das besonders Scheiße, Belästigung durch einen Bullen, igitt.«

Seine Augen hatten sich an das dämmrige Flurlicht gewöhnt. Das Mädchen trug einen Ring im Nasenflügel. Ihre Jacke bestand aus einem rosafarbenen Kunstpelz, der mit seinen Flecken aussah wie eine oft gebrauchte Puderquaste. Ihre langen dunklen Haare hatte sie mit wenigen Scherenschnitten unregelmäßig gekürzt und seitlich einen Zopf stehen lassen. Eine Haarsträhne klebte auf der Stirn.

Sie machte ein paar Schritte rückwärts und versperrte Mangold den Weg.

»Du bist gerade eingezogen?«

Mangold nickte und schloss kurz die Augen.

»Kann ich jetzt durch?«

»Sieht so eine Begrüßung unter Nachbarn aus? Müsst ihr Bullen nicht so etwas wie ein Vorbild sein?«

»Schön, Sie kennen gelernt zu haben«, sagte Mangold. »Kann ich jetzt durch?«

Sie blieb stehen und musterte ihn.

»Ich steh nicht auf kleine Mädchen«, sagte Mangold.

»Verpiss dich«, sagte sie und trat zur Seite.

Als Mangold den ersten Treppenabsatz erreicht hatte, rief sie ihm »Hey Alter, du stinkst« hinterher.

»Schon gut«, sagte Mangold.

»Ich mein das ernst, auch ein Bulle sollte sich mal duschen.«

Das hatte ihm gerade noch gefehlt. Mangold hoffte, dass sie bei Eltern wohnte, die in der Lage waren, sie im Zaum zu halten. In Gedanken hörte er schon Punkmusik durch das Haus dröhnen, pubertierende und besoffene Typen an seiner Tür klingeln und nach einem Korkenzieher fragen.

Er hatte ja selbst Schuld. Schließlich hatte er ganz gezielt nach einer Wohnung in diesem abgerissenen Viertel gesucht. Ein Viertel, in dem sich seiner Meinung nach niemand groß um den anderen kümmerte. Ihn in Ruhe ließ. Er wollte hier nicht heimisch werden, er wollte seine Ruhe, Abstand gewinnen, sich in seine Höhle verkriechen. Überhaupt keine abendlichen Feste mehr, kein netter Small Talk bei Rotwein in der Küche. Er wollte einen Schnitt. Und wenn Hunde in den Hausflur pissten oder Besoffene auf der Straße grölten, in Ordnung. Nur mit einem durchgeknallten Punk-Teenie nebenan hatte er nicht gerechnet. Das Gute an diesen Kids war, sie kümmerten sich um ihren eigenen Mist. Meistens jedenfalls.

Mangold zog seinen Mantel aus und warf sich in den Sessel, außer dem Bett das einzige Möbelstück, mit dem er hier eingezogen war. Er war jetzt in einem anderen Leben. Einem Leben ohne Vera. Ausgeschlossen. Und er musste raus aus diesem Selbstmitleid, es war zum Kotzen. Geradezu lächerlich.

Er zog eine Flasche aus dem Karton. Das war auch neu. Er hatte im Supermarkt eine Kiste mit sechs Flaschen spanischem Cognac gekauft. Sechs Flaschen sollten es sein, mit sechs Flaschen wollte er sich aus diesem Gedankenmüll heraussaufen. Danach musste es gut sein. Selbst Vera würde ihn nicht zum Trinker machen, das Leben schob ihn weiter. Er musste sich auf seine Arbeit konzentrieren, und zwar sofort. Das hieß morgen früh.

Mangold griff in eine der geöffneten Umzugskisten und zog ein Glas heraus. Dann zog er einen anderen Karton zum Sessel und legte die Füße darauf.

Er roch an seinen Achseln. Das Mädchen hatte Recht.

Was war, wenn Klanke richtig lag und der Täter tatsächlich ihn persönlich ansprechen wollte mit diesem Kassenbon? Das Opfer, diese Carla Kanuk, war ihm nie begegnet, daran würde er sich erinnern. Suchte sich ein Mörder seinen Jäger aus? Fantastereien. Andererseits schien es so, als sei dieser Kassenbon wie eine Nachricht deponiert worden. Und dann der Anruf, bei dem ihm ein Zitat aus Dantes Göttlicher Komödie vorgelesen wurde. Das Verirren in einem dunklen Wald. Sein erster Gedanke war gewesen, dass es Vera sein musste, aber was wollte sie ihm damit sagen? Eine Entschuldigung oder Erklärung?

Mangold zog das Telefon zu sich heran. Aber wie sollte er sich überhaupt bei ihr melden? Geschäftsmäßig knapp? Locker, als wäre nichts passiert? Gestresst oder müde? Mit einem Lachen oder belegter Stimme? Er schob das Telefon wieder von sich. Es wurde Zeit, dass er zur Besinnung kam. Warum hatte nicht er als Erster den Samenfleck entdeckt, sondern Hensen? Schlichen sich Fehler ein? Klar schätzte er ihn, aber er war Journalist und kein ausgebildeter Kriminologe, kein Forensiker. Nein, er, Mangold, war der Polizist, er hatte schließlich die Erfahrung auf dem Buckel.

Mangold leerte das Glas in einem Zug und schenkte sich nach.

Und dann die Theorie um den amerikanischen Serienkiller Ted Bundy. Morgen würde er sich das genauer ansehen, vielleicht gab es tatsächlich weitere Übereinstimmungen.

Rätselhaft blieb, warum der Täter die aufgerissene Kondompackung am Tatort hatte liegen lassen. Und natürlich die Samenflüssigkeit, die von einem Mann stammte, der bereits seit Monaten tot war. Gut, so etwas ließ sich einfrieren und aufbewahren. Einen Bestellservice für derartige Spenden konnte man sogar übers Internet kontaktieren. Doch warum legte der Täter eine Spur, die zu einem längst toten Wachmann führte? Oder hatte er nichts von dessen Tod gewusst? Lag da das Motiv? Ging es um Rache an diesem Wachmann? Sollte ihm ein bestialischer Mord in die Schuhe geschoben werden? Auch in diese Richtung mussten sie ermitteln.

Von einer Inszenierung hatte Hensen gesprochen, zu

der auch die Nachricht auf seiner Mailbox passen würde.

Mangold zog das Telefon wieder zu sich heran und wählte Veras Nummer.

»Ja?«

Ihre Stimme hörte sich verschlafen an.

»Ich bin's.«

»Weißt du, wie spät es ist? Ist was passiert?«

»Hab ich dich geweckt?«

»Was willst du?«

»Eine kurze Frage«, sagte er.

»Nun mach, ich muss schlafen.«

»Tut mir leid, aber könnte es sein, dass du mir eine Nachricht auf meiner Mailbox hinterlassen hast?«

Am anderen Ende der Leitung herrschte Stille, dann ein Schaben und schließlich Veras Gähnen.

»Was für eine Nachricht? Verrat mir mal, warum ich das machen sollte?«

»Du bist sicher?«

»Ja, Herr Hauptkommissar, ich schwöre und erkläre unter Eid, dass ich dir keine Nachricht auf die Mailbox gesprochen habe. War's das? Worum geht's denn, um Himmels willen?«

»Nichts, es ist nichts.«

»Hast du dir das jetzt ausgedacht, weil ...«

»Es tut mir leid, wenn ich dich geweckt hab. Schlaf gut.«

Mangold legte eilig auf. Er spürte die unangenehme Nässe auf seiner Stirn, ein Rauschen, das ihn einhüllte wie ein Schwarm Insekten. Seine Hände zitterten leicht.

»Scheiß drauf«, sagte er zu den Kartons, die ihn umstanden wie kleine Wachtürme. Er schraubte die Cognacflasche auf, und genau in diesem Augenblick fiel ihm ein, dass etwas bei der Leiche gefehlt hatte, etwas überaus Wichtiges. Vielleicht war genau das der Wegweiser, der ihnen half, einen Pfad zu finden. Einen Pfad aus diesem dunklen Wald, in den sie der Täter geschickt hatte.

*Flieg mein Vögelchen, flieg aus der Asche. Flieg über dem Geäst der Bäume, himmelwärts. Niemand wird dich aufhalten, wird dich retten. Pack den Arm zum Arm, den Kopf auf den Hals. Wirst geöffnet, wo alle Menschenkinder herkommen, wirst weit. Zwei Schnitte nur spreizen dich für die Empfängnis.*

*Und unter allen Opfern ist eines ganz Opfer. Verliert den Lebenssaft und starrt in den Himmel und kann es nicht fassen.*

*Unter Schmerzen wirst du geboren, unter Schmerzen musst du sterben. Zerschlagen, ganz und gar weggemacht, um glänzend dich zu erheben. Zu einem neuen Leben. Strahlend und pulsierend, stöhnend und rein findest du den Platz an meiner Seite. Den leeren, leeren Platz.*

## 3.

Es war genau sieben Uhr, als Mangold auf den Wecker sah. Sein Hals war trocken. In einem der Kartons tickte eine Uhr. Er ging ins Bad, drehte den Wasserhahn auf und warf sich das in den Händen aufgefangene Wasser ins Gesicht.

Auf der Suche nach seiner kleinen Espressokanne riss er die Kartons wahllos auf. Er hätte sie beschriften sollen, aber er hatte seine Sachen irgendwie zusammengestopft, weil er nur noch aus ihrer Wohnung weg wollte, ganz schnell weg. Vor ihm standen die Überbleibsel seines Lebens mit Vera. Der Rest vom Fest, zusammengepackt in 20 braunen Kartons.

Aus einem im Flur deponierten Karton zog er ein zehn Zentimeter messendes Modell des Ärmelkanaltunnels. Aus Plexiglas und mit winzigen Modellen von Autos, die in der durchsichtigen Masse gefangen waren.

Keine Ahnung, was er an diesen Tunneln fand. Mindestens fünf Kartons musste er mit solchen Modellen gefüllt haben. Ganz abgesehen von den Plänen, Konstruktionszeichnungen und Büchern, die er im Laufe der Jahre zusammengetragen hatte.

Tunnel, durch die Wasser floss, Züge oder Autos fuhren, oder einfach nur Menschen liefen, die vom einen Ende zum anderen wollten. Angefangen beim vor Hunderten von Jahren v. Chr. gebauten Tunnel der Griechen auf Samos, den Bewässerungssystemen der Römer, bis zu den Spionage- und Fluchttunneln unter der Berliner Mauer, dem unterirdischen Tunnelsystem der Vietcong oder dem alten Elbtunnel, den polnische und italienische Arbeiter gegraben hatten. Aber auch Fotos und technische Zeichnungen von Tunnelgrabemaschinen hatte er archiviert. Und Biografien berühmter Tunnelbauer.

Bei Vera hatte ihm das den Spitznamen »Maulwurf« eingebracht. Sie hatte sicher Recht, er hatte eine Macke, nicht alle Tassen im Schrank. Aber das war jetzt auch egal.

Im vierten aufgerissenen Karton fand er die Espressokanne und gleich daneben Kaffeepulver.

Im Präsidium würden im Laufe des Vormittags die ersten Protokolle von Klanke eintreffen. Angesichts dieser übel zugerichteten Leiche war ein Gespräch mit dem Präsidenten unumgänglich.

Er hoffte, sie könnten die Einzelheiten des Falles eine Zeitlang vor der Presse geheim halten. Die würden früh genug dahinter kommen und den Serienmörder auf den ersten Seiten abfeiern. Zerstückelte Leichen machten Auflage.

Vom angeblich nahenden Frühling war in Hamburg nichts zu spüren. Die Bäume standen als dürre Gerippe am Straßenrand, über den Asphalt fegte ein eisiger Westwind. Wolkenfetzen zogen über den Himmel. Am liebsten hätte er sich jetzt auf eine Hallig verkrochen und sich den frischen Wind um die Ohren pfeifen lassen. Den Kopf freibekommen, keine Zeitung, keine Pathologenberichte, dafür Abende in einem Krug, in dem man an einer Hand durchzählen konnte, ob alle Einwohner da waren.

Am Dammtorbahnhof engte eine Großbaustelle die Fahrbahn ein. Hektisches Gehupe hinter einem LKW, der sich zentimeterweise die Absperrung entlangschob.

Mangold trommelte auf das Lenkrad.

Eine halbe Stunde später betrat er das Büro. Tannen saß vor seinem Monitor mit nach hinten geneigtem Oberkörper, gehalten von der Rückenlehne seines Stuhls. Ein leises Röcheln war zu hören. In den letzten Wochen war der Mann morgens kaum zu gebrauchen. Ständiges Gähnen – und zweimal war er am Schreibtisch eingeschlafen. Und das, obwohl dauernd Kollegen den Raum betraten und wieder verließen. Er musste mit ihm reden, jetzt wurde jeder hier gebraucht, und zwar mit all seinen Kräften.

Gut möglich, dass eine Sonderkommission organisiert werden musste. Sobald die Presse Wind bekam, würde das Telefon nicht mehr stillstehen. Bei einem derart extremen Fall fühlten sich auch alle Spinner berufen, der Polizei gute Ratschläge und überflüssige Hinweise zu präsentieren.

Mangold trat zurück zur Tür und ließ sie geräuschvoll ins Schloss fallen. Dann gab er Tannen genügend Zeit, zu sich zu kommen.

»Hat die Durchsuchung der Wohnung dieser Carla ...«

»Kanuk. Nichts Besonderes. Keine Blutspuren, keinerlei Anzeichen von Unordnung oder einer Auseinandersetzung in der Wohnung. Ihren Laptop hab ich ins Labor gebracht.«

»Sehr schön. Hat Klanke schon den Bericht über den Auffindeort gemailt?«

»Liegt auf Ihrem Schreibtisch.«

Dieser Tannen konnte durchaus zur Höchstform auflaufen. Doch immer, wenn es darauf ankam, wenn er ihn eng eingebunden hatte, sich wirklich auf ihn verlassen musste, gab es einen Patzer. Der Mann war wochenlang hellwach, um dann wieder die blödesten Fehler zu verzapfen.

Tannen machte ein paar Schritte auf den Schreibtisch seines Chefs zu und zog eine Liste aus dem Stapel von E-Mails, die Klanke ihnen gemailt hatte.

»Ich hab das überflogen, seltsam ist der Kassenbon, der neben der Leiche lag.«

»Und in der Handtasche?«

»Das übliche Zeugs, auf den ersten Blick keinerlei Hinweise. Fremde Fingerspuren wurden nicht gefunden.«

»Fehlt etwas?«, fragte Mangold.

»Wie bitte?«

»Na, was fehlt in der Handtasche, etwas, das heute wichtiger ist als Lippenstift und Puderdose?«

Mangold sah, wie Tannen angestrengt überlegte. Auch ihm war es erst spät aufgefallen.

»Das Handy«, sagte Mangold. »Oder haben Sie das in der Wohnung gefunden?«

Tannen pfiff durch die Zähne. Er eilte zurück zu seinem Schreibtisch und gab Namen und Adresse der Toten auf der Telefonbuchseite im Internet ein.

»Sie ist ganz offen mit ihrer Nummer verzeichnet.«

»Und wenn sie verzeichnet ist, gibt es eine Abrechnung und ein Anrufprotokoll durch den Mobilfunkanbieter. Bekommen Sie einfach mal heraus, ob ich von dem Handy aus gestern um die Mittagszeit angerufen wurde.«

»Bitte?«

»Spreche ich so undeutlich?«

»Der Täter hat Kontakt mit *Ihnen* aufgenommen?«

»Tannen, genau das wollen wir herausbekommen.«

Mangold überspielte Klankes E-Mails und die angehängten Dokumente auf seinen USB-Stick.

»Ich werde mal rüberfahren in die Pathologie«, sagte Mangold.

»Soll ich mitkommen, ich meine ...«

»Tun Sie sich das nicht an«, sagte Mangold. »Es reicht, wenn mir schlecht wird. Versuchen Sie herauszubringen, ob ich vom Handy der Toten angerufen wurde, und dann klappern Sie die Nachbarn dieser Carla ... Carla ...«

»Kanuk.«

»Genau, klappern Sie ihre Nachbarn ab und finden Sie heraus, was für einen Lebenswandel sie hatte. Häufig wechselnde Partner, Streitereien, Verwandte, na ja, das ganze Zeug halt. Und dann steigen Sie in die Datenbanken und versuchen herauszufinden, ob es ähnliche Fälle gegeben hat.«

»Es gibt einen Bruder«, sagte Tannen.

»Fein, dann fragen Sie ihn, ob er sich erklären kann, wie Carla ... Moment, ist der eigentlich schon über den Tod seiner Schwester informiert?«

»Keine Ahnung. Den kann man doch unmöglich zur Identifizierung in die Gerichtsmedizin schicken.«

Mangold stand auf und rieb sich den Nacken.

»Bringen Sie es ihm schonend bei und stellen Sie die üblichen Fragen. Hatte sie in letzter Zeit einen Verrückten oder seltsamen Typen an der Backe. Vielleicht haben Brüderlein und Schwesterlein sich ihre Sorgen erzählt. Und Tannen, vergessen Sie die Nachbarn nicht, meist wissen die mehr als die Verwandten.«

\*

Der Pförtner öffnete die Schranke zum Gelände des Universitätskrankenhauses und Mangold legte grüßend die Hand an die Stirn.

Nachdem er sein Auto in der kleinen Straße vor der Gerichtsmedizin geparkt hatte, rief er Tannen noch einmal an.

»Versuchen Sie herauszufinden, was für ein Mensch dieser Wachmann war. Sie wissen, der Kerl, dessen Samen wir auf dem Leichnam gefunden haben. Freunde, Umgang, Vorstrafen, vielleicht spuckt unser Computer etwas aus. Schließlich hat man ihn zu einer Reihenuntersuchung gebeten. Weitz soll Ihnen zur Hand gehen.«

»Den Bruder der Toten kann ich nicht erreichen.«

»Das übernehme ich, kümmern Sie sich um die Nachbarn.«

Er hatte das Gespräch keine zwei Sekunden beendet, da klingelte sein Handy. Die Sekretärin seines Abteilungsleiters bat ihn, möglichst schnell zu einer Besprechung zu kommen.

»Heute Nachmittag«, sagte Mangold.

»Wirch hat gesagt, so schnell wie möglich.«

»Früher Nachmittag«, erwiderte Mangold.

Jetzt hatte er eine geschlagene Stunde nicht an Vera gedacht. Er machte Fortschritte. Mangold drückte die Autotür auf und hörte im gleichen Augenblick das schlitternde Geräusch eines bremsenden Fahrrads.

»Verflucht, kannst du …?« Das Mädchen stockte und sah ihn mit ungläubigen Augen an.

Auch Mangold brauchte ein paar Sekunden, um das Mädchen wiederzuerkennen. Gestern im Hausflur hatte sie noch dunkle Haare gehabt, jetzt leuchteten sie rot.

»Seht ihr Bullen nicht in den Rückspiegel?«

Sie schob das Fahrrad von ihrem Körper und kam wieder auf die Beine.

»Was machen Sie hier?«, herrschte sie ihn an. »Leute verhaften?«

»Und was machen Sie hier?«

»Ich suche einen Praktikumsplatz.«

»In der Gerichtsmedizin?«

»Leichen hin- und herschieben, die Toten schminken … ich kann das.«

»Ist mir neu, dass man Praktikantinnen …«

»Warum denn nicht? Ich kann das.«

»Schon auf dem Friedhof geübt, wie?«

»Sie sind doch Bulle, da können Sie doch ein Wort für mich einlegen, so als Nachbarschaftshilfe. Ich heiße übrigens Lena.«

Mangold nickte. Sie streckte das rechte Bein von sich.

»Verletzt? Soll ich einen Krankenwagen rufen?«

»Ist nichts.«

Sie hob ihre baumwollene Militärtasche auf und kramte darin herum. Dann zog sie ein Handy heraus. Nachdem sie es sich von allen Seiten angesehen hatte, sagte sie: »Alles okay. Was ist jetzt mit der Praktikumsstelle?«

»Mal sehen, was ich tun kann.«

»Wäre echt nett«, sagte sie und blinzelte ihm zu.

»Berufswunsch Bestatterin?«

»Das wär cool.«

Mangold verabschiedete sich und lief die Stufen zur Gerichtsmedizin hinauf.

# 4.

»Der feine Herr Mangold kutschiert in der Gegend herum, was?«

Weitz rülpste und rückte wieder an den Bildschirm.

»Abgetrennte Beine und Arme gibt's öfters, auf welche Ähnlichkeiten soll ich denn nun achten?«

Tannen stöhnte auf.

»Tatumstände, Ablage, Erwürgen und Kopfverletzungen.«

»Nackte Opfer?«

Tannen nickte.

»Und Kleidung, die säuberlich zusammengelegt wurde«, ergänzte er.

Die Informationen über diesen Wachmann gaben nichts her. Er war neben 500 anderen Männern in seinem Landkreis getestet worden. Es war um ein verschwundenes Mädchen gegangen, das nie gefunden wurde. Auch die DNA-Spur auf dem Schulranzen des Mädchens hatte man nicht zuordnen können.

Außer einem Vermerk, dass er 1986 die Schule in Leer verlassen hatte, gab es keinerlei weitere Angaben über den Mann.

Weil sein Samen schließlich irgendwo hergekommen sein musste, versuchte Tannen es bei den größeren Samenbanken. Doch Daten über Spender waren geheim. Zwei Institute allerdings boten einen Internet-Versandservice an. Möglich, dass der Täter sich die Proben einfach übers Netz bestellt hatte.

Tannen nahm sich vor, möglichst viele Kundenlisten zu beschaffen, vielleicht ergab das eine heiße Spur. Er notierte »Gerichtsbeschluss Labore« auf einen Zettel und legte ihn auf Mangolds Schreibtisch. Bei der Vielzahl von Anbietern konnte das Wochen oder sogar Monate dauern. Vielleicht hatte er auch im Ausland gespendet, dann wäre es fast aussichtslos, das richtige Institut zu finden.

Weitz blickte ihm über die Schulter und gab ein pfeifendes Geräusch von sich.

»Der Typ hat mit seinem Rohr Geld verdient?«

»Was ist mit dem Handyanbieter? Ist die Anfrage draußen?«

Weitz brummte etwas Unverständliches, ging zurück zu seinem Computer und hämmerte auf die Tastatur ein.

»Die wollen eine schriftliche Anfrage mit einem Stempel drauf«, sagte er nach ein paar Minuten.

»Und? Schreib sie und fax sie rüber.«

»Was denn nun, erst das Fax oder die Suche nach den ähnlich gelagerten Fällen?«

»Die übernehme ich«, sagte Tannen und loggte sich in die Polizeidatenbank ein.

Er tippte die Angaben nach Tathergang, Tatort, Opfer, Auffindebesonderheiten, mutmaßliche Tatzeit und Verstümmelungen ein.

Wahrscheinlich würde Weitz ihn gleich fragen, ob er nach Feierabend auf einen »Absacker« mit in die Kneipe käme. Tannen hatte dafür keine Zeit, und wenn er ehrlich war, dann gingen ihm die Sprüche seines Kollegen gewaltig auf die Nerven. Gut, sie hatten sich vor ein paar Jahren angefreundet, doch was Weitz über ihre Arbeit dachte, war mehr als nervig. Dabei wusste Tannen noch nicht einmal so recht, ob nun Weitz sich verändert hatte oder er selbst. Immer wieder hatte er in letzter Zeit die Tiraden von Weitz über sich ergehen lassen müssen.

Und dann die Sprüche über seine »Ahnungen«, sein Gerede über die angebliche Angst dieser Carla Kanuk, als die noch gar nicht wusste, was ihr bevorstand. Legte sich auf ihr Bett und schwadronierte über ihren Gemütszustand!

Die Datenbank spuckte sechs vergleichbare Fälle aus. In zwei von ihnen – einer lag 20 Jahre zurück – wurde die Kleidung auf die gleiche Art und Weise zusammengelegt wie beim Mord an Carla Kanuk. Einer der Fälle war aufgeklärt, und die Täter saßen immer noch hinter Gittern. Bei keinem der Morde war es zu Verstümmelungen gekommen, wie er sie auf den Tatortfotos gesehen hatte. Vielleicht doch ein einmaliger Racheakt, eine Affekttat, die durch die grauenhaften Einzelheiten verschleiert und damit einem Perversen untergeschoben werden sollte?

Warum hatte die Hannoveraner Polizeidirektion ihnen diesen Fall rübergeschoben? Nur wegen eines Kassenbons und der vagen Vermutung, der sei an Mangold »adressiert« gewesen?

Auch in seinem Beruf gab es Zufälle, er hatte das oft genug erlebt. Großartige Verschwörungstheorien halfen meist nicht weiter. Harte kriminalistische Arbeit war der goldene Schlüssel für die Lösung nahezu aller Fälle. Aber dafür war sich Mangold anscheinend zu fein.

»Geht's hier zum Fliegenbeine zählen?«

Tannen drehte sich überrascht um. In der Tür stand eine blonde Frau mit fein ziselierten Locken. Hellgraues Kostüm, hochhackige Schuhe und Lippen, die mit ihrem Signalleuchten fast ein wenig vulgär wirkten. Die Frau blitzte ihn an und nickte freundlich in Richtung seines Computers.

»Winterstein, Kaja Winterstein«, sagte sie und betrat, die Hand Richtung Tannen ausstreckend, das Büro. Weitz sah von seinem Bildschirm auf und fuhr mit seinen Augen über ihren Körper.

»Da sind Sie hier falsch«, sagte er. »Leider. Fliegenbeine haben wir nicht, und wie ich sehe, Sie auch nicht. Die Sitte ist eine Etage tiefer.«

Tannen, der immer noch ihre Hand hielt, bemerkte ihren verwirrten Blick und wäre am liebsten im Boden versunken.

»Wen suchen Sie, womit kann ich Ihnen helfen?«

»Ja, eigentlich sollte ich per E-Mail angekündigt werden.«

Weitz meldete sich zu Wort.

»Wir haben's lieber, wenn klappernde Handschellen einen Besuch ankündigen. Gewerbeangelegenheiten ... eine Etage tiefer.« Er fuhr sich mit der Zunge über die Unterlippe. »Auch wenn eine Abwechslung nicht schlecht wäre.«

Kaja Wintersteins Augen blitzten angriffslustig. Sie stellte ein Bein nach vorn.

Dann machte sie einen neuen Anlauf und trat in das Büro.

»Angekündigt? Sind Sie eine Zeugin?«, fragte Tannen.

»So könnte man es nennen. Ich bin Psychologin, man hat mich ... nun ja, ausgeliehen.«

»Sie sind ...«

»Die Polizeiführung hat mich gebeten, beim Erstellen des Profils behilflich zu sein. Sie sind doch Mangold, Hauptkommissar Mangold?«

Weitz verbarg seinen Kopf hinter dem Monitor.

»Äh, nein, tut mir leid, der ist in der Gerichtsmedizin«, sagte Tannen. Er blickte rüber zu Weitz, doch der hatte sich in Deckung gebracht.

Die Psychologin machte einen Schritt auf seinen Schreibtisch zu und warf ihre Handtasche auf den Stapel mit der ausgehenden Post.

»Und Sie sind?«

»Tannen.«

Sie blickte auf den Bildschirm.

»Sie gehen ähnliche Fälle durch. Und? Schon fündig geworden?«

»Wie man's nimmt«, sagte er.

»Zeigen Sie mal.«

Ohne hinzusehen, angelte sie mit der Hand nach einem Stuhl und zog ihn zu sich heran.

»Sie haben die Kleiderablage als oberstes Suchkriterium eingegeben, sehr gut.«

»Aber alles andere stimmt nicht«, sagte Tannen.

Kaja Winterstein nickte, fixierte weiter den Bildschirm und sagte:

»Das muss auch nicht sein, es gibt oft nur wenige vorherrschende Muster. Der Täter verändert sich von Tat zu Tat. Vorausgesetzt, er hat Zeit für seine Rituale.«

»Sie meinen, das Zerstückeln der Leiche könnte neu sein?«

»Es gibt Täter, die haben mit Tieren angefangen. Er braucht eine Steigerung, muss die Spirale höher schrauben. Es geht um den Kick.«

Tannen sah zu Weitz hinüber, der mit einem breiten Grinsen an seinem Monitor vorbeischielte.

»Hat er seine Hamster gekillt, bevor er sich auf junge Frauen spezialisiert hat?«, fragte Weitz und sah Tannen an, als bräuchte er jemanden, der ihm für seine blöde Frage Beifall zollte.

»Genau«, sagte Kaja Winterstein. »Die meisten Täter fallen zunächst durch Tierquälereien auf.«

»Dann suchen wir jetzt nach ungeklärten Mordfällen bei Kaninchen und Mäusen?«, legte Weitz nach.

»Eher nicht«, sagte Kaja Winterstein. »Pferde abstechen, aufschlitzen und sich dann in den Eingeweiden suhlen, so in der Art. Haben Sie Haustiere, Herr …?«

»Weitz. Nur ein paar Silberfische.«

Sie wandte sich wieder an Tannen.

»Wir suchen nach Pferderippern in der Gegend, besondere Fälle von Tierquälereien, also das sollten wir uns schon ansehen.«

Tannen enthielt sich eines Kommentars und sah auf seine Uhr.

»Wir müssen noch die Nachbarn des Opfers befragen«, sagte er. »Vielleicht könnten Sie mit dem Abgleich vergleichbarer Taten weitermachen? Sie müssen nur die Kriterien oben in die Suchmaske eingeben, dann wird jeweils ein Kurzbericht über aktenkundige Fälle ausgeworfen.«

»Damit komme ich klar«, sagte Kaja Winterstein und warf Weitz einen herausfordernden Blick zu. »Wenn Ihr Kollege damit einverstanden ist?«

»Komm mit«, sagte Tannen zu Weitz.

Als er an der Tür stand, drehte er sich noch einmal um.

»Tut mir leid, dass …«

»Schon gut«, sagte Kaja Winterstein und steckte sich

eine Zigarette zwischen die Lippen. »Ist mir lieber als ein Strauß Blumen zur Begrüßung.«

*

Mangold atmete durch. Sagrotan übertünchte nur den Geruch nach Tod. Daran würde er sich nie gewöhnen.

Ein Chemiker hatte ihm erklärt, dass es mit einem Cocktail aus Körpergasen wie Ammoniak und dem beginnenden Zersetzungsprozess zu tun hatte.

»Richtig gut wird es, wenn wir den Magen öffnen«, hatte er mit seinem süffisanten Lächeln verkündet. »Ihr seht das ja immer nur in einem gut verschlossenen Weckglas.«

Undenkbar für ihn, dort länger zu bleiben als unbedingt notwendig. Für diese Arbeit musste man die Menschen auf der Nirosta-Bahre wie verwesende Materie sehen. Ein Studienobjekt, das nichts mehr mit dem eigentlichen Menschen zu tun hatte.

Für seine Arbeit war das eher hinderlich. Er brauchte die Vorstellung von einem lebendigen Menschen, den man aus dem Leben gerissen hatte. Eine zerstörte Biografie, ein Mensch mit Hoffnungen, mit Freuden und auch in Verzweiflung, etwas Lebendiges. Kein sich abkühlender Leichnam, der ausgeweidet wurde, um anschließend Stück für Stück unter ein Mikroskop geschoben zu werden. Ihm halfen nicht die Bilder eines Toten, er brauchte eine Vorstellung von einem denkenden Wesen, das geboren, aufgewachsen und zur Schule gegangen war. Ein Wesen, das lachen konnte, Angst empfand und die Fähigkeit hatte zu weinen.

Warum diese punkige Lena ausgerechnet in der Gerichtsmedizin einen Praktikumsplatz antreten wollte, war ihm völlig unverständlich. Musste mit der Sehnsucht nach dem Morbiden zu tun haben, mit der Neugier auf das Rätsel des Todes. Selbstverständlich hatte er die Gerichtsmedizinerin nicht auf ein Praktikum angesprochen. Wer wusste schon, wie die reagierte, wenn er ihr eine Pubertierende vermittelte. Außerdem dürften im Sektionsbereich nur Medizinstudenten als Hilfskräfte zugelassen sein. Wenn überhaupt. Andererseits gab es diese Seziergehilfen, die alle sehr kräftig gebaut waren und die jeden Tag mit ihren Knochensägen schwer schufteten. Das Benutzen von Elektrosägen wurde in der Pathologie wegen des dabei anfallenden sehr giftigen Knochenstaubs weitgehend vermieden.

Er fädelte sich in den Verkehr auf der Adenauerallee ein und schaltete das Autoradio an. Die eingelegte CD schabte zunächst etwas. Opernarien von Maria Callas.

Er versuchte, die Bilder der eben durchgeführten Sektion zu verscheuchen. Zur Erläuterung ihrer ersten Ergebnisse hatte die Medizinerin nahezu euphorisch die Tücher weggezogen, um ihre Schussfolgerungen auch gleich am toten Körper zu erläutern.

Aus den Lautsprechern erklang ein Part aus »La Mamma Morta«. Er handelte von Atropos, in der griechischen Mythologie die älteste der drei Moiren. Vera hatte ihm erklärt, dass sie als Zerstörerin den Lebensfaden der Menschen zu durchschneiden hatte, während ihre Schwester Klotho ihn spann und Lachesis seine Länge bestimmte. Atropos wählte auch die Art und Weise des Todes eines Menschen aus. Dargestellt wurde sie mit einer Schere. Vera hatte damit durch die Luft geschnippelt und gelacht. Ja, in gewisser Weise hatte sie seinen Lebensfaden durchtrennt, zumindest einen Faden seines Lebens.

Die Musik passte zu dem, was er gerade gesehen hatte. In Anbetracht der abgetrennten Gliedmaßen hatte er sich immer gesagt: Es ist nur Fleisch. Es waren nur die körperlichen Reste eines Menschen, und doch waren in ihm immer wieder Bilder entstanden, die diese Frau beim Gehen, Essen, Laufen, beim entspannten Liegen auf dem Sofa oder im Kreis anderer Menschen zeigten.

Wie die Menschen da draußen, die in die Geschäfte eilten oder zu den Bushaltestellen, war sie ein ganz normaler Mensch in dieser Stadt gewesen, nur, dass sie ihrem Tod entgegengelaufen war. Wie wir alle, doch sie hatte nicht geahnt, wie schnell er sich ihr näherte.

Suchte der Täter bereits ein neues Opfer, trieb er es vor sich her oder begegnete er ihnen eher zufällig? War es überhaupt ein Serienmörder, mit dessen Taten sie von jetzt an zu rechnen hatten? Oder hörte er einfach auf, wurde ihm die ganze Monstrosität seines Tuns bewusst? So etwas gab es, doch wahrscheinlich war es nicht. Nach einer solchen Tat gab es in aller Regel kein Zurück.

Mangold parkte vor einem Lokal und stieg dann die Treppen des Gründerzeitbaus hinauf.

»Loft« hörte sich gut an, doch bei Tageslicht war die Behausung des Journalisten Hensen eher eine in größter Eile zusammengezimmerte Dachwohnung. Erhalten geblieben war die massive Metalltür. Für eine Klingel hatte es nicht gereicht. Weil er sich seinen Fingerknöchel nicht verletzen wollte, schlug Mangold mit der flachen Hand gegen die Tür.

»Ist offen.«

Die Dielen im Flur stammten aus der Zeit, als hier noch Wäsche aufgehängt und Gerümpel abgestellt worden war.

Den Flur entlang reihten sich Eisenregale, in denen Aktenordner und Bücher standen. Dazwischen ein altes Diktafon und eine schwarze Underwood-Schreibmaschine aus den 1930er Jahren. Dann wieder Plastiktüten und Stapel von CDs. An den freien Stellen der Wand hatte Hensen seine Skizzen befestigt. Sie zeigten Menschen im Café, zusammengekrümmte Menschen, eine Erschießung, dann wieder Porträts. Hensen saß an seinem Computer und rief ihm durch den Flur »Setz dich, ich bin gleich da« zu.

Das Wohnzimmer mit der weißen Ledercouch und dem Tisch davor war nicht gerade aufgeräumt. Ein breiter Durchgang führte ins Arbeitszimmer. Auch hier stapelten sich Papiere auf dem Boden und in den Regalen.

»Ich speichere das noch schnell ab«, sagte Hensen. Mangold ließ sich auf das Sofa fallen und zog einen Stapel Papiere aus seiner Aktentasche.

Nach zehn Minuten setzte sich Hensen mit zwei Gläsern und einer Flasche Rotwein neben ihn.

»Kannst du sicher brauchen, Peer.«

»Um diese Zeit?«

»Gerichtsmedizin?«, fragte Hensen und deutete auf die Papiere, die Mangold vor sich abgelegt hatte. Mangold schwenkte den Wein in seinem Glas, als wäre er ein guter alter Cognac, den er mit Wärme und Luft versorgen wollte.

»Wie erklärst du dir, dass ein sagen wir siebzehnjähriges Mädchen unbedingt Leichen waschen und in die Kühlkammern schieben will?«

»Der Charme der Pubertät, das geht vorbei. Eine Verwandte?«

Mangold winkte ab und zog den Papierstapel zu sich heran.

»Nicht wichtig. Also zu deiner Rolle bei den Ermittlungen, ich hab grünes Licht. Zu Bedingungen ... also wie schon angedroht.«

»Keine Öffentlichkeit, keine Gespräche mit anderen Journalisten, minimale Aufwandsentschädigung, Spesen nur auf Antrag. War's das?«

»Vor allem Verschwiegenheit, wir dürfen mit den Fakten nur sehr dosiert an die Öffentlichkeit.«

»Klar. Ermittlungstaktik.«

»Angst vor Panik, es hat sich außer dem Polizeipräsidenten auch schon der Innensenator eingeschaltet.«

»Und die sagen dir, in welche Richtung ermittelt wird?«

»Die wollen vor allem über alle wichtigen Entwicklungen informiert werden. Und sie wollen schnell einen Verdächtigen.«

»Was sagen die Leute mit den Knochensägen und Reagenzgläsern?«

»Carla Kanuk war 32 Jahre alt. Ermordet vorgestern zwischen 21 und 24 Uhr plus minus. Wurde mit einem Messer verletzt, dann bis zur Bewusstlosigkeit gewürgt. Mit den Händen. Verletzungen wurden ihr zum Teil vor dem Ersticken beigebracht. Dazu gehört das Aufschneiden der Mundwinkel, ein Teil der Verletzungen im Genitalbereich und ... die Augen ...«

»Augen?«

»Er hat ihr die Oberlider mit Sekundenkleber so an ihre Haut geklebt, dass sie die Augen nicht mehr schließen konnte.«

»Bevor sie starb?«

Mangold nickte und fuhr fort.

»Dann wurde sie entkleidet, gewaschen ...«

»Gütiger Himmel.«

»Ja, es gibt Seifenreste. Anschließend wurden mit einer Säge Kopf, Arme und Beine abgetrennt.«

»Dabei muss sie völlig ausgeblutet sein.«

Mangold räusperte sich.

»Nach Eintritt des Todes blutest du nicht mehr, es gibt ja keinen Blutdruck. Es fließt nur noch ab. Auffällig geringe Blutspuren am Auffindeort.«

»Und hat er sie vorher vergewaltigt?«, fragte Hensen.

»Keine Spermaspuren im Genitalbereich, der, wie du gesehen hast, ja ebenfalls mit einem Messer bearbeitet wurde.«

»Bis auf die Samenspuren auf ihrem Oberschenkel.«

»Richtig, die stammen von einem Mann, der tot ist. Kein Doppelgänger, kein eineiiger Zwilling. Gestorben vor fünf Monaten.«

»Könnte von einem Samenspender stammen.«

»Oder es ist eine medizinische Probe, die anlässlich einer Untersuchung abgegeben wurde. Tannen versucht, an die Kundenlisten zu kommen. Nicht ausgeschlossen ist, dass der Täter auch anders an die Samenflüssigkeit gekommen ist. Homosexuell war er nach ersten Informationen nicht.«

Hensen nickte und schenkte sich noch ein Glas ein. Mangold lehnte ab.

»Heute Nachmittag wird eine Sonderkommission gebildet. Ich möchte, dass du dabei bist.«

»Sonst nichts? Nachbarn der Toten, die etwas bemerkt haben? Was ist mit dem Freund dieser Kanuk, so eine Frau hat doch einen Freund, Funde am Ablageort? Und was ist mit dieser Mobilbox-Ansage über den finstern Wald?«

»Keine Ahnung. Sie hatte jedenfalls kein Handy dabei.«

»In der Wohnung?«

»Fehlanzeige. Wenn der Täter sich den Spaß gemacht hat, mich über ihr Handy anzurufen, dann werden wir das über ihren Provider feststellen können.«

Hensen zog einen Zettel zu sich heran.

»Mit Ted Bundy, dem Campus-Killer, hatte ich Recht. Unser Täter hat sich eine ›Bedienungsanleitung à la Bundy‹ beschafft. Hat ihn kopiert.«

»Eins zu eins?«, fragte Mangold.

»Nein, es ist, als wollte er uns sagen, schaut her, ich habe es verfeinert, ich habe meinen Stil, meinen ganz persönlichen Stil.«

»Und was kommt jetzt? Eine Verfeinerung von Jack the Ripper? Oder vielleicht dem Zodiac-Killer?«

»Wer weiß?«

Hensen nahm zwei Zeichnungen von seinem Schreibtisch und befestigte sie mit Wäscheklammern an einer Schnur, die an einem der Regale entlangführte.

Die Skizzen zeigten die zerstückelte Leiche so, wie sie sie auf dem Parkplatz gefunden hatten.

»Was sollen diese Verrenkungen?«, fragte Hensen laut, nachdem er sich die Bilder ein paar Minuten angesehen hatte. »Und dann die festgeklebten Wimpern.«

»Wir haben bis jetzt nicht eine handfeste Spur«, sagte Mangold.

»Spuren gibt es immer. Sobald du irgendwohin gehst, gibt es eine Spur. Du veränderst etwas, hinterlässt oder verlierst Dinge, gestaltest das, was du siehst um, nur ...«

»Ja?«

»Wir können sie nicht sehen, wir können sie einfach nicht sehen«, sagte Hensen.

»Man kann Spuren verwischen.«

»Sie sind da«, sagte Hensen. »Direkt vor uns, sie müssen da sein.«

Er hob die Hände und beschrieb in der Luft die Umrisse eines Körpers.

»Waschen und Kleidung hat was mit Reinigen zu tun, mit Unschuld. Warum festgeklebte Augenlider?«

## 5.

Tannen setzte sich im kleinen Sitzungssaal des Präsidiums an einen Tisch und überflog seine Notizen. Die Psychologin und Hensen waren in ihre Unterlagen vertieft. Sein Chef war sicher im Anmarsch. Jetzt nur nichts Wichtiges vergessen, dachte Tannen.

Die Befragung der Nachbarn hatte ergeben, dass Carla Kanuk ein Lasst-mich-bloß-in-Ruhe-Typ gewesen war. Keiner der Nachbarn hatte ihre Wohnung von innen zu Gesicht bekommen. Gepflegte Erscheinung, ging einer geregelten Beschäftigung nach, freundlich und dabei doch unnahbar. Kaum Besuch, auf jeden Fall niemand, an den sich im Haus einer der Nachbarn auch nur im Entferntesten hätte erinnern können. Ein Single wie Tausende andere. Vielleicht eine Spur unauffälliger.

Nicht einmal ein Gerücht hinter vorgehaltener Hand hatte er ihren Nachbarn entlocken können.
 Sie hatte unter ihnen gelebt, und deshalb waren sie über ihren Tod erschrocken. Vermissen allerdings würde sie niemand. Jedenfalls niemand aus ihrer Nachbarschaft. Auch den Bruder hatte dort niemand gesehen.
 Nur der Hausmeister hatte ihre Küche betreten und nach einem Blick auf ein paar Bilder an der Wand geschlussfolgert, dass sie eine Lesbe sein müsse.

»Wen interessiert das heute schon?«, hatte er gesagt. Wie er denn in ihre Küche gekommen sei?

»Ich hab ein Sicherheitsschloss eingebaut.«

Auch die Festplatte des Computers hatte keine dramatischen Beziehungstragödien, Verabredungen mit Unbekannten oder Chatvertraulichkeiten ausgespuckt.

Tannen sah auf die Uhr. Um vier sollte die Konferenz beginnen. Großer Aufmarsch. Selbst der Abteilungsleiter Wirch wurde zur Besprechung erwartet. Er wollte mit der Aussage des Hausmeisters beginnen, auch wenn die nichts hergab.

Marc Weitz jedenfalls würde er nicht unter die Arme greifen. Auch der hatte nichts weiter herausbekommen. Außer ein paar blöden Sprüchen hatte er jedenfalls nichts von sich gegeben.

Tannen musterte Hensen, der darin versunken war, einen Stuhl abzuzeichnen. Er hatte nicht mal den Kopf gehoben, als diese Psychotante vorhin den Konferenzraum betreten hatte.

Weitz betrat den Raum, sah sich verstohlen um, steuerte einen Stuhl an und begann, nachdem er sich gesetzt hatte, an seinen Fingernägeln zu pulen. Eine fast betretene Stille breitete sich aus. Als Letzte kamen Mangold und der Abteilungsleiter Wirch.

Mangold stellte Kaja Winterstein vor, die ein Täterprofil erstellen werde und die Sonderkommission in allen psychologischen Fragen beraten solle.

Hensen hob die Augenbraue. Er wandte sich von seinem Objekt ab und begann stattdessen, sie zu zeichnen. Kaja Winterstein quittierte das mit einem Lächeln und dem betont koketten Zurechtzupfen einer Haarsträhne.

Hensen lächelte zurück, sah dann wieder auf sein Blatt.

Mangold referierte die bisherigen Ermittlungsergebnisse und fasste den vorläufigen Bericht der Gerichtsmediziner zusammen.

»Hat die Befragung der Nachbarn etwas ergeben?«, fragte er anschließend.

Das war Tannens Einsatz.

»Die Nachbarn beschreiben sie als unauffällig. Ist ihrer Arbeit nachgegangen, keinerlei Feste, keine Freunde, und auch Freundinnen hat niemand gesehen.«

»Was hat der Computer ausgespuckt?«

»Keinerlei Auffälligkeiten, Online-Banking, ein paar Mails an Arbeitskollegen und ehemalige Schulfreunde, eine Menge Horoskop-Kram und so. Der Hausmeister ...«

»Vielen Dank, Tannen«, sagte Mangold. »Machen Sie bitte einen stichwortartigen Kurzbericht. – Mobilfunkanbieter?«

»Die Liste mit den ausgehenden Anrufen ist unterwegs«, sagte Weitz.

Mangold zog eine Seite aus dem Papierstapel vor sich und notierte etwas.

»Dann haben wir noch den Wachmann, dessen Körpersekret auf dem Leichnam gefunden wurde. Stammt wahrscheinlich von einer Samenbank. Vielleicht haben wir Glück und finden raus, an wen diese Spende geschickt wurde. Wer kümmert sich darum?«

»Bin ich dran«, sagte Weitz. »Einen Teil der in Deutschland infrage kommenden Samenbanken hab ich angemailt.«

»Sehr gut«, sagte Mangold, »diese Spur könnte heiß werden, auch wenn unwahrscheinlich ist, dass der Täter uns darüber seine Identität preisgibt. Aber dranbleiben müssen wir. Irgendwo hat er einen Fehler gemacht, einen zunächst ganz unscheinbaren, niemand ist perfekt.«

Er nickte Weitz anerkennend zu, der sich beflissen eine Notiz machte.

»Gute Arbeit«, sagte Mangold.

Schleimer, dachte Tannen, der erwog, die angebliche »Ahnung« von Weitz zur Diskussion zu stellen und dabei beiläufig zu erwähnen, dass sie ihm gekommen war, als er sich auf das Bett der Getöteten gelegt hatte. Der Abteilungsleiter putzte stumm seine Brille, während Mangold wieder das Wort ergriff.

»Was ist mit Auffälligkeiten hinsichtlich Tathergang, Zurichtung der Leiche, Ähnlichkeiten, was Ablageorte betrifft, darum wollten Sie sich doch kümmern, Tannen?«

»Da hab ich mich eingeklinkt«, sagte Kaja Winterstein.

Mangold zog, den Blick immer noch auf Tannen gerichtet, die Stirn kraus und wandte sich dann der Psychologin zu.

Tannen versuchte, seinen Atem zu beruhigen. Meine Güte, schließlich hatte er die Nachbarn befragt! Er konnte sich doch nicht zerreißen.

Wenn Mangold das plötzlich nicht mehr interessierte, dafür konnte er doch nichts. So eine Arbeit ließ sich nicht in einer halben Stunde erledigen, wenn man es gründlich machte. Es war ein Mietshaus, viele der Nachbarn mussten erst einmal aufgetrieben werden. Sensibel musste er vorgehen. Da konnte man nicht mit der Tür ins Haus fallen, die Leute verschrecken. Wurde man plötzlich von der Polizei befragt, entstand bei potenziellen Zeugen zunächst das Gefühl, sich schuldig gemacht zu haben.

»Also, signifikante Übereinstimmungen mit anderen Fällen hinsichtlich der Auffindesituation konnte ich nicht entdecken«, sagte Kaja Winterstein. »Zumindest nicht in Deutschland.«

»Wie steht's um die kleineren Treffer?«, fragte Mangold.

Sie lächelte ihn an und sagte: »Also Zerstückeln hat es gegeben, und das Entkleiden der Leiche, das ordentliche Stapeln der ausgezogenen Kleidungsstücke, Ablageorte in der Nähe von Autobahnen kommen vor. Das Muster beim Zusammenlegen der Leichenteile ...«

»Ja?«

»Fehlanzeige. Gab es vorher nicht. Da wurden die Opfer zerstückelt, um sie besser entsorgen zu können.«

»Und das kommt hier nicht in Betracht?«

»Dann hätte der Täter sie in dem Behältnis gelassen, in dem er sie transportiert haben muss. Das Zusammenfügen der Extremitäten ist neu.«

»Und die Augenlider, die mit Sekundenkleber festgeklebt wurden?«, fragte der Abteilungsleiter.

»In Deutschland bisher noch nicht vorgekommen.«

»Mit wem haben wir es hier zu tun?«, fragte Wirch.

»Dafür ist es zu früh, aber ...«

»Jetzt kommt's«, unterbrach Weitz die Psychologin. Kaja Winterstein warf ihm einen strafenden Blick zu, ließ sich jedoch nicht irritieren.

»Wenn man dafür sorgt, dass jemand die Augen nicht mehr schließen kann, dann soll das Opfer zusehen.«

»Supertoll«, sagte Weitz und wurde jetzt mit einem Blick von Hensen zum Schweigen gebracht.

Kaja Winterstein fuhr fort.

»Die Augen verschließen ... vor etwas verschließen. Es

gibt Fälle in den USA, da wurden Opfern die Lider weggeschnitten, eben aus genau diesem Grund. Das gehört zum Ausleben der Fantasie der Täter. Die Opfer sollen sehen, was mit ihnen geschieht, sehen, was mit dem Täter passiert. Außerdem gibt es für die Täter einen zusätzlichen Kick, wenn sie die Angst in den Augen ihrer Opfer sehen.«

»Das zeigt uns noch keinerlei Motive«, sagte Mangold.

»Das hab ich auch nicht behauptet«, sagte Kaja Winterstein. »Nach einer ersten Einschätzung deutet das Entkleiden der Leiche auf so etwas wie Unschuld hin, die festgeklebten Augenlider wiederum auf das Gegenteil. Möglich auch, dass er ihr den Tod zeigen will oder das neue Leben, das am Ende des Tunnels auf sie wartet.«

Weitz rutschte unruhig auf seinem Stuhl.

Kaja Winterstein räusperte sich und senkte die Stimme.

»Wenn ich gesagt habe, dass es keine vergleichbaren Fälle gibt, dann ist das nicht ganz richtig.«

»Will heißen?«, fragte der Abteilungsleiter.

»International kann man da schon fündig werden.«

»An wen denken Sie?«, fragte Wirch.

»Bundy, Ted Bundy, ein amerikanischer Serienkiller.«

Hensen blickte kurz zu Mangold.

»Und dieser Bundy ist jetzt auf Hafturlaub in Deutschland und tobt sich hier aus, oder wie soll ich das verstehen?«, fragte Wirch.

»Bundy ist tot. Vor einigen Jahren hingerichtet«, sagte Hensen.

»Der Täter kannte also seine Vorgehensweise«, sagte Wirch zu Winterstein. »Wollen Sie das damit sagen?«

»Sicher, aber das ist nicht die Frage.«

»Sondern?«

»Warum kopiert unser Täter diesen Bundy? Was ist sein Motiv?«

Wirch schlug mit der flachen Hand auf den Tisch.

»Auffallen, Schlagzeilen machen. Hört zu, liebe Leute, ich zeig euch mal, was die richtigen Monster so können, ich zeig euch mal, wie es in Amerika, im Land of Glory und Horror so zugeht.«

»Er will es besser machen als Bundy«, sagte Kaja Winterstein. »Er will ihn verfeinern, zumindest deutet viel darauf hin.«

Hensen blickte sie und dann Mangold an und nickte.

»Sie meinen, er macht weiter? Das war nur der Anfang?«

»Mit großer Wahrscheinlichkeit. Vielleicht war es auch schon der zweite Akt«, sagte Kaja Winterstein.

»Was meinen Sie mit ›Der zweite Akt‹?«, wollte Wirch wissen.

»Vielleicht wurden andere Opfer nicht gefunden«, antwortete Kaja Winterstein. »Und zur Wahrscheinlichkeit weiterer Taten: Es sieht nicht so aus, als könnte er aufhören. Im Gegenteil, die Brutalität deutet auf einen Startschuss hin.«

»Sicher sind Sie aber nicht?«, sagte Wirch.

»85 Prozent. Er wird sich steigern wollen. Serientäter schrauben weiter, eine neue Umdrehung, dann noch eine. Wann er die nächste Dosis braucht, ist unklar.«

»Aber er kopiert, macht nach«, sagte Wirch.

»Leider nicht so außergewöhnlich. Zumindest nicht für die USA. Durch Medien bekannt gewordene Serienkiller wurden fast immer von Nachahmungstätern kopiert.«

»Beispiel?«, fragte Wirch.

»Der Zodiac-Killer. Lief mit einer mittelalterlichen Henkersrobe und Kapuze herum und trug das Zodiac-Zeichen auf der Brust.«

»Zodiac-Zeichen?«, fragte Tannen.

»Ein Kreis mit einem Kreuz, sieht ein wenig aus wie das Fadenkreuz. Also, der Killer wurde kopiert von Heriberto Seda. Auch er hat Liebespaare oder junge Frauen umgebracht und sich, nachdem man ihn festgenommen hatte, zu seinem Vorbild bekannt. Der Zodiac-Killer hat es auf sieben bis 37 Morde gebracht.«

Wirch sah sie fassungslos an.

»Was soll das heißen, sieben bis 37 Morde?«

»Die erste Zahl ist die offizielle Verlautbarung der Polizei, von 37 Morden hat der Täter selbst in seinen Briefen an die Presse geschrieben.«

»Der hat mit der Presse Kontakt gehalten? Großer Gott, da können wir uns ja auf was gefasst machen«, sagte Wirch. »Das darf auf keinen Fall passieren. Wir müssen mit den Chefredakteuren reden.«

Hensen sah von seiner Skizze auf und sagte:

»Wir müssen das von der Entwicklung abhängig machen. Noch haben wir keinen Serientäter, wir haben eine Leiche. Auch wenn es durchaus wahrscheinlich erscheint, dass wir es mit einem Auftakt zu tun haben.«

Wirch wandte sich wieder an Kaja Winterstein.

»Und? Wie hat man diesen Zodiac-Killer erwischt? Indizien? Auf frischer Tat ertappt?«

Kaja Winterstein schüttelte den Kopf.

»Nein.«

»Was, ›nein‹?«

»Er wurde nie gefasst, aber er hat verschlüsselte Botschaften an die Zeitungen geschickt und sie aufgefordert, sie abzudrucken. Allerdings konnte bis heute nur eine dieser Botschaften entschlüsselt werden. Er hat seine Morde regelrecht verfeinert.«

»Gott, wie sehne ich die Zeit zurück, als die Irrenanstalten noch Schlösser an den Türen hatten«, sagte Wirch. »Was sollen wir der Presse erzählen? Dass ein Monster umgeht, ein Spinner, der seine Morde zelebriert wie ein ... wie ein Gourmetkoch, der seine Ente mit einem neuen Gewürz veredelt? Verfeinern, einen Mord verfeinern!«

Tannen sah zu Weitz hinüber. Der grinste in sich hinein, wie ein schlechter Pokerspieler, der einfach nicht verbergen konnte, dass er drei Asse auf der Hand hielt. Fehlte nur noch, dass der ihn hier heute Morgen endgültig in die Scheiße ritt.

Er überlegte angestrengt, was er vergessen haben könnte. Diesem Stammtischpolizisten war alles zuzutrauen. Ihm gegenüber riss er die Klappe auf, und wenn es zur Sache kam, schleimte sich dieser Typ ein, als würde er jeden Morgen mit Vaseline duschen.

»Was ist mit dem Bruder der Toten?«, fragte Mangold.

»Den wollten Sie informieren«, sagte Tannen.

»Stimmt, das übernehme besser ich.«

Mangold erhob sich von seinem Stuhl.

»Gut«, sagte er, »das war's fürs Erste, ich möchte, dass ich über jeden noch so kleinen Fortschritt auf dem Laufenden gehalten werde. Das Ganze ist ein Puzzlespiel und da dürfen keine Steine unter den Tisch fallen. Also, alle neuen Informationen sofort zu mir. Ich werde sie weiterleiten, damit alle auf dem gleichen Stand sind. Ich mache eine Liste und vergebe die Aufgaben, die anstehen. Ist so weit erst einmal alles klar?«

»Nicht ganz«, sagte Weitz.

»Ja?«

»Da gibt es noch diesen Kassenbon, der eine verschlüsselte Botschaft enthalten soll. Mit den geschriebenen Wörtern ›Kassenbon‹ und ›Geldnote‹ hintendrauf. Ich meine die Vermutung, dass Man-Power und Goldmais ein Hinweis auf Ihren Namen sein könnte und dass es volle Absicht war, den bei der Leiche zu hinterlassen.«

»Ich glaube nicht daran«, sagte Mangold.

»Sicher ist sicher«, sagte Weitz, »ich hab die Bänder bestellt.«

»Welche Bänder?«

»Die Aufzeichnungen aus dem Supermarkt. Da hängen überall diese Kameras rum. Vielleicht fällt uns jemand auf, ich meine irgendeiner, den wir in der Kartei haben und der für diesen Mord infrage kommt.«

»Wir können doch nicht Zehntausende von Kunden überprüfen«, sagte Tannen.

Weitz grinste ihn unverhohlen an.

»Auf jedem Kassenbon stehen Datum und Uhrzeit. Selbst wenn er sich den Bon aus dem Mülleimer gezogen hat, können wir es auf einen Tag eingrenzen. So viel Arbeit ist das gar nicht. Außerdem könnte man sich doch mal ansehen, wer da so herumläuft.«

Mangold nickte nachdenklich. Die Anerkennung für Weitz war unübersehbar, selbst Wirch zog die Augenbrauen hoch.

»Das ist eben die Gefahr«, sagte Mangold. »Gerade bei einem solch verwirrenden Fall dürfen wir nichts vergessen. Gute Arbeit, Weitz.«

## 6.

»Mit den Rechnern können Sie ein Museum eröffnen«, sagte der Computerexperte. Seltsam, aber manchen Leuten stand der Beruf ins Gesicht geschrieben, dachte Mangold. Dieser Computerfreak Carlos Wenger hatte eine auffallend hohe Stirn und seine blasse Gesichtsfarbe verriet, dass er sicher auch in den Nächten durch die Datenleitungen der Welt reiste.

»Mal unter Brüdern, es ist ein Wunder, dass die Kisten überhaupt noch funktionieren«, sagte er und deutete auf die externen Festplatten, mit denen man zusätzliche Speicherkapazität geschaffen hatte.

»Wenn Sie sich in einer Arbeitsgruppe mit virtueller Kommunikationsstruktur zusammenschalten wollen, dann brauchen Sie neue Software, und für die reicht die Prozessorleistung bei Weitem nicht aus. Am ehesten wird das noch über das Internet zu machen sein, mit einem kostenlosen Redaktionssystem.«

»Sind Sie wahnsinnig? Es geht um internen Informationsaustausch, darauf darf niemand außerhalb der Gruppe Zugriff haben«, sagte Mangold.

Der Computerexperte versprach, eine hocheffiziente Verschlüsselung einzuziehen. Was auch immer das bedeuten mochte. Er reichte Mangold seine Visitenkarte.

»Ich sage Ihnen dann, wo Sie das Handbuch im Netz finden. Ist aber kinderleicht strukturiert. Bei solch einem Redaktionssystem müssen Sie nur die Zugriffsrechte verteilen. Sie haben dann die Oberhoheit, sind der Chef vons Janze.«

Wenger hob vergnügt die Hand, und es sah aus, als dirigiere er ein Orchester.

»Jeder bekommt ein Passwort und kann sich sofort einen Überblick über den Stand der Dinge verschaffen. Selbstverständlich, sobald Sie die Informationen freigegeben haben.«

»Und das ist sicher?«

»Ohne Passwort läuft da gar nichts. Aber sicher ... was ist heute schon sicher? Sicher ist: Sie trennen den Computer vom Netz und setzen einen Kampfhund vor die Tastatur. Aber nur, wenn Sie dem Hund vertrauen können.«

Mangold überdachte den Vorschlag. Ja, er musste damit zunächst zufrieden sein, schließlich war es schon ein mittelschweres Wunder, dass die Abteilungsleitung mit Carlos Wenger überhaupt einen externen Fachmann bezahlt hatte. Ein Experte, der sich nicht wie einige Systemadministratoren aus dem Präsidium in mühevollen Seminaren den Umgang mit dem Computersystem angeeignet hatte, sondern der wirklich etwas von seinem Job verstand. Neue und vor allem schnellere Computer konnte allerdings auch der nicht herbeizaubern. Schon gar nicht sündhaft teure Programme.

Dass seinem Antrag auf Schaffung einer neuen computergestützten Organisationsstruktur entsprochen wurde, war wohl nur mit diesem spektakulären Fall zu erklären. Wie sollte man der Öffentlichkeit verständlich machen, dass die Aufklärung eines derart bestialischen Verbrechens durch fehlende technische Ausstattung behindert wurde?

Mangold fasste die bisherigen Ermittlungsergebnisse stichwortartig in einem Bericht zusammen und druckte ihn achtfach aus.

Gerade als er die Blätter aus dem Drucker zog, betrat Tannen das Büro. Mangold sah ihm an, dass er seine aufgekratzte Stimmung kaum verbergen konnte.

»Sie hatten Recht, es war tatsächlich das Handy der Toten, von dem aus Sie angerufen wurden. Der Mobilnetzbetreiber hat die Liste mit den abgehenden Anrufen gemailt«, sagte Tannen und wedelte mit den Papieren. »Ging ziemlich fix.«

»Andere Auffälligkeiten?«

»Dies hier sind die Anrufe der letzten drei Monate, die Frau litt nicht gerade an Telefonitis. Anrufe in der Firma, bei Arbeitskollegen, soweit ich sehen kann, das Übliche. Ein paar Nummern muss ich noch überprüfen.«

»Woher kannte der Täter meine Nummer? Warum spricht er mich an, was geht in diesem kranken Hirn vor, dass er ausgerechnet mir seine Ergüsse schickt?«

»Keine Ahnung, vielleicht haben Sie ihn schon mal festgenommen, wegen irgendeiner anderen Sache?«

»Meine Nummer steht im Telefonbuch, aber es muss einen Grund haben, warum er sie heraussucht. Wo steht der Sendemast, über den das gelaufen ist?«, fragte Mangold.

»Tja, also das war ebenfalls ein Treffer. Drüben auf dem Bürohaus, eine Empfangs- und Sendestation, über die auch die Handy-Telefonate laufen, die hier aus dem Präsidium geführt werden.«

»Er rückt uns auf die Pelle?«

»Oder er sitzt schon mittendrin.«

»Tannen, setzen Sie nicht solchen Unsinn in die Welt. Einer von uns – sind Sie wahnsinnig? Was ist mit Weitz?«, fragte Mangold.

»Weitz? Kann ich mir nicht vorstellen, dazu ist der nicht fähig.«

»Das meinte ich selbstverständlich nicht, ich weiß gar nicht, was in Sie gefahren ist.«

Tannen versuchte mit einem Lächeln, es wie einen Witz aussehen zu lassen.

»Worum kümmert sich Weitz gerade?«

»Sitzt immer noch in einem abgedunkelten Büro und sieht sich die Bänder aus dem Supermarkt an.«

Mangold nahm Tannen die Papiere aus der Hand und bedankte sich.

Wenn im Präsidium erst herum war, dass der Mörder von Carla Kanuk ihm eine Art literarischen Gruß geschickt hatte, dann würden die schiefen Blicke, die man hier auf ihn warf, noch schiefer werden.

»Geh mal mit dem einen oder anderen Kollegen ein Bier trinken«, hatte Wirch ihm geraten. Was für ein Affentheater! Sollte er den Kumpel spielen? Den Partykracher, um sich beliebt zu machen? Das hier war kein Therapieplatz und er kein lustiger Delfin, den man streicheln konnte. Er hatte sich um seine Arbeit zu kümmern, und nicht Verbrüderungen mit Leuten anzubahnen, die so grundverschieden von ihm waren. Leute, die ihre Spießigkeiten und ihre Beamtenträgheit verteidigten, als wäre genau dies das Fundament der Polizeiarbeit. Leute, die eine Lebensstruktur brauchten anstelle einer Herausforderung.

»Tannen, was halten Sie von dem Fall? Mal so ins Blaue hinein, raus damit.«

Tannen räusperte sich und sagte: »Ein Verwirrspiel. So, als hätte er irgendetwas Großartiges gemacht, für das er jetzt Anerkennung möchte.«

»Schön, aber warum will dieser Killer Anerkennung von mir? Warum wendet er sich nicht an die Presse, ans Fernsehen, die alles hübsch in bluttriefende Artikel und Bilder verpacken?«

»Keine Ahnung. Kommt womöglich noch.«

»Wie auch immer, wir müssen von der Möglichkeit ausgehen, dass dieser Kassenbon tatsächlich an mich adressiert ist. Gehen Sie bitte Weitz zur Hand. Und sehen Sie genau hin. Dann kümmern Sie sich um die Samenbanken.«

Tannen nickte und drehte sich um.

»Ach, und noch was«, sagte Mangold. »Kennen Sie eigentlich diese Kaja Winterstein? Ich meine, was wissen Sie über die Frau?«

»Ist seit vier Wochen hier im Präsidium und hat sich bisher durch Aktenberge gewühlt.«

Mangold nickte. Schaden konnte diese Psychologin nicht. Der Fall hatte eine Dimension angenommen, in der er Spezialisten in jeder Hinsicht benötigte. Die zur Schau gestellte Brutalität dieser Tat war einzigartig. Tannen stand immer noch unschlüssig an der Tür, als das Telefon klingelte.

»Warten Sie«, sagte Mangold und nahm den Hörer ab.

Die Einsatzzentrale meldete einen Leichenfund auf dem Gelände von Hagenbecks Tierpark. Die Beamten hätten seltsame Verstümmelungen entdeckt.

»Geht's auch genauer?«, fragte Mangold.
Die Stimme am anderen Ende der Leitung hüstelte.
»Sicher, der Schädel … also, er wurde aufgebohrt.«

## 7.

Hensen zeigte einer jungen Polizistin seinen Sonderausweis, den ihm Wirch mit einem Gesichtsausdruck überreicht hatte, als würde er ihm das Leben seiner Kinder anvertrauen.

Er bückte sich unter dem Absperrband hindurch. Für ihn als Reporter eine seltsame Situation. Jahrzehntelang war er von Tatorten meist vertrieben worden, und das auch mit vorgehaltener Waffe.

Der Tote lag auf einem Rasenstück, das sich zwischen einem großen Gebüsch und dem See erstreckte. Der Boden war tief, fast morastig.

Hensen entdeckte Mangold, Tannen und die Psychologin. Sie standen drei Meter von der Leiche entfernt. Zwei Gerichtstechniker in weißen Overalls beugten sich über die Leiche, zwei andere hockten auf dem Boden und untersuchten das Gras.

Im Unterschied zu dem Tatort an der Autobahn Richtung Hannover war hier kein Zelt aufgebaut worden.

»Er scheint die Lust am Zerstückeln verloren zu haben«, sagte Hensen und sah sich den Körper von allen Seiten an. Der Tote war dunkelhäutig und mochte so um die 25 Jahre alt geworden sein. Er war auf die Seite gelegt worden. Eine Stelle am Kopf war kahl rasiert, mittendrin ein Loch.

»Er hat ihm den Schädel aufgebohrt?«, fragte Hensen die Gerichtsmedizinerin. Die nickte stumm, ohne ihren Blick von dem Toten abzuwenden. Auch Mangold und Kaja Winterstein traten jetzt neben ihn.

»Das ist leider nicht alles, sieh dir seine Wange an«, sagte Mangold.

Auf sein Zeichen hin hob die Gerichtsmedizinerin den Kopf des Toten. Durch ein Loch leuchteten die Zähne des Opfers.

»Er bohrt den Kopf auf und beißt ein Loch in die Wange?«, fragte Hensen. »Das sind Bissspuren.«

Mangold wandte sich an die Gerichtsmedizinerin.

»Und ein Tier? Er hat die Nacht über hier gelegen, es könnte doch auch Tierfraß sein.«

Die Gerichtsmedizinerin schüttelte den Kopf. »Glaub ich nicht, das Ränderprofil sieht nach menschlichen Zähnen aus.«

»Dahmer«, sagte Kaja Winterstein.

Hensen sah sie überrascht an. Die Frau schien etwas auf dem Kasten zu haben. Auch ihm war sofort dieser Name eingefallen.

»Könntet ihr einen Unwissenden erleuchten?«, fragte Mangold.

»Jeffrey Dahmer«, sagte Kaja Winterstein, »das Milwaukee-Monster.«

»Schon wieder ein kopierter Mord? Arbeitet der sich jetzt durch die Liste der schlimmsten amerikanischen Killer?«

»Dafür übertreibt er zu sehr … also ich glaube nicht an einen Copy-Killer. Es ist … zu viel«, sagte Hensen.

»Zu viel? Was meinst du mit ›zu viel‹? Reicht das nicht?«

»Er legt seinen Stil obendrauf«, sagte Hensen.

»›Seinen Stil‹, das ist doch nicht zu fassen. Und was sagt die Psychologin?«

Kaja Winterstein betrachtete den Toten. Nach einer halben Minute sagte sie: »Ich würde es jedenfalls nicht von vornherein ausschließen. Gut möglich, dass er sich als gelehriger Schüler empfindet. Einer, dessen heißester Wunsch es ist, seine Vorbilder zu übertreffen, die Morde zu perfektionieren!«

Mangold wollte etwas erwidern, aber sie fuhr fort: »Und das wiederum bedeutet, dass er den Tätern, die er kopiert, nah sein möchte.«

Hensen bat einen uniformierten Polizisten, mit zwei Kollegen die Gebüsche in der näheren Gegend abzusuchen.

»Was soll das? Noch ein Toter?«, fragte Mangold.

»Wir suchen die kleine Miezi oder Hasso«, sagte Hensen.

»Bitte?«

Statt Hensen antwortete Kaja Winterstein.

»Dahmer liebte es, Tiere auseinanderzunehmen. Wollte wissen, ob man das ›Leben‹ sehen kann.«

»Daran hat er sich ...?«

»Schon als er in die Pubertät kam, mit vierzehn.«

»Nehmen wir an, es handelt sich um einen Serientäter«, sagte Mangold, »die bleiben doch bei einer Hautfarbe, bei einem Geschlecht.«

»Unser Mann spielt die Mordtaten fremder Täter nach«, sagte Kaja Winterstein. »Er will auf etwas ganz Bestimmtes hinaus. Dahmer, und genau den hat er hier nachgeahmt, holte sich seine Opfer aus dem Strichermilieu, setzte sie mit Schlafmitteln außer Gefecht und ...«

Ein Polizist trat auf die Gruppe zu und bat sie, sich einen Fund anzusehen. Nur ein paar Meter entfernt hing ein Tierkadaver in einem Strauch. Der tote Pampa-Hase, dessen Artgenossen frei auf dem Tierparkgelände herumliefen, war ausgenommen, die Augen waren durchstochen worden.

»Treffer«, sagte Mangold.

Hensen nickte. Nein, ihm war absolut nicht wohl bei diesem Fall. Das Vorgehen des Täters war äußerst kaltblütig. All das ergab nur Sinn, wenn eine Absicht dahintersteckte, ein Motiv, das er noch nicht bereit war vor seinem Publikum zu offenbaren. In gewisser Weise spielte er mit der Polizei, und zwar mit einer Ernsthaftigkeit und Liebe zum Detail, die ebenso perfide und genau geplant war wie sie brutal ausgeführt wurde.

»Was wird die Pathologie bei der Obduktion feststellen?«, fragte Mangold. »Oder andersherum, was ist wahrscheinlich, wenn der Täter in dieser Inszenierung den Jeffrey Dahmer gibt?«

»Zunächst das, was wir sehen«, sagte Kaja Winterstein. »Hensen, helfen Sie mir, wenn ich etwas vergesse?«

Sie blickte zu dem überraschten Hensen hinüber, der gerade seinen Skizzenblock aus der Lederjacke zog.

»Also Dahmer tötete seine Opfer, missbrauchte die Leichen, aß einige Teile«, sagte sie.

»Und fotografierte sich dabei, das ist sicher nicht ganz unwichtig«, sagte Hensen. »Die Polaroids wird er uns wahrscheinlich ins Präsidium schicken.«

»Was ist mit dem Loch? Ich meine mit dem Kopf des Toten?«, fragte Mangold.

»Dahmer wollte seine Opfer zu Sexsklaven machen und bohrte ihnen die Schädel auf. Anschließend füllte er die Löcher mit Salzsäure.«

»Oh Gott, ich hoffe, nachdem sie tot waren?«, fragte Mangold.

»Er wollte sie zu Sexsklaven machen«, sagte die Psychologin. »Er wollte Macht über sie ausüben, sie mussten diese Tortur lebend über sich ergehen lassen.«

»Wie krank können Menschen sein?«, murmelte Mangold.

»Macht, es geht um Macht«, sagte Kaja Winterstein. »Macht über die Opfer.«

Vom Elefantengehege her war ein Trompeten zu hören, in das andere Tiere einstimmten. Auch das Gekreische und durchdringende Pfeifen von Vögeln wurde lauter. Als Hensen in das Geäst eines Baumes aufschaute, konnte er einen Pfau erkennen.

»Die Tiere können tote Menschen riechen«, sagte er.

»Und warum ausgerechnet Hagenbeck als Ablageort?«, fragte Mangold. »Wollte er den Besuchern etwas bieten? Süchtig nach Berühmtheit?«

Weder Hensen noch Kaja Winterstein gaben eine Antwort.

Ein Mord auf dem Tierparkgelände, das wäre auf jeden Fall eine Schlagzeile wert, dachte Hensen. Wollte er damit seinen »Ruhm« auskosten? Die Menschen in Angst und Schrecken versetzen?

Er begann die Leiche zu skizzieren. Am Absperrband versuchten drei Fotojournalisten sich dem Tatort zu nähern. Auch ein Fernsehteam baute ein Stativ auf und arretierte eine Kamera auf der Schiene.

Ein wenig beneidete Hensen seine Kollegen. Sicher, sie wollten dicht an den Tatort, mit eigenen Augen sehen, ein spektakuläres Foto schießen, doch sie würden den Toten nicht zu Gesicht bekommen. Sie würden nicht mit diesem Bild leben müssen, das sich unauslöschbar ins Gehirn brannte. Allein wegen der Wunde im Gesicht, die den Gesichtsausdruck grotesk verzerrte. Ganz zu schweigen von dem aufgebohrten Schädel und der durchsickernden Hirnmasse.

Er trat einen Schritt zur Seite, um an der über die Leiche gebeugten Gerichtsmedizinerin vorbei einen Blick auf die Lage des Körpers werfen zu können.

Von den Verstümmelungen abgesehen, hätte man den Anblick beinahe als friedlich bezeichnen können. Auf die Seite gelegt, ein wenig gebeugt, gerade so, als hätte sich der Tote in Embryohaltung schlafen gelegt. Nur das Weiß der Zähne, das durch das herausgebissene Loch in der Wange leuchtete, wollte dazu nicht passen. Seine Skizze misslang gründlich. Es war, als sträubten sich seine Finger, eine derartige Verletzung zu zeichnen.

Reiß dich zusammen, auch da Vinci hat sich Leichenteile besorgt, um sie zu sezieren und zu zeichnen.

Hensen skizzierte die halb heruntergezogene Hose und das auf dem Oberschenkel liegende Glied, die Bisswunden am Oberkörper, die dunklen Brusthaare.

Die Gerichtsmedizinerin untersuchte mit einer Lupe die Bisswunden im Gesicht und am Oberkörper. Sie kam aus der Hocke und machte einen Schritt auf Mangold zu. Hensen gesellte sich dazu.

»Wir haben Glück«, sagte die Gerichtsmedizinerin. »Na ja, wenn man das unter diesen Umständen so nennen kann.«

»Was heißt Glück?«, wollte Mangold wissen.

»Es sind ziemlich saubere Abdrücke ... ich meine die Bissspuren. Sehen Sie, es gibt noch einen Abdruck auf dem Oberarm. Man könnte die Spuren zuordnen. Wenn wir etwas zum Abgleichen haben.«

»Haben wir so was in der Datenbank?«

»Unwahrscheinlich, aber zumindest könnten wir Verdächtige damit abgleichen.«

Mangold nickte, und bat Hensen, zu ihm ins Büro zu kommen, wenn er hier fertig war.

»Und bring dann bitte gleich Kaja Winterstein mit.«

## 8.

Marc Weitz bremste scharf, als ihm ein vielleicht Fünfjähriger seinen Einkaufswagen vor den Kühler schob. Hier auf dem Parkplatz des Supermarkts herrschte das Gesetz des Dschungels. Eine Frau sammelte ein paar Nudelpackungen vom Boden, die ihr aus dem überfüllten Einkaufswagen gefallen waren und eine Rollstuhlfahrerin versuchte, neben ihrem eigenen Gefährt auch den Einkaufswagen vor sich her zu dirigieren.

Weitz parkte seinen Wagen auf einem Behindertenparkplatz und schob das Schild mit der Aufschrift »Polizeifahrzeug im Einsatz« hinter die Scheibe.

Vorbei ging es an einem Getränkeladen, einer Apotheke und einem Zeitschriften- und Tabakladen. Er fragte eine Kassiererin nach der Geschäftsleitung und wurde zu einer kleinen Tür gewiesen, die kaum erkennbar in die Wand eingelassen war. Links und rechts schlängelte sich eine Ablage, auf der die Kunden ihre Waren verstauen konnten. Eine Türklinke gab es nicht. Weitz schlug mit der Faust gegen die Tür, horchte dann.

Er schlug kräftiger. Nach ein paar Sekunden wurde sie aufgerissen und mit puterrotem Kopf stand ein schlaksiger Mann in einem fleckigen Kittel vor ihm.

»Ja?«, sagte er und sah Weitz herausfordernd an. »Was iss?«

Weitz taxierte ihn und sagte zunächst gar nichts.

»Wenn Sie Beschwerden haben, dann wenden Sie sich an eine der Verkäuferinnen.«

Er griff zum Türknauf, um sie wieder zu schließen. Weitz öffnete sein Jackett und schob seinen Oberkörper mit dem sichtbaren Pistolenhalfter nach vorn.

Dann zog er gemächlich seinen Ausweis aus der Hemdtasche und hielt ihn eine Spur zu dicht vor das Gesicht des Mannes.

»Können Sie zufällig lesen?«

»Ja?«, sagte der Mann im Kittel.

»Sind Sie der Filialleiter?«

»Sein Stellvertreter. Herr Knauer ist heute krank.«

Marc Weitz schob ihn zur Seite und stieg die kleine Treppe hinauf, die in das Büro des Marktleiters führte.

Der Schreibtisch war übersät mit Rechnungen, Lieferscheinen, Werbezettelchen, Bestandslisten, eingebeulten Konservendosen, zwei undichten Joghurtbechern, die auf einer Serviette standen, Heftklammern und Kugelschreibern.

Der Rahmen des Monitors war mit dunklen Flecken gesprenkelt.

»Was ist das für ein Saustall?«, fragte Weitz.

Der stellvertretende Filialleiter sah ihn durch seine verschmutzte Brille fragend an.

»Wird das jetzt eine Lebensmittelkontrolle?«, fragte er gereizt.

»Wie heißen Sie?«

»Joachim Kluge.«

»Fein, Herr Kluge. Ich hab eine Frage zu Ihrem Sicherheitssystem.«

»Ach so, Sie meinen die Bänder, die vor ein paar Tagen von einem Beamten abgeholt wurden.«

»Genau. Das waren doch sicher nicht alle.«

»Was meinen Sie?«

»Da gibt es doch sicher noch einige Kameras, die auf die Kassen gerichtet sind, die zeigen, was Ihre Kassiererinnen so im Einzelnen treiben. Ob sie sich einen Leergutbon in die Kittelschürze schieben.«

Der Filialleiter trat von einem Bein auf das andere.

»Davon weiß ich nichts.«

»Aber Sie werden sich in Ihrem Laden doch auskennen?«

»Eine Sicherheitsfirma kümmert sich darum.«

»Und die wertet die Bänder aus?«

»Keine Ahnung … aber ja, sicher. Das geht dann gleich in die Konzernzentrale. Wir hier haben damit nichts zu tun.«

»Wo sind diese Bänder?«

»Die gibt es nicht, das wird meines Wissens direkt überspielt … in die Konzernzentrale.«

»Dann rufen wir jetzt mal fein in der Konzernzentrale an und fragen, einverstanden?«

Marc Weitz hob mit spitzen Fingern den Telefonhörer und sagte: »Was für eine Schweinerei.« Dann drückte er ihn dem stellvertretenden Filialleiter in die Hand.

»Wir wollen doch mit der Polizei zusammenarbeiten, nicht wahr?«

Joachim Kluge zuckte mit den Achseln und wählte eine Telefonnummer. Er ließ sich mit der Sicherheitsabteilung in der Konzernzentrale verbinden und reichte den Hörer dann zurück an Weitz.

Nein, es würden nur sporadisch Kontrollen erfolgen.

Nein, aus dem Supermarkt existierten keine Aufzeichnungen, auch in letzter Zeit hätte es keine Überprüfung gegeben, und ja, man würde in Zukunft die Mitschnitte aufbewahren, und ja, man sei bemüht, mit der Polizei eng zusammenzuarbeiten. Worum es denn eigentlich gehe, wollte der Chef der Sicherheitsabteilung wissen.

»Kein Kommentar«, sagte Weitz. »Aber es ist wichtig genug.«

Der Mann am anderen Ende der Leitung bat um ein kleines Fax mit der offiziellen Behördenanfrage und gab ihm die Telefonnummer durch. »Ist nur wegen des Datenschutzes, Sie verstehen?«

Marc Weitz spürte den Ärger in sich hochkriechen. Ja, er konnte sich das genau vorstellen. Dieser Sesselfurzer saß in seinem Büro mit Zimmerpalmen und Glasfront, verdiente das Zehnfache dessen, was er verdiente und wollte ihn zum Boten machen!

»Sofort«, sagte er. »Brauchen Sie eine richterliche Anordnung oder was?«

»Nein, aber der Datenschutz schreibt uns vor ... und im Hinblick auf die Öffentlichkeit ...«

»Dass Sie die Kassiererinnen illegal bespitzeln, Kunden ohne ihr Wissen ausspähen, sich vielleicht sogar Pin-Nummern von Kreditkarten ansehen ... was erzählen Sie mir von Datenschutz?«

»Wir sind gehalten ...«

»Lecken Sie mich am Arsch, die Bestätigung wird nachgereicht. Langt das?«

»Sicher, an welche Dienststelle sollen die CDs mit den Aufzeichnungen gehen?«

»Zur Mordkommission in Hamburg, Polizeipräsidium.«

»Mordkommission?«

»Ich schlage vor, Sie kümmern sich um Ihre Arbeit und ich mich um meine.«

»Sicher, aber wenn etwas an die Öffentlichkeit geht, dann hätten wir gerne vorher gewusst, worum es sich überhaupt handelt.«

»Machen Sie sich nicht ins Hemd, schicken Sie einfach nur alle drei Tage die Aufzeichnungen ... nein, besser täglich. Über alles andere werden Sie informiert, wenn es uns sinnvoll erscheint.«

Der stellvertretende Filialleiter neben ihm begann, mit dem dreckigen Kittel seine Brille zu putzen. Marc Weitz kam es vor, als würde der Mann in sich hineingrinsen. Oder lag es einfach nur an den zusammengekniffenen Augen eines Kurzsichtigen?

»Ist was?«, fragte Weitz.

»Nein, nein. Wollen Sie unsere Aufzeichnungsmonitore sehen?«

Der Mann schien Spaß daran zu finden, mal etwas anderes zu machen, als Verkäuferinnen zu mehr Einsatz aufzufordern oder Lieferscheine zu kontrollieren.

Er führte Weitz in eine Art Abstellkammer, in der neben Eimern, Feudeln und Besen an der Wand zwölf Monitore befestigt waren. Direkt daneben ein Waschbecken und neben dem darüberhängenden Spiegel ein Zettel mit der Aufschrift: »So sieht Sie der Kunde! Ist das in Ordnung?«

Der Geruch von Desinfektionsmitteln hing in der Luft.

»Unsere Heimkinoanlage«, sagte der Mann im Kittel.

Die Schwarz-Weiß-Monitore hatten schon einige Jahre auf dem Buckel. Einer war grünstichig, bei vier anderen war der Kontrast so überzogen eingestellt, dass kaum etwas zu erkennen war. Ein weiterer war ganz ausgefallen.

»Keine beweglichen Kameras?«

»Dafür haben wir unsere Hausdetektive.«

Wieder dieses anzügliche Grinsen.

Sollte das eine Anspielung sein? Hielt er ihn für einen Idioten, der Ladendieben hinterherlief? Weitz wandte sich wieder den Monitoren zu.

Vor allem ältere Frauen schoben um diese Zeit ihre meist karg gefüllten Wagen an den Regalreihen vorbei. Auf einem Monitor war ein Junge zu sehen, der eine Reihe mit Konservendosen neu stapelte. Wie Bauklötzchen schichtete er sie zu einem schiefen Turm in die Höhe. Seine Mutter war weit und breit nicht zu sehen. Der vielleicht vierjährige Knirps schnappte sich vier Dosen und stellte sie auf dem Gang zu einem Sitz zusammen.

An der Fleischtheke unterhielten sich die Verkäuferinnen mit verschränkten Armen. Nebenan sortierte eine Kollegin Weinflaschen von einer Palette ins Regal.

Die junge Frau, die auf die Verkäuferin zusteuerte, kam ihm bekannt vor. Nicht, dass er von Weitem das Gesicht hätte erkennen können, nein, es war etwas an ihrem Gang, ein leichtes Wiegen in den Hüften, fast ein wenig männlich. Auch die Haare passten, und dann machte sie ein paar weitere Schritte. Weitz atmete hörbar aus. Kaja Winterstein! Die Psychotante. Was hatte die hier zu suchen?

Ihr gegenüber hatten sie den Namen des Supermarktes, aus dem dieser Kassenbon stammte, gar nicht erwähnt. Oder hatte Tannen sie eingeweiht? Wenn das so war, dann hätte sie ihm zumindest Bescheid geben können. Fehlte noch, dass sie sich bei ihren Ermittlungen gegenseitig über den Haufen rannten.

Kaja Winterstein steuerte zielsicher ein Regal der Weinabteilung an.

»Sieh an, sieh an«, sagte Weitz.

Sie packte zwei, drei, dann vier Flaschen Wein in ihren Einkaufskorb. »Mehr«, sagte Weitz und leckte sich die Lippen. Kaja Winterstein schob ihren Wagen ein paar Meter weiter und blieb dann vor der Spirituosenabteilung stehen.

»Cognac«, sagte Weitz laut, und noch einmal: »Los, Cognac.«

Kaja Winterstein zögerte kurz, griff dann zu einer Flasche Wodka.

»Na gut, Wodka.«

»Den riecht man nicht«, sagte der stellvertretende Filialleiter, der Weitz mit sichtlichem Vergnügen beobachtete.

»Was heißt das?«

»Na ja, Cognac, Korn, Rum, man riecht danach immer nach Alkohol, Wodka ist neutral, kein Mundgeruch. Sehr beliebt bei …«

»Bei wem?«

»Trinkern.«

»Unsere Psychotante hat ein Problem«, murmelte Weitz.

»Sie kennen die Frau?«

»Ich glaube nicht, dass Sie das was angeht.«

An einer der Kassen hatte der Mörder sich den Bon beschafft. Aber warum gerade hier? Was war an diesem Laden so besonders? Wusste er, dass das Überwachungssystem veraltet war? Beim flüchtigen Durchsehen der bereits ins Präsidium geschickten Videobänder war ihm niemand Außergewöhnliches aufgefallen. Neben den Kunden die üblichen Asozialen, die sich früher auf Bahnhöfen herumtrieben und nun auf die Supermärkte und Einkaufscenter auswichen. Auf einem anderen Monitor tauchte erneut Kaja Winterstein auf.

Nein, diese Begegnung der besonderen Art würde er zunächst für sich behalten. Wer wusste schon, wozu sich die Beobachtung noch verwenden ließ. Es war immer gut, etwas in der Hinterhand zu haben, einen Trumpf, den man im richtigen Augenblick ausspielen konnte.

\*

Tannen saß in einem der weißgetünchten Flure des Hammonia-Krankenhauses und wartete. Gynäkologische Abteilung. In einer Spielecke balgten sich zwei Kinder um einen Bagger, dem die Schaufel fehlte, hochschwangere Frauen staksten in Morgenmänteln den Flur entlang. Auf seltsame Weise lächelten sie alle in sich hinein, grüßten ihn dabei aber meist freundlich und nahezu verständnisvoll. Dieser Gesichtsausdruck musste etwas mit den Hormonen zu tun haben. »Mütterschwachsinn«, nannte seine Freundin Joyce das, und »vermehrungsdebil«. Dabei konnte er sich sehr gut vorstellen, mit ihr Kinder zu haben. Als er das einmal ganz nebenbei erwähnt hatte, hatte sie ihn angesehen, als wäre er schwachsinnig. Recht hatte sie. Kinder in diese Welt zu setzen! In eine Meute von Gierigen, Verrückten und zu allem entschlossenen Idioten ... eigentlich ein Wahnsinn. Besonders fiel ihm das auf, wenn er sich die Schwachköpfe ansah, die an ihm vorbei in die Diskothek Bohème strebten. Viele stanken geradezu nach Machotum und Halbwelt. Und die Frauen waren meist nicht besser. Tannen rieb sich über den Oberarm. Gegen Schussverletzungen trug er in seinem Nebenjob eine Weste, aber eine der betrunkenen Frauen hatte es tatsächlich geschafft, ihn mit ihren angefeilten Fingernägeln zu verletzen. Durch das Hemd hindurch. Die Stelle schien sich zu entzünden.

Frauen und Alkohol. Wenn Frauen sich in der Diskothek oder vor der Tür zu prügeln begannen, dann war höchste Vorsicht geboten. Bei Frauen war immer mit Nagelfeilen, Scheren, Messern, Pfefferspray oder geschleuderten Handtaschen zu rechnen. Und sie gingen weit brutaler zu Werke als die Männer. Hörten nicht auf, wenn die Konkurrentin am Boden lag und blutete. Da wurde gern mit den High Heels noch einmal draufgetreten.

Am liebsten wäre er mit Joyce irgendwo aufs Land gezogen, in eine gemütliche Siedlung, ein Garten hinterm Haus ... auch das kam für sie nicht infrage. »Glaubst du, ich bin aus diesem Piss-Braunschweig abgehauen, um hier Karnevalsumzüge durch die Dorfstraße zu organisieren?«

Nein, auch dieses Thema durfte er nicht anrühren.

Hendrik Tannen sah ungeduldig auf die Uhr. Dieser Professor ließ sich Zeit. Er hätte sich etwas zu lesen mitnehmen sollen. Joyce hatte ihm zu seiner Überraschung ein paar ganz interessant klingende Romane hingelegt. Nur mit dem Lyrik-Band, nein, alles, was Recht war.

»Herr Tannen?«

Er schüttelte die Schläfrigkeit ab und sprang von der Sitzbank in die Höhe.

»Ja, bitte?«

»Professor Kalmström hätte jetzt Zeit.«

Die Schwester führte ihn durch das Vorzimmer in ein erstaunliches Büro. Skelette, Darstellungen von Nieren, Lebern, Hirnen oder Gebärmüttern hätte er erwartet. Womöglich eine Minigolfanlage auf Teppichrasen. Weit gefehlt, der Professor war Uhrenliebhaber.

An den Wänden Regulatoren, deren Pendel mehr oder weniger schnell ausschlugen, über dem Tisch eine Sammlung runder Wanduhren, dann eine Vitrine mit monströsen Taschenuhren.

»Auch Uhrenfreak?«, fragte Kalmström, der kaum älter war als er selbst.

»Nein, leider nicht.«

Der Mediziner bat ihn, in einem Sessel vor dem massigen Schreibtisch Platz zu nehmen. Das Ticken machte Tannen nervös.

»Keine Sorge, die Schlagwerke hab ich blockiert. Ich repariere das Zeug. Übt die Finger. Und die Geduld. Aber was führt die Polizei zu mir?«

»Samenspenden«, sagte Tannen. »Ich hätte gern aus erster Hand gehört, wie das funktioniert.«

»Ein medizinischer Vortrag über künstliche Befruchtung?«

»Das weniger, ich meine, wie kommen Sie an die Spender?«

»Meine Sekretärin zeigt Ihnen gerne die Umzugskartons voller Anfragen.«

»Und was machen Sie damit?«

»Wir verschicken ein Merkblatt und die meisten springen dann wieder ab.«

»Weil es zu wenig Geld dafür gibt?«

»Wir zahlen für jede Probe 25 Euro. Sechs brauchen wir von jedem Spender. Allerdings müssen die Probanden einen Fragebogen ausfüllen. Sie dürfen keine schwerere Krankheit wie Herzfehler, Diabetes, HIV oder Ähnliches haben.«

»Und deshalb ziehen die meisten zurück?«

Professor Kalmström lächelte und zog eine Taschenuhr auf, die vor ihm auf dem Schreibtisch lag.

»Das liegt wohl eher daran, dass die Spender in den letzten drei Tagen vor der Spende keinen Erguss gehabt haben dürfen, allerdings darf der auch nicht länger als sechs Tage zurückliegen. Samen sind empfindlich. Wir brauchen agile Gaben, quicklebendig und möglichst aktiv.«

»Ist das mit den sechs Tagen wirklich ein Problem?«

»Nicht wirklich. Das Problem ist eher, dass wir auf gerichtliche Anordnung hin gezwungen werden können, die Spendernamen herauszurücken. Und auch das müssen die Interessenten unterschreiben.«

»Was ist daran schwierig?«

»Rein theoretisch könnten sie eine Vaterschaftsklage angehängt bekommen.«

»Das heißt, ich spende, bekomme sechs mal 25 Euro und am Ende darf ich Alimente zahlen?«

»Das kommt so gut wie nicht vor, aber wir können es eben auch nicht ausschließen. Die Spender wandern dann ab.«

»In andere Institute?«

»Da tummeln sich jede Menge privater Anbieter, die die Kontrolle der ... der Urheber nicht so genau nehmen.«

»Wie im Einzelnen ...?«

»Genau so, wie das gerade in Ihrer Fantasie auftaucht. Man sitzt in einem Raum, mit ein paar Magazinen mit bunten Bildern oder einem Videofilm, erledigt die Angelegenheit und dann reicht man den Pappbecher durch eine Klappe. Das Zeug muss sofort gekühlt werden. Und ...«

»Ja?«

»Entgegen landläufiger Meinung geht keine Schwester den Spendern zur Hand.«

»Und die Empfänger?«

»Brauchen in der Regel bei einer fünfzigprozentigen Chance, dass es auch klappt, sechs Spenden, die mit so genannten Straws ...«

»Drohende Alimentenklagen, wer stellt sich denn da noch zur Verfügung?«

»Da gibt es keine Engpässe.«

»Das kann doch ein wirklich ziemlich mieses Geschäft werden.«

»Viele brauchen das Geld, die gehen dann gleich ein paar Türen weiter zur Blutspende.«

»Also sie kommen aus finanziellen Gründen.«

»Nicht alle«, sagte Kalmström. »Wir haben auch ein paar Kandidaten, die wollen ihre Gene möglichst weit verbreiten. Die haben den Tick, ihr Erbgut möge die Welt erobern oder so. An meinen Genen soll die Welt genesen.«

»Und solche Leute nehmen Sie?«

»Warum denn nicht? Wenn sie gesund sind, keine Erbkrankheiten vorliegen und die Qualität der Samen stimmt? Spinnerte Gedanken werden Gott sei Dank nicht vererbt.«

»Nehmen wir an, ein Paar versucht auf diese Weise schwanger zu werden.«

»Das muss in der Regel privat bezahlt werden. Mit den Untersuchungen, den Tests, also gehen Sie mal von 3000 bis 4000 Euro aus. Alles natürlich ohne Garantie und Rückgaberecht.«

»Das heißt, die Samenspenden werden hier direkt ... verarbeitet?«

»Es gibt Kollegen, die arbeiten mit internationalen Laboren zusammen. Wer bezahlt, kann sich rein theoretisch die Samen auch aus dem Internet bestellen.«

»Aber sie müssen doch speziell behandelt, also ...«

»Gekühlt werden müssen sie, wie ich schon sagte. Dann werden sie in speziellen Behältern verschickt.«

»Es gibt also eine Art grauen Markt beim ... beim ...«

»Samenhandel. Genau. So ganz hundertprozentig ist das gar nicht zu kontrollieren. Globalisierung, Sie verstehen? Wir benutzen nur Samen, bei dem wir die Spender eingehend gecheckt haben. Aber dass die uns auch mal anlügen, ist natürlich nicht auszuschließen. Und wir bestehen auf die Namen. Dazu sind wir gesetzlich verpflichtet, schon allein, um so etwas wie Inzucht auszuschließen.«

Tannen war froh, als er das ständige Ticken hinter sich gelassen hatte. Der Arzt hatte beteuert, dass man die Uhren nach einer bestimmten Zeit gar nicht mehr wahrnehme, ja, dass sie sogar eine beruhigende Wirkung hätten.

Im Grunde genommen war er keinen Schritt weitergekommen. Der Täter konnte sich den Samen problemlos aus dem Internet bestellt haben. Bei den zahlreichen Adressen, die es in den USA, Kanada, Thailand, Russland oder Bulgarien gab, war an ein Kundenverzeichnis nicht zu denken. Mussten derartige Proben beim Zollamt angemeldet werden? Was aber, wenn er sich das Zeug gleich im Ausland besorgt hatte? Der Täter war schlau, er würde nicht den Samen hinterlassen, wenn er vermutete, dass man darüber eine Spur zu ihm fand.

Andererseits gab es immer wieder Täter, die geradezu überführt werden wollten. Blieb die Frage, warum er den Samen auf der Leiche hinterlassen hatte? Was bezweckte er damit?

Und dann hatte Tannen eine Idee, einen Einfall, dem er sofort nachgehen musste. Sollte das stimmen, dann passte alles zusammen. Sogar die aufgeschnittene Vagina des ersten Opfers.

\*

Ein Ruderboot glitt den Leinpfadkanal entlang. Daneben ein kleines Motorboot, von dem aus ein Trainer seine Anweisungen rief. Ein Schwanenpaar schlug mit den Flügeln, um sich vor den gefährlichen Paddeln in Sicherheit zu bringen. Kaja Winterstein nahm ein Fernglas und sah zu den Spaziergängern hinüber, die am anderen Ufer des Kanals flanierten.

Seit drei Monaten wohnte sie in dieser Stadtvilla. Räume verteilt über drei Etagen, edler Pidge-Pine-Fußboden, Panoramafenster, Designerküche, Wasserbetten, Marmorflur. Gigantomanischer Schwachsinn. Dabei benutzte sie nur zwei Zimmer. Leonie hatte sich im zweiten Stock einquartiert, das heißt, immer dann, wenn sie nicht gerade im Internat wohnte.

Dieses Haus mit seiner eingebauten Protzsucht war absurd.

»Vorübergehend, tu mir die Liebe«, hatte ihre Mutter gesagt, »bis das Haus für einen vernünftigen Preis verkauft ist.« Ansonsten stehe es leer und könne zum »Opfer« von Einbrechern werden, die gerne mal randalierten, wenn sie nichts Verwertbares fänden. Von der Psychologin zum Hausmeister ... auch eine Karriere.

Zwischen Haus und Kanal lag ein Rasenstück. Das seitlich gelegene kleine Bootshaus gehörte zum Anwesen. Modriger Geruch war ihr entgegengeschlagen, als sie es vor zwei Monaten zum ersten Mal betreten hatte. Zwei alte Kanus gammelten vor sich hin, in den Regalen eingetrocknete Farben, Pinsel, Lackreste und allerlei verrostete Eisenstreben und Drähte.

Kaja Winterstein legte das Fernglas neben ihren Laptop und trank einen Schluck heißen Tee aus dem Becher. Sie stellte ihn neben die aus dem Präsidium mitgebrachten Akten.

Unwirklich war nicht nur das Haus, sondern auch dieser Fall. Sie hatte während ihres Psychologiestudiums und auch danach immer wieder Interviews mit Strafgefangenen geführt, die wegen sexueller Delikte inhaftiert waren. Hatte versucht, die Motive und den Antrieb dieser Männer zu verstehen, die ihr im Gefängnis friedlich gegenübersaßen.

Oh ja, meist hatten sie selbst jede Menge Erklärungen für ihre Gewaltbereitschaft, redeten von schwieriger Kindheit, Prügel durch die Eltern, Hänseleien in der Schule, Vernachlässigung. Es war, als würden sie sich selbst auf einen Seziertisch legen und untersuchen. Als hätten sie mit der Person, die für ihre Taten eingesperrt worden war, außer Interesse nicht wirklich etwas zu tun.

Sicher rechneten sich einige von ihnen aus, dass sie durch die Gespräche mit der Psychologin ein paar Monate oder Jahre früher eine Aussetzung der Strafe zur Bewährung erreichen konnten.

Versprechungen hatte Kaja Winterstein nie gemacht, und sie hatte das deutlich vor jedem Gespräch betont. Sie wollte Ergebnisse für ihre Studien zusammentragen. Gewalt und Hass, der mit Gewalt einherging – die Bereitschaft zu vergewaltigen, einer Frau die Nase zu zertrümmern, Kinder zu misshandeln oder völlig Unbeteiligte zum Rammbock zu machen – hatte sie seit ihrer Kindheit interessiert. Woher kam Gewaltbereitschaft? Wie brach sie aus?

Dabei war sie selber behütet aufgewachsen. Bei einer Mutter, die ihre adelige Herkunft ablehnte und versucht hatte, ihrer Tochter etwas von ihrer Liebe zur Kunst mitzugeben. Schon als Sechsjährige war sie von ihr zu Ausstellungen und Lesungen oder in Theateraufführungen mitgenommen worden. Kinderstücke waren tabu gewesen. Zeitverschwendung, wie die Mutter sagte. Auch besonders häuslich war ihre Mutter nie gewesen. Eher ruhelos und auf der Suche. Kaja hatte das schon als Kind belächelt und sich in ihrer eigenen Welt eingerichtet. Mit ihren Puppen, von denen eine »Melancholie« und die andere »Chrysantheme« hieß.

Kaja Winterstein wandte sich wieder ihrem Notebook zu.

Sie hatte das Viclasprogramm aufgerufen, das kanadische Psychologen und Kriminalisten entwickelt hatten, um Serienmörder nach dem, was sie am Tatort hinterließen, genauer einzugrenzen. Später war das Programm immer weiter verfeinert worden. Besonders von den Amerikanern, die darin ein höchst effektives System sahen, Täter möglichst rasch mit einem Profil auszustatten.

Die amerikanischen Verhältnisse waren sicher nicht auf Deutschland zu übertragen, Gott sei Dank. Ebenso wenig wie die Zuordnung zu den Bevölkerungsschichten, die dort vorgenommen wurde.

Grob unterschieden wurde in besonders intelligente Täter und diejenigen, die einen geringen Intelligenzquotienten aufwiesen. Hauptsächlich ging es um sexuell motivierte Morde. Raubmorde wurden von dem System nicht erfasst.

Zur Definition eines Serienmörders gehörten mindestens drei Taten. Sie hatten es zwar erst mit zwei Morden zu tun, aber der Täter ließ keinen Zweifel daran, dass er weitermachen würde.

Gezielt hatte er die Muster zwei der brutalsten Täter, die in den USA je gefasst wurden, übernommen. Sie lud ein Bild von Ted Bundy aus dem Internet auf den Bildschirm. Ein blendend und sympathisch aussehender lächelnder junger Mann, der vom Aussehen her auch sie interessiert hätte.

Smart, mit einem neckischen Blinzeln, strahlend weißen Zähnen, jemand, der in einer dieser amerikanischen Serien als Sonnyboy durchgegangen wäre.

Wie sah ihr Täter aus? Unauffällig, der nette Typ von nebenan?

Jemand, dem man seine perversen Fantasien nicht ansah, die er immer wieder ausleben musste und die ihn umtrieben, ihn dazu brachten, sich ein neues Opfer zu suchen?

»Jeder Täter will gefasst werden«, hatte ihr Professor unter eine ihrer Arbeiten geschrieben. »Nur den Preis, den möchte er möglichst hoch treiben. Oder selbst bestimmen.«

Die wenigsten Täter hörten einfach auf. In der Regel gestalteten sie ihre Taten von Mal zu Mal brutaler, wollten weitergehen, sich zu neuen dunklen Bereichen ihrer Perversionen Zutritt verschaffen und sie erforschen, wollten wahr werden lassen, was in ihren Hirnen als Fantasie herumspukte.

Noch ein Tabu brechen und dann voller Erstaunen vor der grausamen Tat stehen, wie ein überraschtes Kind. Andere drehten ihre Opfer auf den Bauch, weil sie sich für ihre Tat schämten, die ihnen noch vor wenigen Minuten tiefe Befriedigung verschafft hatte.

Waren solche Menschen zu heilen? Zu therapieren? In den ersten vier Semestern ihres Studiums hatte sie fest daran geglaubt, heute stimmte sie der Mehrheit der Experten zu, die glaubten, dass dies in den meisten Fällen nicht möglich war.

Ein Poltern im ersten Stock. Leonie warf wieder ihr Zeug durchs Zimmer. Seit drei Tagen waren Internatsferien, doch diesmal legte ihre Tochter hier nur einen Zwischenstopp ein. Sie wollte ihren Vater in Zürich besuchen und suchte nun schon seit Stunden ihr Wintersport-Outfit zusammen.

»Weißt du, wo die gelbe Kiste geblieben ist?«, rief sie herunter.

»Ich helfe dir suchen, einen Moment!«

»Nee, lass mal. Dann finde ich gar nichts mehr.«

Kaja hätte gern mit ihr darüber geredet, wo sie die letzte Nacht verbracht hatte. Schließlich war sie erst sechzehn. Andererseits war es unwahrscheinlich, dass sie sich dazu überhaupt äußerte.

»Meinst du nicht, wir könnten zumindest heute Abend zusammen essen? Ich mach uns Scampis und Salat.«

»Bin verabredet!«, rief ihre Tochter herunter.

Kaja stieg die Treppe hoch und drückte die angelehnte Tür auf. Leonie hatte einen Anorak, Skibrille und ein Sortiment Kosmetika auf den Boden verstreut. Sie blickte kurz auf und sagte: »Bringst du mich zum Flughafen?«

»Meinst du nicht, wir könnten mal eine Stunde miteinander reden?«

»Gibt's was Wichtiges?«

»Leonie, du bist immerhin drei Monate im Internat gewesen!«

»Ich hab wirklich wenig Zeit, ich will mich noch mit Sarah treffen und in die Stadt muss ich auch noch. Könntest du mir vielleicht ein wenig Geld geben?«

Seit einem halben Jahr kam sie einfach nicht mehr an ihre Tochter heran. Es war, als wäre eine unsichtbare Mauer zwischen ihnen gewachsen. Es gab doch so etwas wie Mutter-Tochter-Gespräche. Reden über alte und neue Freunde, Enttäuschungen, Ärger in der Schule, Schwierigkeiten mit Lehrern, Pläne für die großen Sommerferien, vielleicht sogar unglückliche Lieben?

Leonie schloss sie von alldem aus, und Kaja hatte nicht die geringste Ahnung, warum. Sie hatte in Betracht gezogen, mit Leonies Vater zu reden. Nach vier Jahren! Doch was sollte sie ihm sagen, wie erklären, warum sie überhaupt anrief? Es gab nicht mal einen kleinen Hinweis, warum sie sich so verschloss, wofür ihre Tochter sie verantwortlich machte. Ja, es war so, als hätte sie einfach kein Interesse mit ihr zu reden, als befände sie es nicht einmal für wichtig, ihr deutlich zu machen, warum sie jede Nähe ablehnte.

Bei jedem Versuch, ihr näherzukommen oder von ihrer neuen Arbeit bei der Polizei zu berichten, hatte sie diesen Gesichtsausdruck, der weder Interesse noch Neugier und noch nicht einmal Genervtheit verriet. Es war die pure Gleichgültigkeit.

Kaja setzte sich wieder vor ihr Notebook und ging ihre Notizen durch.

Unterschieden wurde zwischen planvoll vorgehenden Serienmördern und solchen, die ihre Taten spontan begingen.

Die Morde an der Sekretärin und an dem dunkelhäutigen Mann waren genau geplant gewesen. Leichenablage, Auffindesituation, die bewusst gelegten Spuren, das alles ließ keinen Zweifel zu. Nach der Viclaseinordnung war mit hoher Wahrscheinlichkeit von einem gebildeten Mann auszugehen, der verheiratet war oder zumindest in einer festen Beziehung lebte.

Beim »Stil des Verbrechens« unterschieden sich die Tätertypen deutlich. Der intelligente, planvoll vorgehende Serienkiller versteckte die Leichen, benutzte Fesseln oder Handschellen. Als sicher galt auch, dass er die Medienberichte zur Tat genau analysierte und auf eine verquere Art ein Polizeifan war.

Kaja Winterstein hörte ein Poltern über sich, zwang sich aber, nicht aufzustehen.

Einer deutschen Untersuchung zufolge hatte die Polizei die größten Schwierigkeiten mit den weniger intelligenten Tätern. »Eine intellektuelle Falle«, hatte ihr Professor das damals genannt. Die Polizisten glaubten gerne, ihn über intelligente Ansätze ermitteln zu können, doch solch ein Täter verhielt sich nicht nach Mustern, blendete die Taten vollkommen aus, ging seinem »normalen« Leben nach. Viele dieser Täter wurden nur durch einen Zufall gefasst. Bei einem der letzten Serienmörder war es ein Wohnungsbrand, der mit seinen Taten nichts zu tun hatte.

Sie stand auf und stellte sich ans Fenster. Draußen zog ein Kanu über den Kanal. Dann ein Ausflugsschiff, von dem aus Kameras und Ferngläser auf sie gerichtet wurden. Man gewöhnte sich daran.

Die Zahl der weiblichen Serienmörder war ungefähr genauso hoch wie die der Männer, hatte sie in den Statistiken nachgelesen. Auch wenn es sich bei Frauen weniger um sexuell motivierte Taten als um Raubmorde handelte. Auch der so genannte »Mord aus Mitleid« – begangen von Pflegerinnen, Krankenschwestern und Betreuern – schlug mit einem erheblichen Prozentsatz zu Buche.

Der Täter, den sie suchten, hinterließ mit dem Samen eines längst Verstorbenen eine Spur, die wie eine Verhöhnung der Polizei wirkte. Die Leichen waren grauenvoll zugerichtet und in diesem Ausmaß ein trauriger Höhepunkt. Und dann die Zitate.

Was war Nachahmung, was original? Was sein persönliches Markenzeichen? Sie war sicher, es musste eines geben, etwas, dass seine Morde einmalig machte. Seine Handschrift. Doch wo war sie zu finden? Oder brauchte es zur Beantwortung dieser Frage einen dritten Mord? Unwahrscheinlich, dass er aus sexuellen Motiven mordete, dafür war er zu sehr auf die Wirkung seiner Taten bedacht. Welches Motiv konnte er noch haben, was trieb ihn? Vielleicht der Ehrgeiz, in der Tradition der grauenhaftesten Perversen zu stehen, die die Menschheit hervorgebracht hatte? Ein Raubmörder machte sich nicht diese Mühe.

Es gab keinerlei Hinweis auf abhandengekommenes Geld oder Wertgegenstände. Carla Kanuks Handy war nach den Kaufunterlagen, die man in ihrer Wohnung gefunden hatte, eher minderwertig. Das Ganze passte auch nicht zu dem Dante-Zitat. Und was wollte er von Mangold?

Der Hauptkommissar wirkte verbissen, als hätte er Angst, die Fäden dieses Falles nicht mehr entwirren zu können.

Manchmal war er etwas linkisch, dabei aber immer völlig verschlossen. Ganz im Unterschied zu seinem Freund Hensen, dem scheinbar das Reden beim Denken half. Bis er wieder völlig verstummte und so gut wie nicht ansprechbar war. Zwei Seiten einer Medaille, dachte sie. Beide waren ihr fremd. Sie hatten so gar nichts mit den Dozenten, mit Professoren oder Kollegen zu tun, mit denen sie verkehrte. Notgedrungen. Aber manchmal brauchte sie einfach jemanden, der sie daran erinnerte, dass es so etwas wie Normalität gab.

»Ich geh dann mal, brauchst nicht mit dem Essen zu warten.«

»Leonie?«

»Bis nachher, ich bin spät dran.«

Noch bevor Kaja ihr etwas zurufen konnte, hörte sie die Tür ins Schloss fallen.

In diesem Augenblick klingelte das Telefon.

»Mangold hier, wir brauchen Sie im Präsidium.«

»Neuigkeiten?«

»Das kann man wohl sagen, wir brauchen Sie möglichst schnell.«

»Eine Verhaftung?«

»Besser, viel besser.«

## 9.

Mangold legte jeweils fünf zusammengeheftete Blätter auf die Schreibtische. Darin waren die wichtigsten Ermittlungsergebnisse zusammengefasst. Enthalten war auch der Kurzbericht der Pathologie. Er stellte eine Leinwand auf und richtete den Beamer aus.

Die Nachmittagssonne tauchte den Büroraum in ein warmes Licht. Die Pinwände, die sich über zwei Wände erstreckten, waren noch leer. Nur farbige Nadeln zum Befestigen der Blätter und Bilder steckten im oberen Teil.

Dieser ehemals »Kleine Konferenz«-Raum würde also in der nächsten Zeit das Herzstück ihrer Sonderkommission sein. Hier sollten die regelmäßigen Meetings abgehalten werden, von hier aus wurde die Operation gegen den verrückten Killer organisiert. Ein Lagezentrum, in dem die Informationen auf kurzem Weg ausgetauscht werden konnten.

Niemand ging davon aus, dass der Unbekannte die Lust am Morden über Nacht verlieren würde. Der Täter wollte sich messen, und ganz nebenbei seine Botschaften loswerden. Wenn er welche hatte. Oder handelte es sich lediglich um einen größenwahnsinnigen Perversen, der Furcht und Panik verbreiten wollte? Der sich an der Wirkung seiner Taten berauschte?

Gern hätte er mit Vera darüber gesprochen. Sie war immer in der Lage gewesen, seine Fälle aus einer ganz anderen Sicht zu sehen. Sie hatte ein Gespür für die Logik der Täter und oft genug daraus ein Spiel gemacht. Ja, sie hatte sogar Messer und ein altes Beil zwischen die Rotweingläser platziert, um »die richtige Atmosphäre zu schaffen«. Und ganz nebenbei fielen ein paar bedenkenswerte Hypothesen ab.

Hensen, Tannen und Weitz betraten gleichzeitig den Besprechungsraum und suchten sich einen Platz.

»Soll ich die Tatortfotos schon aufhängen?«, fragte Tannen.

Mangold nickte und fuhr den Computer hoch. Dann sah er auf die Uhr und sagte: »Wir warten noch fünf Minuten. Die Psychologin gehört fest zum Team.«

»Frau Winterstein«, brummte Weitz.

Die drei Männer begannen das kleine Dossier durchzulesen, das Mangold auf die Schreibtische gelegt hatte. Vier Minuten später riss Kaja Winterstein die Tür auf und sagte: »Tschuldigung!«

Ihre Haare waren nicht geordnet. Abgesehen von den grellroten Lippen war sie ungeschminkt. Dafür, dass sie als psychologische Expertin galt, wirkte sie fast ein wenig zu nervös.

Sie kramte einen Block aus ihrer abgewetzten braunen Tasche und wühlte dann nach einem Stift.

Mangold rief die Fotodatei auf und warf mit dem Beamer das erste Bild auf die Leinwand. Es zeigte die verstümmelte Carla Kanuk.

»Die Frau wurde wahrscheinlich mit einem Wagen an den Fundort gefahren. Sie wurde schwer misshandelt und die Leiche verstümmelt. Die gefundene Spermaspur stammt von einem Wachmann, der sich nebenbei etwas Geld verdient haben dürfte.«

»Und was, wenn er das Zeug woanders herhat?«, fragte Weitz.

Tannen schüttelte den Kopf.

»Spermien sind empfindlich, sie werden bei genau eingegrenzten Temperaturen gelagert. Außerdem, wo sollte er sie herhaben?«

»Irgendein Fummelkino«, sagte Weitz. »War der Wachmann schwul?«

»Ist technisch nicht machbar. Nein, es gab keinerlei Verunreinigungen in der Probe und die Samen müssen über einige Monate sachgerecht gelagert worden sein. Die wurden nicht von einem Polsterbezug gekratzt.«

»Warum?«, sagte Kaja Winterstein. »Es geht um dieses ›Warum‹? Wollte der Täter uns vielleicht auf diesen Wachmann aufmerksam machen, war er verdächtig, ist er bei irgendwelchen Ermittlungen aufgetaucht? In welchem Zusammenhang steht er mit unserem Täter?«

Weitz räusperte sich und sagte: »Könnte auch reiner Zufall sein, der Typ macht sich einen Spaß und schmeißt sich weg, wenn wir als heißeste Spur einen vor fünf Monaten gestorbenen Wachmann präsentieren.«

Mangold zuckte mit den Achseln.

»Der Mann ist pervers, der hat Spaß, mit Samen rumzuklötern«, sagte Weitz. »Dem geht dabei doch einer ab.«

Mangold unterbrach seinen Assistenten, um einen Schwall weiterer Stammtischweisheiten zu verhindern.

»Er imitiert den amerikanischen Serienkiller Ted Bundy. Beim zweiten Mord ist es Jeffrey Dahmer.«

Mangold kramte in seinen Papieren und zog eine Akte aus dem Stapel, den er vor sich aufgetürmt hatte.

»Charles Annand heißt der zweite Tote ... Moment, das hab ich vorhin ganz überlesen.«

»Was ist denn?«, fragte Hensen.

»Französischer Staatsbürger, arbeitete als Kellner in einer Bar, die von zwei homosexuellen Besitzern betrieben wird.«

Weitz warf seinen Kugelschreiber auf den Schreibtisch.

»Das ist eine schwule Nummer, das sind Tunten, die aufeinander losgehen.«

»Carla Kanuk ist ein weibliches Opfer«, sagte Kaja Winterstein.

Marc Weitz senkte die Stimme und brummte: »Nachdem dieser Kerl sie sich vorgenommen hat, war die gar nichts mehr.«

»Und was sagt uns das?«, bohrte Kaja Winterstein nach.

Weitz nahm den Kugelschreiber und trommelte damit auf den Tisch.

»Vielleicht hat er nicht ertragen, dass es Frauen gibt, hat sich an sein Mütterlein erinnert, das ihn durchgeprügelt hat ... und na ja, diese Carla Kanuk verwandelt sich in seinem kranken Hirn in seine Mutter und zack bringt er sie um und schneidet sie auf.«

Niemand ging auf diese Tiraden ein.

Tannen hob leicht den Arm.

»Ja?«, fragte Mangold.

»Das alles sieht nicht nach Affekt aus, nach jemandem, der explodiert ... das, was wir am Tatort vorgefunden haben, nun das ist ...«

»Berechnet«, sagte Kaja Winterstein, die ihn dankbar anlächelte. »Genau überlegt, inszeniert und trotzdem von einer unglaublichen Brutalität. Selbst wenn jemand einen kranken Serientäter vorspielen will, da gibt es Hemmnisse, zu bestimmten Dingen ist man einfach nicht in der Lage.«

»Was ist mit dem französischen Kellner?«, fragte Hensen.

Mangold suchte in seinem Stapel und zog dann ein Papier hervor.

»Die Gerichtsmediziner sind noch nicht so weit. Aber sie haben natürlich gleich die These überprüft, ob der Täter in diesem Fall Jeffrey Dahmer nachahmen wollte.«

»Das Loch im Kopf?«, fragte Hensen.

Mangold blickte auf den Zettel und fasste zusammen.

»Der Mann wurde geknebelt und das Loch wurde mit einer Bohrmaschine in den noch lebendigen Leib getrieben.«

»Dieser Charles Annand hat noch gelebt?«, fragte Tannen.

»Sagen die Mediziner, und dann hat er tatsächlich Salzsäure in die Öffnung geschüttet.«

Tannen und Kaja Winterstein atmeten hörbar aus.

»Und die Bisswunde?«, wollte Hensen wissen.

»Die Pathologen können sagen, dass auch die dem Opfer nicht postmortal beigebracht wurde. Und dass ein Stück von der Haut fehlt.«

»Wie bei Jeffrey Dahmer«, bemerkte Hensen. »Der hat sich die herausgebissenen Stücke zubereitet und sie gegessen.«

Mangold hätte jetzt gern einen Gang zurückgeschaltet. Die Distanz wieder herstellen. Kein Mensch, und wenn er noch so lange Polizist war, konnte diese Fakten einfach in eine Ecke seines Hirns schieben. Selbst diese Kaja Winterstein, die Hunderte von Büchern über derartige Taten gelesen haben musste, war blass geworden.

»Gibt es hier kein Wasser?«, fragte Weitz und beugte sich suchend unter den Tisch.

»Wir werden uns in diesem Konferenzraum mit allem Notwendigen einrichten«, sagte Mangold. »Ich werde alle Schreibtische herunterbringen lassen.«

Er nahm den Hörer ab und wartete auf das Freizeichen.

»Auch die Leitungen sind bereits runtergeschaltet. Wir haben keine Zeit, wir wissen nicht, ob er sich bereits ein nächstes Opfer gesucht hat, ob er nicht schon in einem Gebüsch hockt oder die Taten eines anderen Serienmörders studiert. Wie es aussieht, wird er uns treiben wollen, und wir müssen den Spieß umdrehen, wir müssen jede Spur verfolgen, allem bis ins Kleinste nachgehen. Wenn Einzelheiten der Taten durchsickern und die Zeitungen ihre Schlagzeilen mit Details versehen, wird die Stadt durchdrehen.«

»Mit jeder Tat wird er uns etwas verraten, wird das Bild deutlicher«, sagte Kaja Winterstein.

»Wir brauchen schnelle Ergebnisse«, beharrte Mangold.

Tannen schlug vor, die Öffentlichkeit zu warnen und um Mithilfe zu bitten.

»Und wen wollen Sie warnen?«, fragte Mangold. »Dunkelhaarige Frauen, schwarze Männer, was sollen die Leute vermeiden? In den Tierpark zu gehen? Von der Arbeit nach Hause? Solange wir nicht wissen, wie genau er sich an seine Opfer heranmacht und an wen, solange können wir nicht an die Öffentlichkeit. Wir können unsere Zeit nicht damit verplempern, dass jemand seine Nachbarn denunziert, weil die sich vor Jahren am Gartenzaun ein Scharmützel geliefert haben. Wir haben bislang nicht einen einzigen brauchbaren Zeugen.«

Tannen schrieb etwas in seinen Block und sagte: »Wir könnten fragen, ob jemand etwas am Rande beobachtet hat, vielleicht auf dem Parkplatz oder in der näheren Umgebung des Tierparks.«

»Ich stimme das mit der Presseabteilung ab«, sagte Mangold. »Also, keiner schaltet mehr sein Handy aus. Auch nicht morgens um drei. Ich will täglich einen kurzen informellen Bericht und mindestens eine Lagebesprechung. Weitz, was hat sich im Supermarkt getan?«

Weitz leckte sich die Lippen und sah mit betont ausdruckslosem Gesicht zu Kaja Winterstein hinüber. Als sie seinen Blick erwiderte, blickte er schnell wieder auf seinen Notizzettel.

»Völlig veraltete Kameras in dem Schuppen, Gesichter sind auf den Überwachungsbändern kaum zu erkennen. Ansonsten keinerlei Auffälligkeiten. Die Aufnahmen sind leider nicht datiert und mit Uhrzeiten versehen, veraltet eben. Wir wissen zwar, wann der Kassenbon gedruckt wurde, aber nicht, welche Bänder zu genau diesem Zeitpunkt gehören.«

»Hat der Täter jetzt Glück gehabt oder wusste er das?«

»Keine Ahnung«, sagte Weitz. »Aber die Sicherheitsabteilung in der Konzernzentrale hat eine Modernisierung in Aussicht gestellt, und sie schicken aktuelle Aufzeichnungen.«

»Das hilft uns auch nicht weiter. Was ist mit den Samenbanken?«, sagte Mangold an Tannen gewandt.

Irgendwie musste er die Aufmerksamkeit weg von den Taten auf die Arbeit lenken. Und eine Struktur schaffen, eine Ordnung, auf die ihre weitere Vorgehensweise abgestimmt würde. Auf keinen Fall durften sie wie erschrockene Hühner in verschiedene Richtungen flattern, nicht, wenn ein unbekannter Killer wie ein Marionettenspieler im Dunkeln seine Fäden zog.

Tannen blätterte sein Notizbuch auf und berichtete von seinem Besuch in der auf künstliche Befruchtung spezialisierten Klinik.

»Und es gibt nicht so etwas wie eine zentrale Samenbank?«, fragte Mangold. Weitz konnte sich ein Kichern nicht verkneifen.

»Leider nicht«, sagte Tannen. »Das ist alles ziemlich undurchsichtig. Künstliche Befruchtung, das bieten neben den großen Kliniken auch jede Menge kleinerer Institute an.«

»Was kriegt man denn für einen Schuss?«, fragte Weitz. »Lohnt sich das?«

Mangold bat ihn, mit seinen privaten Geschäftsideen bis zum Feierabend zu warten.

»4000 bis 5000 Euro muss für die Befruchtung gezahlt werden. Die Chancen auf einen Erfolg stehen bei 50 zu 50.«

»Und die Spender?«, fragte Kaja Winterstein. Tannen blätterte in seinem Notizbuch und fand die Stelle.

»25 Euro pro Probe. Allerdings werden fünf bis sechs Spenden … also Proben benötigt, weil die … also es muss wiederholt werden, damit überhaupt Aussicht auf Erfolg besteht.«

»Und kann jeder, ich meine …«

»Nein, da wird sehr genau die gesundheitliche Verfassung geprüft, und auf Krankheiten wie Aids, Erbkrankheiten und so weiter getestet. Außerdem …«

»Ja?«, bohrte Mangold nach. Ihm ging das alles zu langsam.

»Der Spender muss eine bestimmte Zeit abstinent sein, damit die Qualität stimmt.«

»Die Qualität«, echote Weitz. Er konnte das Lachen kaum noch unterdrücken. Nun gut, auch eine Möglichkeit, sich diese schrecklichen Taten vom Leib zu halten, dachte Mangold.

»Zu alt dürfen sie aber auch nicht sein.«

Weitz schlug die Hand vor den Mund und verschwand eine Entschuldigung nuschelnd aus dem Raum.

»Das heißt, wir müssen eine Anfrage an diese Institute und Krankenhäuser starten?«, wollte Mangold wissen.

Hensen schüttelte den Kopf.

»Ich hab darüber mal einen Artikel geschrieben. Wir können es versuchen, aber die Aussichten sind gering.«

Mangold widersprach.

»Warum? Lass es hundert, zweihundert, tausend Labore, Krankenhäuser, Institute sein. Dann dauert das eben. Aber irgendwo wird der Name dieses Wachmannes als Spender auftauchen, und mit Glück eben auch eine Liste der Empfänger.«

Hensen gab zu bedenken, dass man dann auch an die unüberschaubare Zahl ausländischer Institute denken müsste, die diesen Service anbieten. »Dazu kommen noch halblegale Anbieter in Osteuropa und schließlich die Möglichkeit, die Samenspenden ganz normal über das Internet zu bestellen«, fügte er hinzu.

»Man kann menschliche Spermien über das Internet bestellen?«, fragte Mangold. »Ich dachte, diese Proben sind empfindlich!«

»Die werden in Spezialbehältern geliefert. Genau auf den Punkt gekühlt oder in Trockeneis verpackt. Solch eine Lieferung kostet um die 200 Euro.«

»Und die Empfänger spielen Lotto, die wissen doch gar nicht …«

»Das wissen sie nie. Sie bekommen nur die Zusicherung, dass nach bestem Wissen und Gewissen auf Krankheiten untersucht wurde und dass man in asiatische, dunkel- und hellhäutige Spender unterscheidet.«

Aus dem Augenwinkel sah Mangold, wie Tannen zusammenzuckte. Hatte das nun mit einem seiner Vorurteile zu tun, die er bei seinem Assistenten vermutete, oder brütete er etwas aus? Manchmal war es lohnend, Tannen Zeit zu geben. Wenn er nicht gerade völlig übermüdet im Büro erschien, konnte der Mann Geistesblitze haben.

»Sie haben gesagt, Sie hätten etwas Besseres als eine Verhaftung«, sagte Kaja Winterstein.

»Indizien und Beweise sind besser«, sagte Mangold. »Etwas Handfestes ist immer besser als jemand, der sich rauswindet, wenn wir ihm nicht Beweise auf den Tisch legen können. Wir brauchen keine Festnahme, sondern etwas, das wir dem Täter zuordnen können.«

»Also doch nur ein leeres Versprechen?«

»Keineswegs«, sagte Mangold und nickte Hensen zu.

»Wir haben etwas Besseres, wir …«

Das Telefon klingelte, Tannen hob ab.

Mangold sah, wie sein Assistent erstarrte.

»Der erste Anruf für unsere Sonderkommission«, sagte Mangold und ließ sich den Hörer geben.

»Hier bin ich«, sagte die Stimme am anderen Ende der Leitung.

Mangold ließ unwillkürlich den rechten Arm fallen und zog ihn sofort wieder hoch. Dann drückte er auf den

Knopf, mit dem am Telefon das Lauthören eingeschaltet wurde.

Mangold bedeutete Tannen mit einer Geste, den Anruf zurückzuverfolgen.

»Ein finsterer Wald, nicht wahr?«, sagte die Stimme.

»Wovon sprechen Sie?«

»Das Blut. Und, Mangold, es wird weitergehen.«

Schwer zu sagen, ob die Stimme verzerrt war. Sie klang eine Spur zu monoton, dabei aber warm und vertraulich.

Kaja Winterstein kritzelte Notizen auf ihren Block.

»Was wollen Sie?«, fragte Mangold.

»Es ist ein Spiel, ein blutiges kleines Spiel.«

Der Mann am anderen Ende der Leitung lachte. Doch keine Spur von hysterisch, schrill oder gekünstelt. Es war ein gurrendes, sehr zurückhaltendes Lächeln, das er in seine Stimme legte. Beinahe vornehm.

Kaja Winterstein blickte Mangold an und hielt ein Blatt in die Höhe, auf dem das Wort »Reden« stand.

»Ein Spiel, bei dem Menschen auf der Strecke bleiben«, sagte Mangold.

»Ohne Einsatz kein Spiel.«

»Und was bekommt der Sieger?«

»Der Sieger bekommt wie immer alles. Sie sind Polizist, Sie müssten das doch wissen. Und weil man den anderen nicht in die Karten sehen darf …«

»Ich sehe nicht einmal den Spieler.«

»Aber Sie versuchen es, einer Ihrer Mitarbeiter versucht gerade in diesem Moment die Herkunft dieses Anrufs herauszubekommen. Stimmt's, Mangold?«

»Auch das gehört zum Spiel«, antwortete er.

»Sicher. Wenn Sie ansonsten die Regeln einhalten.«

»Sie reden von Regeln?«

»Alle Spieler sitzen am Tisch und sind aufgeregt. Die Gräber öffnen sich und die Würfel rollen.«

»Was wollen Sie? Schlagzeilen, Macht? Uns zeigen, dass wir unfähig sind?«

Kaja Winterstein nickte, als wolle sie Mangold unterstützen, genau in dieser Weise weiterzufragen. Aber durfte er den Mann noch mehr provozieren?

»Ein Spiel im Dunkeln«, sagte Mangold.

»Wir können es vorverlegen. Nennen Sie ein Datum.«

»Ich verstehe nicht.«

»Nun ein Datum, das Ihnen gerade einfällt.«

»8. Oktober.«

»Mangold, nun stellen Sie sich nicht so an. Vollständig. 8. Oktober welchen Jahres?«

»8. Oktober 1978.«

»Schöner Spätsommertag in Norddeutschland, 24 Grad, leichte Bewölkung. Windstärke zwei bis drei.«

»Wird das jetzt eine Quizsendung?«

»Legen Sie nach, Mangold.«

»4. Dezember 1952.«

»Leichter Bodenfrost, tagsüber bewölkt, Windstärke eins bis zwei. Verstehen Sie jetzt das Spiel?«

»Was hab ich mit Ihren ... Ihren Wetterdaten zu tun?«

»Mangold, weniger als Sie denken, und dabei sind Sie eben auch viel dichter dran, als Sie denken.«

»Das Orakel von Delphi.«

Kaja Winterstein griff zum Filzstift, schrieb »11. Juni 1972« auf einen Zettel und hielt ihn in die Höhe.

Mangold nickte und sprach das Datum in den Hörer. Am anderen Ende herrschte ein paar Sekunden Stille.

»Das Spiel scheint Ihnen Spaß zu machen. 11. Juni 1972, wo?«

Mangold sah zu Kaja Winterstein.
»St. Moritz«, zischte sie.
Mangold wiederholte.
»In der schönen Schweiz? Schwül, drückend schwül, am Abend dann heftige Gewitter, 24 Grad.«
Kaja Winterstein schüttelte verblüfft den Kopf.
Mangold sah sie an und hob dann fragend die Achseln.
Kaja Winterstein warf ihren Kugelschreiber auf den Tisch.

»Und jetzt an die Arbeit, liebes Team, der Ball ist im Spiel«, sagte die Stimme.
»Warten Sie, wir sollten …«
»1 c 4.«
»Warten Sie, ich habe …«
»1 c 4.«
»Ja?«
»Mangold, Sie sind am Zug. Sie und die netten Menschen um Sie herum.« Dann gab es einen Pfeifton und die Leitung war unterbrochen.
Einige Sekunden herrschte Stille im Besprechungszimmer.
»Beeindruckend«, sagte Kaja Winterstein.
»Ja«, sagte Hensen. »Wir haben es hier …«
»Klar gibt es die Wetterdaten im Internet, aber es war nicht einmal Zeit für die Eingabe«, sagte die Psychologin.
»Und?«, fragte Mangold. »Was bedeutet das?«
»Vorausgesetzt die anderen Daten stimmen, und daran hab ich nicht den geringsten Zweifel, also das Wetter bei meiner Geburt hat er genau beschrieben. Meine Mutter hat mir von den heftigen Gewittern erzählt, als ich gebo-

ren wurde. Der Himmel hätte mich ›mit Blitz und Donner ausgespuckt‹.«

»Und?«, fragte Mangold. »Schlussfolgerung?«

»Sie werden Kriminalgeschichte schreiben«, sagte Kaja Winterstein. »So oder so, Sie werden Geschichte schreiben.«

# 10.

Marc Weitz hämmerte mit der Faust auf den Bürohefter. Dieser Reporter Hensen war nichts als eine Lachnummer. Der glaubte tatsächlich, er hätte das Ei des Columbus gefunden. Nachdem er bei der Besprechung herumgesessen und Kaja Winterstein gezeichnet hatte, war er mit seiner grandiosen Idee herausgerückt. Das Schärfste aber, sein Chef Mangold hatte sich nicht entblödet, das als den ersten ernstzunehmenden Ermittlungsansatz zu präsentieren. Waren sie hier in einem Kasperletheater?

Der Schreiberling hatte im Internet ein paar archäologische Seiten geöffnet und dort nachgelesen, dass die Leichenausgräber eine neue Methode entwickelt hatten, die Zähne uralter Toter zu analysieren. Auf Krankheiten und Genspuren. Ein Forschungsinstitut hatte dann das Verfahren weiterentwickelt und aus den Bissspuren ein dreidimensionales Gebiss rekonstruiert. Das wiederum ließ sich scannen und mit den Röntgenaufnahmen in Zahnarztpraxen abgleichen.

Gott sei Dank war es Tannen, der eine Rundmail an die Zahnärzte schicken und nachhaken durfte, wenn die zu faul waren, in ihren Akten nachzusehen. Und dass sie zu faul waren, war schon mal sicher. Seiner Meinung nach pure Zeitverschwendung.

Auch sein Chef Mangold vertraute mehr auf den Zufall als auf handfeste Polizeiarbeit. Sie würden schon sehen, wozu er, Kriminalassistent Weitz, in der Lage war.

Einen klassischen Denkfehler hatte sein Kollege Tannen gemacht, als er sich auf die Spur dieser ominösen Samenspende gesetzt hatte. Der schien plötzlich Gefallen an den mistigsten Aufgaben zu finden. Wahrscheinlich wollte er nur Mangold imponieren und seiner Karriere auf die Sprünge helfen. Hielt sich wohl für was Besseres. Weigerte sich neuerdings sogar, mit ihm ein Bier zu trinken. Arschloch.

Weitz sah an der Häuserfassade hinauf. Die Wände waren vor nicht allzu langer Zeit gelb gestrichen worden. Statt Balkonen waren die Fenster heruntergezogen und mit einem Gitter versehen. Ein karger Bau aus den 1950er Jahren, dem man erst vor kurzer Zeit eine Schönheitskur verpasst hatte.

Mit einem Blick überflog er das Klingelschild.

»Kann ich mal?«, sagte ein junger Mann, der eine Sporttasche trug.

Weitz trat zur Seite und beobachtete, wie der Mann seinen Schlüssel in das Schloss steckte. Die Tür halb geöffnet, drehte er sich noch einmal um.

»Reinlassen kann ich Sie aber nicht. Die Leute hier wollen keine Reklamezeitungen, die auf den Treppenabsätzen herumliegen.«

Weitz kam aus seiner leicht gebückten Haltung.

»Was?«

»Sie verteilen doch Reklame?«

»Siehst du Arsch etwa Broschüren oder irgendeinen anderen Mist?«

Der Mann heftete seinen Blick auf die Aktentasche, die Weitz unter den Arm geklemmt hatte.

»Schon gut«, sagte er. »War nicht so gemeint.«

»Am besten kümmerst du dich um deinen Dreck, klar?«

»Ich wollte doch nur ...«

»Klar?«, fragte Weitz.

Der Mann nickte und verschwand im Hausflur. Weitz studierte weiter die Namen auf dem Klingelschild.

Der Wachmann Weingraub war vor ungefähr einem halben Jahr gestorben. Selbstverständlich war die Wohnung längst anderweitig vermietet worden.

Er zog diverse Papiere aus seiner Tasche und blätterte sie durch. Als er den Auszug aus dem Melderegister fand, nickte er zufrieden.

»Dritter Stock rechts.«

Er zählte die Klingelschilder durch. Die erste Reihe für die beiden Parterrewohnungen, dann musste es die zweite Reihe rechts sein. Er drückte einige Male auf den Knopf, doch es tat sich nichts.

Er versuchte es in einer der Parterrewohnungen.

»Ja?«, meldete sich eine Männerstimme.

»Wissen Sie, wann Familie Möllner wieder da sein wird?«

»Tut mir leid, aber ich habe gerade mein Tagebuch verlegt«, schnarrte es durch die Türsprechanlage.

»Doller Witz. Wissen Sie ...«

»Ich hab keine Ahnung.«

»Machen Sie bitte auf, ich müsste mal in den Keller.«

»Nee«, sagte die Stimme.

»Nee?«

»Sie kommen nicht in den Keller.«

»Verfluchte Scheiße, was ist heute los? Hier ist die Polizei und ich muss in den Keller.«

»Selbst, wenn Sie Ihr Blaulicht anmachen, das geht nicht.«

»Und wie das geht.«

Aus der Gegensprechanlage kam nur das Schnarren. Dann die Stimme.

»Trotzdem kommen Sie nicht in den Keller.«

»Das werden wir sehen. Öffnen Sie die Tür. Sofort.«

Augenblicklich schnarrte der Öffner und Weitz drückte die Tür auf.

Auf dem ersten Treppenabsatz stand ein dicklicher Mann in seiner Wohnungstür. Er trug eine graue Jogginghose und darüber ein ausladendes T-Shirt.

»Waren Sie das eben?«, fragte Weitz.

Der Mann nickte und sah ihn neugierig an.

»Wissen Sie, was Behinderung polizeilicher Arbeit ist?«

»Sicher, aber trotzdem kommen Sie nicht in den Keller, und wissen Sie, warum?«

»Da bin ich mal gespannt.«

»Es gibt hier keinen Keller.«

»Ein Witzbold, was?«

»Bevor Sie mich verhaften, kommen Sie ruhig mal rein, worum geht's denn?«

Der Mann entpuppte sich als Hausmeister. Eher als »Birneneinschrauber«, wie er das selbst nannte. »Ich bezahl 200 Euro weniger Miete und dafür darf ich mich von allen hier anpupen lassen.«

Ob er Weingraub näher gekannt hätte?

»Eigentlich nicht. Weingraub, der war ein Einzelgänger. Ist hier vor fünf Jahren eingezogen, nachdem seine Frau ihn rausgeschmissen hatte.«

»Und wie steht es um Familie? Kinder, Eltern … der war ja noch gar nicht so alt, als er starb.«

»Familie? Hat er nie drüber geredet. Hatte auch keine Fotos aufgestellt. Ich glaub nicht, dass da noch Kinder sind. Hätte er sicher mal erwähnt, oder ich hätte die im Hausflur gesehen. Hat eigentlich nie Besuch gehabt.«

»Nie Besuch?«

»Na ja, zwei-, dreimal waren zwei seiner Kollegen da. So Security-Leute.«

»Woran wollen Sie das denn erkannt haben? Im Nebenberuf Wahrsager, was?«

Der Hausmeister blitzte ihn listig an.

»Sehen aus wie Bullen«, sagte er. »Nur sportlicher.«

Weitz sah drohend zurück.

»Na ja, die hatten schwarze T-Shirts an mit einem Aufdruck. ›Safe and Protect‹ oder so.«

»Wissen Sie, bei welchem Arzt er war?«

»Das geht mich nun wirklich nichts an. Ich schraub hier Birnen in die Fassungen, das ist alles. Zweimal haben wir ein Bier zusammen getrunken. Einmal war ich wegen dem defekten Kühlschrank oben und dann hat er mir einen kaputten Fensterhebel gezeigt. Das war's.«

»Wer hat denn seine Sachen abgeholt?«

»Da war erst seine Ex, den Rest hat der Typ vom Beerdigungsinstitut erledigt. Wo die Sachen hingekommen sind, weiß ich nicht.«

»Eben haben Sie noch behauptet, Sie kennen niemanden aus seinem Umfeld. Und die Frau hat die persönlichen Papiere mitgenommen?«

»Das war nicht mehr als ein Schuhkarton voll. Den Rest hab ich weggeworfen.«

»Sie haben Papiere weggeworfen?«

»Klar, in ihrem Auftrag. Briefe, alte Rechnungen, Unterlagen von Annoschießmichtot. Wen interessiert so was noch?«

»Das kann nicht wahr sein.«

Der Hausmeister hatte eine rosa Gesichtsfarbe bekommen.

»Die Frau hatte den Schlüssel zur Wohnung, also hab ich gemacht, was sie gesagt hat. Und der Vermieter wollte die Butze ja auch möglichst schnell wieder vermieten.«

»Wissen Sie zufällig, wo ich seine Exfrau finden kann?«

Der Hausmeister grinste.

»In Peru«, sagte er.

»Peru? Was reden Sie hier für einen Müll zusammen?«

»Vor einer Woche lief so eine Auswanderersendung und da hab ich sie wiedererkannt. Die ist mit so einem Sportlehrer nach Peru gegangen und bietet Bergwanderungen an. Kein Scheiß.«

Weitz stieß hörbar die Luft aus. Wenn das stimmte, dann hatte die Tussi garantiert alles weggeworfen, was sie nicht unbedingt benötigte. Und sicher zuerst den Kram ihres Ex-Mannes.

»Soll ich Sie anrufen, wenn mir noch was einfällt?«, sagte der Hausmeister.

»Vergessen Sie's«, sagte Weitz.

»Aber wo Sie nun schon mal da sind, wissen Sie, ob ich das Fahrrad behalten kann?«

»Welches Fahrrad?«

»Das Weingraub auf den Boden geschleppt hat.«

»Boden?«

»Klar, kein Keller, aber einen Dachboden. Irgendwo muss man ja hin mit seinem Gerümpel. Ein paar Kisten von Weingraub stehen da auch noch rum. Was ist nun?«

»Kisten?«

»Nee, das Fahrrad, was ist mit dem Fahrrad?«

\*

Tannen suchte in der Datenbank die Liste mit den komplett verzeichneten Emailadressen der Zahnärzte in Hamburg und Umgebung. Sicher würden wieder einige seiner Anfragen nicht zustellbar sein, weil die Praxen inzwischen geschlossen waren. Eine Zahnarzt-Rundmail hatte er erst vor einem halben Jahr losgeschickt, als es um die Identifizierung des Toten aus dem Fleet gegangen war.

Erfahrungsgemäß brauchten die Praxismitarbeiter ein paar Tage, um die von ihm angehängten Bilder des Zahnstatus abzugleichen. Fehlte noch die Komplettliste der Zahnärzte aus dem gesamten Bundesgebiet. Wenn es so etwas gab, dann sicher beim Bundeskriminalamt. Mit einem Knopfdruck schickte er die Massenmail ab.

Er hatte wenig Hoffnung, dass eine Zahnarztpraxis fündig wurde. Trotz seiner fordernden Formulierung, die diese Identifizierung als »äußerst dringend und wichtig« einstufte.

Auch die Warnung, die eventuell betroffenen Patienten unter keinen Umständen über diese Suchanfrage zu informieren, hatte er nicht vergessen.

Die Adressen von knapp 100 Samenbanken hatte er bereits gesammelt. Fehlte noch die Formulierung von Mangold und der angehängte Gerichtsbeschluss auf Herausgabe der Kundendaten. Ob das ausländische Anbieter interessierte, war mehr als fraglich. Polizeiliche Sisyphusarbeit. Doch bei einem derartig brutalen Täter sicher unbedingt erforderlich. Außerdem: Noch einmal wollte er sich von Mangold nicht maßregeln lassen.

Sie standen unter enormem Druck, da durfte kein Detail vergessen werden. Über seine eigene Ermittlungsidee wollte er zunächst nichts sagen. Lief sie ins Leere, dann musste er sich wenigstens nicht den Spott von Weitz anhören.

Tannen hinterließ eine Nachricht und machte sich auf den Weg ins Universitätskrankenhaus. Ja, es musste einen Grund geben, warum der Täter dem ersten Opfer die Vagina aufgeschnitten hatte. Und auch der Zustand des dunkelhäutigen Opfers deutete darauf hin, dass bei der Entwicklung des Täters etwas gründlich schiefgelaufen war.

Mann, Frau, Weiße, Schwarzer. Vielleicht war es ein schlichter Racheakt an der Menschheit und ihren medizinischen Fortschritten. Denkbar, dass der Täter an einem Genexperiment teilgenommen hatte. Oder seine Frau. Möglich, dass etwas nicht geklappt hatte und der Typ deshalb jetzt Amok lief.

Die Rache wegen eines misslungenen Genexperiments passte wie ein Schlüssel zu dem, was sie an den Tatorten vorgefunden hatten. Verstümmelte Leichen, groteske Spuren, Verletzungen im Genitalbereich, ja, vielleicht war die Anordnung der Leichenteile Carla Kanuks ein Hinweis auf den Genpfusch, bei dem ja auch menschliche Erbinformationen fröhlich zusammengewürfelt wurden. Sicher, es war nur eine Idee, aber die Hinweise verdichteten sich. Und so interpretiert ergaben sie einen Sinn.

Er fand sofort einen Parkplatz vor dem Krankenhaus. Komplizierter war es schon, jemanden aufzutreiben, der ihm Auskünfte über Genforschung geben konnte. Als er einen Mann aus der Forschungsabteilung fragte, winkte der ab.

Nein, Experimente mit genmanipulierten Stammzellen gebe es hier ebenso wenig wie etwaige Probanden, an denen Versuche unternommen würden. Im Übrigen werde das genauestens kontrolliert und sei in nahezu allen Ländern gesetzlich sehr streng geregelt. Vieles sei schlicht verboten.

Sicher waren da die angeblichen Klonexperimente eines italienischen Arztes. Ob denn die Pharmaindustrie derartige Genmanipulationen am lebenden Objekt, etwa bei der künstlichen Befruchtung, vornehme? Der Assistent schüttelte den Kopf. Davon sei ihm nichts bekannt, außerdem müssten auch in diesem Fall die dortigen Forschungsabteilungen mit den Krankenhäusern zusammenarbeiten. Nein, dass etwas im Hinterstübchen von einem Forscherteam zusammengerührt werde, das halte er für absolut abwegig.

In der Genforschung bei Pflanzen sei es allerdings durchaus üblich. Da werde experimentiert, was das Zeug halte. Es gehe um Milliarden, doch Freilandversuche seien auch nur eingeschränkt erlaubt worden. Von Krankheiten durch genveränderten Mais, Zuckerrohr oder Getreide habe er bislang noch nichts gehört. Wenn diese genveränderten Pflanzen tatsächlich das Erbgut beeinflussen würden oder toxische Wirkungen hätten, dann würde das – und das sei ja gerade das Perfide – erst nach Jahren in Erscheinung treten.

Von Einzelnen, die gegen Pharmakonzerne klagten, weil sie glaubten, durch Genmanipulation erkrankt zu sein, wisse er nichts.

»Und glauben Sie mir, sollte es jemanden geben, der glaubt nachweisen zu können, er sei durch genveränderte Lebensmittel erkrankt, dann werden Sie das in dicken Lettern in der Zeitung finden.«

Andererseits gebe es sich rasch radikalisierende Gruppen, die weltweit gegen Genversuche auf die Barrikaden gingen. Ein Grund, warum viele der Pharmakonzerne bei ihren Versuchsanbauflächen auf afrikanische, südamerikanische und asiatische Länder auswichen.

Tannen machte sich auf den Rückweg ins Präsidium. Nein, das war kein vorzeigbares Ergebnis. Die einzige Chance bestand darin, übers Internet in den Zeitungsarchiven zu suchen. Möglich, dass sich der Täter in einem Leserbrief zu Fehlleistungen der modernen Gentechnik geäußert hatte. Vielleicht auch in einem Blog. Es wäre nicht das erste Mal, dass sie auf einen Täter aufmerksam wurden, weil der versucht hatte, seinem Ärger Luft zu machen. Ein sich auswirkender Gendefekt – und selbst wenn der Täter sich das nur einbildete – wäre ein Motiv, das die Ausführung und das Tatortbild erklären konnte. Das war sicher.

Auf dem Flur des Präsidiums stieß er fast mit einem Pizzalieferanten zusammen, der acht flache Kartons vor sich her balancierte.

»Wie kommen Sie denn hier rein?«, fragte Tannen.

Der Mann grinste ihn an. Tannen war sich nicht sicher, ob der ihn überhaupt verstanden hatte. Der Mann hatte indische oder pakistanische Gesichtszüge und war so dürr, dass der orangefarbene Overall um seinen Körper schlackerte.

Tannen war dann doch überrascht, als der Mann in einwandfreiem Deutsch sagte: »Ich klingelte und es wurde mir geöffnet.«

Es klang, als hätte er den Satz auswendig gelernt.

Er lachte gluckernd und zeigte dabei einen goldenen Eckzahn. Dann stellte er die Packungen auf den Boden und zog den Passierschein, den der Pförtner ihm ausgehändigt hatte, aus der Hosentasche.

»Hier, Commandante.«

»Schon gut, wer hat die bestellt?«

Der Pizzabote blickte auf die Packungen auf dem Boden und sagte: »Acht Pizza ... Margherita, Quattro stagioni, Vegetarisch, Salami, Schinken und alles zweifach für Signora Kaja Winterstein.«

»Drei Türen weiter«, sagte Hensen und deutete den Flur entlang.

»Yes, Sir«, sagte der Mann, legte den Finger an die Stirn, als wollte er militärisch grüßen.

Kein schlechter Einstand von dieser Winterstein. Auch er hatte seit dem Morgen nichts mehr in den Magen bekommen.

Tannen öffnete seine Bürotür. Sein Schreibtisch samt Computer war bereits in den Kleinen Konferenzraum geschafft worden. Er musste sich erst einmal sammeln und betrat dann ein Zimmer, in dem ein Kollege die Asservate verwaltete.

»Kann ich mal an deine Kiste?«, fragte Tannen.

Ohne ein Wort zu sagen, stand der Kollege auf und wies auf seinen Stuhl.

Tannen überflog seine neuen Nachrichten. Das BKA hatte ihm tatsächlich die Liste mit sämtlichen erfassten Zahnarztpraxen der Bundesrepublik geschickt.

Er hängte das von den Gerichtsmedizinern erstellte Bild an die Datei und formulierte eine Mail.

Der Gerichtsbeschluss für die Samenbanken, die sich sowieso auf ihre Verschwiegenheitspflicht berufen würden, war noch nicht da.

Tannen erstellte eine Liste mit Begriffen wie Gendefekt, Gen-Chaos, Hightech-Medizin, Leserbrief Gen. Nach vierzig Begriffspaaren gab er das erste Wort in die

Suchmaschine ein. Gendefekt allein ergab 80.000 Treffer. Völlig ausgeschlossen, dass er sich diesen Wust an Informationen auch nur anzusehen versuchte. Er probierte es mit »Gendefekt+Leserbrief«. Diesmal spuckte Google 150.000 Einträge aus. Er rief ein paar Seiten auf, die tatsächlich allerlei Einwände, Proteste, aber auch Befürworter der Gentechnologie zu Wort kommen ließen. Das Thema wurde heiß diskutiert. Auf einen vagen Verdacht hin dieses Material zu sichten, war ganz und gar ausgeschlossen. Er brauchte etwas Handfestes, einen Namen, einen Ort, ein Institut oder einen feststehenden Begriff, der die Suche eingrenzte. Doch es war sicher nicht zu erwarten, dass der Täter ihnen den Gefallen tat und im Internet eine Art Visitenkarte hinterließ.

Plötzlich stand der Kollege neben ihm, der ihm seinen Platz überlassen hatte.

»Ich müsste da wieder ran«, sagte er und legte ein Notebook auf den Schreibtisch.

»Das Ding hier ist hängengeblieben. Neueste Technik, was wirklich Feines. Superschneller Prozessor, titanverstärkt, Akku mit Laufzeit von sieben Stunden. Kannst du gerne haben. Ist sogar noch mit einer Surf-Flatrate ausgestattet.«

Tannen fuhr mit der Hand über das flache Gerät. Es sah unbenutzt aus.

»Ist von einem Buchhalter, der für den Kiez gearbeitet hat. Da sind Programme drauf ... nicht so ein Schrott, mit dem wir hier arbeiten. Kannst du bei dem Fall, den ihr an den Hacken habt, gut gebrauchen.«

Tannen klappte den Deckel auf und strich mit den Fingerkuppen über die Tasten.

Er hatte sich gerade mit dem Gerät an ein kleines Tischchen in der Ecke gesetzt, da wurde die Tür aufgerissen und Kaja Winterstein schwenkte zwei Pizzakartons in der Luft.

»Schinken-Salami oder Vegetarisch?«, fragte sie.

Tannen wandte sich von dem Notebook ab.

»Wenn Sie diesen Fall als einen Grund zum Feiern sehen?«

»Natürlich nicht«, sagte Kaja Winterstein. »Ich wollte ein wenig gute Stimmung machen.«

»Ja, natürlich. Salami-Schinken«, sagte Tannen und bedankte sich. Sie drückte ihm die Pizza in die Hand.

»Wir sehen uns ja gleich beim Meeting.«

Tannen murmelte ein »Ja« und starrte auf die Auflistung seiner Stichworte. Gab es ein bestimmtes Wort, eine Formulierung, die ein derart brutaler Täter benutzte? Redete er von Menschenrechten oder Pharmaindustrie? Beschuldigte er Verantwortliche direkt? Die Gesundheitsministerin, Konzerne oder dort beschäftigte Vorstände oder Aufsichtsräte?

Er biss in die Pizza und wurde aus seinen Gedanken gerissen. Alles was recht war, sie war kross und saftig zugleich, gut mit Oregano und einer Spur Rosmarin gewürzt. Und anscheinend mit ein paar Tropfen Tabasco verfeinert. So etwas hatte er noch nie von einem Lieferservice bekommen, er musste unbedingt die Winterstein fragen, welchen Pizzadienst sie angerufen hatte. Nun gut, sie war nur noch lauwarm, aber trotzdem.

Halb fünf. Die weitere Befragung der Nachbarn musste er verschieben, in einer Stunde fand das Meeting statt.

Wie auch immer, die vor ihm liegende Liste brachte ihn nicht wirklich weiter, es fehlte ein Schlüsselwort. Sicher, er hätte Weitz fragen können. So abgedreht der zuweilen zu Werke ging, er hatte oft glänzende Ideen. »Intuition«, hatte das seine Freundin Joyce genannt.

Aber wie konnte so ein dumpfes Arschloch wie Weitz, der kaum zu einem komplexeren Gedanken fähig war, wie konnte so ein Typ über »Intuition« verfügen?

»Die Intuition kümmert das nicht«, hatte Joyce gesagt. Im Übrigen könne man lernen, »sich empfänglich« zu machen.

»Wir versuchen das mal«, hatte sie gesagt und war zu einem Treffen mit Existenzgründern abgerauscht.

Diese Frau war schwer zu durchschauen. Da redete sie esoterisches Zeugs daher, um sich dann wieder darüber lustig zu machen und das Ganze als »dummes Gurugefasel« abzutun. Wie, bitte schön, sollte das gehen? Intuition lernen? Unsinn. Ja, sie hatte ihm sogar eine erste »Stunde« in Aussicht gestellt. Stunde! Er war doch nicht in der Schule!

Weitz hatte das schließlich auch nicht gelernt, der war doch gar nicht fähig dazu. Polterte durch die Tatorte wie ein Elefant durch den Porzellanladen, redete Zeugen etwas ein und sabotierte die Teamarbeit im Präsidium. Dem Mann durfte man auf keinen Fall vertrauen.

\*

Marc Weitz schob seine Sonnenbrille hoch und blickte auf seinen Schatz auf der Rückbank. Das war übrig geblieben von Weingraub. Das ganze Leben in zwei Pappkartons und dazu ein Fahrrad, das jetzt solange von dem Hausmeister gefahren wurde, bis ein Jugendlicher es klauen würde. Er musste sich beeilen, wenn er der versammelten Mannschaft beim Meeting seinen Erfolg mitteilen wollte.

Er wuchtete einen Karton auf den Beifahrersitz, stülpte ihn um und kippte den Inhalt raus. Den leeren Karton stellte er in den Fußraum, um die überflüssigen Papiere gleich wieder hineinwerfen zu können. Ein Blick auf ein paar Datumsangaben verriet ihm, dass der Hausmeister sich getäuscht hatte. Es waren keineswegs nur uralte Belege, die da auf dem Dachboden herumgestanden hatten.

Vor sich hatte er ein Sammelsurium, Lebensausschnitte aus 38 Jahren.

Rechnungen über einen Kühlschrank und eine Spülmaschine, mit Garantiekarte, Hauptschul- und Realschulzeugnis, Mitgliedskarte eines Sportvereins, Mitgliedskarte eines Fitnessstudios, Sozialversicherungsausweis, abgelaufener Personalausweis, Rechnungen über medizinische Beinbinden, vier Briefe von einer Nichte, die mit bunten Kinderzeichnungen versehen waren, Rechnungen eines Internetproviders, Garantiebescheinigungen über einen MP3-Player, eine Rechnung über einen Laptop, die vor acht Jahren beglichen worden war, zwei Briefe seiner Mutter, die sich Sorgen um seine berufliche Laufbahn machte, nachdem er die Aufnahmeprüfung bei der Polizei nicht geschafft hatte.

Dann zwei dünne Alben mit Fotos, die Weingraub auf einem Motorrad in einer südlichen Landschaft zeigten.

Ein paar Ausrisse mit Artikeln über Medikamente, die den Muskelaufbau unterstützten. Ein Briefverkehr mit einem Anwalt, der ihn bei einer anhängigen Klage wegen Körperverletzung unterstützte, angeheftet der Strafgeldbescheid des Gerichts über 20 Tagessätze à 30 Euro.

Hinter einem Stapel mit Anzeigen, in denen nach zuverlässigen Security-Leuten gesucht wurde, fand er es. Verflucht, das war sein Glückstag, er musste sich nicht einmal durch den zweiten Karton wühlen. Vor ihm lag tatsächlich der Bescheid der »Privatklinik Rantom«, die ihm mitteilte, man sei dort zu einem Gespräch über alle weiteren Details seiner beabsichtigten Spendertätigkeit »gern jederzeit bereit«. Angehängt war ein Merkblatt, das Einzelheiten auflistete. Abstinenzzeiten, sterile Aufbewahrung der Spenden, Kostenvergütung und rechtliche Hinweise.

Weitz wählte auf seinem Handy die Telefonnummer im Briefkopf.

»Privatklinik Rantom«, sagte eine einschmeichelnde Stimme.

»Weitz, Mordkommission Hamburg.«

»Mordkommission? Womit können wir Ihnen helfen?«

»Es geht um einen Samenspender.«

»Das tut mir leid, derartige persönlich geschützte Angaben können wir leider nur bei einem vorliegenden Gerichtsbeschluss herausgeben.«

»Das glaub ich kaum«, sagte Weitz.

»Es tut mir leid, aber wir haben eindeutige Regeln, ich kann Ihnen zu Samenspendern nichts mitteilen, verstehen Sie bitte, ich darf es nicht.«

»Es geht um Gefahr im Verzug«, sagte Weitz. »Wenn Sie mir nicht helfen, werde ich Sie persönlich wegen Behinderung polizeilicher Arbeit belangen, vielleicht sogar wegen Beihilfe.«

»Aber ich habe meine Anweisungen«, sagte die Frau am anderen Ende der Leitung. Ihre Stimme klang belegt.

»Kann ich Sie denn bitte weiterleiten?«

»Nein, haben Sie einen Computermonitor vor sich?«

»Ja, aber ...«

»Beruhigen Sie sich, ich will nicht mal was zu dem Spender wissen.«

»Ach so.«

»Der Spender heißt Harald Weingraub und ich möchte von Ihnen nur wissen, an wen die Spende verschickt wurde.«

»Ich weiß nicht ...«

»Sie sind zu dieser Zusammenarbeit verpflichtet.«

»Ja?«

»Ich halte meine Versprechen, verstehen Sie? Das ist so eine Art Hobby, das ich mir leiste.«

»Sicher.«

»Geben Sie den Namen Weingraub ein und dann teilen Sie mir einfach mit, welcher Name da vor Ihnen auftaucht. Noch einmal, es ist allerhöchste Eile geboten. Es geht hier nicht um einen Eierdieb, sondern um Mord.«

Weitz hörte im Hintergrund das Klackern der Tastatur. Wäre doch gelacht, wenn so eine Telefontussi ausgerechnet ihm mit Verschwiegenheitspflicht kam.

»Es ist eine Privatperson.«

»Ich warte.«

Als sie ihm den Namen der Bestellerin der Samenprobe nannte, fragte Weitz noch einmal, ob er das richtig verstanden habe. Auf alles, wirklich auf alles war er vorbereitet gewesen, aber das? Nein!

Fieberhaft überlegte er, wie er jetzt weiter vorgehen sollte. Dieses Arschloch von Täter machte ihm allmählich Spaß. Wer auch immer hinter den Morden steckte, der Mann hatte es drauf. Aber er, Weitz, würde sich nicht auf seine Spielchen einlassen, er würde sich nicht lächerlich machen. Der Mann hatte die Mordkommission im Visier und er machte sich einen Spaß daraus, ihnen auf der Nase herumzutanzen. Sicher, diese Adresse war gefälscht.

Wahrscheinlich hatte er die Samenprobe direkt vor dem Haus beim Lieferservice abgefangen. Oder hatte er es geschafft, die Computer und Adressdateien dieser Wichs-Klinik zu manipulieren? Aber der Mann hatte nicht damit gerechnet, dass er es mit ihm, Marc Weitz, zu tun bekommen würde.

Er sah noch einmal ungläubig auf den Zettel, auf dem er den Namen notiert hatte. »Kaja Winterstein«, stand da. Er strich mit dem Zeigefinger über den Schriftzug und zerriss das Papier in kleine Fetzen.

Er würde nicht helfen, die falsche Spur zu verfolgen und er würde ganz sicher auch nicht dieser Psychotante zu einer Profilneurose verhelfen.

Am besten er ließ diesen Karton beim Hausmeister. Sollte Kollege Tannen nicht richtig ausgelastet sein, konnte der sich mit dieser ach so tollen Spur beschäftigen und dann die Ergebnisse in einem der Meetings verkünden. Ja, das wäre ein Spaß. Und sollte sein Name fallen und er gefragt werden, warum er diese Geschichte für sich behalten hatte, könnte er immer noch sagen, dass er niemanden mit einer gelegten falschen Spur von der eigentlichen Arbeit ablenken wollte. Mangold musste ihm dankbar sein.

Er wusste jetzt, mit was für einem Kaliber sie es zu tun hatten. Er war vorbereitet und seine Stunde würde kommen. Ganz sicher.

## 11.

»Gute Pizza«, sagte Mangold, nachdem er in das in der Mikrowelle aufgewärmte Stück gebissen hatte. Würze und Saftigkeit waren nach all den nach Pappe schmeckenden Pizzen, die er sich hatte kommen lassen, überraschend.

»Freut mich«, sagte Kaja Winterstein. »Da sage noch einer, Werbezettel seien lästig.«

Hensen und Weitz waren die Einzigen, die die Mikrowelle in der »Zentrale«, wie Mangold ihren neuen Besprechungs- und Arbeitsraum genannt hatte, nicht genutzt hatten.

»So«, sagte Mangold. »Bevor wir loslegen noch eine Vorbemerkung. Heute Abend gibt es die erste Pressekonferenz, morgen rechnen wir mit den ersten größeren Zeitungsaufmachern. Das Präsidium ist der Meinung, dass uns ein Strick daraus gedreht werden könnte, wenn wir die Öffentlichkeit nicht informieren.«

»Mit allen Details?«, fragte Tannen.

Mangold schüttelte den Kopf.

»Nur tröpfchenweise. Es geht um zwei Morde, die im Zusammenhang miteinander stehen. Wir nennen die Auffindeorte, weil schließlich jemand etwas gesehen haben könnte, aber keine Details zu den Verstümmelungen.«

Tannen öffnete fast in Zeitlupe den Deckel seines Notebooks.

»Panik oder Hysterie darf es nicht geben«, sagte Hensen, der kurz von seiner Bleistiftzeichnung aufsah. »Und die entsteht mit Sicherheit, wenn es gegen eine bestimmte Bevölkerungsgruppe geht. Wenn gezielt Frauen die Opfer sind, oder Taxifahrer, oder eben sonst eine Gruppe.«

»Genau«, sagte Mangold. »Wir haben eine tote Frau und einen toten dunkelhäutigen Homosexuellen. Beiden Opfern wurden vor und nach ihrem Tod Verstümmelungen zugefügt, die auf ein Kopieren von Serienmördern hinweisen. Dieses Detail werden wir nicht erwähnen. Da wird sicher keiner anrufen und uns den Hinweis auf einen Fan von Dahmer oder Bundy geben.«

»Warum überhaupt Öffentlichkeit?«, fragte Weitz.

»Erstens um uns abzusichern, zweitens hat die Öffentlichkeit ein Recht auf Information. Außerdem ist hinsichtlich ›besonderer Umstände‹ in Bezug auf den Tatort im Tierpark etwas durchgesickert und die Anrufe häufen sich bereits. Dritter Grund für eine Information der Öffentlichkeit: Ermittlungstaktik. Ist schließlich möglich, dass jemand etwas bemerkt hat, dies erst später mit dem Mord in Verbindung bringt und sich noch nicht gemeldet hat.«

»Wer streift schon in der Nacht durch den Tierpark und beobachtet einen Mörder auf frischer Tat?«, sagte Weitz. »Wir werden jede Menge Anrufer haben, die sich um die Tiere sorgen. Wer sollte ...«

»Da werden Sie sich wundern«, sagte Mangold. »Da gibt es Wärter, die regelmäßig ihre Runden drehen, andere haben Nachtschichten, wenn eines der Tiere Nachwuchs bekommt, Leute, die ihre Hunde am Parkgelände ausführen, Nachtschwärmer, Tierpfleger, die eine Geburt bei den Leoparden begleitet haben. Auf jeden Fall konnte der Täter nicht einfach frei schalten und walten. Übrigens auch bei Hagenbeck können die Forensiker mit Sicherheit ausschließen, dass der Auffindeort auch der Tatort war.«

»Da schleppt also ein Killer eine 75-Kilo-Leiche über das Gelände ...«

»Weitz, was soll das?«, zischte Tannen.

Mangold winkte ab. »Nein, nein, lassen Sie mal. Worauf wollen Sie hinaus, Weitz?«

»Unmöglich, dass er die ganze Sauerei, die er angerichtet hat, durch den Tierpark schleppt. Er benutzt ein Hilfsmittel, sagen wir eine Schubkarre, mit der ansonsten die Elefantenkacke weggefahren wird, und weiß der Teufel was ...«

»Und?«

»Wie sieht das aus? Das würde doch auffallen, wenn jemand dort im Anzug oder Trenchcoat mit der Schubkarre mitten in der Nacht unterwegs ist. Viel zu großes Risiko für den Täter.«

Mangold trommelte mit den Fingern auf der Tischplatte. »Sie meinen ...«

»Klar, der wird sich eine Hagenbeck-Uniform angezogen haben, und dann ab zum fröhlichen Leichenschmaus. Unser böser Killer ist ein kluger Killer.«

»Wir sollten also in Erfahrung bringen, ob eine Uniform fehlt, und wenn nicht, dann untersuchen wir die anderen Kittel, Uniformröcke und Hemden auf Blutspuren des Opfers und vielleicht auf DNA des Täters. Tannen, bringen Sie das auf den Weg?«

Tannen griff zu einem Zettel, schob ihn dann wieder weg und tippte eine Notiz in sein Notebook.

Kaja Winterstein zog eine grüne Mappe aus ihrer Tasche und legte sie vor sich auf den Tisch.

»Ja?«, sagte Mangold und nickte ihr zu.

»Kurz gefasst, mit den Standards unserer OFA ...«

»OF ... was?«, fragte Weitz, der einen triumphierenden Gesichtsausdruck aufgesetzt hatte.

»Operative Fallanalyse. Also damit kommen wir ebenso wenig weiter wie mit dem Viclassystem der Amerikaner. Man könnte meinen, er habe darüber genaue Kenntnisse. Und auf dieser Tastatur ... es sieht fast so aus ...«

»Ja?«, bohrte Mangold nach.

»... als würde er damit spielen. Er variiert frei mit den Kategorien, die die Kanadier und Amerikaner zur Eingrenzung von Täterprofilen erstellt haben.«

»Ein Beispiel?«

»Serienmörder bleiben in aller Regel in ihrer ethnischen Gruppe und konzentrieren sich gewöhnlich auf ein Geschlecht.«

»Also können wir dieses Viclas-Dings überhaupt nicht brauchen«, sagte Weitz und biss in den Nagel seines Zeigefingers.

Kaja Winterstein machte mit den Händen eine abwehrende Geste.

»Nein, das will ich damit nicht sagen.«

Weitz sackte demonstrativ zusammen.

»Jetzt kommen Sie uns mit dem Profil eines Täters, dem die Mutter mal den Schnuller weggenommen hat und der sich jetzt furchtbar rächen muss. Das bringt uns kein bisschen weiter.«

Kaja Winterstein blitzte Weitz wütend an.

»Ich bin mir schon darüber klar, dass Sie meine Arbeit kritisch sehen, weil ich ja nun nicht gerade Ihren Stallgeruch habe ...«

»Ja, Bullen heißen Bullen, weil sie einen Stallgeruch haben, das ist gar nicht so schlecht.«

Mangold überlegte, ob er dieses Scharmützel unterbinden sollte, andererseits kam man so durchaus auf Ideen.

»Wir erstellen keine psychologischen Täterprofile, das ist Unsinn«, sagte Kaja Winterstein. »Wir sehen uns die Tat- und die Auffindeorte an, die Indizien, Spuren, Rituale und Verhaltensweisen vor und nach der Tat – und versuchen Muster zu erkennen.«

Jetzt meldete sich Hensen zu Wort.

»Wir suchen aber kein Muster, sondern einen perfide agierenden Täter.«

»Richtig«, sagte Kaja Winterstein. »Wenn wir diese Muster identifizieren und eingrenzen können, schließen wir auf Verhaltensweisen des Täters und das wiederum bringen wir mit soziologischen Merkmalen in Verbindung.«

»Sie können also sagen, in welcher Gesellschaftsschicht der Täter lebt, ob er alleine lebt, wie viel er verdient, wie er sich im Alltag verhält, Single, Familienmensch?«, fragte Tannen.

»Nicht absolut exakt, aber es gibt schon ziemlich konkrete Ergebnisse. Wir wissen nicht, wer es ist, wir können nur vorhersagen, wo wir ihn suchen müssen und wo nicht.«

»Psychoscheiß…«, grummelte Weitz.

»Es hat hauptsächlich mit Soziologie und Kriminologie zu tun. Erst viel später kommt die Psychologie dazu.«

»Aber Sie sind doch Psychologin«, sagte Hensen.

»Erwischt.«

Kaja Winterstein lächelte ihn an und legte behutsam den Bleistift auf ihre Mappe.

Mangold war beeindruckt. Diese Kaja Winterstein war in der Lage, den Druck herauszunehmen. Sie ließ sich durch Provokationen nicht so leicht verletzen. Unwillkürlich fragte er sich, wo ihre Schmerzgrenze wohl liegen würde.

Kaja Winterstein wandte sich in Richtung Weitz und Tannen.

»Ich weiß, dass Sie von Psychologen entweder ganz viel oder eben gar nichts halten. Beides ist Unsinn. Wir können keinen Täter mit einer freudschen Wünschelrute unter dem Tisch hervorzaubern. Vielleicht können wir unseren Beitrag leisten, das Bild etwas schärfer stellen.«

»Und was soll das bringen? Überstunden?«, fragte Weitz.

»Seine Handschrift«, sagte Kaja Winterstein. »Also alles, was über das zu einer Tötung absolut Notwendige hinausgeht. Und in diesem Fall eben auch alles, was über das Kopieren der beiden amerikanischen Serienmörder hinausgeht. Dieses – nun, sagen wir – Zusätzliche müssen wir untersuchen, um festzustellen, wie der Täter sich weiterentwickelt.«

»Ein Künstler bei der Arbeit«, sagte Hensen.

»Genau. Weil wir nicht wissen, warum er sich Dahmer und Bundy ausgesucht hat, gehe ich davon aus, dass er zumindest zu einem Teil nekrosadistische Züge aufweist.«

»Er hat Spaß am Verstümmeln?«, fragte Mangold.

»Zumindest hat er nicht die Barrieren, die einen Menschen normalerweise unfähig machen, so etwas mit einem toten Körper anzustellen.«

Sie schlug die vor sich liegende Mappe auf und nahm ein Blatt heraus.

»Wir suchen einen Mann, was ja schon nach dem Anruf klar sein dürfte, mit einem hohen bis sehr hohen Bildungsstandard. Er ist eher Einzelgänger als Familienmensch. Ist auch in der Freizeit der Typ, der einem Einzelsport oder einer Freizeitgestaltung nachgeht, die man allein betreiben kann. Sondert sich ab, will für sich sein, macht sein Leben nicht zum Thema. Ob er bereits psychiatrisch behandelt wurde, ist fraglich. Dagegen spricht sein beherrschtes und kontrolliertes Auftreten, das er sicher nicht vom Blatt abliest. Unwahrscheinlich dass er einen Therapeuten oder Mediziner sehr ernst nehmen würde. Und jetzt noch ein Allgemeinplatz: Für sehr wahrscheinlich halte ich es, dass der Täter selbst einmal Opfer war. Jedenfalls ist etwas mit ihm geschehen, das er nicht unter Kontrolle hatte.«

»Und woraus schlussfolgern Sie all das?«, fragte Hensen.

»Dass er sich amerikanische Serientäter zum Vorbild auserkoren hat, spricht für Rachefantasien, die er nun umsetzt und mittels irgendeiner höheren Aufgabe aufwertet. Außerdem waren fast alle Gewalttäter zu irgendeiner Zeit ihres Lebens auch Opfer. Nach der Auffindesituation der Leichen sind alle Taten genau geplant und ausgeführt. Hinweise auf Affekthandlungen gibt es nicht. Das Alter dürfte zwischen 28 Jahren und 55 Jahren liegen. Auffällig ist seine Aufforderung zu einer Art Spiel, das er mit der SMS an Kommissar Mangold in Gang gesetzt hat. Für denkbar halte ich, dass der Mann noch nie durch ein Delikt aufgefallen ist. Vom Typus her ist er der absolut hochintellektuelle Täter.«

»Er könnte uns das nicht vorgaukeln?«, fragte Hensen.

»Dummheit lässt sich vorspielen, Intelligenz nicht. Ich habe immer noch keine wirklich plausible Erklärung dafür, dass er uns aufs Stichwort und ohne Zeit für Computereingaben diese Wetterdaten nennen konnte. Ich habe das nachgeprüft, keine Fehler. Wirklich beeindruckend.«

Mangold klapperte mit seinem Kugelschreiber auf dem Tisch:

»Was ist mit der unplausiblen Begründung?«

»Gibt es«, sagte Kaja Winterstein.

»Entweder jemand, der unter dem Asperger-Syndrom leidet oder aus anderen Gründen ein Savant ist.«

»Was soll das sein?«, polterte Weitz los. »Eine neue Seifensorte, ist es das?«

»Ein Savant ist ein Inselbegabter, jemand der einerseits über absolut außerordentliche Fähigkeiten verfügt und sich andererseits unter Umständen nicht einmal die Schuhe zubinden kann.«

»Ist das nicht ein wenig voreilig«, sagte Hensen. »Wir haben nur erstaunliche Fähigkeiten hinsichtlich der Wetterdaten ...«

»Für einen normalen Menschen ist es undenkbar, dass er sich diese Daten merken kann.«

»So ein Savant kann also gut auswendig lernen, na und?«, sagte Weitz.

»Oh, nein. Dazu müsste er Millionen von Daten lernen und die dann passgenau mit anderen Daten verbinden. Bei den Savants handelt es sich um eine kleine Gruppe von Menschen, die entweder Hirnschädigungen durch Verletzungen oder bei der Geburt erlitten haben oder eben unter dem Asperger-Syndrom leiden.«

»Und es gibt eine Gruppe, die keinerlei Verletzungen oder Autismus aufweisen und dennoch über diese unerklärlichen Fähigkeiten verfügen«, sagte Hensen.

Kaja Winterstein blickte auf ihre Notizen.

»Stimmt. Nur 50 Prozent sind Autisten.«

»Was ist das anderes als auswendig lernen?«, fragte Weitz.

Kaja Winterstein warf ihm einen bösen Blick zu.

»Einige können nach einmaliger Ansicht, etwa aus einem Flugzeug, eine gesamte Stadt nachzeichnen. Absolut genau mit allen Gebäuden und Tausenden von Fenstern an der richtigen Stelle. Andere sind in der Lage innerhalb von Tagen Sprachen zu lernen oder bringen sich über Nacht Klavierspielen bei. Ein amerikanischer Savant etwa kennt 12.000 Bücher auswendig. Er liest übrigens immer zwei Bücher gleichzeitig, mit jedem Auge eines. Andere können 8000 Musikstücke auswendig, komponieren mit sieben Jahren eigene Stücke ...«

»Wie Mozart«, sagte Mangold.

»Ja, auch bei Mozart oder Einstein vermutet man diese Inselbegabung«, sagte Kaja Winterstein. »Die Gedächtnisleistungen sind fast immer außerordentlich, aber auch die mathematischen Fähigkeiten. Etwa Daniel Tammet, der die Kreiszahl Pi bis auf 22.514 Stellen nach dem Komma aus dem Gedächtnis abrufen konnte. Innerhalb von fünf Stunden übrigens.«

Hensen zerriss seine Skizze, knüllte sie zu einer Papierkugel zusammen und blickte dann mit einer entschuldigenden Geste in die Runde.

Tannen blies den Staub von der Tastatur seines Notebooks.

Kaja Winterstein ließ sich nicht beirren: »Aber es gibt eben auch künstlerische oder sprachliche Begabungen. Etwa Emil Krebs, der Mann konnte 68 Sprachen perfekt in Wort und Schrift.«

»Es gibt nur ungefähr 100 dieser Autisten. Weltweit«, warf Hensen ein.

»Bekannte Savants«, sagte Kaja Winterstein. »Wer kann allerdings schon sagen, wie viele da noch herumlaufen?

Nicht jeder möchte mit diesen Fähigkeiten in die Öffentlichkeit gezerrt werden.«

Mangold strich sich die Augenbrauen glatt.

»Sie wollen also sagen, da läuft ein Unbekannter mit diesen unglaublichen Fähigkeiten herum ...«

»... und fordert die Polizei mit seinem Können heraus«, ergänzte Hensen. »Sagt ›fangt mich, wenn ihr könnt‹.«

»Zumindest wissen wir, nach wem wir suchen müssen.«

»Und genau das ist die schlechte Nachricht«, sagte Kaja Winterstein. »Also zunächst, ich glaube nicht, dass es ihm nur um die Provokation der Polizei und die Zurschaustellung seiner Macht geht.«

»Uns fehlt also das Motiv?«

»Würde ich so sehen«, sagte Kaja Winterstein. »Ich glaube nicht, dass es sich um einen Serientäter mit klassischen Motiven handelt. Allerdings gibt es eine ganze Reihe von Tätern, die Vorbildern nacheifern.«

»Kommt von denen jemand infrage?«

»Fehlanzeige«, sagte Kaja Winterstein. »Die bekannten Täter sind alle gut verwahrt.«

»Was ist mit DNA-Spuren an den Tatorten«, fragte Hensen, der eine neue Skizze begonnen hatte und sich anscheinend für ein Motiv außerhalb des Fensters interessierte.

»DNA-Spuren an den Auffindeorten oder als Spuren an den Leichen wurden nicht gefunden. Auch nicht unter den Fingernägeln. Die Hautfetzen stammen von den Opfern selbst«, sagte Mangold.

»Leider haben wir auch keine geografische Zuordnung«, sagte Kaja Winterstein. »Die Aufzeichnung seines Anrufs hier im Präsidium hat keine eindeutige Dialekt-Einfärbung ergeben. Vieles, wie etwa die Ortskenntnisse, sprechen dafür, dass er aus Hamburg stammt oder zumindest hier aufgewachsen ist. Unser Dreh- und Angelpunkt ist der Hinweis über den Kassenbon und die direkte Ansprache von Kommissar Mangold.«

»Welche Ehre«, brummte Mangold.

»Das kann es durchaus bedeuten«, sagte Kaja Winterstein. »Wir müssen unbedingt die Fälle durchgehen, die Sie in der Vergangenheit bearbeitet haben. Dass wir da fündig werden, ist eher fraglich. Dafür ist der Täter zu klug. Ich gehe fest davon aus, dass er unser Vorgehen kennt. Aber es muss eine Verbindung zwischen Ihnen und unserem Täter geben.«

»Woraus schließen Sie das?«

»Selbst planende Täter hinterlassen in der Regel eine persönliche Handschrift.«

»Das ist doch Unsinn«, sagte Weitz. »Da kann er sich ja gleich melden.«

Kaja Winterstein zögerte, sah Weitz ein paar Sekunden stumm an und fuhr fort.

»Diese persönliche Handschrift wird vom Täter meist unbewusst hinterlassen. Es ist das, was er außer der reinen Tötungshandlung tut. Ich hab das bereits erwähnt.

Etwa das Schließen der Augen der Leiche, eine bestimmte Handlung in der Wohnung oder der Umgebung des Tatortes. Vielleicht auch, dass er die Gläser abspült, bevor er geht, Wäschestücke mitnimmt. Es ist sein Markenzeichen. Doch genau das fehlt.«

»Er hat den Opfern die Augenlider festgeklebt«, sagte Hensen.

»Ja, und zwar vor der Tötungshandlung. Doch ob das wirklich ein wesentliches Merkmal seiner Handschrift ist, wird sich erst bei Leiche drei oder vier herausstellen. Noch hat er alles unter Kontrolle.«

»Warum überhaupt eine Handschrift?«, sagte Tannen.
Hensen räusperte sich.

»Sigmund Freud. Da ist etwas, das aus seinem Unterbewusstsein drängt und das er nicht steuern, nicht verhindern kann. Es ist so gut wie unmöglich, alle seine Handlungen am Tatort oder Ablageort festzulegen und nach diesem Plan vorzugehen. Es gibt immer dieses ›Darüber hinaus‹, nur, dass wir es finden müssen.«

»Also eine Botschaft wie ›Hey Leute, ich bin ein wirklich böser Junge und ich werde weitermachen, also erwischt mich‹?«, fragte Weitz und beugte sich dabei vor.

»Kommt hin. Ein Strafbedürfnis«, sagte Kaja Winterstein. »Bei diesem Täter allerdings …«

»Ist alles anders«, stöhnte Mangold.

»Möglich, dass bei ihm der psychische Apparat anders tickt. Dass es so etwas wie das ›Es‹ in der herkömmlichen Form nicht gibt«, sagte Kaja Winterstein.

»Das was?«, fragte Weitz.

»Das Gewissen. Es geht um die moralische Instanz, die dieses Töten bewertet. Also möglich, dass die bei ihm nicht oder nur rudimentär ausgeprägt ist. Es gibt keinerlei Erfahrungen mit einem tötenden Savant.«

Mangold stieß seinen Notizblock ein paar Zentimeter von sich.

»Und damit helfen uns alle Qualifizierungen, Serientäter-Statistiken oder Viclassysteme nicht weiter. Weil er mit seinen Savant-Fähigkeiten die Situation vollkommen kontrolliert, anscheinend in einem sterilen Overall zu Werke geht und sich in unseren Ermittlungsmethoden bestens auskennt.«

Kaja Winterstein seufzte.

»Ich erwarte, dass er seine Taten ausschlachtet, seine

Macht demonstrieren will. Er wird sich schon bald an die Medien wenden.«

»Bekennerschreiben, Hinweise auf die stockenden Ermittlungen, Polizisten, die im Dunkeln tappen?«, wollte Mangold wissen.

»Ganz genau«, sagte Kaja Winterstein. »Das volle Programm. Letztlich geht es bei dieser Art von Taten um die Demonstration von Macht. Deshalb müssen wir die Ablageorte beobachten. Häufig kehrt der Täter dorthin zurück, um seinen Kick noch einmal zu genießen. Ich glaube das bei diesem Täter zwar nicht, aber wir müssen sichergehen.«

»Bei der Intelligenz des Täters sollten wir uns alle juristischen Klagen gegen die Polizei ansehen«, schlug Hensen vor. »Wenn es sich tatsächlich um einen Savant handelt, dann muss er aufgefallen sein.«

»Machen wir unsere Hausaufgaben und warten ab«, sagte Mangold.

»Ich denke, wir sollten sie sehr gründlich machen, denn er wird nicht aufhören. Nichts deutet darauf hin, absolut nichts. Er fühlt sich sicher. Und er fühlt sich wohl.«

»Dreckschwein«, sagte Weitz. »Ich würde ihm am liebsten einen Lötkolben in den Arsch schieben.«

»Genau das«, sagte Kaja Winterstein, »könnte die sexuelle Fantasie eines derartigen Serientäters sein.«

»Ich wusste doch schon immer, dass etwas Besonderes in mir steckt«, erwiderte Weitz und grinste.

Tannen starrte ihn böse an und wandte sich dann an Mangold.

»Was ist mit dieser Zahlen-Buchstaben-Kombination, die er uns übermittelt hat?«

Hensen sah von seinem Papier auf und sagte:

»Ja, die Adresse des zweiten Opfers ist Carlstraße 1 c. Und der Mann hat im vierten Stock gewohnt. Also 1 c 4. Wenn es sich beim Täter tatsächlich um ein Genie handelt, wäre das zu einfach. Warum sollte er uns die Adresse eines Opfers übermitteln, das wir längst gefunden haben?«

»Bremer Partie«, sagte Weitz. Dann blätterte er wieder in seinen Unterlagen.

»Was?«, sagte Mangold.

»Bremer Eröffnung, Schach.«

Hensen richtete seinen Oberkörper auf.

Mangold sah die Psychologin an.

»Gibt es so etwas wie Schachgenies unter diesen Savants?«

»Durchaus denkbar, viele zeichnen sich ja durch überdurchschnittliche Gedächtnisleistungen aus. Wer sich das Telefonbuch einer großen Stadt merken kann, sollte in der Lage sein, Tausende von Meisterpartien zu kennen. Ob sie allerdings selbst in der Lage sind, kombinierend so etwas zu gestalten? Keine Ahnung. Doch wenn Savants komponieren, warum dann nicht auch Schach spielen?«

»Viele dieser Schachmeister gehen doch als verdrehte Genies durch. Bobby Fischer hat sogar dem lieben Gott eine Partie angeboten«, sagte Hensen.

»Er hat was?«, fragte Mangold.

»›Ich weiß nicht, was Gott gegen mich auf 1 e 4 antworten würde‹, hat er mal gesagt.«

»Könnte ein Nachfolger die Polizei zu einer Partie herausfordern?«, fragte Tannen.

»Wir sind nicht Gott«, sagte Hensen. »Und seine Ansage ist: 1 c 4. Ich glaube nicht, dass er sich für eine Wiedergeburt von Bobby Fischer hält.«

Wer immer der Täter ist, ein Ziel hat er schon erreicht,

dachte Mangold. Ein Ermittlerteam, das aufgrund mieser Spurenlage über Schachpartien herumrätselte, weil ihm eine Ermittlungsrichtung oder auch nur ein Ansatzpunkt vollkommen fehlte.

Tannen fasste zusammen, was die Befragung der Nachbarn der beiden Opfer ergeben hatte. Auch diese Schilderungen ergaben keinerlei Schnittpunkte. Während Carla Kanuk ein zurückgezogenes und völlig durchorganisiertes Leben führte, war Charles Annand ein quirliger Typ, bei dem die Polizei schon mehrfach wegen Ruhestörung vor der Tür gestanden hatte und der vor Jahren als Kleindealer aktenkundig geworden war.

Hensen räusperte sich und sah von seiner Zeichnung auf.

»1 c 4 bedeutet erster Bauernzug von c 2 auf c 4, aber was steckt dahinter? Vielleicht sollten wir im Mietshaus von diesem Charles Annand mal in den zweiten Stock gehen und nachsehen?«, schlug Hensen vor.

»Der Mann killt nach einem Zugplan und wir kennen nicht mal das Spielfeld, auf dem er spielt«, sagte Mangold.

»Und was, wenn beides stimmt? Wenn er eine Partie nachspielt und seine Morde auf dieses Spiel abstimmt? So eine Art Hausnummern-Mörder?«

»Das wäre die absolute Katastrophe«, sagte Mangold. »Die Leute werden nur wegen ein paar Buchstaben- und Nummernzuordnungen zu Opfern. Da können wir gleich alle Hauseingänge bewachen, in denen Buchstaben auftauchen.«

»Finstere Aussichten, eine Partie kann 20 oder 30 Züge beinhalten«, warf Kaja Winterstein ein.

»Hensen, du klemmst dich mit Tannen an diese Schachspur. Seht euch die beiden Wohnungen im zweiten Stock an.«

Hensen nickte. Kaja Winterstein übernahm die Überprüfung von Fällen, die Mangold abgeschlossen hatte. Weitz sollte sich weiter um Samenbanken und die Rückläufe aus den Zahnarztpraxen kümmern und sich die Bänder aus dem Supermarkt ansehen.

»Wieso heißt dieser Zug eigentlich Bremer Partie?«, fragte Hensen in Richtung Weitz.

»Wieso muss ich mich eigentlich am Schreibtisch rumdrücken und diese Institute …«

»Weil Sie gute Arbeit leisten, Weitz«, sagte Mangold. »Warum Bremer Partie, und woher wissen Sie das?«

Weitz grinste gequält.

»Hab ich mal in einem Schachbuch über Eröffnungen gelesen. Das Ding heißt so nach dem Bremer Spieler Carl Carls, der jedes, aber auch jedes Spiel so begonnen hat.«

»Und das haben Sie sich gemerkt?«

»Wegen der Geschichte mit dem Kleber. Leute haben bei einem Spiel genau diesen c-Bauern festgeklebt, und als Carls dann kräftig zugegriffen hat, ist das ganze Spielbrett durch den Raum geflogen. War wohl'n Mordsspaß.«

»Unser Mann legt die wohl brutalste Mordserie hin, die wir in Deutschland erlebt haben; er läuft sich dabei gerade erst warm, und wir spielen Schach«, sagte Mangold.

Er fühlte sich unwohl. Sie hatten lauter lose Fäden in den Händen. Entwirrten sie einen, endete der im Nichts, in einem Tunnel, in den nicht mal der kleinste Lichtschein drang. Sie brauchten dringend eine echte Spur, an die sie sich heften konnten. Etwas, das ihre Arbeit strukturierte.

»Ich glaube, jeder hat etwas zu tun«, sagte er und zog sich

mit vier großen Flip-Chart-Bögen an einen der hinteren Schreibtische zurück.

Mit einem Filzstift schrieb Mangold die verschiedenen Ermittlungsansätze auf die Bögen und versah sie mit einem Kreis.

Sollte die Vermutung von Kaja Winterstein zutreffen, und daran hatte er keinen Zweifel, hatten sie es mit einem Genie zu tun, das einen makaberen Wettkampf mit der Polizei aufnahm. Er hielt mit seinen Savant-Fähigkeiten nicht hinter dem Berg und musste sich also sicher fühlen. War er wirklich so intelligent und stimmte es, dass der Personenkreis der Savants äußerst übersichtlich war, dann zählte er zweifellos zu den bisher nicht bekannten »Wissenden«. Allerdings war es möglich, dass er in einem anderen Land bekannt oder zumindest durch außergewöhnliche Leistungen aufgefallen war. In diese Richtung musste die Psychologin unbedingt weiterrecherchieren.

Dann gab es den Komplex um die beiden Opfer Carla Kanuk und Charles Annand. Waren sie zufällig ausgesucht worden? Und dann diese Spielerei mit dem Samen, den sie auf dem Oberschenkel von Carla Kanuk gefunden hatten. Vielversprechend war die Gebissspur, die der Täter in der Wange des dunkelhäutigen Opfers hinterlassen hatte. Mit etwas Glück und viel Arbeit konnte sie das weiterbringen.

Wie hatte Kaja Winterstein gesagt? Jeder dieser Serienmörder hat irgendetwas in seiner Persönlichkeit, in seinem »Es«, das erwischt werden möchte. Aber passte er in die üblichen Schemata? Und hätte sich Sigmund Freud vorstellen können, dass die Zivilisation einst derartige Monster hervorbringen würde?

Dann gab es noch die nicht sonderlich viel versprechende Auswertung der Überwachungskameras aus dem Supermarkt, in dem der Kassenbon ausgedruckt worden war, den sie bei der ersten Leiche gefunden hatten. Nicht zu vergessen die Begriffe »Kassenbon« und »Geldnote«. Schließlich das Dante-Zitat und die Rätsel, die der Täter bei seinem Anruf im Präsidium hinterlassen hatte. 1 c 4. War tatsächlich eine Schachvariante gemeint, eine Hausnummer? Oder verbarg sich dahinter ein ganz anderer Code?

Mangold schrieb auf ein Extrablatt das Wort »Motive« und dahinter ein Fragezeichen. Zweifellos beim jetzigen Ermittlungsstand am schwierigsten zu beantwortende Frage, doch genau hier lag der vielleicht lohnendste Ansatz. Schließlich hatte der Täter ihm eine Mail geschickt, hatte ihn bewusst mit dem Kassenbon in den Fall gezogen. Und er hielt sich nach Angaben des Telefonunternehmens zumindest zeitweilig in der Nähe des Präsidiums auf. Schließlich war der Anruf über einen benachbarten Sendemast eingegangen.

Kam der Täter aus dem näheren Umfeld? Das, was die Forensiker bislang bei der Untersuchung der Leichenteile herausgefunden hatten, deutete darauf hin, dass es keine überhasteten Handlungen gab. Und noch immer fehlte seine Handschrift. Beide Male waren die Opfer im Freien gefunden worden. Die Autobahnraststätte und Hagenbecks Tierpark. Das machte die Tatortuntersuchung nicht eben einfacher. Warum aber kopierte der Täter berüchtigte amerikanische Serienkiller?

Sicher hatte Kaja Winterstein Recht mit der Vermutung, dass er sich schon bald an die Medien wenden würde. Das Auskosten dieses Triumphes gehörte bei derart planenden und profilneurotischen Tätern einfach dazu.

Von welcher Seite er diesen Fall auch betrachtete, bis jetzt gab es nichts als vage Vermutungen und dürftige Indizien. Und natürlich die Frage, ob der Mann tatsächlich ein Savant war. War es möglich, mit einem Trick in dieser Geschwindigkeit an die Wetterdaten heranzukommen? Unwahrscheinlich.

Mangold ging zurück zu seinem Schreibtisch und zog den Zettel mit der Handynummer von Carla Kanuks Bruder aus der Schublade.

Das Rufzeichen ertönte nur ein paar Sekunden.

»Ja?«, brummte eine verschlafene Stimme.

»Peter Kanuk?«, fragte Mangold.

»Ja, ja, ich mache das nicht am Telefon. Keine Umfragen, Vertragsverhandlungen …«

»Hauptkommissar Mangold von der Hamburger Polizei. Ich wollte Ihnen eigentlich ein paar Kollegen vorbeischicken, aber …«

»Ist das ein Trick, ich meine irgendeine neue Werbeidee? Wollen Sie gleich irgendwelche Passwörter von mir?«

»Nein, vielleicht ist es doch besser, ich schicke einen Kollegen vorbei.«

»Dann mal zu«, sagte Peter Kanuk. »Ich bin gerade in Kambodscha, in einem Camp, um genau zu sein, aber ich kann ja eine Petroleumlampe anzünden, damit Sie mich finden. Stellen Sie sich das vor, ich sitze mitten im Dschungel und man will mir italienische Feinkost andrehen. Ein neues Moskitonetz könnte ich gebrauchen.«

»Sie sind in Kambodscha?«

»Seit drei Monaten. Wir graben Brunnen und schließen

die Pumpen dann an eine Solarversorgung an. Jedenfalls der Teil, den die Mücken von mir übrig gelassen haben. Worum geht's?«

»Es tut mir leid, Ihrer Schwester ist etwas zugestoßen.«

Am anderen Ende der Leitung war sekundenlang nichts zu hören.

Dann sagte Peter Kanuk: »Oh Gott«, und noch einmal »Oh Gott.«

»Es tut mir wirklich leid, Ihnen das am Telefon sagen zu müssen, aber wir haben ein paar dringende Fragen.«

»Ein Unfall?«, fragte Kanuk.

»Sie ist getötet worden. Es tut mir leid. Wir ermitteln und müssen von Ihnen etwas zum Umfeld Ihrer Schwester wissen, also Freunde, Bekannte, Leute, die sie belästigt haben könnten, Sie verstehen schon.«

Kanuk sagte, dass er umgehend zurück nach Hamburg fliege und sich sofort im Präsidium melde, aber so viel könne er schon jetzt sagen: Er habe in den letzten Jahren kaum Kontakt mit seiner Schwester gehabt.

»Haben uns nicht besonders gut verstanden, wissen Sie!«

Nein, über das Privatleben seiner Schwester könne er nichts sagen. Auch nicht über Freunde, Bekannte, Liebhaber oder gar Bedrohungen.

Mangold teilte ihm mit, dass seine Anwesenheit nicht unbedingt erforderlich sei. Man stecke mitten in den Ermittlungen.

»Aber ich muss sie doch beerdigen«, sagte Peter Kanuk. Mangold dachte an die Überreste von Carla Kanuk und unterdrückte ein Stöhnen.

»Muss man die Tote nicht identifizieren, ich meine, um sicher zu sein …?«

»Nein, Herr Kanuk, das ist nicht nötig. Es wird vermutlich noch eine Weile dauern, bis die Pathologie die Leiche freigibt.«

»Verstehe, halten Sie mich auf dem Laufenden, wenn … also … wie wurde sie ermordet? Hat sie … hat sie sehr gelitten?«

»Sie wurde erstochen«, sagte Mangold, der das Gespräch am liebsten sofort unterbrochen hätte. Es war schon schwer genug, Ehepartner oder Verwandte über den Tod ihrer Angehörigen zu informieren, aber am Telefon? Und dann über eine Tat mit derart grausigen Umständen?

Nachdem Kanuk ihm sicherheitshalber die Telefonnummer der Firma durchgegeben hatte, für die er dieses Projekt in Kambodscha als Ingenieur betreute, konnte Mangold endlich auflegen. Er sah auf den Bogen, auf dem der Begriff »Täter« mit einem Kreis markiert war.

»Wir werden dich kriegen«, sagte er. »Und wenn du noch so ein Genie bist.«

»Mit wem reden Sie?«

Hinter ihm stand Kaja Winterstein.

»Selbstgespräche«, sagte Mangold. »Leider. Es wird wohl wieder ein ziemlich langer Abend.«

»Brauchen Sie die Nummer vom Pizza-Service?«

»Eine ehrliche Frikadelle mit Kartoffelsalat wäre mir lieber.«

»Das ist ein Cross-over-Lieferservice«, sagte Kaja Winterstein und tippte die Adresse in den Computer. »Ob asiatisch, deutsch oder italienisch, das Menü kann man sich im Internet zusammenstellen.«

Mangold bedankte sich und wandte sich dann wieder seinen Papierbögen zu.

»Ich klemm mich mal an das Gebiss«, sagte sie und

huschte aus dem Büro. Mangold sah ihr nach. Ob sie wohl einen Freund hatte? Sicher, doch merkwürdig war es schon, dass sie sich hier die Nacht um die Ohren schlug.

Zu Hause wartete noch eine Flasche Cognac. Wie gern hätte er sich jetzt damit die Gedanken aus dem Hirn gekippt. Neuerdings ertappte er sich dabei, dass er immer wieder an die gleichen Szenen mit Vera dachte. Geradeso als wäre ihre ganze Beziehung nichts als eitel Sonnenschein gewesen. Dabei waren sie sich mehr als einmal heftig in die Haare geraten.
 Ganz abgesehen von den vier Wochen, die er in einem Hotelzimmer verbracht hatte. Als er darauf bestand, seine Tunnelsammlung abzuholen, waren sie sich lachend in die Arme gefallen. Es hatte nicht gehalten.
 Gedanken. Den Kopf freibekommen.

Er hatte es mit einem äußerst gefährlichen Serientäter zu tun, da blieb keine Zeit für Selbstmitleid. Außerdem gab es einen positiven Aspekt seiner Trennung. Sollte dieser brutale Täter tatsächlich ihn persönlich ansprechen, dann wäre auch Vera gefährdet gewesen.
 Sollte sie sich doch mit irgendeinem Sumerologen über neueste computergestützte Vermessungstechniken amüsieren. Er hätte angesichts der Geschehnisse ohnehin keinen angenehmen Gesprächspartner abgegeben.
 Mangold hängte die vier Bögen an die Korkwand und trat einen Schritt zurück. Das Ganze da vor ihm war kein Tunnellabyrinth, nein, es ähnelte eher der Abwasserkanalisation einer Großstadt. Und jeden Augenblick konnte ein neuer Regenfall Wassermassen durch die Gullydeckel in dieses Rohrsystem hereinstürzen lassen. Ein Blut-

schwall, der gegen die Sielwände klatschte, um sich dann weiter seinen Weg zu suchen. Doch um Himmels willen – wohin? War sein 1 c 4 der Auftakt für den nächsten Zug?

*»Brüderchen, komm, tanz mit mir, beide Händchen reich ich dir, einmal hin, einmal her, rund herum, es ist nicht schwer!«*

*Gefällt dir das Lied? Du weißt, Mutter hat es immer gesungen. Du warst der Musikalischere, auch wenn du es verheimlicht hast. Warum? Immer habe ich sie gehört, deine Melodien. Du hast im Schlaf gesungen. Es war nur ein Summen und manchmal ein auf- und abklingendes Rauschen.*
   *Wie der Urknall, in dem wir alle für immer geboren sind. Ich habe mich gedreht in deinen Liedern, habe sie leise mitgesummt. Schlaf, Kindlein schlaf ... Wollte dich nicht wecken.*

*Und bald schlägst du die Augen auf und bist da. Ist das nicht großartig?*
   *Ich habe nicht damit gerechnet, nicht damit. Plötzlich wirst du da sein, alles hat einen Sinn. Es ist so, als würde man plötzlich die Rückseite des Mondes sehen. In strahlendem Licht.*
   *Doch jetzt lege ich meine Hand auf dich und du musst vergehen. Ganz tot sein musst du, damit ich dich wieder zum Leben erwecken kann. Du warst nie verschwunden, und doch kann dich niemand finden. Nein, du warst nie fort ... du hast nur geschlafen und jetzt leg ich meine Hand an dich.*

## 12.

Die salzige Luft tat gut. Vor ihr wippten Barkassen durch das Hafenwasser und eine restaurierte Dampfbarkasse stieß das heisere Tuten ihres Nebelhorns über die Wellen.

Kaja Winterstein spürte das sanfte Schaukeln unter sich. Um diese Zeit war sie die einzige Besucherin auf dem Feuerschiff, das früher in der Elbmündung seinen Dienst getan hatte. Jetzt war es zu einem schwimmenden Café umgebaut und zog vor allem Touristen an.

Mitten zwischen den Segelyachten startete ein einmotoriges Flugzeug. Zwei Segler in blauen Anoraks schrubbten ihre Kunststoffdecks und die Besatzung der Hafenpolizei holte die Fender ihres Bootes ein.

Kaja Winterstein klappte ihren Laptop auf. Das Postfach signalisierte den Eingang dreier Mails.

Sie löschte die Werbebotschaft eines Elektronikhändlers und öffnete die Nachricht ihrer Tochter. »Bin heute Abend nicht da. Grüße Leonie.«

Kein Grund für ihre Abwesenheit, keine Entschuldigung, kein Bedauern. Dabei hatten sie sich zu einem gemeinsamen Abendessen verabredet, um miteinander zu reden. Das heißt, sie wollte reden, wollte hören, wie es weitergehen sollte. Mehr als einmal hatte sie daran gedacht, ihren Ex-Ehemann anzurufen.

Sie wurde den Verdacht nicht los, dass die beiden gemeinsame Sache gegen sie machten. Ihre Tochter zeigte sich vollkommen desinteressiert an allem, was jetzt für sie anstand. Die Internatszeit war bald beendet und immer noch unklar, was sie mit dem mühsam erworbenen Abitur eigentlich vorhatte. Das heißt, wenn sie es überhaupt schaffte. Über schulische Leistungen verweigerte sie beharrlich jede Auskunft.

Obwohl diese überzogene Protz-Villa mit Alsterblick, abgesehen von den durch sie bezogenen und eingerichteten Räumen, vollkommen leer stand, fühlte sie sich dort beengt. Alles Lebendige und Spontane war ausgeschlossen. Nein, da nahm sie schon lieber die Touristen in Kauf, die hier an der Hafenpromenade entlangströmten.

Die dritte Mail stammte von Tannen. Seltsamer Typ, dieser Assistent von Mangold. Gab sich bieder und gelehrig. Hinter seiner Fassade brodelte etwas, er schien sich in dem Team nicht sonderlich wohl zu fühlen. Oder war es etwas Privates? Immerhin nicht so ein Widerling wie dieser Weitz. Warum Mangold ausgerechnet diesen Proleten nach Kräften unterstützte, war ihr ein Rätsel.

Dieser Tannen wollte wissen, ob der Täter von einem Rachemotiv geleitet sein konnte.

Natürlich. Diese Psychopathen, ob nun Savant oder biederer Familienvater, der sich nachts mit der Strumpfhose auf Beutefang machte, sie alle fühlten sich letztlich von der Welt verletzt. Sie rächten sich, lebten ihre Triebe aus, weil sie sich oft nicht trauten, diejenige Person zu töten, die sie tatsächlich umbringen wollten. Sei es nun eine herrische Ehefrau oder eben die Mutter. Wollten Frauen ihre Männer töten, dann gab es im seltensten Fall Umwege.

Die Mutter! Einer ihrer Kollegen hatte während einer Vorlesung gar behauptet, dass man bei 90 Prozent aller Tätermotive von einem Zusammenhang mit dem Ödipuskomplex auszugehen habe. Mit dem Begehren nach der leiblichen Mutter.

Auch die Neigung zur Homosexualität war seiner heftig umstrittenen Meinung nach damit zu erklären. Aufgrund der starken Bindung an und der Orientierung auf eine übermächtige Mutter begännen sie, das unerwünschte Begehren in homosexuelle Neigungen zu verwandeln.

Nein, das ging ihr dann doch zu weit. Was war mit den narzisstischen Störungen, die die meisten Täter aufwiesen, und die auf eine Ablehnung des Kindes durch die Mutter in den ersten Lebensmonaten und -jahren hindeuteten? Was mit den Gewalt- und besonders den Missbrauchserfahrungen, die viele Täter in ihrer Kindheit erlebt hatten? Die als Fantasie in ihnen fortlebten und bei einigen die Umsetzung in die Realität forderten. Allerdings mit vertauschten Rollen.

Nein, sie hatte kein Mitleid mit diesen Tätern. Viele von ihnen, die sie in zahllosen Gesprächen in Anstalten und Gefängnissen kennen gelernt hatte, warnten ja sogar selbst davor, sie wieder auf die Menschheit loszulassen.

Seltsam, aber sie konnte sich des Eindrucks nicht erwehren, dass einige von ihnen im Großen und Ganzen recht zufrieden mit ihrem Leben im Gefängnis waren. Alles wurde für sie organisiert, es gab regelmäßige Mahlzeiten und eben keine Versuchung, unkontrollierbare Gewaltfantasien auszuleben.

Sie blickte auf den Computerschirm. Tannen wollte wissen, ob sie sich vorstellen könne, dass der Täter sich als Opfer einer Genmanipulation fühlte. Sei es nun als Erkrankter durch den Verzehr von manipulierten Lebensmitteln oder durch eine künstliche Befruchtung.

»Die Auffindesituation, der Bildungsgrad des Täters, die Verunstaltungen an den Genitalien, die Samenspenden auf dem Bein von Carla Kanuk, die kannibalistischen Handlungen an Charles Annand – könnte das darauf hindeuten?«

»Gar nicht so schlecht«, flüsterte Kaja Winterstein. Nahm man diese Fakten zusammen, wurde ein Schuh draus. Doch eines störte gewaltig. Die Tatortsituation, die der Täter gestaltet hatte, war keineswegs ein Ausdruck seiner Persönlichkeit und seiner Perversität. Der Mann hatte nach einer Bedienungsanleitung gehandelt. Er hatte sich zwei berühmte Serienmörder herausgesucht und sie eins zu eins kopiert. Zumindest soweit die Fakten über die Tatorte von Bundy und Dahmer im Internet in Erfahrung zu bringen waren.

In diesem Augenblick klingelte ihr Handy. Die Melodie »Der Kommissar geht um« signalisierte ihr, dass Mangold anrief.

»Ich wollte Sie nur informieren«, sagte Mangold. »Gerade ist das fehlende Detail eingetroffen.«

»Sie meinen das Foto, das auch Dahmer von sich und seinem Leichenschmaus an die Polizei und die Medien geschickt hat?«

»Ganz genau, aber es ist kein Polaroid.«

»Erstaunlich. Er macht es spannend.«

»Und es zeigt auch nicht das Opfer.«

»Was ist es? Eine Tiefkühltruhe oder eine dunkle Flüssigkeit? Eine kleine Variante?«

»Eine große Variante«, sagte Mangold. »Er hat mir auf das Handy Leonardo da Vincis ›Letztes Abendmahl‹ geschickt. Und er hat Maria Magdalena oder den Apostel Johannes, ganz nach Auslegung, ... er hat ihn ausgekreuzt.«

»Der Mann hat sich zu oft den ›Da Vinci-Code‹ angesehen«, sagte sie.

Mangold am anderen Ende der Leitung brummte zustimmend.

Kaja Winterstein gab sich betont fröhlich.

»Er wird uns weiter durch den Wald jagen. Warum nicht mit esoterischen Anspielungen? Vielleicht vermutet er ja auch eine Weltverschwörung des Vatikans und Sie sind in seinen Augen so etwas wie ein Handlanger der Kirche.«

»Suchen Sie weiter den roten Faden«, sagte Mangold. »Diese persönliche Handschrift, sie muss zu finden sein. Wollen Sie noch mal mit der Pathologin reden? Oder den Kriminaltechnikern? Es gibt Hunderte von Tatortfotos, wir müssen etwas finden, das ganz original von ihm stammt. Etwas, in dem er sich widerspiegelt.«

»Schon klar«, sagte Kaja Winterstein. »Schicken Sie mir das bearbeitete Bild. Vielleicht fällt mir etwas zu dem Abendmahl ein. Sie sagten, das Bild vom Jünger mit den langen Haaren an seiner Seite ist ausgekreuzt?«

»Ja, ein gerades Kreuz, eben wie ein Kruzifix und mit zwei groben Strichen, als sei er mit einem Kugelschreiber und in großer Wut drübergegangen.«

»Er spielt«, sagte Kaja Winterstein.

»Sind Sie mit dem Täterprofil weitergekommen?«

»Er entzieht sich allen Rastern, nur kann er eben nicht

verbergen, dass er mordet. Vielleicht sucht er in den Massenmördern auch eine Identität. Wenn es tatsächlich ein Savant ist, dann können wir in 80 Prozent der Fälle von einer massiven Persönlichkeitsstörung ausgehen. Die meisten von ihnen sind nicht in der Lage, normale Gefühle zu entwickeln, geschweige denn ein eigenes Leben zu führen.«

»Er lädt sich mit Serienmörderpersönlichkeiten auf?«

»Denkbar, doch dann steht uns einiges bevor.«

»Eine Steigerung?«

»Sollte er sich eine Persönlichkeit zusammenbasteln, dann wird er sich vollkommen in diese Personen verwandeln.«

»Dann begeht er auch deren Fehler«, sagte Mangold.

»Das genau ist das Kitzelige. Durch die Berichterstattung, durch Seiten im Internet und so weiter weiß er genau, wodurch die Täter gefasst wurden. Welche Fehler sie gemacht haben. Und genau das könnte sein Motiv sein: Zu diesen Persönlichkeiten zu werden und ihre Fehler nicht zu machen, ihre Taten zu perfektionieren. Ihnen und damit sich zu zeigen, wie es richtig geht. Allerdings …«

»Allerdings?«, fragte Mangold.

»Er muss ein übergeordnetes Motiv haben. Mit dem Abendmahl und seiner Nachricht an Sie kommt jetzt so etwas wie Leben und Tod, Glaube und Liebe und Macht hinzu. Eine explosive Mischung.«

»Können Sie das auch einem dummen Hauptkommissar erklären?«

»Er hat ein Motiv, das die Verwandlung seiner Persönlichkeit antreibt«, sagte Kaja Winterstein. »Der Mann will sich rächen, spürt eine Weltverschwörung, tötet stellvertretend, was ihn erniedrigt hat, weiß der Teufel. Er hat diese Persönlichkeiten angezogen wie ein Jackett. Andersherum, er ist zur multiplen Killerpersönlichkeit geworden, um sein Ziel zu erreichen.«

»Lassen Sie mich raten, was daraus folgt. Und es muss einen Grund geben, warum er sich ausgerechnet mich als Spielpartner ausgesucht hat.«

»Mangold, daran führt kein Weg vorbei. Vieles wird klarer, wenn wir das dritte Opfer finden.«

»Hat sich schon etwas wegen des Bisses an der Wange von Charles Annand ergeben? Gibt es Zahnstatushinweise von Zahnärzten oder Kieferchirurgen?«

»Bin ich dran.«

»Und die Akten mit den Kandidaten, denen ich ein paar Jahre Knast verschafft habe?«

»Sehe ich mir noch einmal an.«

Als sie das Gespräch beendet hatten, legte Kaja Winterstein das Handy behutsam neben die leere Kaffeetasse. Der Kellner in seiner langen schwarzen Schürze eilte vorbei und sie bestellte sich ein Wasser.

Das Abendmahl von Leonardo da Vinci! Ein Postkartenmotiv! Da hatte sie diesem Unbekannten Originelleres zugetraut. Drüben auf dem Pavillondach eines Fisch-Schnellimbisses baute ein Fotograf sein Stativ auf. Er bückte sich und zog ein Objektiv aus seiner Tasche. Langsam drehte er es in das Gehäuse.

Ihr fiel Steven Hammund ein. Ein befreundeter Fotograf, der mithilfe eines Programms überprüfte, ob und wo andere seine Fotos ohne sein Wissen und natürlich ohne Honorar ins Netz gestellt hatten. Der Service war kostenlos, allerdings bestand das Internet-Startup-Unternehmen darauf, einen automatischen Auftrag als Inkassobüro und damit Prozente des eingetriebenen Geldes zu erhalten. Die Geschäftsidee hatte es in sich. Wir finden heraus, ob dich jemand betrügt, treiben das Geld ein und bekommen eine Provision.

Das Programm basierte darauf, dass die Pixelverteilung der eigenen Bilder mit den Bildern im Netz abgeglichen wurde. Spürte das Programm die gleiche Pixelverteilung auf, wurde sofort eine Meldung verschickt. Wegen der Datenmenge, die abgeglichen werden musste, konnte es Wochen dauern, bis das Programm sich auch in die hinteren Winkel des Internets gefressen hatte, um Urheberrechtsverletzer aufzuspüren.

Bis jetzt war ihr Freund einmal fündig geworden. Das angeschlossene Inkassobüro hatte ein Strafhonorar von 1000 Euro eingetrieben. Abzüglich der 20 Prozent für die Inkassodienste blieb dabei immer noch ein hübsches Sümmchen übrig.

Kaja Winterstein stellte eine Verbindung mit der auf Mangolds Geheiß hin eingerichteten Internetgruppe her und loggte sich ein. Hier wurden alle Daten des Teams gesammelt. Mangold hatte darauf bestanden, dass jeder sie zügig einzustellen hatte.

»Jeder von uns soll ohne lange Telefoniererei Zugriff auf unser Teamwissen haben.«

»Teamwissen«, bei dem Wort hatte Mangold fast unmerklich die Mundwinkel hochgezogen.

Mochte der Chef vieles sein, der begeisterte Teamplayer war er auf keinen Fall. Selten hatte sie einen derart verschlossenen Menschen erlebt.

Kaja Winterstein lud das Bild von der nach den Bissspuren rekonstruierten Zahnstruktur herunter. Dann meldete sie sich auf der Website des Fotosuchdienstes an. Die erste Suche für interessierte Nutzer war nicht an einen Vertrag gebunden. Der wurde erst abgeschlossen, wenn der zukünftige Kunde zufrieden war.

Sie lud das Foto auf das System der Internetfirma und eine Meldung erschien, dass der Suchvorgang eingeleitet sei und die Robots, die automatischen Suchprogramme, jetzt das Netz durchlaufen würden. Bei der Datenmenge könne das einige Tage dauern.

Kaja Winterstein sah sich noch ein wenig auf der Seite um und erfuhr, dass Wissenschaftler daran arbeiteten, durch die Berechnung der Pixelauflösung, die ja höchst verschieden war, jeden Gegenstand auf der Welt zu digitalisieren und damit auch von den Programmen erkennbar zu machen. Ob man nun Notre Dame, Bergziegen in Honduras oder Farn im thailändischen Dschungel ablichtete – alles wäre eindeutig zu identifizieren. Selbst die Menschen.

Erschreckende Aussichten, dachte Kaja Winterstein.

Die Menschheit als gewaltige Codeansammlung, alle Gebäude, Berge, Flüsse, Wälder und Pflanzen nichts als ein Strichcode. Selbst aus dem All würde mit scharfen Satellitenaugen jeder einzelne Mensch zu finden und zu identifizieren sein. Doch genauso sicher würde es dann digitale Tarnkappen geben, die man sich wie einen Regenmantel überstülpte und damit eine frei erfundene Identität annahm. Solange es Wolken gab, die den Satelliten die Sicht versperrten, gab es Hoffnung.

Ihr Postfach signalisierte den Eingang zweier Mails. Hatte Tannen bereits auf ihre eher vage Antwort reagiert? Beide waren von der Internet-Firma, die sie mit der Suche nach dem rekonstruierten Zahnstatus des Täters beauftragt hatte.

In der ersten Mail wurde sie als neues Mitglied begrüßt, ihr eine Kundennummer zugewiesen und ein Vertragsentwurf mitgeschickt.

Die zweite Mail teilte ihr knapp mit, die Suche sei erfolgreich gewesen und man habe ihr Bild im Netz gefunden. Das konnte ja heiter werden, wenn sie in den nächsten Tagen ständig falsche Übereinstimmungen gemeldet bekam.

Als sie den angegebenen Internetlink anklickte, sah sie das Bild vor sich.

Kein Zweifel, bei dem Röntgenbild handelte es sich um den Zahnstatus, den die Forensiker nach der Bisswunde am Opfer Charles Annand rekonstruiert hatten. Dann scrollte sie das Bild herunter und las die Überschrift. Ihre Hand zuckte zurück und die Tasse landete mit einem Klirren auf dem Deckboden des Feuerschiffs.

»Nein!«, stieß sie aus. »Das kann nicht sein!«

## 13.

Die Befragung von Carla Kanuks Nachbarn hatte keine neuen Erkenntnisse gebracht. Sie erfreuten sich bester Gesundheit. Wie alle anderen Hausbewohner zeigten auch sie sich betroffen vom Tod ihrer Nachbarin, aber es war ihnen nichts Besonderes aufgefallen. Carla Kanuk war eine unauffällige Nachbarin gewesen, man habe sich im Hausflur gegrüßt, das sei dann auch schon alles gewesen. Außerdem hätten sie sich dazu doch schon geäußert.

Hensen malte ein großes »C 2« in seinen Notizblock. Was immer der Anrufer mit seiner geheimnisvollen Äußerung gemeint haben mochte, sicher bezog es sich nicht auf das Haus, in dem Carla Kanuk gelebt hatte.

»Nichts, auch die haben sie kaum gekannt«, sagte Tannen, nachdem sie sich, wie verabredet, vor dem Haus getroffen hatten.

»Und Sie durften in die Wohnung im vierten Stock? Hinweise, dass er die mit C 4 gemeint haben könnte?«

»Nichts Auffälliges«, sagte Tannen. »Plüschtiere auf dem Sofa, verschlissene Möbel, der Ehemann dort ist auf Hartz IV. Sitzt den ganzen Tag zu Hause rum, aber es ist ihm trotzdem nichts aufgefallen.«

Hensen deutete auf einen kleinen Park zwischen den Miethäusern. Zwei Mütter beobachteten ihre mit Baggern durch das Gras pflügenden Sprösslinge, sahen die beiden Männer skeptisch an und drehten sich dann zur Seite. Sie setzten sich auf eine freie Bank und Tannen klappte sein Notebook auf.

»Was sagt denn das Internet zu dieser Zahlenkombination?«

»Da gibt es von Schachzügen über chemische Bezeichnungen, Hausnummern und Medikamente alles Mögliche.«

Hensen rief die Wikipedia-Seite auf und gab den Namen des Schachspielers ein.

»C2 auf c4 ist eine durchaus populäre Eröffnung. Bekannt unter dem Namen Bremer Partie, später auch als Englische Eröffnung bezeichnet. Verleiht dem Spiel eine besondere Richtung. Carls war ein guter Positionsspieler mit Stärken im Endspiel.«

»Nach einem Endspiel sieht das nicht aus«, erwiderte Hensen.

»Hören Sie sich diesen Spruch von Carls an: ›Der Gegner wird langsam zermürbt, der Angriff kaltschnäuzig abgewiesen und dann mit vollen Segeln in ein Endspiel eingelenkt, in dem der Gegner um ein Kleines im Nachteil ist und nun unbarmherzig Schritt für Schritt an den Abgrund gedrängt wird‹.«

»Das könnte das Motto unseres Mörders sein«, sagte Hensen.

»Bleibt nur die Frage, warum er uns in den Abgrund drängen will«, sagte Tannen.

»Die Lust am Spielen?«, erwiderte Hensen. »Mit vollem Einsatz und lebenden Menschen, die er opfert?«

Das Schlimmste war, dass sie sich auf dieses Spiel einlassen mussten, um ihn aufzuhalten, dachte Hensen. Kaja Winterstein hatte sicher Recht, wenn sie behauptete, dass er nicht so einfach aufhören und von der Bildfläche verschwinden würde. Zudem bestand die Gefahr, dass er seinen mörderischen Taktschlag erhöhte.

»Sind wir mit dieser Bremer Partie tatsächlich auf der richtigen Spur?«, fragte Hensen.

»Wir haben nichts anderes. Das heißt, vielleicht meint er auch die Englische Eröffnung.«

Hensens Gesicht verfinsterte sich.

»Ist für diesen Mann etwas unkonkret. Bremer Partie ist deutlicher. Was sollten wir schon machen, wenn wir uns um den Begriff Englische Eröffnung kümmern? Nach England fahren? Trotzdem stochern wir im Nebel.«

Von seinen Artikelrecherchen wusste Hensen, dass sich das genaue Hinsehen lohnte. Und das Ernstnehmen. Auch seine Informanten hatten oft Angst gehabt, konkrete Hinweise zu geben und als Verräter dazustehen. In Darfur war er den nebulösen Hinweisen seines Informanten nachgegangen und in das kleine Dorf gefahren, das der ihm genannt hatte. Tatsächlich war er auf die noch nicht beseitigten Spuren des Massakers gestoßen, das arabische Reitermilizen kurz zuvor angerichtet hatten.

Hensen sah vor sich das Gesicht des Mädchens, das er für einen Zeitungsbericht interviewt und fotografiert hatte. Sie hatte ihm vertraut.

Und dann war die deutsche Zeitung mit dem Foto und dem Interview irgendwie in den Sudan gelangt. Der Geheimdienst hatte nicht lange gefackelt und sich mit Verhören aufgehalten. Anschließend hatten sie die Leiche des Mädchens vor seine Hoteltür gelegt. Den blutigen Kopf eingewickelt in die Zeitung.

»Wir sehen es uns an«, sagte Hensen.
»Um Himmels willen, was?«

Sie nahmen die jetzt am frühen Nachmittag wenig befahrene Autobahn. Selbst den Elbtunnel passierten sie zügig.

Eine Stunde später standen sie am Bremer Martinianleger. Hensen lud Tannen zu einem Kaffee ein und zog seinen Skizzenblock aus der Tasche.

»Sie haben keine konkrete Idee, die wir nachprüfen können?«, fragte Tannen.

»Spielen wir die Bremer Partie«, sagte Hensen.

»Ein Schachspiel? Jetzt?«

»Sehen wir, was passiert«, sagte Hensen und begann, einen kleinen Frachter zu zeichnen. »TREUE«, stand in abgeblätterten Buchstaben am Bug des Schiffes.

Über den Pier spazierten vereinzelte Touristen. Ein Pärchen blieb an der Weser stehen und fotografierte ein einlaufendes Passagierschiff. Sie winkten hinüber, doch Hensen konnte von seinem Platz aus nicht erkennen, ob an Bord jemand zurückwinkte.

Tannen kam mit einem Telefonbuch zurück.

»Sehen Sie doch mal unter M wie Mörder nach«, sagte Hensen.

Der Kriminalinspektor sah ihn verwirrt an und Hensen winkte ab.

»Was suchen Sie?«

»Ich wollte mal unter Schachcafés oder Schachklubs nachblättern.«

»Bremer Partie, vielleicht ist Werder Bremen gemeint, oder ... wo überall spielt man Partien?«

»Golf, Poker, Billard ...«

Hensen beugte sich wieder über seine Skizze.

»Sie sollten es mal mit dem Zeichnen probieren. Talent hab ich auch nicht, aber es beruhigt.«

»Danke«, sagte Tannen. »Als Polizist hat man wenig Zeit.«

Aus den Augenwinkeln sah Hensen zu Tannen hinüber. Sein Gesichtsausdruck verriet, dass es ihm unangenehm war, hier in einem Café zu sitzen und über die Bremer Partie nachzudenken.

Obwohl Tannen nicht mehr in dem Alter war, erinnerte Mangolds Assistent Hensen an einen jungen Volontär, den er vor ein paar Jahren in die Geheimnisse der Zeitungsrecherche eingeweiht hatte. Dieser Tannen mit den strengen Augenbrauen sah ihm nicht nur ähnlich. Auch der nicht ausgesprochene Widerspruch, der ihm ins Gesicht geschrieben stand, kam ihm bekannt vor.

Dem jungen Journalisten hatte er damals zunächst einmal beibringen müssen, dass man Reportagen nicht am Schreibtisch erstellte. Das kam erst später. Zunächst hieß es hinsehen, anfassen, riechen, fragen, Gesichter studieren, O-Töne aufschnappen.

Sein damaliger Volontär gehörte zu der Generation, die glaubte, mit ein paar Informationen aus dem Internet eine packende Story schreiben zu können. Doch was dabei herauskam, war fad, ohne Herzblut, beliebig und nach dem zweiten Absatz sterbenslangweilig. Ohne Fleisch.

Monatelang hatte er ihn in der Gegend herumgescheucht, damit er lernte, mit wachem Reporterblick auf das Geschehen und die beteiligten Personen zu blicken. Sich einzufühlen, ihre Sprache aufzunehmen, das Besondere zu suchen. Das Haar in der Suppe.

Auch dieser Tannen fühlte sich an seinem Schreibtisch

am wohlsten. Doch was half's, er war von seinem Freund Mangold nicht engagiert worden, um die Kriminalistenausbildung zu übernehmen.

Woher Mangolds Vertrauen in seine Fähigkeiten rührte, war ihm ein Rätsel. Einmal hatte er gesagt, er brauche jemanden, der nicht professionell dachte. Einen Anfänger. Mit Anfängerblick.

Sehr zaghaft hatte diese Freundschaft begonnen. Mit einer Tasse Tee, die ihm Mangold runter ins Polizeiarchiv gebracht hatte. Sie hatten ausgiebig über seine Arbeit gesprochen, die er da unten im Unterleib des Präsidiums im modrigen Keller erledigte. »Die Verstrickung der Hamburger Polizei in den Machtapparat der Nationalsozialisten« sollte er anhand des Aktenstudiums aufdecken. »Ein Stück notwendiger und bisher vernachlässigter Vergangenheitsbewältigung«, hatte es der Polizeipräsident auf einer Pressekonferenz genannt. Nach den Erlebnissen in Bosnien und Darfur war das für ihn eine willkommene Arbeit. Keine miesen Hotelzimmer, keine Heckenschützen, kein Aufschrecken, wenn nachts das Telefon klingelte. Keine Milizionäre und betrunkenen Soldaten, keine zerschossenen Körper am Straßenrand.

Doch die schrecklichen Bilder in seinem Kopf wurden nur von neuen schrecklichen Bildern abgelöst.

Volle drei Monate hatte er wie ein Maulwurf in den Kellerräumen mit den Akten verbracht, bevor er sich an einen groben Überblick über die Verbrechen der Hamburger Polizei machen konnte. Es hätte Jahre gebraucht, um die Materialien gründlich auf willkürliche Verhaftungen, frühzeitige Verfolgung jüdischer Mitbürger und die systematische Verfolgung politisch Andersdenkender hin zu untersuchen.

Allein die exemplarischen Fälle, die er im Keller recherchiert hatte, machten deutlich, dass die Polizei nicht nur ein Hilfsapparat der Nazis gewesen war. Dort hatte es rege Eigeninitiative und perfide Ideen gegeben, wenn es darum ging, in vorauseilendem Gehorsam der Gestapo sensationelle Vorschläge für eine effektive Verfolgung von politisch Andersdenkenden zu machen oder die Suche nach versteckten Juden zu verfeinern.

Zu Mangold hatte sich im Laufe dieser Recherchezeit eine Freundschaft entwickelt. Sie konnten auch über die Bilder sprechen, die ihnen im Kopf herumspukten. Hensen lachte in sich hinein. Eine geradezu blutgetränkte Freundschaft.

»Könnte natürlich auch die Bremer Reihe gemeint sein«, sagte Tannen. »Liegt direkt am Hauptbahnhof.«

»Hausnummer 1 c 4?«

»Gibt es nicht, ich hab das überprüft.«

Hensen nickte und wandte sich wieder seiner Zeichnung zu. Sein Handy klingelte.

»Mangold hier, Kaja Winterstein hat das Gebiss identifiziert. Halt dich fest.«

»Ich sitze«, sagte Hensen. »Du hörst dich nicht an, als wärst du zu einer Verhaftung unterwegs. Eine Niete?«

»Ein Volltreffer. Kaja Winterstein hat ein wundervolles Programm entdeckt. Genau kann ich es dir nicht erklären. Soweit ich es verstanden habe, wird die Pixelverteilung eines Bildes in eine Formel gegossen und dann mit Bildern, die im Netz kursieren, abgeglichen.«

»Dazu müsste der Bildausschnitt gleich sein.«

»Diese Gebissfotografien werden standardisiert gespeichert. Auch unsere Gerichtsmediziner haben nach der Rekonstruktion solch eine Zahnstatus-Röntgenaufnahme gemacht, damit wir sie überhaupt mit dem Datenmaterial der Zahnärzte abgleichen können. Ein Verfahren, das sehr breit bei der Identifizierung von Tsunami-Opfern eingesetzt wurde. Wir haben einen Treffer.«

»Nun mach es nicht so spannend.«

»Der Mann vom Hauslabjoch.«

»Wer um Himmels willen soll das sein? Ein Kerl aus dem Musikantenstadl?«

»Durch eine Pfeilverletzung gestorben. Du kennst ihn unter dem Namen Ötzi.«

»Die Gletschermumie?«

»Genau die. Vor 5300 Jahren getötet und dann tiefgefroren. Natürlich haben die Forscher seine Gebissstruktur ins Internet gestellt.«

»Unser Killer ist ein Witzbold.«

»Ein wenig verrät uns dieser Witz doch über den Täter.«

»Er muss ein genialer Handwerker sein«, sagte Hensen.

»Der Mann hat aufgrund der Röntgenbilder ein Gebiss gefertigt und damit Charles Annand verunstaltet. Eine komplizierte Angelegenheit, kaum denkbar, dass er noch nie etwas mit Zahntechnik zu tun hatte. Da brauchst du gutes Werkzeug und Wissen.«

Hensen überkam ein Hustenanfall.

»Was ist los?«, sagte Mangold.

»Und die Zeitungen?«

»Das hätte ich fast vergessen. Die Zeitungen haben ihm einen Namen gegeben. Ein von einem Boulevardblatt bei Hagenbeck befragter Mann hat offenbar behauptet, dass ihm dort seit Tagen ein Mann in einem hellen weiten Trenchcoat, mit weiß gepudertem Gesicht und langen blonden Haaren aufgefallen sei. Die haben da kurz mal einen Mörder draus gemacht und feiern sich, weil sie, im Gegensatz zur Polizei, angeblich eine heiße Spur hätten.«

»Und wie nennt die Zeitung ihn?«, fragte Hensen.

»Der Zeuge hat von einem porzellanähnlichen Gesicht gesprochen und dann gesagt: ›Der Kerl war weiß wie Schneeweißchen.‹«

»Ja, und?«, fragte Hensen.

»Was ›und‹? Schneeweißchen, sie nennen ihn Schneeweißchen.«

»Oh nein!«

»Drei Online-Magazine und private Radiosender ziehen mit. Die stehen auf so was.«

»Und die Täter auch«, sagte Hensen. »Das ist ein Markenlabel, das Größte, ein Ritterschlag. Schade, die Ehre gönne ich ihm wirklich nicht. Der Kerl hat einem Menschen bei lebendigem Leib den Schädel aufgebohrt und Salzsäure hineingegossen. Schneeweißchen!«

»Von den Verstümmelungen weiß die Öffentlichkeit noch nichts.«

»Hat sich der Zeuge bei euch gemeldet?«

»Bis jetzt nicht. Wir haben den Reporter befragt. Der schwört, nichts hinzugedichtet zu haben. Der Mann hätte sich als Hagenbeckbesucher mit Dauerkarte vorgestellt und sei älter gewesen. Der wird sich sicher auch bei uns wichtig machen wollen. Ich glaube nicht, dass unser Killer sich da tagelang in einem auffälligen Outfit herumgetrieben hat. Wir gehen dem nach, aber es ist Zeitverschwendung. Wir untersuchen die Gebissstruktur jetzt auf eine zahntechnische Handschrift«, sagte Mangold.

»Das wäre das erste Mal, dass er wirklich etwas von sich

preisgibt. Ich wette, dass er uns weiter an der Nase herumführt«, sagte Hensen.

Mangold fragte ihn, ob er in einer halben Stunde zu einer Besprechung im Präsidium sein könnte.

»Tut mir leid, ich bin in Bremen.«

»Du bist wo?«

»Ich habe mir Tannen ausgeliehen und mit ihm eine kleine Spritztour veranstaltet. Ein schöner Tag, was, Tannen? Nein, im Ernst, wir müssen dringend herausfinden, was es mit dieser ›Bremer Eröffnung‹ auf sich hat. Bringen wir das nicht in Erfahrung, verlieren wir den Anschluss. So wie ich den Mann einschätze, überschüttet der uns mit einem Berg von Leichen, um uns seine göttliche Macht zu demonstrieren.«

Mangold räusperte sich.

»Genie hin, Genie her, der Mann kocht auch nur mit Wasser. Jeder macht Fehler.«

»Bis jetzt spielt er uns Fehler nur vor.«

Plötzlich sah Hensen es. Direkt auf seinem Skizzenblock. Während des Telefonats hatte er eine Werbefahne auf das Stück Papier gezeichnet. Nach einer Vorlage, die nur zwanzig Meter vor ihm auf dem Wasser zu sehen war.

»Bist du noch da?«, fragte Mangold. »Was ist los?«

»Ich muss jetzt weg«, sagte Hensen. »Sofort. Ich melde mich.«

»Warte, ich hab dir ein Bild vom Abendmahl ...«

»Ich melde mich.« Er drückte den Knopf und zerrte am Jackett des überraschten Assistenten.

»Was ...?«

»Sehen Sie die Fahne da drüben?«

Tannen kniff die Augen zusammen. Dann entspannten

sich seine Gesichtszüge und er schüttelte ungläubig den Kopf.

»Das sehen wir uns an.«

*

Sie waren keinen entscheidenden Schritt weitergekommen. Kaja Winterstein blickte auf die Chartbögen, die Mangold an der Pinwand befestigt hatte.

Der Unbekannte vereinnahmte sie. Einerseits waren da die grauenhaft zugerichteten Leichen und andererseits hatte der Täter kein Gesicht. Noch konnte er ganz unterschiedliche Masken anlegen. Für sie pendelte sein Aussehen zwischen den Gesichtsausdrücken verschiedener Serienmörder, die sie während ihrer Interviews mit einer Videokamera aufgenommen hatte.

Nicht immer gelang es, aber bei fünf Tätern war im Laufe des Gesprächs für Sekunden der einsichtige Gesichtsausdruck verschwunden. Dieser Ausdruck, mit dem sie zu sagen schienen, ja, ich habe Schlimmes getan, aber jetzt verstehe ich. Bei fünf der Verurteilten leuchtete für ein paar Sekunden ein Lächeln auf, das zu sagen schien: Ja, ich habe es getan und dabei etwas empfunden, was du niemals empfinden wirst. Es war ein Lächeln, das pure Macht ausdrückte. Auch wenn es in den Gesprächsräumen der Gefängnisse nur eine wiedererwachte Erinnerung an die Herrschaft über das Opfer war, das sich in Panik, Angst und Entsetzen gewunden hatte.

Und sofort rutschte dieses Lächeln wieder ab in eine emotionslose, ja, zuweilen beflissene Mimik, mit der sie ihre Bereitschaft zur Mithilfe bei der Durchleuchtung der finstersten Ecken ihrer Persönlichkeit signalisierten.

Nur mithilfe der Aufnahmen konnte sie sich diesen Widerschein des Kicks, der für sie zu einem Moment einer wie auch immer gearteten perversen Befreiung geführt hatte, genau betrachten. Der Augenblick, wenn sie die Panik körperlich spürten, wenn sie die Klinge ansetzten oder die Schlinge um den Hals ihres Opfers legten.

Sie hatte immer Abstand gehalten. Die Tatortbeschreibungen, Analysen und vor allem die Persönlichkeitsstrukturen der Täter, so wenig es mit Händen zu greifen war, es handelte sich doch um etwas Konkretes, mit dem man arbeiten konnte.

Zahlreiche Täter veränderten im Laufe ihrer Serie ihre Raster. Sicher, auch hinter »Schneeweißchen«, wie ihn die Zeitungen jetzt nannten, steckte nur eine Verletzung aus der Kindheit oder eine schwere Psychose, die er sich zugezogen hatte und die im Genuss seiner Macht beim Töten gipfelte. Doch ihr fiel immer schwerer, genau das im Auge zu behalten.

Handelte es sich tatsächlich um einen Savant, dann hatten sie es mit einer Geisteswelt zu tun, die noch nie ein »normaler« Mensch betreten hatte.

Man wusste, dass bestimmte Hirnbahnen gekappt und andere dafür in der Lage waren, Momenteindrücke in einem fotografischen Gedächtnis zu speichern.

Heute waren mehr als fünfzig der hundert bekannten Savants Autisten. Das Rätsel, das sich dahinter verbarg, war letztlich das Rätsel des Gehirns. Trotz aller Fortschritte der Neurobiologie wusste man immer noch nicht, wie es eigentlich funktionierte und wozu es fähig war. Auch für die Neigung einiger Savants zu allem Bizarren gab es keine Erklärung.

Meist verhinderten Familienangehörige, dass Savants

sich damit allzu sehr hervortaten. Gefragt waren nette Savants, die nach einer Demonstration ihrer Fähigkeiten freundlich mit Schulklassen scherzten und sich abmühten, so etwas wie Freude für die Begeisterung der anderen zu empfinden.

Dabei verstanden selbst ›normale‹ Autisten, wenn es die überhaupt gab, die Gefühle der Menschen in ihrer Umgebung nicht.

Die Hirne der Savants wollten beschäftigt werden. Eine Bewertung dessen, was sie da an ungeheuren Wissensmengen anhäuften, fand nicht statt.

Der Savant, mit dem sie es zu tun hatten, rief die Details der Serienmorde wie einen Film ab und stellte sie am Tatort nach. Ein Fehler war nicht zu erwarten. Emotionen, Angst, eine kritische Bewertung ... all das war ausgeschaltet. So wie man die Wohnzimmerbeleuchtung ausschaltete.

Kaja Winterstein fröstelte. Sollten sie ihn eines Tages finden, er würde das Böse, dass er angerichtet hatte, nicht einmal empfinden.

Sie erwartete ein offenes, ja neugieriges Gesicht. Vielleicht war es sogar freundlich. In dem Rahmen freundlich, wie jemand freundlich sein konnte, der das »Freundlichsein« erkundet hatte und es nun imitierte.

Auf ihrem Bildschirm flimmerte eine Nachricht von ihrer Tochter auf. Sie teilte mit, dass sie heute Abend »auf sicher« zu Hause sei und ob sie über ihren Sprachurlaub reden könnten. Sie hätte ernste Schwierigkeiten, aber solch ein Sprachunterricht wäre »ne echte Chance«. Unter ihren Namen hatte sie geschrieben: »Mama, wo bist du überhaupt?«

Kaja Winterstein klickte auf »Antworten«, tippte »Arbeiten!« ein und schickte die Mail ohne jeden weiteren Kommentar ab.

Hinter ihr klopfte jemand an den Rahmen der offenen Tür.

»Carlos Wenger, ich bin der Computerfreak«, sagte der vielleicht dreißigjährige Mann in weitem Jackett. Seine hohe Stirn war von drei tiefen Falten durchfurcht, er sah übermüdet aus.

Er hat die Finger eines Babys, dachte sie.

»Ich müsste noch mal an die Rechner.«

»Sie wollen mich aus dem Netz kippen?«

»Nur für eine Viertelstunde, ich muss die Virensoftware aktualisieren und das Netzwerk warten.«

»Hängen wir nicht alle in einem großen Netz«, sagte Kaja Winterstein mit gespielt ernstem Gesichtsausdruck.

»Klar, und wir warten unser ganzes Leben auf die Spinne, die doch unser Zappeln endlich bemerken müsste.«

Der Mann lächelte sie an und sagte:

»Abgebrochenes Philosophiestudium.«

»Haben Sie so etwas wie einen Auftrag?«

Der Mann fingerte ein zusammengefaltetes Blatt aus der Brusttasche, suchte die richtige Spalte und sagte: »Mangold ist hier doch der Oberboss?« Er reichte ihr den Zettel.

Er tat bedrückt und sagte: »Wusste doch, dass es Ärger gibt, wenn ich für die Polizei arbeite.«

»Da muss man sich vorsehen. Soll ich den Computer herunterfahren?«

In diesem Augenblick klopfte es erneut hinter ihr gegen den Türrahmen.

»Pizzadienst«, flötete der orange gekleidete Bote. »Das heißt: heute Chinamann.«

»Und wer hat Sie bestellt?«

»Moment«, sagte der Pizzabote und fingerte aus seiner Klapptasche den Auftragszettel.

»Mangold?«, fragte der Techniker.

»Ja, ja«, sagte der aufgeregte Pizzabote und wedelte mit dem Auftragszettel.

»Mangold, Mangold. Sind Sie das?«

Kaja Winterstein schüttelte den Kopf und der Computerexperte grinste.

»Nein, leider nicht«, sagte er. »Und das ist schade. Außer einem Croissant habe ich noch nichts gegessen.«

*

»Da vorne rechts halten«, sagte Hensen, der sich abmühte, den Bremer Stadtplan zu entziffern.

»Kann sich die Polizei keine Navis leisten?« Tannen feixte. Geschah diesem Superdetektiv ganz recht.

»Das dauert bei uns immer ein wenig länger«, sagte er.

Hunderte von Möglichkeiten gab es, was 1 c 4 bedeuten konnte. Warum sollte der Täter ausgerechnet »Bremen« meinen? Nur weil Herr Oberschlau Weitz mit seinen Schachkenntnissen angeben musste. Dabei war es nach Ansicht von Tannen ein mittelschweres Wunder, dass der Typ überhaupt wusste, wie das Spiel funktionierte.

Sein Riecher war mehr Glück als Können. Was anständige Polizeiarbeit bedeutete, würde der nie lernen.

Bei diesem Hensen, der da schwitzend neben ihm saß, war nichts anderes zu erwarten. Der war nichts als einer der Schreiberlinge, die über sie herfielen, wenn sie nicht gleich einen Verdächtigen aus dem Hut zauberten. Warum

Mangold ausgerechnet diesen Mann in die Ermittlungen einbezog, war mehr als seltsam.

Nein, er erwartete ganz und gar nicht, dass die Firma Carls, die genauso hieß wie dieser Schachmeister, ihnen etwas an Hinweisen zu bieten hatte.

Aber gut, nun waren sie schon mal in Bremen, warum nicht nachsehen. Der Journalist musste sich die Hörner abstoßen und dabei würde er ihm nicht im Wege stehen.

Lagerhäuser säumten die Straße. Der Wagen holperte über ein paar zugewachsene Schienenstränge. Auf dem linken Seitenstreifen reihte sich Lastwagen an Lastwagen. Anscheinend warteten die Fahrer auf die Beladung ihrer Fahrzeuge.

Auf der rechten Straßenseite erstreckte sich ein Lagerplatz, auf dem Container turmhoch gestapelt waren. Die Reifen surrten auf dem Kopfsteinpflaster.

Hensen starrte auf einen Imbisswagen, der am Straßenrand mit dem Werbeschild »Futtern wie bei Muttern« Fahrer und Lagerarbeiter anzulocken versuchte.

»Imbissbuden im Gewerbegebiet sind meistens zu empfehlen«, sagte Hensen. »Die Fahrer sind wählerisch.«

»Hmh«, brummte Tannen. Ihm ging diese Gurkerei auf die Nerven. Die Straße machte eine langgestreckte Kurve und dann sahen sie die Fahnen. »Carls Wohnmobile – Bremer Partie ins Grüne«.

»Kein besonders origineller Spruch, aber er passt wie die Faust aufs Auge«, sagte Hensen.

»Wir haben nur einen vagen Hinweis auf eine Schachpartie, die mit Bremen zu tun hat …«

»Tannen, Sie verstehen das noch nicht so ganz. Wir überprüfen hier eine These.«

»Was für eine These soll das sein?«

»Kaja Wintersteins Vermutung, dass wir es hier mit einem Savant zu tun haben, jemand mit außergewöhnlichen Fähigkeiten. Sollte das so sein, dann folgen wir seinen spinnerten Hirnwindungen. Wir haben nichts anderes. Was er uns hinterlassen hat, sind Serienmörder-Szenen, die er nachspielt. Es sind Fakes und gelegte Spuren. Er will, dass wir zunächst aufgeben und nur dem folgen, was er uns vor die Füße wirft. Tun wir ihm den Gefallen. Landen wir in einer Sackgasse, schön, dann tickt dieser Typ eben anders. Denkt der Mann aber so verquer, und wir folgen ihm nicht, dann kann er sicher richtig böse werden.«

»Locken wir ihn aus seinem Bau«, sagte Tannen mit ironischem Unterton.

Hensen ließ sich nicht beirren.

»Wenn dieser Typ ausrastet, richtet er womöglich ein Massaker an ...«

»... und hinterlässt Spuren. Das wäre doch eine Chance«, sagte Tannen.

»Und was ist mit den Opfern? Ausrasten im eigentlichen Sinne kann der gar nicht, der würde einfach einen Massenmörder kopieren. Wir müssen auf sein Spiel eingehen und uns rechtzeitig ausklinken. Außerdem ...«

»Außerdem?«

»Haben Sie keinen Spaß an Ausflügen?«

Tannen umklammerte das Lenkrad.

»Das hört gar nicht auf«, sagte er und deutete auf den Zaun, hinter dem sich Wohnwagen an Wohnwagen reihte. Bis jetzt hatten sie noch keine Einfahrt gefunden.

»Wollen Sie die alle durchsuchen?«, fragte Tannen.

»Sehen wir uns das erstmal an, da vorne ist ein Tor und dahinter ein Firmengebäude.«

Sie fuhren auf den Vorplatz. Den Rolltoren nach musste sich in dem Gebäude auch eine Werkstatt befinden. Die Tore waren geschlossen, Mitarbeiter nirgends zu sehen.

Hensen deutete auf eine halb geöffnete Tür.

Wenige Minuten später traten sie in einen gelb gefliesten Büroraum. An den Wänden Plakate mit verschiedenen Wohnwagentypen in grandiosen Landschaften.

Am Schreibtisch beugte sich ein Mann mit Goldrandbrille über ein Formular und sagte, dass er gleich zur Verfügung stehe. In einer Ecke verblühten Stiefmütterchen in einem Terrakotta-Topf.

Tannen zeigte auf eine Beileidskarte, die an der Ecke des Schreibtisches lag.

»Sie hatten einen Trauerfall?«, fragte er.

Es wurde Zeit, dass er sich wieder auf seinen Job als Polizist konzentrierte.

Der Mann mit der Goldrandbrille blickte auf und sagte: »Ach das. Ein ehemaliger Mitarbeiter. War schon ein bisschen betagt, der Gute. Was kann ich für Sie tun? Sie interessieren sich für einen Wohnwagen?«

»Zeigen Sie mal Ihren Dienstausweis vor«, sagte Hensen. Tannen zuckte zusammen, zog dann aber doch die Karte aus dem Jackett.

»Ist was mit einem unserer Wagen passiert? Wir haben eine externe Schadensabteilung, die ist ausgelagert.«

»Nichts dergleichen.«

»Was dann?«

»Wir müssten uns bei Ihnen umsehen«, sagte Hensen.

»Umsehen? Die Papiere, die Bereifung unserer Fahrzeuge? War einer der Wagen an einem Unfall beteiligt?«

»Ist Ihnen auf Ihrem Gelände etwas aufgefallen? Einbruch, Vandalismus?«, fragte Tannen.

»Einbruch? Kommt bei uns nicht vor.«

Er kramte in einer Schublade und zog ein amtliches Papier heraus, das der Firma Carls erlaubte, scharfe Wachhunde auf dem umzäunten Firmengelände frei laufen zu lassen.

»Seitdem wir die haben, trau selbst ich mich nicht mehr nach Feierabend in die Nähe des Zauns.«

»Wo haben Sie denn diese Hunde untergebracht?«

»Keine Ahnung, hier jedenfalls nicht. Das dauernde Gekläffe! Die werden abends von einer Firma hergeschafft, das ist …«

»Ausgelagert, ich verstehe«, sagte Hensen.

»Undenkbar, dass jemand sich auf Ihrem Gelände zu schaffen gemacht hat?«

Der Mann nickte beflissen.

»Dürfen wir trotzdem?«, fragte Hensen.

»Nur zu, brauchen Sie Begleitung?«

»Nicht nötig«, sagte Tannen. »Die Wohnwagen …«

»… sind offen, die Schlüssel stecken von innen. Was glauben Sie, was das für ein Chaos geben würde, wenn unsere Leute hier ständig die Schlüssel abholen müssten, wenn sie in die Kisten wollen. Außerdem …«

»… haben Sie die Hunde, schon verstanden.«

»Sehen Sie sich nur in Ruhe um, ich bin hier bestimmt noch eine Stunde beschäftigt«, sagte der Mann und beugte sich wieder über sein Formular.

»Und wenn wir zwei Stunden brauchen, werden Sie auch noch hier sein«, sagte Hensen.

Ohne den Kopf zu heben, arbeitete der Mann stumm weiter.

Als sie draußen vor dem riesigen Gelände standen, sagte Tannen: »Das müssen Hunderte sein.«

Er öffnete die Tür eines Wohnmobils. Eine Wolke aus Reinigungsdünsten und Kunststoff-Geruch schlug ihm entgegen. Das Wohnmobil war unbenutzt, die karierten Sitze mit Kunststoffplanen abgedeckt. Spüle, eingebaute Toilette, unter dem Kippfenster eine Bank, Regal, ein Klapptisch und der Boden mit einer grauen Auslegeware bedeckt. Er fand das eigentlich ganz gemütlich. Seiner Freundin Joyce durfte er damit nicht kommen.

»Rattenkäfig«, hatte sie gesagt, als er vorgeschlagen hatte, im nächsten Urlaub ein Wohnmobil zu mieten und durch Skandinavien zu fahren. »Und was sollen wir in der Walachei, in der es dauernd regnet und dich die Mücken umbringen? Mau-Mau spielen?«

Darüber ließ Joyce nicht mit sich reden. Er hatte eine Tour zum Mittelmeer vorgeschlagen, doch sie überkäme »das nackte Grauen«, wenn sie an Campingplätze auch nur dächte. Nein, schreiende Kinder, Gemüse putzende und Bier saufende Familienväter im Vorzelt, so was sei für sie das Letzte.

»Jedes Zimmer, meinetwegen mit Klo und Dusche auf dem Flur, aber kein Campingplatz. No way.«

Manchmal verstand er diese Frau nicht. Solch ein Wohnwagen oder Wohnmobil bedeutete doch Unabhängigkeit. Man konnte aufs Geratewohl losfahren und bleiben, wo es schön war.

Zusammen mit Hensen schritt er die Reihen der immer gleichen Wohnwagen ab.

»Kafka«, sagte Hensen. »Würde Kafka heute leben, er hätte nicht über das Schloss geschrieben, sondern über diesen Wohnwagenalptraum. In diesem Labyrinth kann man sich glatt verlaufen, und alle sehen vollkommen gleich aus.«

»Hinter der Werkstatt habe ich ein paar Luxusmodelle gesehen«, sagte Tannen.

Nach einer knappen Stunde kehrten sie zum Verwaltungsgebäude zurück.

Tannen betrat das Büro und verkündete knapp, sie seien fertig.

»Schön«, sagte der Angestellte, der vor sich einen Stoß Fahrzeugbriefe gestapelt hatte. Mehr aus den Augenwinkeln bemerkte Tannen eine mit Bleistift geschriebene Signatur auf dem oberen weißen Rand.

»Was ist das?«, fragte er.

»Nach was sieht's denn aus? D 48.«

»Und das bedeutet?«

»Wir sind hier ein ordentlicher Laden. Die Fahrzeugscheine müssen schließlich zur Fahrzeugnummer passen, da darf es keine Verwechslung geben. Die Nummer sorgt dafür, dass wir unsere Kinderchen auch wiederfinden.«

»Und wo finde ich D 48?«

»Reihe D, Platz 48. Das ist bei uns wie ein großes Schachbrett organisiert.«

*

Knapp zwei Stunden später trafen die Mitglieder der Hamburger Sonderkommission ein. Die Bremer Kollegen hatten sich bereits einen groben Überblick über den Tatort verschafft. Kaja Winterstein streifte sich einen weißen Overall über und griff sich zwei Plastiküberzüge für die Schuhe.

»Da hinten«, sagte Hensen und deutete auf den Wohnwagen, aus dessen Fenster das Blitzen eines Fotoapparates drang.

Mangold sah durch das Fenster des Wohnwagens. Wegen der Enge wollte er zunächst die Forensiker ihre Arbeit erledigen lassen. Umsehen konnten sie sich auch später noch.

Er ging auf Hensen und Kaja Winterstein zu und sagte: »Und?«

»Er konnte nicht davon ausgehen, dass wir die Leiche so schnell finden«, sagte Hensen. »Gut möglich, dass er uns Schritt für Schritt weitere Hinweise gegeben hätte. Oder aber die Leiche wäre gefunden worden und er hätte uns oder der Presse mitgeteilt, für wie dumm er uns hält.«

»Sind wir im Vorteil?«, fragte Mangold.

»Könnte sein«, sagte Hensen.

»Wen hat er diesmal kopiert?«

»Nicht ganz eindeutig«, sagte Kaja Winterstein. »Auf dem Tisch steht ein Modellbauteil.«

»Eine nachgebildete Hügelkette, wie man sie für Eisenbahnanlagen benutzt«, ergänzte Tannen.

»Und was ist das jetzt wieder für eine Drehung?«, fragte Mangold.

»Eine neue Variante«, sagte Kaja Winterstein. »Er schafft mit einfachen Mitteln eine andere Umwelt. Der Mann liebt das Detail, gibt sich Mühe, uns möglichst rasch über sein Vorbild zu informieren.«

»Aber warum?«, sagte Mangold und sah sich suchend nach Tannen um. Er entdeckte ihn auf einer kleinen Mauer. Tannen starrte angestrengt auf den Bildschirm seines Notebooks, den er auf seinen Oberschenkeln platziert hatte.

Hensen steckte sich eine Zigarette an und nahm einen tiefen Zug. Dann zog er den Skizzenblock aus seiner Brusttasche.

Was er da treibe, wollte Mangold von Tannen wissen.

»Ich suche nach dem Vorbild. Es gibt Strommarken am Oberkörper des Mädchens, außerdem wurde ihr eine Flüssigkeit in die Venen gespritzt, die Nadel steckte noch drin.«

»Nicht zu vergessen diese Modellhügellandschaft«, sagte Mangold.

»Genau. Den Malen am Hals nach zu urteilen wurde das Opfer erwürgt.«

»Melden Sie sich sofort, wenn Sie fündig geworden sind. Auch wenn es nur eine Vermutung ist.«

Der Bremer Gerichtsmediziner verließ den Wohnwagen und trat auf Mangold zu.

»Sie sind der Ermittlungsleiter?«

Mangold nickte und stellte sich vor.

»Das Opfer wurde dem ersten Anschein nach erwürgt, es gibt sogar äußerlich zu sehende Hinweise auf vaginale und anale Vergewaltigung. Auf eine andere Todesursache könnten die Strommarken am Oberkörper hindeuten und ebenso die Injektion einer noch unbekannten Substanz. Todeszeitpunkt kann ich noch nicht sagen, weil wir nicht wissen, wie warm es in dem Wohnwagen war. Ich meine, bevor die Tür geöffnet wurde. Sie bringen das Opfer ins Hamburger Institut?«

»Halte ich für ratsam, wir suchen gezielt nach bestimmten Hinweisen.«

»Sie müssen sich gar nicht entschuldigen, ist mir mehr als recht. Ob die Verletzungen vor oder nach dem Eintritt des Todes zugefügt wurden, möchte ich gar nicht beantworten. Dieser Ehrgeiz ist mir abhanden gekommen.«

Mangold nickte und betrat den Wohnwagen. Vielleicht lag es an der Enge, vielleicht auch daran, dass er hier ganz allein vor der Toten stand, er hatte das Gefühl, als gäbe es eine feierliche und vertraute Atmosphäre zwischen dem Opfer und ihm, ja, als hätten sie sich hier verabredet.

Das Mädchen saß auf der karierten Bank und trug einen kurzen Rock. Ihre blonden Haare waren über den oberen Teil der Polsterung drapiert. An den Füßen weiße Sportsocken und Sneakers. Um das Handgelenk ein geflochtenes Lederarmband. Der Oberkörper war entblößt und etwas eingesunken. Dachte man sich die Strommarken unterhalb der Brüste weg und auch die Spritze, die in der Vene baumelte, hätte man meinen können, sie schliefe.

Neben ihr auf dem Boden stand eine weiße Lacktasche. Mit einer Pinzette zog Mangold einen Ausweis heraus.

Sie hieß Leonie Jahn und war 19 Jahre alt. Gemeldet war sie in Cuxhaven. Ihre Gesichtszüge waren friedlich und Mangold meinte sogar, ein Lächeln zu erkennen. Außer dem Hügelmodell, das auf dem Tisch stand, schien nichts in dem Wohnwagen verändert.

Auch dieser Auffindeort sah nicht nach dem Tatort aus. Doch wie hatte der Mann es geschafft, die Leiche hierherzuschaffen? An den scharfen Hunden vorbei, die den Beteuerungen des Angestellten zufolge am Abend auf dem Gelände frei herumliefen. Der Chef dieses Wohnmobil-Handels war auf dem Weg.

»Wir müssten dann mal wieder ran«, sagte der Kriminaltechniker von der Tür aus.

»Ich glaub zwar nicht, dass wir Fingerspuren oder DNA finden, aber vielleicht haben wir Glück mit Faserspuren.

Die müsste es eigentlich geben, wenn Schneeweißchen die Tote hierhergeschafft hat«, meinte Mangold.

Er trat rückwärts aus dem Wohnwagen. Draußen schob er den Ausweis in eine Plastiktüte und reichte sie Kaja Winterstein. Sie warf einen Blick darauf und wankte plötzlich. Mangold griff blitzschnell unter ihren Arm. Sie stützte sich ab und setzte sich dann auf ein kleines Treppchen, das in einen anderen Wohnwagen führte.

»Leonie«, sagte sie. »Wie meine Tochter.«

»Ein verbreiteter Name.«

»Sehen Sie sich das Geburtsdatum an. Vierter Juli … das Geburtsdatum meiner Tochter. Das Mädchen da drin ist auf den Tag genau zwei Jahre älter als meine Tochter. Vierter Juli.«

»Und es ist der amerikanische Unabhängigkeitstag«, sagte Hensen. Tannen trat mit seinem Notebook auf sie zu.

»Ich hab was«, sagte er.

Mangold zeigte auf einen entfernt stehenden Wohnwagen.

»Die Dinger sind offen?«

Tannen bejahte.

Nachdem sie sich auf die Plastikfolien gesetzt hatten, forderte Mangold Tannen auf loszulegen.

Tannen rief die Seite in seinem Notebook auf.

»Ich habe zunächst gezielt nach dem Hügel gesucht, den er uns hingestellt hat, dazu Strangulation und die Injektion. Die Datenbanken haben unter anderem die so genannten ›Hillside Strangler‹ ausgeworfen.«

Hensen ließ seinen Zeichenblock sinken und sagte: »Waschpulver.«

»Genau«, sagte Tannen. »Aufgelöstes Waschpulver.«

»Was soll das?«, fragte Mangold. »Wieso Waschpulver?«

Tannen deutete auf den Bildschirm.

»Die Hillside-Strangler Kenneth Bianchi und Angelo Buono haben ihren Opfern Waschmittel injiziert. Das war allerdings nur ein Teil ihres Rituals. Die beiden wurden so genannt, weil sie ihre Opfer am Fuß der Hügel von Los Angeles ablegten. Die zehn gefundenen Leichen wurden vaginal und anal von beiden Tätern vergewaltigt, mit Strom gefoltert und es wurde ihnen eben auch Waschmittel injiziert. Anschließend wurden die Opfer erwürgt. Kenneth Bianchi war Wachmann, sein Cousin Angelo Buono Autopolsterer.«

»Bestien«, sagte Mangold.

»Ja«, sagte Tannen knapp. »Dieser Bianchi gab beim Gerichtsverfahren an, nicht er, sondern sein zweites Ich mit Namen Steve hätte die Morde begangen. Nach ein paar Jahren Haft verliebte sich über eine Brieffreundschaft eine 23-jährige Schauspielerin in Bianchi. Die beiden planten dann, dass diese Frau im Stile der Verurteilten Bianchi und Buono ein Mädchen umbringen sollte. Und jetzt kommt's: Man hat Bianchis Samenflüssigkeit im Körper der Opfer gefunden. Um vorzutäuschen, dass dies manipuliert war, übergab Bianchi seiner Freundin bei einem Besuch einen mit seiner Samenflüssigkeit gefüllten Gummihandschuh. Das ausgesuchte Opfer konnte dann fliehen und die ganze Geschichte flog auf.«

»Wir haben hier anscheinend ständig Überschneidungen und können sie einfach nicht zuordnen«, sagte Mangold. »Er baut ein gewaltiges Puzzle auf und sagt uns: Seht hin, seht hin, es ist doch so einfach.«

Kaja Winterstein blickte auf den Boden.

»Kann Zufall sein, aber das Opfer hat den gleichen Vornamen und am gleichen Tag Geburtstag wie die Tochter von Kaja Winterstein«, sagte Mangold.

Hensen kratzte sich am Nacken.

»Bei diesem Täter glaube ich nicht an Zufälle. Gibt natürlich noch die dritte Variante, die Überschneidung mit dem amerikanischen Unabhängigkeitstag. Er präsentiert uns hier schließlich amerikanische Serienmörder.«

»Und was soll ich tun? Ich meine mit Leonie? Verstecken, Polizeischutz oder was?«, fragte Kaja Winterstein.

»Wegschicken«, sagte Mangold. »Ins Ausland. Ich glaube zwar nicht, dass er sie im Visier hat … aber sicher ist sicher.«

»Visier, wie das klingt! Hört sich an, als würde er in diesem Augenblick auf sie anlegen.«

»Tschuldigung«, sagte Mangold.

Kaja Winterstein zog ihr Handy aus der Handtasche und rief ihre Tochter an.

»Nein, ich wollte nur hören … nein, ich kontrolliere dich nicht. Ist alles in Ordnung?«

»Wir werden uns etwas überlegen«, sagte Mangold, als sie das Gespräch beendet hatte.

Dann klingelte sein Telefon. Der Polizeipräsident persönlich. Mangold verließ mit dem Handy am Ohr den Wohnwagen.

»Und es gibt eindeutig einen Zusammenhang zwischen dem Mord in Bremen und den beiden anderen Fällen?«, fragte der Präsident.

»Unbedingt«, sagte Mangold. »Sie beziehen sich aufeinander, sind miteinander verzahnt.«

»Was soll das heißen, ›verzahnt‹?«

»Der Täter schickt uns von einem Auffindeort zum nächsten und spricht uns direkt an.«

»Er spricht die Polizei an? Will einen Wettkampf, was?«

»Nicht direkt«, sagte Mangold. »Er scheint einzelne Mitglieder der Sonderkommission anzusprechen.«

»Mangold, davon darf die Presse nichts erfahren. Wir haben denen noch nicht einmal bestätigt, dass die Morde an der Autobahnauffahrt und auf dem Gelände von Hagenbeck zusammenhängen. Da wird in der Presse fröhlich spekuliert. Wird das bekannt, basteln wir uns hier ganz schnell eine kleine Panik zusammen. Mangold, was brauchen Sie? Mehr Leute, Observationsteams, Technik? Sagen Sie nur Bescheid. Wir haben wenig Zeit. Haben Sie alles auf vergleichbare Fälle geprüft?«

»Das ist ja gerade das Problem. Alle Morddetails werden säuberlich kopiert.«

»Schneeweißchen ein Trittbrettfahrer?«

»Dafür ist unser Mann zu korrekt. Und Trittbrettfahrer halten sich meist an nur ein von ihnen bewundertes Vorbild. Es gibt eine Fülle von Details, mit denen er uns anscheinend Signale senden will. Gerade hat er einen Wachmann kopiert. Ein toter Wachmann taucht auch hinsichtlich der Samenspuren auf, die wir auf dem Oberschenkel von Opfer Nummer eins gefunden haben. Außerdem ist der Mann ein Rätselfreund.«

»Und diese These von der Psychologin? Wirch hat mir davon erzählt. Ich meine, dass es sich um ein geisteskrankes Genie handelt.«

»Ein Savant, ein Inselbegabter.«

»Für mich ist er vor allem ein Mörder. Was ist mit den Opfern? Verbindendes, eine Gemeinsamkeit? Warum hat er gerade sie ausgesucht?«

»Vieles spricht für Zufallsopfer, und das macht es nicht eben leichter. Allerdings haben wir hier eine junge Frau, die den gleichen Vornamen trägt und das gleiche Geburtsdatum hat wie die Tochter von Kaja Winterstein.«

»Er hat den direkten Kontakt mit Ihnen aufgenommen. Raus damit, ist jemand aus dem Team gefährdet? Das ist das Letzte, was wir brauchen können.«

Mangold machte eine Pause. Genau daran hatte er auch schon gedacht. Und dass er verantwortlich war, wenn seine Leute nicht ausreichend geschützt wurden. Andererseits konnten sie sich nicht einfach verkriechen.

»Was ist nun?«, sagte der Polizeipräsident. »Gibt es Gefährdungen?«

»Glaube ich nicht, er braucht uns, um sein Spiel weiterzuspielen.«

»Aber um welchen Einsatz geht es?«

»Ich werde zu den Forensikern gerufen«, log Mangold und beendete das Gespräch.

Sollte er Kaja Winterstein aus dem Ermittlerteam abziehen? Nein, sie hatten ihre Arbeit zu erledigen und diesen Täter dingfest zu machen. So schnell wie möglich.

Die meisten Täter waren in ihrem tiefsten Innern vom Wunsch getrieben, zur Verantwortung gezogen zu werden. Auch wenn es einige gab, die einfach aufhörten. So wie Jack the Ripper. Doch das war bei ihrem Mann nicht zu erwarten. Aus den Augenwinkeln sah er, dass Hensen mit seinem Zeichenblock den Wohnwagen betrat, in dem Leonie Jahn immer noch saß, als würde sie geduldig warten.

Kaja Winterstein kam ihm entgegen.

»Ich bin jetzt wieder klar«, sagte sie. »Gott sei Dank fährt Leonie in den nächsten Tagen zu ihrem Vater in die Schweiz.«

»Solange stelle ich euch einen Kollegen vor die Tür.«

»Okay, wie geht's jetzt weiter?«

»Die Hunde«, sagte Mangold. »Tagsüber kann er die Leiche hier nicht abgelegt haben. Er hätte am Bürogebäude vorbei müssen, und denen ist nichts aufgefallen. Auch die Zäune scheinen intakt zu sein. Also, wie kommt unser Mann auf das Gelände?«

»Betäuben, weglocken …«, meinte Kaja Winterstein.

»Hört sich nicht eben plausibel an.«

»Es gibt eine andere Möglichkeit, aber Sie werden mich für verrückt halten.«

»Nur, wenn Sie mir erzählen, er hätte das aus einem Hubschrauber heraus bewerkstelligt.«

»Er stellt etwas mit den Hunden an.«

»Was, um Himmels willen, soll das heißen? Ein Savant mit einem Zauberspruch?«

»Nicht ganz. In den USA gibt es einen weiblichen Savant. Diese Frau ist spezialisiert auf den Entwurf von Anlagen für kommerzielle Tierhaltung.«

»Sie bastelt Käfige für Legehennen?«

»Nein, es sind Rinder, und die Frau ist Dozentin für Tierwissenschaften an der Colorado State University. Es gibt nicht wenige Leute, die beschwören, dass sie mit den Tieren reden kann.«

»Wie der Pferdeflüsterer?«

»Es geht weit darüber hinaus. Pferdeflüsterer analysieren die Körperhaltung der Tiere, ihren Augenausdruck, studieren die Verhaltensweise.«

»Wissen Sie eigentlich, was Sie mir damit die ganze Zeit sagen? Was diese Savant-Theorie im innersten Kern bedeutet?«

Kaja Winterstein schüttelte den Kopf.

»Dass wir, dass unser gesamtes Team diesem Mann nicht ebenbürtig ist, dass wir auf einen Fehler warten müssen. Oder auf seine Gnade, aus der Deckung herauszukriechen. Wir kennen ja noch nicht mal sein Motiv.«

Kaja Winterstein widersprach: »Wir müssen das nutzen, mit dem wir im Vorteil sind.«

»Und das wäre?«

»Soziale Kompetenz, Emotion, Intuition, aber vor allem die Möglichkeit, neue Spielfiguren ins Spiel zu holen.«

Bevor er fragen konnte, was sie damit meinte, kam einer der Spurenermittler auf sie zu.

»Mangold, wir haben eine Nachricht für Sie«, sagte er. »Ist gerade aus dem Rollo geflattert.«

*Wie gut sie riecht, deine Mutter. Und ihre Augen, die jetzt wissen, was passieren wird. Du kannst stolz auf sie sein. Aber was sage ich dir, du weißt es. Du hast es gesehen.*

*Kannst du dich erinnern, wie ich dir dein Bett gemacht habe und dir dein erstes Spielzeug aussuchte? Wie tollpatschig ich mich angestellt habe, weil ich nicht wusste, was du magst? An die Nächte, in denen wir alles besprochen haben. Und wie aufregend es war, wenn du mich durch deine Augen hast sehen lassen?*

*Meinst du nicht, wir sollten jetzt schlafen?*

*Magst du ein wenig Musik hören? Soll ich das Licht anlassen? Du musst dich nicht fürchten, denn ich werde immer bei dir sein. Und du bei mir.*

*Wie könnte ich dich verlassen? Du hast mir geholfen, all das hier zu verstehen. Du hast mich gelehrt, wann ich zu lächeln habe und wie ein Gespräch zu führen ist. Du hast mich gelehrt, mich mitten hineinzustellen, die Augen auf sie zu richten, selbst wenn sie gar nicht vorhanden sind. Ihnen meine Hand entgegenzustrecken. Du hast mich gelehrt, was es bedeutet, wenn ES seine Stimme erhebt. Du hast mich gelehrt, mich für die Augen der anderen zu schmücken, ja, du hast mich gelehrt, dass es andere gibt.*

# 14.

Mangold warf seinen Schlüsselbund auf den Deckel eines Kartons und schaltete die auf der Fensterbank stehende Stereoanlage an.

Die unausgepackten Kisten standen noch immer so im Wohnzimmer, wie er sie am Tag seines Umzugs hingestellt hatte. Wie wenig man doch brauchte.

Außer dem Sessel und einem kleinen Regal, auf das er Anrufbeantworter, Telefon und den Router für sein Notebook gestellt hatte. Irgendwann würde er die Zeit finden, das alles in die Ecken seines Schlafzimmers zu stapeln. Und wenn nicht, auch gut.

Keine Wohnung, in der er bleiben wollte. Eine Notlösung, um schnell von Vera wegzukommen. Die restlichen Kartons sollten zunächst in ihrem Keller bleiben. Vielleicht tat Hensen ihm den Gefallen und holte sie irgendwann ab.

Nein, er ertrug es nicht zu sehen, wie sie mit dem Getrenntsein von einem Tag auf den anderen zurechtkam.

Die Wohnung hatte ihm ein Kollege angeboten, der kurzfristig zu seiner Freundin gezogen war, die Bleibe aber nicht gleich aufgeben wollte.

Er hatte eingewilligt, denn schließlich konnte er nicht im Präsidium schlafen, und auch ein Hotel kam aus finanziellen Gründen nicht infrage.

Den Sessel hatte Ikea geliefert. Zusammen mit der Matratze und den Bezügen, der Wolldecke und dem Kissen. Dies hier sollte kein Neuanfang sein, sondern eine Art Fluchtburg, die er abschließen konnte.

Noch zwei Flaschen Cognac standen in der aufgerissenen Kiste. Das Kontingent, um seinen Schmerz zu betäuben. Wenn er ehrlich war, tauchten die Bilder von Vera immer seltener auf.

In den letzten Tagen war er ohnehin nur hergekommen, um todmüde auf sein Matratzenlager zu fallen, nachdem er die Weckfunktion seines Handys aktiviert hatte. Dieser Fall war wohl die größte Herausforderung, der er sich je hatte stellen müssen. Manchmal kam es ihm vor, als sei Schneeweißchen ihnen auf den Fersen und nicht umgekehrt.

Er musste daran denken, Mundwasser zu kaufen. Eine Fahne passte nicht zu der momentanen Situation. Genauso wenig wie das Trinken. Bis jetzt hatte man ihn noch nicht halb betrunken zu einem Tatort rufen müssen. Ein glücklicher Zufall.

Mangold schraubte eine Flasche auf und goss sich ein Glas ein.

Dann fuhr er das Notebook hoch und besah sich noch einmal die eingescannte Nachricht, die aus dem Rollo des Wohnwagens gefallen war.

Die Zeichen schienen zu einer alten Sprache zu gehören. Eines der Zeichen war durchgestrichen.

Er hatte die Zeichenfolge an einen Sprachwissenschaftler der Berliner Humboldt-Universität geschickt, der herausfinden sollte, ob es sich um eine Art primitiver Keilschrift handelte. Aber was wollte er ihnen beweisen? Dass sie im Vergleich zu seinen Fähigkeiten nur Idioten waren. Mit einer soliden Halbbildung und einer Spezialisierung im Beruf, die ihnen auch nicht weiterhalf? Schön, einverstanden.

Mangold hob den Cognacschwenker, den er aus dem Karton neben der Wohnzimmertür gezogen hatte.

Die Kisten mit seinen Tunnel-Modellen hatte er an die Wand geschoben. In den gelben Kisten lagen die Materialien, die er dazu gesammelt hatte.

Mangold öffnete einen der Kartons und zog das aus Plexiglas gefertigte Modell des 530 v. Chr. gebauten Tunnels des Eupalinos auf Samos heraus. Ein Triumph der Mathematik, denn es war der erste Tunnel, der nach einem genau berechneten Plan gebaut wurde. An beiden Seiten hatten sie den Stein herausgebrochen und sich genau in der Mitte getroffen. Etwas über einen Kilometer maß er im Original und war damit auch der längste Tunnel dieser Zeit. Spekuliert wurde, ob er aufgrund der Berechnungen des Pythagoras so exakt durch den Berg getrieben werden konnte.

Exakte Berechnungen. War der Killer auf der Suche nach jemandem, der ihm in dieser Hinsicht ebenbürtig war? Mehr als reizvoll wäre es gewesen, ihm einen Schritt vorzugeben, aber wie? Nur zu gern hätte er diese bis in die Details geplanten Abläufe des Täters durch etwas für ihn Unvorhergesehenes durchkreuzt. Der Mann bezog sogar den Zufall in seine Planungen mit ein. Nur eine Abweichung, die sie ihm aufzwingen würden, eine Unregelmäßigkeit – und die Chance bestand, dass er einen Fehler machen würde. Einen kleinen Fehler, erzwungen durch eine Situation, die er nicht unter Kontrolle hatte.

Um Kaja Winterstein zu beruhigen, hatte er angedeutet, dass die identischen Vornamen und Geburtsdaten des jüngsten Opfers und ihrer Tochter Zufall sein könnte. Doch Mangold glaubte nicht daran.

Vor Kaja Wintersteins Haus saß ein Kollege in einem Wagen. Er persönlich hatte ihm eingeschärft, wie wichtig seine Observation war und dass er sich bei dem kleinsten Verdacht sofort bei ihm melden sollte. Dennoch würde er erleichtert sein, wenn die Tochter Kaja Wintersteins bei ihrem Vater in der Schweiz eingetroffen war.

Der erste Zwischenbericht der Forensiker hatte bestätigt, dass der Mann diesmal die »Hillside Strangler« kopiert hatte. Alles stimmte: Folter mit Strom, Injektion eines Waschmittels, zwei verschiedene Spermaspuren. Auch ohne dieses Modellbauhügelchen wären sie darauf gekommen. Ihn trotzdem neben die Leiche zu stellen, sprach für eine kindliche, verspielte Seite des Täters.

Nach Einschätzung Kaja Wintersteins passte es absolut zu den Verhaltensweisen eines Savants oder zumindest doch zu einem Menschen, der unter dem Asperger-Syndrom litt.

Sie hatte einen Bericht in das Computersystem gestellt, demzufolge diese autistischen Störungen keinesfalls ein Phänomen neuerer Zeiten waren. Im zaristischen Russland glaubte man, dass diese Kinder als besonders religiöse Menschen zur Welt gekommen waren. Boten, die den Willen Gottes verkörperten. Es war sogar so weit gegangen, dass man ihnen Namen von Heiligen gab. Allen gemeinsam war, dass sie selten sprachen, größte Probleme hatten, mit anderen Menschen zu kommunizieren und Regeln einzuhalten.

An einen religiösen Wahn hatte Mangold auch schon gedacht.

Das einzig Zufällige an seinem Tun schien die Auswahl der Opfer zu sein. Aber stimmte das überhaupt? Hatten sie unter Umständen nur einfach das Bindeglied noch nicht herausgefunden?

Mangold hatte Tannen beauftragt, alle biografischen Daten, die ihnen über die Opfer bekannt waren, zusammenzutragen. Alter, Bildung, wo aufgewachsen, Auffälligkeiten, Wohnorte, Arbeitgeber, Mitgliedschaften in Internetforen, Urlaube. Gesucht wurde eine prägnante Überschneidung, der Ort, an dem sie ihrem Mörder begegnet sein konnten.

Kaja Wintersteins Überprüfung seiner Altfälle im Hinblick auf psychisch auffällige Täter hatte keine brauchbaren Ergebnisse erbracht.

Ihm fielen acht Täter ein, die mehr oder weniger deutlich Drohungen gegen ihn ausgesprochen hatten. Dazu zwei weitere, denen er einen persönlichen Rachefeldzug zutraute. Doch alle zehn saßen lange Haftstrafen ab, und keinem von ihnen waren Freigänge erlaubt.

Mit ein paar Mausklicks rief Mangold das Bild auf, das der Täter ihm geschickt hatte.

Es klopfte und Mangold überlegte, ob er zur Tür gehen sollte. Andererseits konnte man im Flur hören, dass seine Musikanlage lief. Mangold stopfte sein Hemd in die Hose, fuhr sich durch die Haare und öffnete.

»Hallihallo Herr Nachbar«, sagte Lena. »Lust auf ein Schwätzchen unter alten Bekannten?«

»Tut mir leid, aber ich wollte gerade ins Bett gehen.«

»So früh … ach, ja, du bist ja Bulle und der frühe Vogel fängt den Wurm. Aber leider leider ist das unterlassene Hilfeleistung.«

»Was soll das heißen? Irgendwas passiert?«

»Es geht um eine Entschuldigung und ein Dankeschön.«

»Dankeschön? Wofür?«

»Die Praktikumsstelle in der Pathologie, das hab ich doch Ihnen zu verdanken?«

Sie drängte sich an ihm vorbei und betrat das Wohnzimmer.

»Ach du Scheiße, und da hat sich meine Mutter immer über mein Zimmer aufgeregt. Was ist denn hier passiert?«

»Nichts, ich bin noch nicht dazu gekommen auszupacken.«

»Soll ich Ihnen helfen?«

»Jetzt hast du dir alles angesehen, also schönen Abend auch.«

»Na, na«, sagte Lena. »Das war ein ernstes Angebot mit dem Helfen. Du könntest natürlich auch ein paar Möbel anschaffen, wie wär's damit?«

»Mach ich, ich meld mich dann. Versprochen.«

Lena drehte eine Runde durch das Zimmer. Sie sah den Computerschirm und fingerte am Ring in ihrer Augenbraue.

»Spielen Sie mit Photoshop?«

Lena setzte sich auf einen Karton und deutete auf das Bild.

»Arbeit.«

»Schöner Job.«

»Was ist mit der Pathologie? Die haben dich tatsächlich da eingestellt? In deinem Alter?«

»Papiere sortieren. Ich arbeite mich da hoch. Erst der Bürokram und dann der Sezierraum.«

»Das glaubst du doch nicht im Ernst.«

»Ich hab mir überlegt, ob ich als Obduktionsgehilfin anheuere. Medizinstudium dauert mir zu lange.«

»Und was ist so toll an Leichen? Gehörst du zu dieser schwarzen Fraktion, die nachts auf Friedhöfen Partys feiert?«

»Kinderkram, was für Schwachsinnige. Die buddeln Knochen aus und glauben, dass sie was Großartiges hätten. Alles Unsinn. Nein, ich will das wissenschaftlich machen, so mit allem Drum und Dran. Sorgen mach ich mir nur wegen der Infektionsgefahr.«

»Infektionsgefahr?«

»Na, einige Leichen sind ansteckend. Tuberkulose, Aids, Gelbsucht und so. Ich hab mich informiert. Aber damit muss man leben.«

Mangold richtete den Oberkörper auf und sagte:

»So, das Plauderstündchen war nett, auf Wiedersehen.«

»Bis zum nächsten Mal«, sagte Lena und zeigte in Richtung des Laptops.

»Gute Arbeit, alles was recht ist.«

»Was meinst du?«

»Die Einpassung sieht dem Original ziemlich ähnlich.«

»Du kennst dich aus, was? Und, fehlt ein Jünger am Tisch von Jesus?«

Lena schüttelte den Kopf.

»Die Buchstaben am Tisch. Was soll das bedeuten?«

Mangold zoomte das Bild heran und entdeckte die gleiche Zeichenfolge, die auch auf dem Stück Papier stand, das aus dem Rollo des Wohnwagens geflattert war.

»Cool«, sagte Lena. »Und was da auf dem Tisch vor den Jüngern liegt. Siehst du das?«

»Was?«

»Die kleinen Herzen. Im Original ist es Brot. Und da zwischen den Füßen, sieht aus wie Babyknochen. Wer immer dir dieses Kunstwerk geschickt hat, er muss ziemlich pervers sein.«

Mangold nickte stumm.

»Bist du nun Bulle oder schreibst du ein Drehbuch?«, sagte sie. Sie zog einen USB-Stick aus der Tasche und stopfte ihn in den Laptop. Mangold protestierte, doch sie hatte die Bilddatei bereits runtergeladen.

»Ich bin dir was schuldig, schönen Abend auch.«

Kaum hatte sie die Wohnungstür hinter sich ins Schloss gezogen, klingelte das Telefon.

»Kaja Winterstein hier. Ich hab noch mal mit Hensen gesprochen und wir haben einen Weg gefunden, wie wir zumindest aufholen könnten. Gleichstand schaffen.«

»Was soll das heißen?«

»Der Täter ist immer ein paar Pferdelängen voraus ... richtig? Und weil wir nicht ebenbürtig sind, schicken wir einen Ersatzstarter ins Rennen. Jemand, von dem Schnee weißchen nichts weiß. Wir bringen ihn aus dem Konzept.«

»Ein Ersatzstarter, der gegen ihn antritt?«

»Nicht antreten«, sagte Kaja Winterstein. »Wir bringen jemanden ins Spiel, der mit ihm kommunizieren kann. Wir sehen uns dann von außen an, was zwischen den beiden so passiert. Das ist der Plan.«

»Du meinst, wir holen uns einen Savant, der dann mit unserem Täter ...«

»Eine Art Gladiatorenkampf der Gehirne. Ich hätte da einen passenden Kandidaten.«

»Wie erkläre ich das Wirch oder dem Polizeipräsidenten?«

»Sie haben doch jede Unterstützung zugesagt. Sie wissen ganz genau, dass die Polizei auch kein Problem damit hat, bei Entführungsfällen Hellseher einzubinden. Und es gibt bekanntlich Fälle, bei denen es etwas gebracht hat.«

»Zweifelhaft«, sagte Mangold.

»Was riskieren wir schon? Wir mischen ein wenig die Karten und verteilen sie neu.«

Mangold versprach, darüber nachzudenken. Dann rief er die da Vinci-Version aus der Wikipedia-Bibliothek auf und dazu das Bild, das der Täter ihm geschickt hatte.

Er schraubte die Cognacflasche wieder zu und brachte das Glas in die Küche. Möglich, dass dieses Bild mehr Hinweise enthielt, als er zunächst gedacht hatte.

Das Telefon klingelte wieder, und Hensen teilte ihm mit, dass ihm etwas aufgefallen sei, als er die Zeichnung, die er von der Toten im Wohnwagen gemacht hatte, noch einmal genauer betrachtet hätte.

»Er hat die Tote in der gleichen Haltung auf die Bank gesetzt wie da Vinci die Figur des Johannes oder eben der Maria Magdalena. Leicht geneigter Kopf, die linke Schulter nach vorn geschoben, geschlossene Augen.«

»Kommt er uns jetzt mit seiner Enthüllung um das Geheimnis hinter dem da Vinci-Bild?«, fragte Mangold. »Neben dem Kreuz, das er reingekrakelt hat, wurden von ihm auch andere Dinge verändert.«

»Die Zeichen in der Tischdecke?«

»Die gleichen, die auch aus dem Rollo gefallen sind. Außerdem hat er das Brot auf dem Tisch in Herzen verwandelt und Knochen dazugemalt.«

»Ein Spaß?«

»Keine Ahnung. Du hast mit der Psychologin einen sensationellen Plan ausgetüftelt?«

»Wir setzen ihm einen ebenbürtigen Gegner vor die Nase.«

»Einen Savant? Wie soll das gehen? Die meisten sind doch schwer gestört.«

»Unser Mann wohnt in Kassel. Bei seiner Schwester. Die muss natürlich zustimmen. Einen Versuch ist es wert.«

»Okay«, sagte Mangold. »Aber unsere Routinearbeit darf darunter auf keinen Fall leiden, das kann ich niemandem verkaufen.«

»Gibt es neue Ansätze?«

»Weitz ist weiter dabei, die Opferbiografien auf Gemeinsamkeiten abzuklopfen. Morgen kommt der endgültige Bericht aus der Gerichtsmedizin. Ich erwarte nichts Neues. Weil es auffällig ist, dass er nur amerikanische Killer kopiert, habe ich unser Material an die Kollegen beim FBI in Quantico geschickt. Da sitzen ein paar Experten in Sachen Serienkiller.

Hensen, das riecht mir hier alles zu sehr nach großem Kino. Könnte ja sein, dass sie mit Schneeweißchen zu tun hatten.«

»Unwahrscheinlich«, sagte Hensen. »So wie der Typ gestrickt zu sein scheint, hätte er die Mordserie in den USA veranstaltet. Ist einfach das größere Publikum, die größere Medienbegeisterung für Serienmörder. Auch wenn er sich amerikanische Killer als Vorbild genommen hat, glaube ich nicht, dass er da aufgewachsen ist. Dafür kennt er sich hier zu gut aus. Außerdem haben die Sprachanalytiker keinerlei Hinweis auf einen Akzent feststellen können.«

»Es gibt eine Abweichung«, sagte Mangold. »Die Augenlider der Toten waren diesmal nicht oben befestigt, sondern mit Sekundenkleber zusammengeklebt.«

»Sag ich doch, wie auf dem da Vinci-Bild. Diese Besonderheit gibt es bei Bianchi und Buono nicht.«

»Was ist mit dem Hagenbeck-Zeugen, der unseren Killer angeblich im weißen Trench und mit weiß gepudertem Gesicht gesehen hat?«

»Hat sich nicht gemeldet«, sagte Mangold.

»Schon daran gedacht, dass der Zeuge unser Mann ist? Dass er sich selbst den Namen ›Schneeweißchen‹ gegeben hat?«

»Ich hab mir eine Personenbeschreibung von dem Journalisten geben lassen. Ist mehr als dürftig. Woran der sich erinnert, reicht nicht mal für ein Phantombild. Nur die Form seiner Sonnenbrille konnte er gut beschreiben.«

Mangold versprach, sich die Idee mit dem Savant durch den Kopf gehen zu lassen.

»Noch was«, sagte Hensen. »Kannst du dir erklären, warum er nicht schon längst direkten Kontakt mit den Medien aufgenommen hat? Der Mann will den großen Auftritt, und da unternimmt er nichts, damit die Feinheiten seiner Arbeit auch richtig gewürdigt werden? Das ist seltsam und beunruhigend, denn in ihrer Begeisterung machen gerade dabei die Täter ihre Fehler. Man kann sie über Zeitungsberichte provozieren. Was ist mit den Eltern des dritten Opfers, dieser Leonie Jahn?«

»Zum Kotzen war das«, sagte Mangold. »Die sind völlig zusammengebrochen. Ich hab nur herausbringen können, dass das Mädchen seit einem halben Jahr in Bremen arbeitete und in einer Wohngemeinschaft wohnte. Sie hat ihr Zimmer ganz normal verlassen, um zur Arbeit zu gehen. Einen Freund hatte sie nicht, behauptet eine Mitbewohnerin.«

»Wie sucht er sie aus?«, fragte Hensen.

»Könnte sein, dass er sich auch damit an seine Vorbilder hält. Kaja Winterstein sollte sich das mal ansehen.«

»Glaube ich nicht. Viel zu aufwändig. Es sei denn, er hat sie schon lange vorher ausgespäht.«

»Ich weiß nicht, ob er einen Zeitplan hat«, sagte Mangold. »Sicher ist, er hat die Opfer erst umgebracht, nachdem er uns seinen Hinweis gegeben hat. Er will uns anspornen.«

»Er macht sich über uns lustig.«

\*

»Warum nehmen Sie den Müll nicht einfach mit? Haben Sie nichts Besseres zu tun, als jeden zweiten Tag hier aufzulaufen und denselben Mist zu fragen?«

Tannen wich zurück.

»Es hat schon jemand nach der Hinterlassenschaft von diesem Wachmann gefragt?«

Der Hausmeister nickte. Dann verschwand er in seiner Wohnung und wuchtete zwei Kisten auf die Türschwelle.

»Nehmen Sie das Zeug und behalten Sie's.«

»Können Sie den Mann beschreiben, der nach den Kisten gefragt hat?«

»Sie sollten Ihre Kollegen kennen«, sagte der Hausmeister und verschwand wieder in der Wohnung. Nach einer halben Minute kehrte er mit einer Visitenkarte zurück und reichte sie Tannen.

Als er den Namen Marc Weitz las, zuckte Tannen unwillkürlich zusammen. Kein Wort hatte Weitz darüber verloren, dass er sich auf die Spur dieses toten Samenspenders gemacht hatte.

»Mein Kollege hat die Kisten untersucht?«

»Eine halbe Stunde hat er unten in seinem Wagen gesessen, den Kram durchgeblättert und mir den Mist wieder zurückgebracht.«

Tannen wuchtete die Kartons zu seinem Wagen. Was spielte Weitz da für ein Spiel? Hatte er etwas gefunden, das er jetzt unterschlug?

Er stellte einen der Kartons auf den Beifahrersitz und begann den Inhalt durchzugehen. Nach einer halben Stunde zog er einen Brief der Staatsanwaltschaft heraus. Darin wurde dem Mann mitgeteilt, dass man das Verfahren wegen unterlassener Hilfeleistung gegen ihn eingestellt hatte. Die Justizbehörden behielten sich eine Strafverfolgung zu einem späteren Zeitpunkt vor, falls neues Beweismaterial auftauchen sollte.

Tannen legte den Brief ins Handschuhfach und verstaute die Kisten dann im Kofferraum.

Warum informierte Weitz die Sonderkommission nicht? Dass er etwas mit den Morden zu tun hatte, hielt Tannen für ausgeschlossen. Dafür war er einfach zu blöde, als Handlanger allerdings eignete er sich durchaus. In dem Fall war es kein Wunder, dass er die besten Ideen aus dem Hut zauberte. Mit Intuition hatte das herzlich wenig zu tun.

Tannen beschloss, Mangold zunächst nicht zu unterrichten. Er würde Weitz höchstpersönlich auf den Zahn fühlen.

## 15.

Peter Sienhaupt röchelte ein »Peter« und blickte dabei auf die Gehwegplatten.

»Es ist wirklich nicht gefährlich?«, fragte Ellen Sienhaupt.

Mangold schüttelte den Kopf.

»Ich kann es mit einem Satz beenden?«

»Sicher. Wir bringen Sie in einem Hamburger Hotel in der Nähe des Präsidiums unter. Wir haben ein Doppelzimmer gebucht, damit Sie bei Ihrem Bruder bleiben können.«

»Schön, aber dann sollten Sie einen Kollegen heranschaffen, der all das mitnimmt, was Peter braucht. In Ihrem Auto wird das nichts.«

»Kein Problem«, sagte Mangold.

Damit begannen also die ersten Schwierigkeiten. Nein, er hätte sich nicht darauf einlassen sollen. Einen Savant auf einen Mörder loszulassen! Doch auch seine Nachbarin Lena, die ihn so lange gelöchert hatte, bis er über seinen Fall redete, war auf diese Idee gekommen.

»Ein Problem der Schnelligkeit«, hatte sie gesagt und von »Feuer mit Feuer bekämpfen« geredet.

Hensen und Kaja Winterstein, die ihm dies hier eingebrockt hatten, waren heute natürlich verhindert, und weil die Verabredung feststand, hatte er sich Weitz geschnappt, um diesen Peter Sienhaupt und seine Schwester abzuholen.

»Ich packe ein paar Sachen zusammen, da können Sie sich in der Zwischenzeit ja kennen lernen«, sagte Ellen Sienhaupt. Mangold hatte protestieren wollen, doch nun stand er auf der Terrasse des kleinen Häuschens und beobachtete, wie Sienhaupt Waschbetonplatten studierte.

Peter Sienhaupt begeisterte sich besonders für die Ritzen zwischen den Platten. So sehr er sich anstrengte, Mangold konnte nichts Besonderes entdecken.

Sienhaupt war Ende dreißig, doch hinter seiner dicken Brille wirkte er wesentlich älter. Seine braunen Haare lagen wirr auf dem Kopf, was zweifellos daran lag, dass er sich regelmäßig durch die Haare fuhr und dabei kreisende Bewegungen vollführte. Durch seine talgige Haut leuchteten Äderchen. Der Körper war gebeugt, die Strickjacke, die er trug, stark ausgeleiert. An den Füßen hatte er karierte Pantoffeln, wie Mangold sie seit seiner Kindheit nicht mehr gesehen hatte. Neu war dagegen die Jeans, viel zu weit geschnitten und von roten Hosenträgern gehalten. Ab und zu begann er leicht zu wippen und machte ein Geräusch, das sich anhörte, als würde er kichern.

»Wie geht's denn so?«, fragte Mangold.

»Peter«, sagte Sienhaupt und starrte weiter auf die Ritze zwischen den beiden Waschbetonplatten. Dann streckte er unvermittelt die eben noch herunterhängende Hand Mangold entgegen.

Er schüttelte sie vorsichtig.

»Mangold«, sagte er. »Ich heiße Mangold.«

»Mangold«, wiederholte Sienhaupt und plötzlich stöhnte er laut: »Maaan Gooold.«

Er brach in Gelächter aus und seine Finger begannen wild zu zucken. »Man Goold, Man Gold.«

»Ich möchte, dass Sie uns helfen.«

»Gooold?«, fragte Sienhaupt.

»Gold? Ich heiße Mangold.«

»Gold«, rief seine Schwester aus dem Nebenzimmer dazwischen. »Er fragt nach einer Bezahlung.«

»Sicher. Da werden wir uns schon einig.«

Gütiger Himmel, dachte Mangold. Wie sollte dieser Typ ihnen helfen? Der mochte ja die kompliziertesten Rechnungen verstehen, arbeitete angeblich an der Lösung der riemannschen Zetafunktion, was immer das heißen mochte, und verfügte über ein außergewöhnliches Bildgedächtnis. Doch wie sollte man ihm begreiflich machen, dass sie einen kranken Menschen suchten?

»Der wird uns doch nicht ins Auto pinkeln?«, sagte Weitz, der auf sie zugetreten war.

»Halten Sie sich zurück«, herrschte Mangold ihn an.

Sienhaupt lachte und streckte Weitz beide Hände entgegen.

»Es mag mich«, sagte Weitz.

»Es?«

»Das Genie.«

»Stimmt«, sagte Ellen Sienhaupt, die in der Terrassentür stand. »Beide Hände, das ist was Besonderes. Aber versuchen Sie nicht, ihm in die Augen zu sehen, das verträgt er nicht. Und was Ihr Auto betrifft, Peter ist stubenrein.«

»Entschuldigen Sie«, sagte Mangold. »Ist neu für uns. Wir würden Sie nicht belästigen, aber wir stehen unter großem Druck.«

»Ihre Mörderjagd, ich weiß. Sie haben es am Telefon erwähnt. Ob Peter Lust zu diesem Spiel hat, kann ich Ihnen allerdings nicht sagen.«

Mangold fragte Sienhaupts Schwester, ob er einen Blick in das Zimmer des Savants werfen dürfe.

»Ich bin neugierig, verstehen Sie? Mit einem Genie hatte ich noch nicht zu tun.«

Ellen Sienhaupt sah ihn an, als wüsste sie nicht, ob er es ernst meinte, und führte ihn in den ersten Stock. Patschuligeruch schlug ihm entgegen.

Ellen Sienhaupt öffnete eine Tür und schob Mangold in das Zimmer ihres Bruders. Im ersten Augenblick hatte er das Gefühl, in einem wüsten Durcheinander zu stehen. Da lagen Landkarten, Lexika, ein Mühlespiel, Atlanten, Hunderte von Zeitschriften in unterschiedlichen Sprachen, Bücher, und auf dem gesamten Boden verteilt Zettel mit Zeichen, die nach mathematischen Formeln aussahen.

Alle Gegenstände im Zimmer waren entweder nach Größe und Farbe sortiert oder von groß nach klein in einer Reihe aufgestellt. Worin die Ordnung der von Sienhaupt geschriebenen Notizen bestand, blieb ihm verborgen. Erkennbar war allerdings, dass sie angeordnet waren wie die Waschbetonplatten im Garten. Mit kleinen Inseln, in denen andere Gegenstände lagerten. Darunter auch ein Taschenrechner mit einem riesigen Ziffernblock.

Auf einem Regalbrett hatte er Figuren aus Überraschungseiern in Reih und Glied aufgebaut. Sie waren nach einem Prinzip sortiert, das Mangold nicht deuten konnte. Die Wände bestanden aus Regalen, in denen Bücher der Größe nach sortiert waren. Lexika, Jahrbücher, Verkehrsverbindungen in Großstädten.

»Wir müssen ihn immer beschäftigen«, sagte Ellen. »Peter ist eine Seele von Mensch, aber er braucht sein Quantum an Denkbeschäftigung, sonst wird er unruhig.«

Zu viel dürfe es andererseits nicht sein, denn dann würde er »überhitzen«.

»Man muss es beschränken können«, sagte Ellen Sienhaupt. Mit den Schachspielen, bei denen Sienhaupt gegen sich selbst antrat, hätten sie eher schlechte Erfahrungen gesammelt. Freude hätte Sienhaupt dagegen an Puzzles, aber da könne sie gar nicht so viele ranschaffen, weil er in der Lage ist, jedes Teil, das er gesehen hat, abzuspeichern und immer genau zu wissen, wo es hingehöre.

»Mit einem Computer haben wir ihn noch nicht konfrontiert«, sagte Ellen Sienhaupt.

»Er kann nicht mit Computern umgehen?«

Mangold war drauf und dran, diesen Unsinn abzublasen. Wie sollte Sienhaupt ihrem irren Savant Paroli bieten, wenn er noch nicht mal in der Lage war, mit ihm per Computer zu kommunizieren? Sollte der Mathe-Genius den Täter mithilfe eines Fahrplans aufspüren?

»Keinerlei Computererfahrung?«

»Ich bin mit Peter regelmäßig auf Tour zu irgendwelchen Forschern. Die lassen ihn schon mal mit den Tasten spielen, aber richtige Computererfahrung, nein. Ich hab keine Ahnung, was dann passiert. Er steigert sich so furchtbar rein, da muss man ein Maß finden. Nicht immer einfach.«

Mangold blickte auf die drei Windeln, die Sienhaupt akkurat übereinandergestapelt hatte.

Er wollte ihr gerade mitteilen, dass man noch ein wenig warten solle, da sagte sie: »Er weiß zwar nicht, um was es geht, aber er freut sich so auf die Arbeit mit Ihnen. Seit zwei Tagen ist er ganz aufgeregt, kann kaum schlafen. Sehen Sie das?«

Sie deutete auf einen dicken Wälzer mit sämtlichen Verkehrsverbindungen Hamburgs.

»Die hat er auswendig gelernt, seitdem ich ihm von unserem Gespräch erzählt habe. Er ist vorbereitet.«

Ellen Sienhaupt zwinkerte ihm zu.

Mangold unterdrückte ein Stöhnen. In diesem Augenblick polterte rückwärtsgehend Peter Sienhaupt die Treppe hinauf. An beiden Händen zog er Weitz hinter sich her und schob ihn dann in sein Zimmer.

»Chef, ich hab keine Ahnung, was er vorhat. Muss ich mir Sorgen machen?«

»Unsinn«, sagte Ellen Sienhaupt. »Er will Sie in sein Reich einführen. Das ist eine große Ehre.«

Sienhaupt legte sich auf den Boden. Mit den Armen machte er Bewegungen, als schwämme er durch das, was seine Schwester eben noch »sein Reich« genannt hatte.

»Iss ja gut«, sagte Weitz.

»Meine Güte«, sagte Ellen Sienhaupt, »er kann Sie wirklich gut leiden. Ist vollkommen aus dem Häuschen.«

Dann wandte sie sich an Mangold.

»Meinetwegen können wir.«

Sienhaupt griff sich einen dicken Band, in dem es, dem Umschlag nach, um Sternkonstellationen ging. Dann kramte er in seinen unbenutzten Windeln und steckte blitzschnell etwas in die Tasche.

»Sein Handy«, sagte Ellen Sienhaupt. »Manchmal ruft er jemanden an und unterhält sich mit ihm, und ich hab wirklich nicht die leiseste Ahnung, wer das sein könnte. Sie verstehen? Er versteckt das Handy und ich tu so, als wüsste ich davon nichts.«

Als sie auf die Autobahn Richtung Hamburg fuhren, nestelte Peter Sienhaupt an Mangolds Notebooktasche.

»Darf er sich's ansehen?«, fragte Ellen Sienhaupt.

»Sicher, aber Sie wollten doch nicht, dass er mit dem Computer ...«

»Richtig, nur befürchte ich, dass Sie bei dem, was Sie mir da geschildert haben, nicht so recht weiterkommen ohne Computer, stimmt's?«

»Sicher, aber einen Computerkurs können wir Ihrem Peter nicht anbieten.«

»Ich hab zwar keine Ahnung, wie die Dinger funktionieren, aber da machen Sie sich mal keine Sorgen.«

Sienhaupt klappte das Notebook auf und roch daran.

»Nichts zu essen«, sagte Weitz. »Du Hunger?«

»Entschuldigen Sie«, sagte Ellen Sienhaupt, »aber Sie sollten nicht mit ihm in der Babysprache reden. Er mag das nicht, und wenn er wütend wird ... na ja, dann hat er Schwierigkeiten, seine Körperöffnungen zu kontrollieren.«

»Schon klar«, sagte Weitz und sah Mangold mit zusammengepressten Lippen an.

Sienhaupt tippte auf die Taste für den CD-Auswurfschacht. Der Schlitten fuhr heraus und Sienhaupt drückte ihn wieder zurück. Dann wiederholte er diese Prozedur eine geschlagene halbe Stunde lang.

»Daran gewöhnt man sich?«, fragte Weitz.

Sienhaupt blickte auf und versuchte, Weitz von hinten zu umarmen.

»Peter, du siehst doch, dass Herr Weitz fahren muss«, sagte Ellen Sienhaupt.

Der Savant wandte sich wieder dem CD-Auswurfschlitz zu, schien aber plötzlich das Interesse daran verloren zu haben.

Mangold hörte plötzlich das Surren des Gebläses. Sienhaupt fuhr den Rechner hoch und beobachtete die Abfolge der Ziffern, die beim Booten auf dem Bildschirm erschienen.

Mangold drehte sich vom Beifahrersitz zu Ellen Sienhaupt, die neben ihrem Bruder saß.

»Sie sind sicher, dass Sie das wollen?«

Sie nickte, während ihr Bruder die Tasten ausprobierte.

»Jetzt ist er für die nächste Zeit beschäftigt«, sagte Ellen Sienhaupt. Mangold dachte erleichtert daran, dass er alle wichtigen Daten auf seinem USB-Stick gespeichert hatte.

»Scheint ihm Spaß zu machen.«

»Hab ich befürchtet«, sagte Ellen Sienhaupt. »Eine Kiste mit ungeahnten Möglichkeiten. Ein ganz großes Spielzeug.«

Weitz grinste, als er im Rückspiegel sah, wie Sienhaupt immer wieder eine Taste drückte und beobachtete, was auf dem Bildschirm passierte.

»Wird er denn überhaupt mitmachen?«, fragte Mangold, der immer noch nicht die blasseste Ahnung hatte, wie das eigentlich vor sich gehen sollte.

»Schlecht zu sagen, für manche Dinge begeistert er sich, für andere nicht.«

»Wie lange hat er denn schon diese Krankheit?«, fragte Weitz.

»Eine Krankheit ist das nicht«, sagte Ellen Sienhaupt. »Eher eine Begabung. Er ist anders, ganz anders als andere Menschen.«

Die Ärzte vermuteten, dass bei ihm eine Hirnschädigung während der Geburtsphase entstanden sei. Sicher seien sie aber nicht.

»Er hat nie richtig gesprochen, sondern sich immer durch Zettel mitgeteilt.« Die Kinderärzte hätten von Autismus gesprochen, aber der ganze Zirkus sei erst losgegangen, als Peter ein Mathematikbuch in die Finger bekommen hätte.

»Wenn ein Junge im Erstklässleralter die Zahl Pi berechnet, dann fällt das schon auf.«

Die Wissenschaftler hätten zahlreiche Untersuchungen durchgeführt und auch heute nehme Peter noch an Studien teil.

»Verstehen Sie das nicht falsch, aber es gibt auch mal Wutausbrüche, bei denen etwas zu Bruch geht.«

Ellen Sienhaupt lachte.

»Er ist ein Mensch«, sagte sie. »Kein seelenloser Zombie.«

Man müsse sich da einfühlen. Laute Geräusche machten ihm Angst, und manchmal auch eine Umgebung, die er nicht gestalten könne. Er baue immer alles um. Na ja, Peter interessiere sich eben für alle möglichen Dinge.

»Hat er eigentlich Kontakt zu anderen Savants oder Autisten?«, fragte Mangold.

»Wie soll das gehen? Andererseits verheimlicht mir Peter eine ganze Menge. Und für Überraschungen ist er jederzeit gut.«

Plötzlich begann Peter Sienhaupt zu schreien und stieß das Notebook von sich.

»Soll ich anhalten?«, fragte Weitz.

Ellen Sienhaupt legte ihre Hand auf den Hinterkopf ihres Bruders und blickte auf den Bildschirm.

»Das passiert auch, wenn er an Studien teilnimmt. Er mag das einfach nicht.«

»Computer, er mag keine Computer?«

»Diesen Befehlsschritt, bei dem man zwischen ›Ja‹, ›Nein‹ und ›Abbrechen‹ wählen kann. Er hasst es. Es passt nicht in seine Welt.«

Peter Sienhaupt zog das Notebook wieder zu sich heran und begann, Zahlenfolgen einzugeben.

Der Rest der Fahrt verlief schweigsam. Ellen Sienhaupt genoss es, die vorbeiziehende Landschaft zu betrachten, und ihr Bruder war nun völlig in den Computer und seine Geheimnisse versunken.

Als sie in der Tiefgarage des Polizeipräsidiums aussteigen wollten, verweigerte Sienhaupt die Herausgabe des Computers.

»Das hab ich befürchtet«, sagte Ellen Sienhaupt. »Geben Sie mir etwas Zeit, ich werde nachher mit ihm reden.«

»Nein, nein«, sagte Mangold. »Er kann ihn zunächst behalten. Vielleicht bekommt er Lust auf unser Spiel.«

Mangold beugte sich zu Ellen Sienhaupt.

»Könnten Sie sich vorstellen, dass jemand mit einem Savant-Syndrom, also dass er sehr schlimme Dinge macht?«

»Der Mann, den Sie suchen?«

Sie überlegte ein paar Sekunden und fuhr dann fort: »Peter ist auf seine Weise ein ganz normaler Mensch. Mit großen Begabungen und großen Handicaps. Warum sollte nicht jemand mit diesen Fähigkeiten auch böse Dinge tun?«

Sie machte eine Pause und blickte durchs Fenster in die Regenwolken, die über Hamburg hingen.

»Allerdings wäre das nicht in unserem Sinne böse«, sagte sie. »Wie es mit der Moral bei derart hochbegabten Menschen steht, weiß ich nicht. Ich liebe Peter, aber ich verstehe ihn nicht. Wir können uns in seiner Welt nicht zurechtfinden.«

Sie lächelte ihren Bruder an und sagte: »Da gibt es Zahlen, die riechen und Buchstaben, die Farben abstrahlen. Ungeheure Informationen, die in Gehirnregalen liegen und die sie einfach so herausziehen können. Peter macht das wütend, wenn ich ihn nicht verstehe, aber was soll ich tun? Ich geb mir ja Mühe.«

*

Gleich am nächsten Tag wurde für Sienhaupt und seine Schwester in einer Ecke des Sonderkommissionsbüros ein eigener Bereich hergerichtet. Weil er sich darauf besonders wohl fühle, wie seine Schwester sagte, wurde in einem Spielwarengeschäft ein mit Kugeln gefüllter Knautschsack gekauft. Ein alter Couchtisch, den Hensen beisteuerte, diente als Stellfläche für das Notebook.

Über eine kabellose Verbindung war sein Computer mit dem Internet verbunden. Kein Zweifel, die Welt der Bits und Bytes machte ihm Spaß. Ab und zu trat seine Schwester auf ihn zu und versuchte, seine Aufmerksamkeit von dem Gerät abzulenken. Doch das gelang nicht. Peter Sienhaupt lächelte zufrieden vor sich hin.

Zur Sicherheit hatte Mangold eine kleine Kamera an der Wand hinter Sienhaupt anbringen lassen, um zu überprüfen, ob sich etwas tat und was er überhaupt mit dem Computer anstellte.

Der Rechner wurde über eine Bluetooth-Verbindung mit einem zusätzlichen Speicher von fünf Terabyte verbunden. Mit einem speziellen Programm sollte der Datenverkehr Sienhaupts aufgezeichnet und jeder seiner Schritte verfolgt werden. Vorrangiges Ziel war es, den Killer aus der Reserve zu locken.

Sienhaupt hatte die Nummer des immer noch verschwundenen Handys von Carla Kanuk bekommen und die Aufzeichnung mit den Anrufen des Täters.

Dazu Informationen über Auffindeorte und biografische Angaben der Opfer, eine Internetadresse, über die Wetterdaten abgerufen werden konnten, Hinweise auf den Schachspieler Carl Carls und seine »Bremer Partie«, vor allem aber das veränderte da Vinci-Bild und die Zeichenabfolge.

Alle Fundortfotos, Pathologieberichte und Serienmörderdateien wurden ihm hingegen nicht zugänglich gemacht. Niemand wusste, wie er auf solch eine Ansammlung von Brutalität reagieren würde.

»Und wenn Schneeweißchen nun gar nicht im Netz ist? Eine Abneigung gegen Computer oder Technik hat?«, fragte Tannen.

Weitz hielt das für unwahrscheinlich, schließlich müsse er ja die Informationen über die amerikanischen Serientäter irgendwo herhaben.

»Ein Versuch«, sagte Mangold und sah zu Sienhaupt hinüber. Dann zupfte er sich am Ohrläppchen und sah Weitz an.

»Was hat die Hagenbeck-Ermittlung gebracht? Spuren auf den Uniformen, den Schubkarren oder an anderen Arbeitsgeräten?«

»Bis jetzt nur Tierblut«, sagte Weitz. »Die Uniformen sind vollzählig, den Wärtern ist nichts und insbesondere kein unbekannter Kollege aufgefallen. Die Nacht, in der die angeknabberte Leiche dort abgelegt wurde, war turbulent. Der Tierarzt ist zwischen mehreren Gehegen hin- und hergependelt, um Geburten zu überwachen.«

Aus Peter Sienhaupts Ecke kam schnaufendes Lachen, das einem Asthmaanfall glich.

Sein pinkfarbener Knautschsack ragte schon jetzt aus einem Meer von Zetteln heraus. Es waren Zahlenkolonnen und krakelige Buchstaben zu erkennen.

Plötzlich hob Sienhaupt beide Hände in die Höhe, als erwarte er jeden Augenblick etwas Besonderes. Er lachte in alle Richtungen ... und dann geschah es. Mangold sah sich verwirrt um. In unterschiedlichen Lautstärken, ganz nachdem, wie die Computer eingestellt waren, erklang »Dancing Queen« von Abba im Präsidium. Es schnarrte, Bässe wummerten im Rhythmus des Songs, und einige Computerlautsprecher klangen viel zu hell. Ein nicht ganz synchroner Gleichklang, der durch das Büro wehte und von den Fluren hereindrang.

Peter Sienhaupt wippte im Rhythmus des Liedes auf seinem Sack hin und her.

Ellen Sienhaupt sah ihn erschrocken an, konnte sich dann aber ein Lachen nicht verkneifen.

Peter Sienhaupt saß munter auf seinem zerknautschten Sessel, hob die Hände und dirigierte »Dancing Queen«.

»Er liebt Musik, und er liebt Abba«, sagte Ellen Sienhaupt entschuldigend. Einer der vielen Professoren, die Sienhaupt untersucht hatten, glaubte, dass es mit der besonderen Melodiestruktur der schwedischen Gruppe zu tun haben könnte. Die hätten ihre Songs mit einer leichten Asynchronität versehen, was den besonderen Halleffekt, den Sound von Abba ergab.

Kollegen stürmten in das Büro und sahen Mangold ratlos an. Dann musste er am Telefon den Abteilungsleiter beruhigen.

Nein, unser System werde er nicht torpedieren und ja, man habe alles unter Kontrolle.

Die Systemadministratoren konnten sich partout nicht erklären, wie Sienhaupt es geschafft hatte, auf das gesamte Polizeisystem zuzugreifen. Schließlich gab es verschiedene Schranken, die zu überwinden waren und die das System hermetisch von Eindringlingen abriegeln sollten.

Zwei Administratoren bestanden darauf, sofort die Festplatte, die Sienhaupts Aktivitäten aufzeichnete, zu analysieren.

»Später«, sagte Mangold. »Später.«

Viktor Riehm, Verantwortlicher für das Computersystem des Präsidiums, ließ sich von einer sofortigen Überprüfung nicht abbringen.

»Es reicht schon, dass du externe Computerfreaks hier anschleppst. Mangold, wir haben ein Sicherheitsleck und damit oberste Priorität, genau das zu stopfen. Weiß der Teufel, was Ihr Genie da noch angerichtet hat.«

Interessiert sah Peter Sienhaupt zu, wie einer der Techniker sein Notebook an die externe Festplatte stöpselte und die Daten überspielte. Er versuchte den Knopf für die CD-Auswurfklappe zu betätigen, um damit den fremden Computer vom Tisch zu schieben, doch der Polizist hielt sein Notebook fest.

Zwei Stunden dauerte die Analyse. Sienhaupt hatte einen Trojaner programmiert, der sich durch das Intranet der Polizei bewegte und dabei Daten über Passwörter und Zugriffscodes sammelte. Anschließend war der Virus mit einer Datei ins Internet gelangt, hatte sich bei Youtube den Abba-Song »einverleibt«, wie Viktor Riehm sagte, und war dann »heimgekehrt«.

»Wie der gebaut war, um von außen die Sicherheitsschranken zu überwinden, wissen wir nicht. Wir hoffen inständig, dass es nur möglich war, weil Sienhaupt ihn innerhalb des Intranets, innerhalb der polizeiinternen Kommunikationswege gestartet hat. Wenn nicht, hat er eine offene Tür entdeckt, und das wiederum wäre schlichtweg eine Katastrophe.«

Auch eine Modifizierung des Window-Programms hatte Sienhaupt vorgenommen und die Bestätigungsmeldungen durch Codes ersetzt, die »irgendetwas mit dem Betriebssystem« machten.

»Kann er unser Computersystem zum Abstürzen bringen?«

»Mangold, lassen Sie es mich so sagen: Wenn dieser Typ einen Computer in der Hand hat, ist es ungefähr das Gleiche, als würden Sie eine scharf gemachte Atombombe in einem Kindergarten aufstellen und die Schalter mit Gummibären versehen.«

»Sie meinen, wir sollten ihm das Ding wegnehmen?«

»Wie wollen Sie jemandem einen Computer wegnehmen? Der braucht doch nur ins Internetcafé zu gehen. Mangold, wir können froh sein, dass wir ihn unter Kontrolle haben. Allein diesen Virus wirklich zu entschlüsseln, den er da gebaut hat ... wir werden Tage damit zu tun haben und eine Menge Geld dafür ausgeben, weil wir dafür externe Firmen brauchen. Ich fühle mich, als wäre ich gerade mal in der Lage, einen Akkubohrer zu bedienen.«

»Ein Hang zum Theatralischen?«, fragte Mangold.

»Das ist die bittere Wahrheit. Und glauben Sie mir, ich bin nicht stolz darauf. Sehen Sie zu, dass Ihr Genie uns nicht pulverisiert, also immer schön nett sein zu dem

Mann, ja? Ich würde mir den ja gern mal ausleihen, wenn ihr ihn nicht mehr braucht. Das Blöde ist nur, dass ich ihn gar nicht verstehen würde. Zu mehr als einem normalen Informatikstudium hat's bei mir nicht gereicht, sorry.«

»Wo steckt eigentlich die Psychologin?«, fragte Mangold.

Tannen brummte ein »Keine Ahnung«.

»Was ist mit diesen Samenbanken, kommen wir da weiter?«

»Den Gerichtsbeschluss habe ich mit einer zweiten Mail verschickt, bis jetzt Fehlanzeige«, sagte Tannen.

Hensen saß vor seinen auf dem Tisch ausgebreiteten Skizzen. Auf ein Blatt malte er in großen Buchstaben »Dante« und »Lebensweg«.

»Die erste Nachricht?«, fragte Mangold.

Hensen nickte düster.

»Es muss einen Grund geben, warum er uns dieses Zitat aus der Göttlichen Komödie geschickt hat. Bis jetzt kam kein Hinweis ohne einen tieferen Sinn. Aber damit tappen wir völlig im Dunkeln.«

»Wir gehen durch den finsteren Wald, möglich, dass es nur eine Eröffnungsrede für sein perverses Spiel ist.«

Hensen befestigte den Zettel an der hinter ihm hängenden Pinwand.

»Ich kümmere mich mal um Kryptologie«, sagte er. »Wir wissen immer noch nicht, was er mit dieser Zeichenabfolge auf dem Tischtuch des Letzten Abendmahls meint, die wir auch im Wohnwagen-Rollo gefunden haben.«

Plötzlich sah Tannen auf, und Mangold konnte sehen, wie ihm alle Farbe aus dem Gesicht wich.

»Wie kommst du hier rein?«, stammelte er.

Erst jetzt bemerkte Mangold die Frau, die ihm vom Eingang her zuwinkte. Eine atemberaubende Erscheinung.

Die weißblonden Haare fielen über ihre weiße Bluse bis zum cremefarbenen Rock. Die ohnehin langen Beine wurden mit einer weiß durchwirkten Strumpfhose verlängert. Auf ihren rosa Pumps schwebte sie an den Schreibtischen vorbei.

»Hendrik, hallo.«

Mangold sah erstaunt zu Tannen, der sich mit einem verzweifelten Gesichtsausdruck von seinem Schreibtisch erhob. Selbst Sienhaupt blickte auf und winkte der Frau begeistert zu. Sie winkte fröhlich zurück.

»Das ist ja ein lustiger Verein, das hast du mir gar nicht erzählt«, sagte sie.

»Joyce, wie bist du hier reingekommen?«

»Ich massiere eurem Chef den Nacken.«

»Wirch?«

»Dem Präsidenten. Ich hab gedacht, wo ich schon mal da bin, kann ich auch was für deine Entspannung tun.«

Hensen ließ vor Begeisterung seinen Bleistift auf die Tischplatte fallen und sah Mangold viel sagend an.

»Wie iss es?«, sagte Joyce zu Tannen. Der schüttelte den Kopf und sagte: »Komm, wir gehen in die Kantine.«

»Keine Massage, keine Blitzentspannung?« Dann wandte sie sich an die gesamte Runde und rief: »Niemand hier, der eine Massage gegen den Stress gebrauchen kann?«

Zaghaft meldete sich erst einer, dann zwei der Kollegen, auch Hensen streckte seine Hand wie ein braver Schuljunge in die Höhe. Es folgte ein Gelächter, dem sich nur Tannen nicht anschließen mochte.

»Nein, im Ernst, ich wollte mal sehen, wo du arbeitest«, sagte sie.

Tannen stellte ihr Mangold vor.

»Das mit der Massage für den Chef war ein Scherz, oder?«, fragte Mangold.

»Absolut nicht«, sagte sie. »Ich bin so eine Art mobile Masseurin und Yoga-Lehrerin. Meine Massagebank steht draußen, wollen Sie sie sehen?« Mangold vertröstete sie auf ein andermal, denn im Moment sei es ganz schlecht.

Während sie sich auf Tannens Schreibtisch setzte, raunte Hensen Mangold zu: »Hätte ich Tannen gar nicht zugetraut.«

Mangold druckte die Zeichenfolge aus und sah sich den Zettel an. Was mochten diese Blütenform, der Kopf, eine Art Spaten, ein laufender Mensch und ein Baum bedeuten?

»Joyce, lieber nicht«, sagte Tannen, doch seine Freundin ließ sich nicht aufhalten und wandte sich an Mangold.

»Sie haben doch nichts dagegen, wenn ich Ihrem Superhirn da hinten eine Nackenmassage verpasse?«

»Nur zu, wenn seine Schwester einverstanden ist«, sagte Mangold.

»Kryptologie?«, sagte sie und deutete auf den Zettel, den Mangold vor sich liegen hatte.

»Kennen Sie sich damit aus?«

»Leider nicht, ich hab im achten Semester von Ethnologie auf vergleichende Religionslehre umgesattelt. Keilschrift hab ich ja kennen gelernt, aber die ist in der Regel spärlicher gestaltet, schneller in Ton zu ritzen. Allerdings kommt mir das bekannt vor. Haben Sie es mal mit ägyptischen Hieroglyphen aus der Zeit des Alten Reiches probiert? 2707 bis 2639 v. Chr.?«

Dann trat sie auf Sienhaupt zu und fragte ihn mit einer

Geste, ob sie ihn anfassen durfte. Sienhaupt hüpfte begeistert auf seinem Knautschsessel.

Hensen gab Mangold ein Zeichen.

»Unglaublich«, zischte er. »Warum trifft man solche Frauen nicht einfach so ... und bevor andere sie treffen?«

Tannen schielte zu seiner Freundin und wandte sich wieder seinem Computer zu.

Während Joyce den Nacken von Sienhaupt massierte, blickte der sie von unten über die Schulter an, als stände er kurz davor, ihr einen Heiratsantrag zu machen.

Mangold nahm den Zettel mit dem Ausdruck der Zeichen und brachte ihn Sienhaupt. Der räkelte sich unter den Händen der Masseurin wie eine Katze und griff sofort zu. Dann begann er, die Zeichen mit Buntstiften auszumalen.

»Er versteht sie besser, wenn sie farbig sind«, sagte Ellen Sienhaupt, die sich in ein Buch über Neurobiologie vertieft hatte.

»Hat er schon dran gerochen?«, fragte sie.

»An den Zeichen?«

»Schade, vielleicht interessiert es ihn später.«

Weitz hatte einen Zwischenstand zum Opfervergleich in das Internetforum gestellt. Bis jetzt war er auf keine Gemeinsamkeiten gestoßen. Keine bekannten gemeinsamen Wohnorte, das Alter war unterschiedlich, und auch bei Hobbys, Berufsausbildung, Schulbildung oder Arbeitsplätzen fehlten Überschneidungen. Dennoch war sich Mangold sicher, dass sie nicht rein zufällig ausgesucht worden waren.

Auch die Tatzeiten ergaben keine Überschneidungen mit Feiertagen, Vollmond oder Ähnlichem.

Die Berichte der Gerichtsmediziner hatten im Wesentlichen die kopierten Mordmethoden dokumentiert. Besondere Spuren in Form verwertbarer DNA, Fingerabdrücke etwa auf den Augäpfeln oder Fingernägeln, konnten sie nicht entdecken.

Ein äußerst ungewöhnlicher Umstand, denn nach Aussagen des Professors, der die Obduktionsergebnisse zusammengefasst hatte, musste es Berührungspunkte, musste es eine Kontaminierung geben. Schließlich stießen da zwei lebendige Organismen aufeinander. Da wäre es nur normal, dass Hautschuppen, Sporen, Pollen, ein Fussel oder Ähnliches von dem einen Körper auf den anderen gelangte.

Auch die Untersuchung der Auffindeorte versprach keinerlei Hinweise. Jede Menge Spuren zwar, aber sie waren eindeutig gelegt, also inszeniert oder eben nicht dem Täter zuzuordnen.

Auch ein handfestes Motiv fehlte, außer vielleicht dem, sich als großartigstes und klügstes Exemplar eines Serienmörders zu präsentieren, das seit Anbeginn der Zeiten existiert hatte. Ein Monsterhirn mit Monstergedanken und, ja, eben auch mit Monstertaten.

Die beiden ermordeten Frauen waren Singles. In ihren Computern waren keinerlei Hinweise auf gemeinsam besuchte Kontaktbörsen aufgetaucht. Ebenfalls keine Funde im Mail-Eingang. Keine gespeicherten Liebesschwüre oder Verabredungen, keine ausgehenden Handy-Anrufe, die zu einem Unbekannten führten.

Auch Tannens akribische Befragung von Nachbarn und Freunden war bislang ergebnislos geblieben.

Carla Kanuk hatte zurückgezogen gelebt, Charles Annand in verschiedenen Bars als Kellner gearbeitet und als Einziger eine feste Beziehung. Ein polizeilich unbeschriebenes Blatt war das jüngste Opfer. Leonie Jahn hatte gerade ihre Ausbildung in einem Krankenhaus begonnen und wurde von ihren Kolleginnen als aufgeschlossen und freundlich geschildert. Mit einem Schulfreund aus ihrer Heimatstadt hatte sie regelmäßigen Kontakt gehalten.

Unklar war, wie der Täter es geschafft hatte, die Leiche im Wohnwagen zu drapieren, ohne von den Hunden angegriffen zu werden. Keine Hinweise auf die Herstellung des Gebisses, mit dem Charles Annand traktiert wurde.

Mit einem »Essen fertig« rauschte der indisch aussehende Pizza-Bote in das Büro. Sein Goldzahn blitzte, als er die Fertiggerichte auf dem großen Konferenztisch abstellte. Sienhaupt blickte unvermittelt auf und schnupperte in die Luft.

»Er liebt Pizza«, sagte Ellen Sienhaupt und lachte. »Eine seiner ganz großen Leidenschaften.«

Sienhaupt hielt es nicht länger auf seinem Knautschsessel. Er trabte auf den Pizza-Boten zu und umarmte ihn. Nachdem der sich von dem Schreck erholt hatte, fragte er: »Salami, Peperoni oder Schinken?« Er sah sich fragend um und stellte dann Hensen die Kartons auf den Schreibtisch.

Sienhaupt kicherte, setzte sich an den Konferenztisch und stopfte sich eine Serviette in den Ausschnitt seines gelben Pullovers. Dann wedelte er mit den Händen in der Luft. Als Hensen ihm auf gut Glück den Karton mit der Salamipizza geöffnet und vor ihn gestellt hatte, begann er sofort in eines der dreieckig geschnittenen Stücke zu beißen.

Der Pizza-Bote sah ihm lächelnd zu.

»Appetit«, sagte er zu Mangold.

Der zückte sein Portemonnaie und fragte: »Was macht das?«

Das Gesicht des Pizza-Lieferanten war erstaunt und abwehrend.

»Auf Konto«, sagte er. »Rechnung kommen mit Computer, schnell wie der Wind. Geld mit Überweisung.«

»Meinetwegen«, sagte Mangold, der beschloss, umgehend Kaja Winterstein zu fragen, wie sie die Zahlungsmodalitäten geregelt hatte.

Der Bote winkte Sienhaupt zu, der verschmitzt und glücklich zurückwinkte und sich dann über die Lippen strich.

Keinen Krümel auslassen, dachte Mangold.

»Da werd ich ja nicht mehr gebraucht«, sagte Joyce, die auf ihren Pumps durch den Raum schritt. Als hätte sie seine Blicke bemerkt, drehte sie sich um und sagte zu Mangold:

»Laufen ist nichts als eine Yoga-Übung, hat mit Balance zu tun. Body and Soul.«

Auch sie winkte Sienhaupt zu, der sich seine Serviette aus dem Pulloverausschnitt riss und damit zurückwinkte. Im Vorbeigehen gab sie Tannen einen Kuss. Der war so verdattert, dass er sich erst im Nachhinein wegduckte.

Sienhaupt wischte sich mit dem Handrücken den Mund, tänzelte vergnügt zu seinem Knautschsessel und widmete sich wieder dem Computer.

Schon eine seltsame Truppe, dachte Mangold.

Für den heutigen Abend nahm er sich vor, die letzten beiden Flaschen Cognac in Angriff zu nehmen. Vielleicht konnte er Hensen überreden, ihn dabei zu unterstützen.

Plötzlich hüpfte Peter Sienhaupt auf ihn zu und überreichte ihm einen Zwanzig-Euro-Schein.

»Die Pizza geht aufs Haus«, sagte Mangold und: »Vielen Dank, Sie waren selbstverständlich eingeladen.«

Doch Sienhaupt weigerte sich, das Geld zurückzunehmen.

»Das ist neu«, sagte Ellen Sienhaupt. »Peter, du musst hier doch nicht bezahlen.«

Sienhaupt schüttelte den Kopf und stampfte mit den Füßen auf den Boden.

Hensen bedeutete Mangold mit einer Geste, den Schein anzunehmen. Als er einen Blick darauf warf, war die Ziffer des Scheins mit einem Stift umkreist und darunter standen die Ziffern, die sie auf dem veränderten da Vinci-Bild und am letzten Tatort gefunden hatten. Gleich daneben eine lange Nummer, die genauso viele Ziffern aufwies wie die Nummer des Geldscheins.

»Das ist eine Gleichung«, sagte Hensen. »Aber woher hat er die, was bedeuten die Zeichen? Wenn er sie entziffert hat, muss er einen Schlüssel haben.«

»Frau Sienhaupt, könnten Sie ihn fragen, wie er darauf kommt? Es ist wichtig.«

»Das wird er Ihnen nicht verraten. Das Ganze ist für ihn ein Spiel, und wie ich ihn kenne, ist es genug für heute. Ich denke, wir fahren zurück ins Hotel.«

»Aber ...«

Ellen Sienhaupt schüttelte energisch den Kopf.

»Tut mir leid, aber wenn Sie es überziehen, wird er gar nichts mehr machen. Ich kenne das. Glauben Sie mir, es ist auch in Ihrem Interesse, dass wir jetzt eine Pause machen.«

Mangold willigte ein und ließ die beiden von zwei Beamten ins Hotel fahren.

»Ran an die Festplatte«, sagte Mangold, als er vom Flur zurückkam. Ein Computerexperte war nicht greifbar, also rief Hensen Carlos Wenger an, der für ihn auch das Internetforum aufgebaut hatte.

Eine halbe Stunde später öffnete Wenger die Tür.

»Wo brennt's?«, fragte er und sah sich um.

Mangold erklärte ihm, dass man dringend den Datenverkehr von Sienhaupt überprüfen müsse.

»Jetzt?«

Gähnend verband er seinen Laptop mit der Festplatte und öffnete die Verlaufsanzeige.

»Donnerwetter«, sagte er. »Er hat die Zeichenfolge verschlüsselt und das Ganze dann mit einem kleinen selbst geschriebenen Robot-Programm versehen.«

»Er hat was?«

»Nun, er hat ein Suchprogramm geschrieben, das mit den Zeichen auf dem Buckel durch das Netz rast, andere Seiten scannt und meldet, wenn es Ähnlichkeiten entdeckt.«

»Das ist unmöglich«, sagte Hensen. »Der Mann hat nach Aussagen seiner Schwester heute das erste Mal an einem Computer gesessen. Wir durften zwar ein kleines Konzert mit anhören ...«

»Ausgeschlossen«, sagte Wenger. »Es ist ein ziemlich cleveres Programm, klein und hocheffizient. Sehen Sie hier, der Computer hat die einlaufenden Ergebnisse abgeglichen und eine Fehlermeldung nach der nächsten rausgeworfen. Das sind unglaubliche Datenmengen, die er gleich wieder hat löschen lassen, um das System nicht zu überladen.«

»Gibt es Treffer?«

Wenger drückte zwei Tasten, und Zahlenkolonnen rasten herunter. »Hier sehen Sie, Treffer eins ... mein Gott, der Diskos von Phaistos. Da versucht Sie einer aber mächtig auf die Schippe zu nehmen. Ist das ein Fortbildungsseminar in Kryptoanalyse oder was?«

»Diskos von Phaistos«, wiederholte Hensen. »Das ist doch der Linear-B-Schrift ähnlich und noch nicht entziffert.«

Carlos Wenger kratzte sich mit den Fingernägeln über die hohe Stirn.

»Würd mich nicht wundern, wenn wir hier gleich die Übersetzung des Textes finden.«

Der Computerexperte durchsuchte weiter die Festplatte und stieß dabei auf Unterprogramme, die sich Sienhaupt aus dem Internet »gesaugt« hatte und von denen er nicht sagen konnte, was sie »machten«.

Als Hensen fragte, ob man zumindest herausfinden könne, wozu die dienten, schüttelte der Techniker energisch den Kopf.

»Ich werde einen Teufel tun und sie in Gang setzen. Ich will hier nicht den dritten Weltkrieg auslösen, und das nur, weil ich neugierig bin.«

»Weitere Treffer?«

Wieder ließ der Computerexperte die Zahlenreihen durchlaufen. Eine Zahlenreihe leuchtete auf, und Carlos Wenger kopierte die komplette Zeile.

»Eine Internetadresse«, sagte er und kopierte sie in die Adresszeile.

Auf dem Bildschirm erschien eine Website, die sich »Eurowhereareyou« nannte.

»Euro, wo bist du?«, fragte Hensen.

»Keine Ahnung«, sagte der Computer-Experte und rief den Button »Wir über uns« auf. Über diese Seite konnte jeder, der Mitglied wurde, die Reisewege seiner Euroscheine verfolgen. Vorausgesetzt, die Mitglieder gaben brav die Nummern der Geldnoten ein, die sie in der Tasche hatten.

»Wer um Himmels willen gibt die Nummern von Banknoten in den Computer?«, sagte Hensen. Statt einer Antwort markierte Wenger die Zeile »über eine Million Mitglieder«.

»Und wo ist jetzt die Zeichenfolge, die Sienhaupts Programm angeblich entdeckt hat?«

Sie durchsuchten die Seiten, doch die Zeichenfolge war nicht zu entdecken.

»Einen Moment«, sagte der Computer-Experte und rief mit ein paar Tastendrucken den Quelltext auf, der den gesamten Webauftritt steuerte.

»Da sind sie«, sagte er. »Verborgen im Quellcode, und der ruft genau die Scheinnummer auf, die Mister Unglaublich auf den Geldschein geschrieben hat.«

Das Seltsame war, dass der Schein in Rhodos-Stadt kursierte.

»Diskos von Phaistos, jetzt Rhodos ... der Typ muss eine Vorliebe für Griechenland haben.«

»Oder er will uns etwas mitteilen, das wir unbedingt begreifen sollen. Kannst du dir vorstellen, dass er uns auf einen anderen Serientäter aufmerksam machen will?«

»Warum sollte er, wenn er selbst so bestialisch vorgeht?«

»Kann sein, dass ihm Unrecht oder etwas Übles geschehen ist. Vielleicht ist seine Tochter, sein Sohn oder seine Frau dort ums Leben gekommen, ich werde das überprüfen.«

»Und warum macht er ausgerechnet uns darauf aufmerksam?«

»Für ihn ist die deutsche Polizei zuständig.«

Carlos Wenger überprüfte einige Teile des von Sienhaupt geschriebenen Programms.

»Sicher, ein paar Anfängerfehler und Unsauberkeiten, aber alle Achtung.«

Sienhaupt hatte zahlreiche Internetdienste, die meteorologische Daten, Sternkonstellationen oder geografische Daten übermittelten, genauestens durchforscht.

»Anzeichen für den Kontakt zu einem anderen Internetnutzer?«

»Kann ich nicht feststellen. Da er kein Mailfach hat, dürfte das allenfalls über die besuchten Seiten oder Blogs funktionieren. Normale Passwörter sind für den Mann kein Hindernis. Der scheint richtig Spaß daran zu haben, die zu knacken.«

Weitere Besonderheiten konnte er nicht feststellen. Ob denn mit der Bedienung der Internetgruppe alles liefe, wollte er wissen. Neugierig betrachtete er die mit Fotos, Skizzen und Notizen versehenen Pinwände.

Mangold bejahte und Wenger entschuldigte sich. Er müsse dringend eine Mütze Schlaf »abbeißen«, die letzten zwei Tage hätte er für einen Verlag das Netzwerk warten müssen, und da sei einiges schiefgelaufen.

»Ich verschwinde dann mal«, rief er ihnen beim Hinausgehen zu. Dann drehte er sich noch einmal um und sagte: »Sollten Sie später die Festplatte entbehren können, die wir uns eben angesehen haben, ich würde was springen lassen, wenn ich sie mir eine Nacht ausleihen dürfte.«

»Beweismaterial«, sagte Mangold und wünschte ihm einen guten Abend.

Mangold war gerade dabei, die Berichte des Gerichtsmediziners in die Datenbank zu laden, als das Telefon klingelte.

»Leonie«, sagte Kaja Winterstein.

»Was ist mit Ihrer Tochter?«

»Sie hat sich nicht gemeldet. Auch bei ihrem Vater nicht.«

»Aber ...«

»Ich bin in Zürich.«

»Wieso Zürich, ich meine ...«

»Weil ich Leonie gestern persönlich in die Maschine nach Zürich gesetzt habe. Es sieht aus, als wäre sie nie hier angekommen.«

## 16.

Die heruntergekurbelte Scheibe brachte keine Erleichterung. Selbst jetzt am Abend wehte ein warmer Wind durch Rhodos-Stadt.

Der griechische Taxifahrer ließ Hensen direkt an der Festungsanlage aussteigen und bedeutete ihm, dass er den Rest wohl oder übel zu Fuß gehen müsse.

Hensen zog polternd seinen Koffer durch das erste Tor und blickte hinunter auf den trockengelegten Burggraben. Im Mondlicht waren dort neben den Palmen auch die zusammengetragenen Steingeschosse zu sehen, mit denen die Burganlage im 16. Jahrhundert sturmreif geschossen worden war. Errichtet hatte den gewaltigen Komplex der Johanniterorden, der hier verletzte Kreuzritter pflegen wollte und auf die Rückeroberung Jerusalems wartete.

An den Festungsmauern erkannte Hensen die Schilde dreier Ritter. Die gesamte Anlage, die zu den besterhaltenen aus dieser Zeit zählte, gehörte zum Weltkulturerbe der UNESCO.

Hensen zog seinen rumpelnden Koffer einen steinigen Pfad entlang, der in das Innere der Burg führte. In den kleinen Gassen und ummauerten Hinterhöfen hätte sich wohl niemand gewundert, wenn ein Ritter in einer quietschenden Rüstung um die Ecke gescheppert wäre.

Das Geräusch von Metall, das auf Steine schlug. Ein griechischer Gemüsehändler zog seine Waren auf einem

Karren an den bewohnten Burggebäuden vorbei. Seine Haltung war gebückt, das Gesicht müde und wettergegerbt.

Hensen konnte sich nicht erinnern, jemals durch ein so gut erhaltenes Relikt des Mittelalters geschritten zu sein.

Eine Anlage, die bewohnt war. Er durchquerte einen Torbogen und stand vor einer bröckelnden Moschee.

Den Weg zur Pension wies ihm ein Mädchen, das in einem Touristenshop in einer der Wehrmauern T-Shirts, Badehosen und Bikinis verkaufte.

Nach dreißig Metern stand er vor einer kleinen Anhöhe, auf der sich die Pension befand. Zwei der Außenwände des Gebäudes waren praktischerweise Teile der mittelalterlichen Wehranlage. Zwei weitere Mauern hatte man in einem ähnlichen Steindekor hochgezogen.

Hier war der Geldschein, dessen Nummer Sienhaupt zusammen mit den seltsamen Zeichen im Internet aufgespürt hatte, an der Rezeption ausgegeben worden. Und kaum dreißig Meter entfernt hatten drei Fischer, die jetzt Touristen an nahe gelegene Strände brachten, in einer Mauernische eine furchtbare Entdeckung gemacht. Nur notdürftig in Zeitungspapier eingeschlagen winkte ihnen aus der Mauer eine abgehackte menschliche Hand zu.

Hensen beschloss, sich die Stelle bei Tageslicht genauer anzusehen.

Wollten sie einen Schritt schneller sein als der mörderische Savant, mussten sie den Informationen folgen, die Peter Sienhaupt aus dem Netz gegraben hatte. Schneller, als es Schneeweißchen ahnte. Sehr wahrscheinlich war, dass er nicht damit rechnen konnte, dass sie in dieser Geschwindigkeit den Hinweis auf den Geldschein fanden. Der Mann spannte ein gewaltiges Netz von Informationen und geheimen Nachrichten, doch noch immer war unklar, was er damit bezweckte. Hatte er tatsächlich all das inszeniert, um Kaja Wintersteins Tochter zu entführen? Wozu die Morde im Vorwege, wozu die Geheimbotschaften, Rätsel und Drohungen, wenn sie seinen Hinweisen nicht energisch nachgingen?

Jetzt also Rhodos!

Der Geldschein, auf den sie aufmerksam gemacht worden waren, war der erste Hinweis. Entscheidend für seine, Hensens, Reise aber war eine Anfrage der griechischen Polizei gewesen.

Die hatte sich an die deutschen Kollegen gewandt, weil man auf Rhodos eine junge Hamburgerin vermisste, die zu einer Reisegruppe gehörte. Die Anfrage war auf dem Schreibtisch von Mangold gelandet. In dem Bericht wurde auch ein Geldschein erwähnt. Auf eine eilige Anfrage hin stellte sich heraus, dass er die gleiche Nummer trug wie der Geldschein, auf den Peter Sienhaupt auf der Internetseite »Eurowhereareyou« gestoßen war.

Gut möglich, dass der Täter seine Inszenierung noch nicht ganz abgeschlossen hatte. Auch wenn Hensen nicht mit Wundern rechnete, es war ratsam, sich diesen Auffindeort aus der Nähe anzusehen.

Die griechischen Behörden hatten Fingerabdrücke von der abgetrennten Hand genommen und per Mail nach Hamburg geschickt. Da Leonie bisher nicht erkennungsdienstlich behandelt worden war, waren die Kollegen auf dem Weg in Kaja Wintersteins Villa, um Vergleichsabdrücke zu nehmen. Stammte die Hand von der Tochter der Psychologin? Und wie war sie nach Rhodos gekommen?

Mangold arbeitete weiter mit Sienhaupt daran, neue Spuren von Schneeweißchen im Netz zu finden. Nach

Mangolds Schilderungen kannte Sienhaupts Begeisterung für Computer keine Grenzen mehr.

Tannen überprüfte gerade, ob in dem Internetforum weitere Scheine notiert waren, die mit ihrer Mordserie in Verbindung standen. Relativ schnell fündig war er mit einem Geldschein geworden, der in Carla Kanuks Handtasche steckte. Geldscheine von mehr als 16 Milliarden Euro wurden über diese Seite verfolgt.

Wen interessierte das? Tausende von Scheinen waren in den letzten Jahren durch seine Hände gegangen. Er hatte mit ihnen Autos bezahlt, Hemden oder Lebensmittel. Sie waren durch die Hände von Dealern oder Priestern gegangen, waren Liebeslohn gewesen und Entgelt für mehr oder weniger harte Arbeit, konnten als Bonus, Rente oder Lohn ausgezahlt worden sein. Doch sie waren immer nur Papier geblieben, ein Gegenwert. Und jetzt gab es Menschen, die verfolgten, was ihnen durch die Finger geglitten war, als wollten sie sein Schicksal festhalten und sich damit verbinden.

Der Betreiber der Seite lebte in Südfrankreich und ließ sich bislang nicht auftreiben.

Hensen wuchtete seinen Koffer auf den Schrank. Das Zimmer wurde nahezu vollständig durch das Doppelbett ausgefüllt.

Hierher hatte der Täter ihn geschickt. Doch was sollte er hier? Eine neue Leiche finden? Versuchte der Täter, ihn mit dieser verordneten Odyssee vom Fall abzuziehen? Warum diese Ehre, schließlich tappte die Sonderkommission weiter im Dunkeln. Oder hatten sie doch, ohne es zu merken, eine wunde Stelle dieses mörderischen Überfliegers erwischt? Von ihrer neuesten »Geisteswaffe«, diesem Peter Sienhaupt, konnte er allerdings noch nichts wissen.

Mit seinem Zeichenblock und dem Handy verließ Hensen das Zimmer und stieg eine kleine Wendeltreppe hinauf in die Bar. Hier von der Dachterrasse aus sah man zur Hafeneinfahrt und über die Dächer der sich aneinanderschmiegenden Häuser. Von den Touristenströmen, die sich außerhalb der Burganlage durch die Gassen von Rhodos-Stadt wälzten, keine Spur. Dafür alte Getreidemühlen, Burgzinnen und die aus der Anlage herausstrebenden Palmen und Platanen. Ein böiger Wind brachte ihre Kronen zum Wiegen und wirbelte die Getränkekarte vom Glastisch vor ihm auf.

Er bestellte sich ein Amstel und schlug dann seinen Skizzenblock auf.

\*

Mangold trommelte ungeduldig auf den Tisch. Die Kollegen mussten jeden Augenblick mit Leonies Vergleichsfingerabdrücken in der Kriminaltechnik sein. Nach Kajas Zustimmung waren zwei Kollegen von der Kriminaltechnik in die Villa gefahren und hatten im Zimmer des Mädchens Fingerspuren gesichert. Ihm ging das alles zu langsam.

Gern hatte er Kaja nicht um die Erlaubnis gebeten. Auch die abgetrennte Hand hatte er verschwiegen.

Ob er die Fingerabdrücke ihrer Tochter mit etwas Konkretem vergleichen wolle, hatte sie geargwöhnt. Er hatte gelogen.

Weitz hatte sich inzwischen Zugang zur Wohnung der vermissten Touristin verschafft und ebenfalls Fingerabdrücke gesichert.

Spätestens in einer halben Stunde würde man die Abdrücke mit denen aus Griechenland vergleichen können.

Mangold sah hinüber zu Peter Sienhaupt. Der saß auf seinem Knautschsessel und sprach mit dem Bildschirm. Oder mit sich selbst. Wer wusste das schon so genau zu sagen? Mangold mochte seine kindliche Art, mit der er alles untersuchte, was ihm in die Finger kam. Er hätte ihn gerne Vera vorgestellt.

Schon am Morgen hatte der Savant eine Seite mit Geräuschen im Internet entdeckt. Seitdem knirschte, krachte und quiekte es aus dem Notebook. Doch die Geräusche wurden nicht durcheinander abgespielt, sondern tauchten in melodischen Zweier-Folgen auf.

Mangold hatte ihm noch einmal eine Karte mit den eingezeichneten Auffindeorten der Opfer überreicht. Ausgeschlossen war nicht, dass die ebenfalls auf etwas hindeuteten, womöglich sogar den Auffindeort des nächsten Opfers verrieten.

Da der Unbekannte die Leichen vom Tatort wegschaffte, musste die Auswahl der Auffindeplätze für ihn eine Bedeutung haben. Sienhaupt hatte immerhin an dem Blatt gerochen.

Er sorgte gerade für ein kräftiges Schrillen, als auch das Telefon von Mangold einen Anruf signalisierte.

»Sie sind im Spiel, nicht wahr?«, sagte die monotone Stimme am anderen Ende der Leitung.

»Was wollen Sie? Können wir nicht spielen, ohne dass Menschen umgebracht werden?«

»Sie haben die Regeln nicht verstanden?«

»Gibt es eine … eine Forderung? Geld? Eine Erklärung, die wir abgeben sollen?«

»Nichts, das Sie mir geben könnten, Hauptkommissar Mangold, und wissen Sie, warum?«

»Verraten Sie es mir.«

»Weil ich es schon habe.«

»Wen oder was haben Sie?«

»Im dunklen Wald lauern Überraschungen, Mangold. Du weißt nie, was dir hinter dem nächsten Baum begegnet.«

»Ich mache Ihnen ein Angebot«, sagte Mangold. Noch hatte er Leonie nicht erwähnt. Meinte er überhaupt Kaja Wintersteins Tochter mit diesem »Weil ich es schon habe«?

»Hic Rhodos hic salta«, sagte die Stimme.

»Rhodos, schön, Rhodos«, sagte Mangold. »Es müssen keine unschuldigen Menschen mehr sterben, damit dieses Spiel weitergeht. Wir wissen, dass wir Ihren Hinweisen folgen sollen. Wir sind im Spiel, einverstanden.«

»Keine unschuldigen Menschen mehr«, sagte die Stimme. Dann hörte er einen gurgelnden Laut. Plötzlich wurde die Stimme unbeherrscht und laut: »Und achten Sie auf Ihre unartigen Kinder, ich mag das gar nicht, hören Sie?«

»Kinder?«

»Mangold, wir müssen tiefer hinein in den Wald. Tiefer und tiefer. Da wo es immer finsterer wird. Sehen Sie die winkende Hand?«

Die Verbindung brach ab.

Die Rückverfolgung des Anrufs, die Mangold mit einem zweiten Apparat und einer Ziffernfolge in Gang gesetzt hatte, versandete auf den Seychellen. Nachdem das Gespräch per Umleitung einige Male um den Erdball gerast war. Dabei konnte der Anrufer im Nebenzimmer sitzen.

Wenn der Täter ihm beweisen wollte, dass die Polizei

vorerst dazu verdammt war, nach seiner Nase zu tanzen, nun gut. Etwas anderes blieb ihnen ohnehin nicht übrig.

Dass er Leonie nicht erwähnt hatte, war ein gutes Zeichen. Aus der Deckung ließ er sich nicht locken. Dafür ging der Mann zu akribisch vor.

Schneeweißchen diktierte das Tempo. Immerhin kam erst jetzt der Hinweis auf die Hand und damit auf Rhodos. Hic Rhodos hic salta – Hier ist Rhodos, also spring. Waren sie einen Tick schneller, als er ahnte?

Er holte sich einen Becher Kaffee aus der kleinen Küchennische, in der eine halbgefüllte Kanne auf der Wärmeplatte vor sich hinköchelte, und rief die von Kaja Winterstein zusammengestellte Datei auf. Sie hatte alle bekannten Savants, ihre Wohnorte und auch ihre besonderen Fähigkeiten aufgelistet. Eigentlich hatte er sich auf Deutschland und das deutschsprachige Ausland konzentrieren wollen, doch wenn es tatsächlich stimmte, dass diese Genies in der Lage waren, Sprachen innerhalb von Wochen perfekt zu lernen und obendrein akzentfrei zu sprechen, konnte er sich auf diese Beschränkung nicht verlassen.

Er kam auf eine Liste von über 80 Savants weltweit, dazu eine nach Hunderten zählende Aufstellung von Menschen, die unter dem Asperger-Syndrom litten. »Unvollständig«, hatte Kaja Winterstein dahinter geschrieben.

Dann klingelte erneut das Telefon. Kaja Winterstein meldete sich aus Zürich.

»Ich steh hier am Flughafen und Leonies Name taucht nicht mal in der Passagierliste auf. Dabei hab ich sie zur Abfertigung begleitet.«

»Du hast sie zum Einchecken gebracht.«

»Sie war auf die Maschine nach Zürich gebucht. Am Flughafen haben wir Hochsicherheitsbereiche. Völlig undenkbar, dass da jemand verschwindet. Ich hab denen die Buchung gezeigt, doch sie können sie auf ihren Passagierlisten nicht finden.«

»Kaja, ich glaube nicht an eine Entführung. Welchen Sinn ...«

Kaja Winterstein schrie ins Telefon.

»Sinn? Was für einen Sinn? Was hat es für einen Sinn, Menschen zu foltern und abzuschlachten? Dieser Typ ist irre. Mister ›Ich-bin-allmächtig‹. Der braucht keinen Sinn. Ich muss Leonie finden, ich melde mich.«

Mangold legte den Hörer auf. Sofort klingelte das Telefon erneut.

»Carstens von der Forensik. Wir haben das Ergebnis des Fingerspurenvergleichs.«

»Und ist es die Touristin, diese Kerstin Kurtz?«

»Fehlanzeige«, sagte der Forensiker.

»Gott sei Dank.«

Mangold spürte, wie der Mann sich räusperte.

»Also wir haben dennoch einen Treffer.«

»Was?«

»Leonie. Die Fingerabdrücke der griechischen Hand stammen von Leonie Winterstein. Tut mir leid. Das Ergebnis ist eindeutig.«

# 17.

»Das müssen Sie sich anschauen«, sagte Tannen.

»Später«, sagte Mangold geistesabwesend.

Tannen ließ sich nicht bremsen. »Sienhaupt chattet mit einem Unbekannten. Sie treffen sich auf einer Kite-Surfer-Seite im Internet. Keine Ahnung, wie sie den Zugang geschafft haben, aber es sieht aus, als würden sie die Seite eins zu eins spiegeln und dann darin ihre Botschaften im Quelltext verstecken. Hören Sie überhaupt zu?«

Mangold informierte Tannen knapp über das Ergebnis der Kriminaltechniker.

»Die Tochter der Psychologin? Was hat die damit zu tun? Wieso eine Hand?«

»Er greift uns an. Und er zielt zunächst auf die schwächsten Glieder.«

»Könnte sie noch leben? Ich meine, ohne die Hand?«

»Unwahrscheinlich«, sagte Mangold.

Er rieb sich die Augen und trank einen Schluck lauwarmen Kaffee.

Telefonisch forderte er über Wirch weitere personelle Verstärkung an und bat ihn, über einen Griechisch sprechenden Kollegen des LKA die Verbindung zu den Behörden auf Rhodos herzustellen.

»Sollte nicht jemand von uns runterfliegen? Hensen ist kein Polizist und wird von den griechischen Kollegen sicher nicht anerkannt.«

»Wir lassen uns zunächst über alle Details informieren. Gut möglich, dass er nur die Hand da hingeschafft hat, um uns zu beschäftigen. Wir dürfen jetzt nicht reagieren wie ein aufgescheuchter Mückenschwarm. Wir brauchen die Unterlagen, schnell.«

»Was ist mit Sienhaupt?«

»Was soll mit ihm sein, er stört uns nicht. Immerhin hat er uns auf die Rhodos-Spur gebracht.«

»Er hat Kontakt«, sagte Tannen. »Seltsame Zeichen, aber es tauchen auch Worte auf.«

»Was für Worte?«

Mit einem Schlag war Mangolds Müdigkeit verflogen.

»Winterstone ... Winterstein.«

Mangold nestelte am Krawattenknoten und öffnete den oberen Hemdknopf.

»Schaffen wir einen Computermenschen ran und sehen uns an, was da los ist.«

Da er Carlos Wenger nicht erreichen konnte, betrat nach einer Viertelstunde Viktor Riehm den Raum. Er sah zu Sienhaupt hinüber und stöhnte. Dann schaltete er sich auf das Notebook Sienhaupts.

»Was macht er?«, wollte Mangold wissen.

»Weiß der Teufel. Die Sprache ist zerlegt und codiert. Seltsamerweise nur teilweise. Sie haben über einen selbstgeschriebenen Virus hundert oder zweihundert Computer angezapft.«

»Was soll das heißen, ›sie‹?«

»Er trifft sich mit jemandem auf verschiedenen Internetseiten, zuletzt in einem Pokerforum. Darüber haben sie Zugriff auf die Computer einiger Spieler bekommen. Haben die Verschlüsselung geknackt. Das Virus verändert sich mit jedem Eindringen in einen anderen Computer, es mutiert. Schaden auf den Rechnern kann ich nicht entdecken. Auch keine gezielte Passwortsuche oder Aktivitäten in Richtung Online-Banking. Möglich, dass ein sich aktivierendes Programm abgesetzt wurde, das die Rechner zu einem bestimmten Zeitpunkt dazu bringt, Dinge zu tun.«

Mangold massierte sich die Augenbrauen.

»Dinge zu tun? Was für Dinge?«

»Massenhaftes Versenden von Mails, um einen Server plattzumachen. Der Computer könnte auch Daten auf der eigenen Festplatte sammeln und die Dateien dann an einen dritten Computer senden.«

»Es gibt Firewalls, Virenschutzprogramme, Verschlüsselungstechniken.«

Der Techniker schüttelte den Kopf.

»Die erkennen bekannte Programme, wenn ein Virus sich mit jedem Schritt verändert oder neu tarnt, wird es schwierig.«

»Das heißt, jeder Computer könnte in irgendeine Datenschlacht getrieben werden?«

»Schlimmer. Es könnte ein Domino-Effekt einsetzen, bei dem jeder neue Rechner neue Rechner rekrutiert, um ins Feld zu ziehen. Es ist wie bei den Bork. Angreifen, umdrehen und einreihen. Da sind im Handumdrehen Millionen Rechner beteiligt.«

»Die Bork, Raumschiff Enterprise?«, fragte Tannen ungläubig.

Der Techniker nickte.

»Widerstand ist zwecklos, sie werden assimiliert. Es geht um eine Spezies von Maschinenmenschen, die alles übernehmen und integrieren, was ihnen begegnet. Genauso läuft dieses Spiel, das Sienhaupt gerade mit einem Unbekannten treibt. Der Witz ist, dass viele Computernutzer es nicht mal merken, wenn ihr Rechner schon längst an der Schlacht teilnimmt. Sie werden eine Spur langsamer, weil sie mit anderen Dingen beschäftigt sind und die Rechnerleistung gebraucht wird.«

»Es gibt doch gesendete IP-Adressen, die für jeden Rechner anders sind. Das lässt sich herausfinden.«

Der Computerexperte sah ihn mit einem gequälten Gesichtsausdruck an.

»Völlig unklar, von wo dieser Prozess gesteuert oder initiiert wird. Tausende von Rechnern sind in wenigen Stunden im Kampf. Und jeder entwickelt ein Eigenleben, das natürlich im Sinne dieser gesamten Computer-Phalanx ausgerichtet ist.«

»Das muss man doch stoppen können«, sagte Mangold.

»Wenn man die Stecker der Computer zieht«, sagte Riehm ironisch.

»Worum geht es bei diesem Angriff, was ist das Ziel?«

Der Techniker schüttelte den Kopf.

»Ich kann ein paar Datensätze herausfiltern, die zu tun haben mit der riemannschen Zetafunktion, mit Versicherungsmathematik und dann ...«

»Dann?«

»Es wird Ihnen nicht gefallen.«

»Also?«

»Datensätze über die Opfer der Mordserie.«

Mangold überlegte ein paar Sekunden und fragte dann, ob Riehm es für klug hielt, den Savant vom Netz zu trennen.

»Warum? Er hat zumindest Kontakt mit einer Person, die sicher kein Trittbrettfahrer ist. Sehen Sie sich ihn an, der fällt vor lauter Kichern gleich aus dem Sessel.«

Mangold sprang auf und stieß dabei den Stuhl um.

»Es geht um eine Mordserie. Die abgetrennte rechte Hand von Leonie Winterstein taucht auf und nichts, aber auch gar nichts spricht dafür, dass er aufhört.«

»Und wenn er den Burschen da hinten gesucht hat? Ich meine einen gleichwertigen Gegner wie Sienhaupt?«

»Den Savant einzusetzen war unser Zug. Ich hoffe, Sienhaupt hat noch nicht preisgegeben, dass er in unserem Auftrag im Netz ist.«

»Weiß Sienhaupt das auch? Ich meine, das mit dem Auftrag?«

Mangold schwirrte der Kopf. Dieser Alptraum nahm Formen an, die sich wie die Splitter von Streubomben verteilten. Jederzeit hätte er die Kapitulationsurkunde unterschrieben, doch das reichte diesem Savant nicht.

Mangold griff zum Telefon. Wie schaffte er es, Kaja Winterstein zurückzuholen, ohne am Telefon die Ergebnisse des Fingerabdruckvergleichs preiszugeben. Gar nicht, sagte er sich und informierte Kaja Winterstein über den »vagen Verdacht«, dass sich ihre Tochter eben nicht in Zürich aufhalte.

»Was soll das bedeuten?«, schrie sie ins Telefon.

»Setzen Sie sich ins Flugzeug und kommen Sie zurück, wir besprechen hier alles Weitere.«

»Haben Sie Informationen über Leonie? Gibt es eine Nachricht von den Entführern?«

»Der nächste Flug geht in einer Stunde. Ich lasse Sie vom Flughafen abholen.«

Kaja Winterstein widersprach, doch Mangold legte einfach den Hörer auf.

\*

Hensen saß in dem kleinen Hinterhof, in dem er am Vortag die verfallene Moschee entdeckt hatte. Er nippte an seinem Retsina und beobachtete die vor der Taverne Fußball spielenden Kinder.

Vor vielen Jahren hatte man zaghafte und vergebliche Versuche gemacht, das Gebäude zu retten. Das Baugerüst hatte man nicht mehr abgebaut, und so rostete es als klappriges Eisenskelett neben der Moschee vor sich hin.
Zwei Mädchen kickten mit einem Jungen und wurden vom Tavernenbesitzer aus der Nähe der Tische verjagt. Die Kinder blickten betroffen zu Boden, hatten sich aber schon nach wenigen Minuten wieder in die Nähe der Gäste gespielt. Besonders die Jüngste, die vielleicht fünf Jahre alt sein mochte, fiel durch ihre rabiate Spielweise auf.
Der Wirt brachte ihm einen Teller mit Honigmelonenstücken und nickt entschuldigend zu den Kindern hinüber.

Nichts an dem Mauerstück da vorn, gut dreißig Meter von ihm entfernt, erinnerte an die abgetrennte Hand, die man aus der Nische gezogen hatte.
Zwei Touristen schlenderten auf ihn zu und studierten die Speisekarte, die auf einem Tisch lag.
Der Wirt machte eine einladende Geste, und einer der Touristen fragte ihn, ob es denn genug Essen für eine größere Gruppe gäbe. »Endaxi«, sagte der Wirt und begann, die Tische zusammenzurücken.

Die beiden Männer wuchteten ihre Wanderrucksäcke von den Rücken und winkten eine Gruppe von Menschen in Freizeitkleidung heran.

Hensen zog gerade sein Portemonnaie aus der Tasche, als er direkt an der Mauernische, in der die Hand gefunden wurde, jemanden entdeckte. Es war ein Mann in einem blauen Overall, der etwas Längliches aus einem Zeitungspapier wickelte.

Hensen griff nach seiner Kamera, zoomte auf den Mann und traute seinen Augen nicht. Zweifellos waren es Finger, die in einer lässigen Pose über den Mauerabsatz ragten.

Er sprang auf und stürmte unter den verwunderten Blicken des Wirts auf den Mann zu. Der bemerkte Hensen erst, als er ihm zwei Knöchel in den Rücken presste.

»Policia, Policia!«, rief Hensen, dem in diesem Moment das griechische Wort für Polizei nicht einfiel. Der Mann begann zu zittern und blieb mit erhobenen Händen vor der Mauer stehen.

Hensen bemerkte erst Sekunden später, dass sich der Tavernenwirt neben ihn gestellt und einen uralten Karabiner auf den Mann an der Mauer gerichtet hatte.

Der Wirt sagte ein paar Worte, die Hensen nicht verstand, sich aber wie Flüche anhörten. Dann kniete sich der Mann mit erhobenen Händen hin und legte sich auf den Boden. Der Wirt machte eine Geste, die unschwer als »Mach schon« zu deuten war. Er brummte: »Astinomia, astinomia.«

Hensen drehte die Hände des Mannes nach hinten und setzte sich auf seinen Rücken.

Weiter Verwünschungen ausstoßend, behielt der Wirt seine Waffe im Anschlag.

Wenige Minuten später kam ein Wagen der griechischen Polizei durch die Gasse gerast.

Seltsamerweise wehrte der Mann sich nicht, sondern

stöhnte nur leicht. Seinen grauen Haaren nach zu urteilen, musste er schon älter sein.

Als die Polizisten eintrafen, deutete Hensen auf die im Mauervorsprung liegende Hand. Einer der Polizisten beugte seinen Kopf dicht heran und schob sich die Uniformmütze hoch.

»Vassili, alithia ine, avto ine ena cheri«, und dann an Hensen gewandt: »It's really the hand from a person.«

*

Diesem geisteskranken Genie war nicht zu trauen. Marc Weitz sah zu Sienhaupt hinüber, der fröhlich und nur von Kicher- und Gurgellauten unterbrochen auf sein Laptop einhackte. Immer wieder strich er sich mit dem Handrücken über das Gesicht, wobei seine goldumrandete Brille in immer neue schiefe Positionen geschoben wurde. »Lustig«, murmelte Weitz abschätzend.

Er dachte an die Gruppe von Bettlern, die er hochgenommen hatte, als er noch eng mit der Ausländerbehörde zusammengearbeitet hatte. Die waren auf Krücken und mit abgeknickten Füßen durch die Innenstadt gehumpelt und hatten mit dieser Mitleidstour den Leuten das Geld aus der Tasche gezogen. Anschließend hatten sie die Almosen an einen Schleuser übergeben, der die Leute aus Rumänien angekarrt und angelernt hatte.

Es war unmöglich, dass dieser Sienhaupt Windeln benötigte und innerhalb weniger Stunden mit Computern und dem Internet umgehen konnte, als sei es das Selbstverständlichste von der Welt. Er glaubte nicht daran. Wie sollte der sonst wissen, wie eine Webseite aufgebaut war und wie man Programme schrieb?

Außerdem gab es noch etwas, was Peter Sienhaupt in den Kreis der Verdächtigen rückte. Es gab in Deutschland nur eine Handvoll dieser angeblich Hochbegabten, bei denen ein Teil des Hirns ausgeknipst war und deren noch aktive Hirnregionen auf hohen Drehzahlen liefen.

Im norddeutschen Raum gab es eben nur Sienhaupt und einen Typen, der so durch war, dass er in einem Wohnheim untergebracht war und dort angeblich Nacht für Nacht Jazzstücke komponierte.

Sicher ging dieser Sienhaupt nicht allein zu Werke. Er musste Hilfe haben, doch auch das war kein Problem. Durchgedrehte Typen, die scharf darauf waren, der Polizei eins reinzuwürgen, gab es genug.

Das Internet spuckte über Sienhaupt eine ganze Reihe von Informationen aus. Seine Spezialität waren die Rechenkünste, mit denen er Wissenschaftler immer wieder verblüffte.

Man hatte sein Hirn beim Rechnen unter dem Magnetresonanztomografen beobachtet und die Hirnareale bestimmt, die an diesen Rechenoperationen beteiligt waren. Es hatte öffentliche Auftritte vor Studenten und Schülern gegeben, und dreimal war der Mann sogar in die USA geflogen worden, um sich untersuchen zu lassen. In diesem Land musste man nur ausreichend beknackt sein, um zur Berühmtheit aufzusteigen.

Informationen über einen Kontakt Sienhaupts zu anderen Savants gab es nicht. Aber diese Leute trafen sich schließlich bei all diesen tollen Untersuchungen.

Weitz las sich durch Medizinratgeber, die Eltern einen Zehnpunkte-Fragebogen servierten, mit denen sie feststellen konnten, ob ihr Kind unter Autismus und vielleicht auch unter dem Savant-Syndrom litt. Immer wieder wurde die Frage in Wissenschaftsblogs diskutiert, was denn diese besonderen Savant-Fähigkeiten für die moderne Hirnforschung bedeuteten. Unterschiedlichste Theorien waren im Umlauf. Mit angeblich vorhandenen Spiegelneuronen sollte die Krankheit zu tun haben, einer Abtrennung von Hirnregionen, dann wieder mit besonderen Verästelungen, die diese erstaunlichen Fähigkeiten möglich machten.

Fest stand, dass einige dieser Savants ihre Fähigkeiten erst nach einem Unfall entwickelten. Bekannt war ein Mann, der zum »Inselbegabten« wurde, nachdem ihm ein Baseball gegen die Birne geknallt war.

Er hatte es ja gleich gewusst, diese Leute hatten einen Schaden.

*

Hensen wurde durch eine Tür der Polizeidienststelle in Rhodos-Stadt geführt und stand plötzlich in einem schattigen Atrium. Vom Straßenlärm war nichts mehr zu hören. Dafür wurde das aufgeregte Zwitschern der Vögel durch das leicht gewölbte Dach des Gebäudes verstärkt.

»Kostas. Ich bin heute Ihr Fremdenführer«, sagte der griechische Polizist und reichte ihm die Hand.

Seine Haare waren ordentlich frisiert und er trug ein leicht durchgeschwitztes, kurzärmeliges Hemd. Eine Erscheinung, die mehr zu einem Bankbeamten als zu einem Polizisten passte. Mit seinen dunklen Augen blickte er ihn freundlich an.

Hensen schätzte die Temperaturen auf gut und gerne 35 Grad.

»Es tut mir sehr leid, aber wir mussten zunächst alles mit Ihrer Hamburger Dienststelle klären.«

»Ich bin da nur Berater«, sagte Hensen, der sich über das perfekte Deutsch des Polizisten wunderte.

»Alles in Ordnung. Ihr Chef möchte, dass Sie sich die Tote ansehen, zu der diese Hände gehören.«

»Sie haben sie gefunden?«

»Wir hatten sie längst, aber dazu mussten wir erst einmal auf die Idee kommen, in den Kühlkammern des Krankenhauses nachzusehen. Sie wissen, unsere Leiche hat keine Hände mehr.«

»Sie sprechen nicht gerade mit Akzent.«

»Bautechnikschule in Aachen«, sagte Kostas. »Ich hab es zu meinem Hobby gemacht, ich meine die Sprache. Kommen Sie, Sie sind den Anblick von Leichen gewöhnt?«

»Kriegsreporter«, sagte Hensen. Kostas sah ihn anerkennend an und sagte: »Ich bin beeindruckt.«

»Eine Erfüllung ist das nun auch wieder nicht.«

»Ich meinte, dass Sie das überlebt haben.«

»Die ersten vier Monate sind wichtig. Die meisten Kriegsreporter erwischt es in der ersten Zeit. Sichern sich nicht vernünftig ab, riskieren alles für die große Story. Und die Schutzengel hatten noch keine Zeit mit umzuziehen.«

»Und danach?«

»Wie Sie sehen, gibt es Chancen, das zu überleben.«

Kostas schob ihn durch einen kühlen Gang. Der Boden war mit Marmorplatten ausgelegt, an den Wänden schimmerten milchige Lampen. Dann ging es mit einem Fahrstuhl in den Keller. Hensen sah sich verwundert um. Die Räume waren hell und freundlich. Die griechischen Schriften auf den Türen konnte er nicht entziffern.

»Nobel«, sagte Hensen.

Kostas lachte und sagte: »Wir sind hier unter einem Krankenhaus. Eine Privatklinik. Wir betreiben diese kleine Gerichtsmedizin gemeinsam.«

»Private Gerichtsmediziner? Was ist mit sensiblen Daten?«

»Der griechische Staat ist ein armer Staat. Keiner zahlt Steuern. Wenn es nötig ist, vergeben wir Aufträge. Die Privatklinik bildet auch junge Mediziner aus, und die dürfen dann an den Körpern herumschnippeln, wenn die gerichtsmedizinischen Untersuchungen abgeschlossen sind. Das geht Hand in Hand. Glauben Sie mir, sonst müssten wir Obduktionen mit einer Rosenschere durchführen.«

Sie standen vor einer Stahltür. Schon der Vorraum war so heruntergekühlt, dass Hensen unwillkürlich fröstelte. Kostas öffnete einen weißen, neben der Tür stehenden Schrank und reichte ihm einen Kittel.

»Vorschrift ... und außerdem nicht so kalt.«

Eine Gerichtsmedizinerin holte sie an der Tür ab. Sie wechselte ein paar Worte mit Kostas und lächelte ihm dann zu. Hensen sackte leicht zusammen und hüstelte. Die Frau mit den sinnlichen Lippen erinnerte ihn an Sophia Loren. Ihre schwarzen lockigen Haare ergossen sich über ihren Kittel. Offen lächelte sie ihn an und flüsterte etwas, das er nicht verstand.

Hensen fuhr sich unwillkürlich durch die Haarstoppeln.

»Elena Gorghias«, stellte Kostas die Frau vor. »Sie leitet diese Abteilung.«

»Und was hat sie gesagt?«

»Na ja, ›gar nicht wie ein Deutscher‹ hat sie gesagt.«

Hensen sagte »Efcharisto« und folgte den beiden.

Die Tote lag auf dem Seziertisch und daneben, ebenfalls mit einem Tuch abgedeckt, stand auf einem Wagen ein Tablett. Die Hände, mutmaßte Hensen.

Er zog das Foto von Leonie Winterstein aus der Hemdtasche. Nachdem Mangold ihm die Datei per Mail geschickt hatte, hatte er in einem Fotolabor einen Ausdruck erstellen lassen.

»Sind Sie so weit?«, fragte Kostas und nickte dann Elena Gorghias zu. Sie schlug das Laken mit einer kräftigen Bewegung zurück.

Hensen wich zurück. Die Unterarme und die Hände waren säuberlich abgetrennt, die Fleischwunde schimmerte grau.

Stumm reichte Hensen Kostas das Foto.

»Sie ist es nicht. Sehen Sie, die Frau hier ist viel älter, ganz andere Gesichtszüge. Auch die Haare passen nicht.«

»Nicht?«, sagte Kostas und besah sich die Fotos.

Er blickte noch einmal prüfend auf das Gesicht.

»Aber die Fingerabdrücke!«, sagte er. »Was ist mit den Fingerabdrücken, die wurden doch eindeutig zugeordnet?«

## 18.

»Warum hast du uns nicht über die Samenbank informiert?«, fragte Tannen.

Weitz grinste ihn schief an.

»Du schnüffelst mir hinterher?«

»Was soll das heißen, hinterherschnüffeln? Du hast Ermittlungsergebnisse unterschlagen.«

»Weil es nichts zu sagen gibt, Tannen. Dieser Wachmann Weingraub wedelt sich als Big Spender einen aus der Palme, und das war's auch schon. Mehr ist nicht.«

Tannen warf donnernd die Eingangstür des Präsidiums hinter sich zu. Mit drei raschen Schritten hatte er Weitz wieder eingeholt.

»Tickst du nicht richtig? Mangold hat Anweisungen gegeben, dass alle Ermittlungsergebnisse zentral zusammengetragen werden.«

»Da ist nichts. Der Täter hat sich einen Spaß gemacht. So was kann man ganz anonym über das Internet in die Wege leiten, da braucht bei denen nur die Kasse zu klingeln, und schon geht der Saft in einer Spezial-Kühlpackung und mit einem Spezial-Boten auf die Reise.«

»Wohin, verflucht noch mal? Wohin? Die müssen eine Adresse haben. Das wird schließlich nicht postlagernd verschickt.«

»War ein Fake.«

»Ein Fake?«

»Kaja Winterstein, es ging an die Psychotante. Tannen, der Typ wird es abgefangen haben. Hat sich einen Witz gemacht, will sich über uns totlachen, das ist alles.«

*

Mangold sah Sienhaupt über die Schulter. Der löste sich für zwei Sekunden von dem Geschehen in seinem Notebook und blinzelte ihn an. Dann zeigte er ihm einen Film auf Youtube, in dem mit LED-Lampen bestückte Schafe über ein Feld gejagt wurden. Getrieben von den Hunden versammelten sich die Schafe in verschiedenen Gruppen, die, aus der Luft betrachtet, geometrische Formen annahmen.

Immer wieder spielte Sienhaupt eine Sequenz dieses Films ab und überreichte Mangold einen seiner Zettel. Er enthielt eine Formel, die offenbar mit der Verteilung der Schafe zu tun hatte. Oben hatte er fünf Hunde gemalt und ihre Laufrichtung. Worauf diese Formel hinauslief, konnte Mangold beim besten Willen nicht deuten. Sienhaupt sah ihn verzweifelt an, dann tippte er einen Befehl in die Tastatur, und das Wikipedia-Fenster zum Stichwort »Chaosforschung« erschien.

Unbemerkt hatte sich Tannen hinter sie gestellt und räusperte sich.

»Weitz hat …«

»Können Sie sich darauf einen Reim machen? Ich meine, was haben diese Schafe mit unseren Ermittlungen zu tun, und wer zum Teufel hängt Schafen Gürtel mit LED-Leuchten um den Körper?«

»Angst«, sagte Tannen. »Sollte es eine Formel über die Verteilung einer in Panik geratenen Menge geben … na, man wüsste, wo die Fluchtwege sein müssten. Sicher

273

nicht uninteressant für den Stadionbau oder Polizeisperren.«

Mangold blickte erstaunt auf.

Eine kurze Meldung erschien auf Sienhaupts Bildschirm. Kryptische Zeichen, die Sienhaupt in die Maske eines Programms kopierte. Nach zwei Sekunden wurde er erneut auf das Portal von Youtube weitergeleitet.

»Was soll das?«, fragte Mangold.

Tannen sagte nichts, sondern blickte gebannt auf den Schirm.

Sienhaupt startete den Film. Die ersten Bilder waren verwackelt, dann sah man, dass derjenige, der die Kamera hielt, durch eine schmale Gasse spazierte. Links vom Kameramann waren die Auslagen kleiner Touristengeschäfte zu sehen, und dann zoomte die Kamera auf die Tücher über der Gasse. Biblische, ikonenhafte Darstellungen. Die Kamera blieb auf einer Darstellung des Schöpfungsaktes stehen, die stümperhaft von Michelangelos »Die Erschaffung Adams« abgemalt worden war.

»Gottes Zeigefinger löst sich von dem Adams«, sagte Mangold.

»Auf dem Tuch sind griechische Schriftzeichen«, sagte Tannen. »Diese Gasse könnte sich in der Burganlage befinden, in der die Hand gefunden wurde und in der Hensen herumgeistert.«

Mangold notierte sich die Adresszeile. Er wollte Sienhaupt jetzt nicht unterbrechen, sondern sich den Film in Ruhe auf seinem Rechner ansehen.

Hic Rhodos hic salta, hatte die Stimme gesagt.

»Tannen, Sienhaupt landet auf keinen Fall durch Zufall

bei einem Youtube-Film über Rhodos. Er hat keine Ahnung, dass jemand von uns da unten ist.«

»Aber er hat den Hinweis auf Rhodos entschlüsselt«, sagte Tannen. »Sucht jetzt vielleicht im Netz weitere Informationen?«

Auf seinem Computer spielte Mangold den Film noch einmal ab. Der Nutzer, der ihn ins Netz gestellt hatte, nannte sich »Him0908012«.

Der Streifen endete ebenso verwackelt, wie er begonnen hatte. Auffällig, dass die Kamera so lange bei der Kopie der Michelangelo-Darstellung von der Erschaffung Adams stehengeblieben war.

Beim vierten Durchgang schrie Tannen plötzlich: »Stopp!

Können Sie den Regler etwas zurückschieben bis zur Stelle ... genau, er senkt die Kamera von der Michelangelo-Darstellung und stopp ... sehen Sie das? Da, in der bröckeligen Mauer ... die Hand! Sie winkt.«

Mangold tippte Hensens Nummer in sein Handy.

»Chef, da ist noch was ...«, sagte Tannen, doch Mangold unterbrach ihn, indem er kurz die Hand hob.

»Komme gerade aus der Gerichtsmedizin«, sagte Hensen. »Die Tote ist nicht Leonie. Damit ist nicht gesagt, dass sie noch lebt, aber diese Tote ist zweifellos gut fünfzehn Jahre älter.«

Mangold ließ sich auf seinen Stuhl fallen.

»Gott sei Dank«, sagte er und noch einmal »Gott sei Dank.«

Hensen berichtete von der Festnahme des Mannes, der auch die zweite Hand in der Mauer deponieren wollte.

»Und? Ist es unser Mann?«

»Auf keinen Fall«, sagte Hensen. »Der spricht nicht mal Deutsch. Ein früherer Mitarbeiter der Krankenhaus-Pathologie. Er sagt, dass er dafür Geld bekommen hätte, diese Hände abzutrennen und in die Mauernische zu legen. Das Geld sei auf seine Bank überwiesen worden. Nach Zahlung hätte er, wie vom Auftraggeber bestellt, die Leiche einer jungen Frau ausgesucht und ihr die Hände abgetrennt. Nach Aussagen der griechischen Polizei sei der Mann vor zwei Jahren wegen des Verdachts des Handels mit Hirnanhangdrüsen und Hornhäuten vernommen worden. Aber man habe es nie beweisen können.«

»Aber wieso schicken uns die Griechen Fingerabdrücke von Leonie?«, sagte Mangold. »Wie ist das möglich?«

»Sag du es mir, ich habe nicht die geringste Ahnung. Kostas wird sich bei dir melden, sie sind an einer engen Zusammenarbeit interessiert. Abgetrennte Hände, die in den Mauern einer Touristenattraktion auftauchen, darauf stehen die gar nicht.«

Hensen sagte, dass er am nächsten Tag die Maschine zurück nach Hamburg nehmen und dann gleich ins Präsidium kommen würde.

Als Mangold das Gespräch beendet hatte, stand Tannen vor seinem Schreibtisch.

»Noch mal wegen Weitz«, sagte Tannen.

»Ja?«

»Er hat den Adressaten für die Samenspende herausgefunden.«

»Die Spur auf der Leiche von Carla Kanuk? Der Mann läuft ja zu Höchstform auf.«

Tannen stützte sich auf der Schreibtischplatte ab.

»Die Probe wurde an Kaja Winterstein geschickt.«

»Langsam, langsam«, sagte Mangold. »Die Lieferadresse für diese Samenflüssigkeit war Kaja Winterstein? Wissen Sie, was Sie da sagen?«

»Warum sollte er sich das ausdenken?«

Tannen löste sich vom Schreibtisch und trat einen halben Schritt zurück.

»Das Schlimme aber ist, er hat es nicht weitergegeben. Wir hätten die Information schon vor einer Woche haben können.«

»Sie meinen, der Wutausbruch dieses Täters und der Hinweis auf die unartigen Kinder hängen damit zusammen, dass wir seinen Hinweisen nicht gefolgt sind? Ja, er reagiert sauer, wenn wir den von ihm vorgegebenen Spuren nicht folgen. Und warum hat Weitz diese Information nicht weitergereicht?«

»Er sagt, er hätte es nicht für wichtig gehalten. Seiner Meinung nach sei es ein Spielchen dieses durchgedrehten Täters, eine falsche Spur, ein Witz. Er hat gedacht ...«

»Gedacht hat er? Gedacht?«

Mangold atmete tief durch.

»Zeit hat uns das gekostet, hoffentlich nur Zeit.«

Dann bat er Tannen, ihm aus dem Kriminallabor die Folie mit den Fingerabdrücken Leonie Wintersteins zu holen.

»Ich habe die Datei auf dem Rechner«, sagte Tannen.

Mangold sah zu dem verschmitzt zurücklächelnden Sienhaupt hinüber.

»Tannen, ich will den Originalabdruck, den die Kriminaltechniker in ihre hübschen weißen Archivkästen legen«, sagte Mangold.

Eine halbe Stunde später fädelte sich Mangold in den Berufsverkehr ein. Er sah auf die Uhr. In zwanzig Minuten würde Kaja Wintersteins Maschine landen. Er selbst wollte sie über den falschen Verdacht, dass sie Leonies abgetrennte Hände gefunden hätten, informieren. Das war er ihr schuldig. Die Sorge um ihre Tochter würde er ihr nicht nehmen können.

Außerdem konnte seine Abwesenheit die Dinge beschleunigen. Peter Sienhaupt kommunizierte zweifellos mit dem Täter, denn nur der konnte ihm den Hinweis auf den Youtube-Film gegeben haben. Abzuwarten war, was er machen würde, wenn er sich unbeobachtet fühlte. Sollte sich sein Verdacht hinsichtlich der Fingerabdrücke bestätigen, musste er den Savant ohnehin am Abend vom Netz nehmen. Das Risiko wurde zu groß.

Sie würden sich genau ansehen, welche Seiten er aufrief, und mit ein wenig Glück würde der nicht darauf kommen, dass jeder einzelne Polizeicomputer überwacht werden konnte.

Noch nie hatte Mangold den Flughafen ohne Baustelle erlebt. Neue Terminals und Parkhäuser, Straßenzüge und Brücken, die errichtet wurden, und dann der Bau der U-Bahn-Linie.

Mangold fuhr in eine Haltebucht direkt vor dem Eingang des Terminals. Sofort sprang ein mit einer gelben Weste bekleideter Security-Mann auf ihn zu.

»Sie können hier nicht parken, diese Plätze sind nur zum Beladen.«

Wortlos zog Mangold das Schild mit seiner Sondergenehmigung hinter der Sichtblende hervor und legte es auf das Armaturenbrett. Dann betrat er das Terminal.

Eine chinesische Reisegruppe formierte sich hinter der Sperre, die die ankommenden Fluggäste passieren mussten, bevor sie den Ausgängen entgegenstrebten. Drei Zöllner standen mit verschränkten Armen am Rand und beobachteten betont uninteressiert die Passagiere. Eine Frau mit einem Schleier sah sich um und versuchte in der Menge ein bekanntes Gesicht zu entdecken. Ihre Tochter presste einen Teddy an die Brust und begann dann freudestrahlend zu winken.

Mangold sah auf die Uhr. Zehn Minuten bis zur geplanten Ankunftszeit der Maschine aus Zürich. Änderungen waren auf der Tafel nicht vermerkt.

Er schlenderte zur kleinen Stehbar und bestellte sich einen Kaffee. Zwei Männer saßen auf ihren Hockern und blätterten in Zeitungen, ein anderer blickte angespannt auf sein Notebook.

Den Teddy immer noch fest an die Brust gedrückt, schleppte die Kleine ihre Oma zum Verkaufstresen der Bar. Aufgeregt zeigte sie auf ein Eis. Die Oma bestellte und die Kleine schob ihren mit einem Gurt befestigten Teddy auf den Rücken. Sie sah sich um, konnte aber keinen Mülleimer entdecken. Unbemerkt von Oma und Mama drückte sie die Verpackung gegen die Glasscheibe der Vitrine. Das Papier rutschte ab, sie leckte das Papier an und drückte es noch einmal fest gegen die Glasscheibe.

»So könnte es sein«, sagte Mangold. »Das würde allerdings bedeuten ...«

Zwanzig Minuten später stürmte Kaja Winterstein durch die Tür.

Statt ihn zu begrüßen, sagte sie: »Sie geht nicht ans Handy. Warum ist es ausgeschaltet?«

»Akku leer und Ladekabel vergessen. Oder nicht daran gedacht, es wieder einzuschalten.«

»Was ist los?«, fragte Kaja Winterstein misstrauisch. »Warum das Begrüßungskomitee?«

»Wir haben eine Tote, der die Hände abgehackt wurden, aber es ist nicht Leonie.«

»Mein Gott«, sagte Kaja Winterstein und ließ sich auf ihren Koffer sinken.

»Eine Tote? Und ihr kommt auf die Idee, dass es Leonie sein könnte?«

»Die Fingerabdrücke wurden manipuliert.«

»Wie soll das gehen? Fingerabdrücke sind ebenso wie die DNS ein gerichtsverwertbarer Beweis!«

»Ich weiß es nicht. Noch nicht.«

Auf dem Rückweg ins Präsidium brachte Mangold sie auf den neuesten Stand der Ermittlungen. Als er die Sprache auf die an sie adressierte Samenspende brachte, zuckte sie zusammen. Sie fingerte eine Zigarette aus ihrer Handtasche und inhalierte tief. Nein, sie habe eine Probe oder ein entsprechendes Gefäß nie zu Gesicht bekommen. Auch die Klinik sei ihr unbekannt.

Im Präsidium wartete Tannen mit der Folie, auf der die Fingerabdrücke aus Leonies Kinderzimmer fixiert worden waren.

Bevor er sich setzte, winkte Mangold zu Sienhaupt hinüber. Doch der machte zum ersten Mal, seit sie ihn hier im Präsidium vor einen Computer gesetzt hatten, ein ernstes und angestrengtes Gesicht. Deutlich war eine Falte über seiner schief sitzenden Goldrandbrille zu erkennen. Seine Finger flatterten ein paar Zentimeter über der Tastatur, als könnte er sich nicht entscheiden, was er eingeben sollte.

»Und jetzt?«, fragte Tannen.

»Geben Sie mir den Ausdruck, der uns von der griechischen Polizei geschickt wurde.«

Tannen reichte ihm das Fax.

Mangold öffnete eine Schublade seines Schreibtisches und förderte eine Lupe zutage.

»Ein bisschen aus der Mode gekommen«, sagte er.

Er blickte auf die beiden Fingerabdrücke vor sich.

»Kein Zweifel. Das, was uns die griechische Polizei geschickt hat und was von den Kollegen abgenommen wurde, ist nicht identisch.«

»Wie ist das möglich?«, sagte Tannen.

»Öffnen Sie einfach die Fingerabdruck-Datei auf Ihrem Computer.«

»Aber die haben Sie vor sich.«

»Sicher, die habe ich vor mir. Aber wenn Sie versuchen, die Datei mit Ihrem Computer zu öffnen, verändert sie sich. Verstehen Sie?«

Tannen schüttelte den Kopf.

»In Ihrem Computer steckt ein kleines, nettes Programm, das die Fingerabdruck-Datei verändert hat. So einfach ist das.«

Mangold blickte zu Sienhaupt hinüber, doch der hielt immer noch seinen Kopf gesenkt.

»Rufen Sie jetzt die gespeicherte Datei von den Abdrücken aus Leonies Kinderzimmer auf, und dann ausdrucken.«

Der Vergleich bestätigte Mangolds Verdacht. Der im Computer gespeicherte Abdruck war nicht der gleiche wie das Original.

»Der Computer spinnt«, sagte Kaja Winterstein.

»Keineswegs«, widersprach Mangold. »Er macht genau das, was man ihm sagt. Wird der Name der Datei aufgerufen, startet das Programm und der Fingerabdruck wird ersetzt.«

»Unsere Systeme sind abgeschottet, das ist nicht möglich, ganz und gar ausgeschlossen«, sagte Tannen.

»Erinnern Sie sich an die Musik, an Dancing Queen? Die kleine Vorstellung, die Sienhaupt uns geliefert hat? Es gibt eine Möglichkeit, ein derartiges Programm in unseren Rechner zu schmuggeln. Es muss von innen passieren, aus dem inneren Kreis.«

»Sie meinen, Peter Sienhaupt hat unsere Rechner manipuliert?«, sagte Kaja Winterstein.

Mangold nickte.

»Anderes halte ich für ausgeschlossen.«

»Dann dient er einem anderen Herrn«, sagte Kaja Winterstein. »Er wurde umgedreht.«

»Beim Herunterladen und Speichern der griechischen Fingerabdruck-Datei wird der Inhalt verändert. Es ist, als würden Sie eine Zeichnung von Rembrandt kopieren, und beim Ausdruck kommt van Gogh heraus.«

»Sienhaupt ist so eine Art Doppelagent?«

»Es gibt eine weitere Möglichkeit«, sagte Mangold. »Und die müssen wir ebenfalls ausschließen.«

»Und das wäre?«, fragte Kaja Winterstein.

»Möglich, dass Sienhaupt nur ein Rädchen ist, und Schneeweißchen das Ganze noch einmal weitergedreht hat. Er liebt es ja kompliziert.«

»Und das heißt?«

»Wir müssen wissen, ob die Fingerabdrücke, die wir im Zimmer von Leonie abgenommen haben, tatsächlich zu Leonie gehören.«

»Wir haben doch eine Erklärung für diese falsche Identifizierung! Jetzt wissen wir doch …«, sagte Kaja Winterstein.

»Der Mann will uns seine Macht beweisen. Eine zweite Überraschung ist denkbar.«

Kaja Wintersteins Blick verdüsterte sich.

»Dann hat er sich in unserem Haus aufgehalten. Alles abgewischt und gefälschte Fingerabdrücke verteilt?«

»Klingt fantastisch, ich weiß. Aber wir müssen es ausschließen. Haben Sie einen eindeutigen Abdruck von Leonie?«

»Und wenn er Leonie entführt hat? Was dann?«

»Kaja, haben Sie einen Gegenstand, den Leonie mit Sicherheit angefasst hat?«

»Den Videothekausweis. Er steckt in einer Folie und die wiederum in einem Briefumschlag, den sie mir mit der Notiz, ich möge eine CD zurückbringen, hinterlegt hat.«

Sie kippte den Inhalt ihrer Handtasche auf Mangolds Schreibtisch.

Mangold gab den Briefumschlag in eine Plastiktüte und bat Tannen, den Umschlag in die Spurensicherung zu bringen und so lange hinter dem Kollegen stehenzubleiben, bis der den Vergleich mit den im Zimmer abgenommenen Spuren durchgeführt hatte.

Kaja Winterstein tippte erneut die Wiederholungstaste.

»Immer noch das Band«, sagte sie. »Was will er, was will er?«

»Wir müssen noch einmal Ihre Patienten durchgehen«,

sagte Mangold. »Waren Sie nicht doch an Festnahmen beteiligt oder als Gutachterin bei Prozessen?«

»Ich habe lediglich Studien durchgeführt. Befragungen von Serientätern. Mehr nicht. Vollkommen ausgeschlossen, dass einer von denen auf freiem Fuß ist. Die sitzen entweder in Einzelzellen oder in geschlossenen psychiatrischen Anstalten, und einer ist inzwischen tot.«

»Und mit einem Kontakt nach außen? Rache als Motiv ist durchaus möglich.«

Kaja Winterstein schüttelte energisch den Kopf und zündete sich mit gierigen Zügen eine neue Zigarette an.

»Mangold, Sie sehen das falsch. Die waren dankbar. Wollten ihre Geschichten erzählen. Ich habe sie nicht festgenommen, war nicht verantwortlich für Beurteilungen, die ihre Begnadigung ausgeschlossen hätten oder dergleichen mehr. Ich habe wissenschaftliche Studien erstellt.«

»Und was, wenn eine der Studien dazu geführt hat, dass er eben keine gute Prognose bekommen hat?«

»Die Namen tauchen darin nicht auf. Nur Abkürzungen. Sicher sind sie zu identifizieren und mit einem Namen zu verbinden. Die Untersuchungen wurden übrigens nicht für die Staatsanwaltschaft, Begnadigungsausschüsse oder Ähnliches erstellt, sondern dienten ausschließlich Forschungszwecken.«

»Arbeiten in diesem Bereich werden meist mit staatlichen Geldern finanziert, es gibt eine enge Zusammenarbeit mit dem Bundeskriminalamt und den Landeskriminalämtern«, widersprach Mangold. Doch es war auch nur ein Stochern im Nebel.

Er erwartete Kaja Wintersteins Widerspruch, doch der begannen die Hände zu zittern. Tränen schossen aus ihren Augen.

Sienhaupt sah kurz hoch und zog den Kopf ein. Neugierig blickte er über seinen Brillenrand.

»Ich darf nicht daran denken, dass jemand wie … ich darf daran nicht denken.«

»Gab es Täter, die Ihnen etwas vorgespielt haben könnten, die einen besonderen Kontakt aufbauen wollten? Was ist mit Ihrer Einteilung, wen genau haben Sie befragt?«

Kaja Winterstein wischte sich die Tränen aus den Augen.

»Ja und Nein. Fünfzig, fünfzig, da war alles vertreten. Die Affekttäter überkommt es, da wird nicht geplant oder ritualisiert. Die töten in einem Rauschzustand. Nicht wenige bereuen es, entschuldigen sich bei den Opfern, behandeln die Leichen respektvoll, decken die Gesichter zu und legen ihre Opfer in einer friedlichen Pose auf das Bett. Bei den Planenden, kalkulierenden Tätern ist es anders. Die Motive sind anders, die Handlungen werden gesteuert. Es geht darum, die Macht möglichst lange auszukosten, auch den Toten noch ihre Verachtung zu zeigen. Und ein geistiger Überflieger war nicht dabei.«

Kaja Winterstein tippte erneut die Wahlwiederholung. Als Leonies Mailbox ansprang, feuerte sie das Telefon auf Mangolds Tisch.

»Wir werden bei jedem Einzelnen nachsehen, ob er noch in seiner Zelle sitzt«, versicherte er.

Mangold sah zu Sienhaupt hinüber. Der Savant wirkte auf ihn, als würde er immer verbissener mit etwas im Computer ringen. Er wippte auf seinem Sessel aufgeregt hin und her, stieß seine Brille auf die Stirn, flatterte mit den Händen. Auch die Augen zuckten minutenlang im selben Rhythmus.

Es half nichts. Er musste ihn vom Internet und dem polizeilichen Intranet abkoppeln. Sollte sich allerdings Leonies Verschwinden tatsächlich als Entführung herausstellen, hatte er als Einziger Kontakt zum Entführer. Er war die Verbindungsstelle, die sie weiterbringen konnte. Andererseits konnte er erheblichen Schaden anrichten.

Während Kaja Winterstein sich aus der Küche einen Kaffee holte, las Mangold den gerichtsmedizinischen Befund des dritten Opfers. Auch bei dem Mord an Leonie Jahn fehlte die persönliche Handschrift des Täters. Eine Abweichung von den anderen Opfern gab es hinsichtlich der geschlossenen Lider.

Sollte Schneeweißchen beabsichtigen, dass er, Mangold, die Übersicht verlor, das Wichtige nicht mehr vom Unwichtigen trennen konnte – er war verdammt dicht dran.
 Plötzlich gab Sienhaupt einen röchelnden Laut von sich, breitete die Arme aus und umarmte den Computer. Mangold trat auf ihn zu und Sienhaupt sagte: »Peter«, und noch einmal: »Peter.«

Was hätte Mangold darum gegeben, wenn Sienhaupts Schwester in der Nähe gewesen wäre. Doch die nutzte die Tatsache, dass ihr »Bruder in guten Händen war«, wie sie sich ausgedrückt hatte, für einen Einkaufsbummel.
 Mangold blickte auf Sienhaupts Bildschirm. In der oberen linken Ecke lief ein Schachspiel, in einem anderen, kleineren Fenster rasten Zahlenkolonnen vorbei. Wirklich erstaunlich aber war eine geöffnete Seite, auf der vergangene und zukünftige Sternkonstellationen aufgerufen werden konnten. Verstand er das Ganze richtig, dann ver-

änderte Sienhaupt nicht nur die Zeit, sondern auch einige Umlaufbahnen, die ein völlig verändertes Bild des Sternenhimmels zur Folge hatten.

Plötzlich öffnete er ein Fenster, in dem er zu programmieren schien. Immer hektischer wurden seine Eingaben. Er raufte sich die Haare und biss sich auf die Fingerknöchel. Zwei Stellen der linken Hand hatte er bereits verletzt.

Auch seine Schaukelbewegungen wurden hektischer.

Gleich bekommt er einen epileptischen Anfall!, dachte Mangold und sah sich hilfesuchend um. Hektisch wählte er Ellen Sienhaupts Handynummer, doch die war nicht zu erreichen.

»Kaja, können Sie mal kommen? Schnell.«

Kaja Winterstein brauchte nur Sekunden, um sich von ihren Unterlagen zu lösen.

»Was hat das zu bedeuten?«

»Der Mann wird gleich hyperventilieren«, sagte sie.

»Soll ich es ausschalten?«

»Warten Sie noch«, sagte Kaja Winterstein. Sie zog eine Plastiktüte, raffte sie am Ende zusammen und hielt sie Sienhaupt vor den Mund.

»Er verliert zu viel Kohlenmonoxid«, sagte sie.

Sienhaupt nahm die Tüte vor seinem Mund nicht zur Kenntnis, sondern hämmerte weiter auf die Tastatur ein.

Plötzlich tauchte in blinkenden Lettern »Tarifa« auf seinem Schirm auf. Und dann bewegte sich von links nach rechts der Name »Leonie« über den Schirm.

Kaja Winterstein ließ die Plastiktüte sinken.

»Mein Gott«, sagte sie.

Dann ein neuer Text: »Leonie. Wartet. Ganz allein. Allein.«

»Nein«, schrie Kaja Winterstein.

Sienhaupt stieß ebenfalls einen Heullaut aus.

»Ich werde ihn jetzt abkoppeln«, sagte Mangold.

»Nein«, sagte Kaja. »Warten Sie. Einen Augenblick noch.«

Sienhaupts Hände hingen in der Luft und zitterten. Krämpfe durchschüttelten seinen Körper und es kam Mangold vor, als würde der Mann unter einer Reihe von Stromstößen zusammenzucken. Seine Augen waren starr nach vorn gerichtet, die Augenlider schlugen wie Flügel eines Schmetterlings, der ins Wasser gefallen war und versuchte, sich zu befreien.

»Ich kann das nicht verantworten, ich muss …«

»Nein«, sagte Kaja, »er ist unser Weg zu Leonie. Er ist …«

Mangold riss die Kabel aus dem Computer. Sienhaupt nahm das Gerät und auch seine Umgebung schon nicht mehr wahr. Er schwankte weiter in Krämpfen auf seinem Sessel hin und her. Plötzlich stürzte Ellen Sienhaupt in den Konferenzraum und rannte auf ihren Bruder zu.

»Peter! Peter, was ist?«

Sie legte ihre Arme um den Savant. So wie eine Mutter, die ihr Kind tröstet und gleichzeitig vor der feindlichen Umgebung abschottet.

»Peter«, sagte sie. »Peter, es ist gut, es ist alles gut.«

Sienhaupt versuchte sich zu befreien und streckte seine Arme Mangold entgegen. Dann sagte er: »Leenniie, Leeniie.«

*Die Vorbereitungen waren so gut wie abgeschlossen. Es war so einfach.*

*Er musste ihm unbedingt die Neuigkeiten erzählen. Sobald er wieder da war.*

*Er konnte es kaum erwarten, ihm in die Augen zu sehen. In Augen, die er nie zuvor gesehen hatte. Jahrelang waren sie hinter ihm gewesen, aber sie hatten sich immer alles erzählt. Bis in alle Einzelheiten.*

*Und dann hatte er ihn mitsehen lassen. In diese Welt, die so verwirrend war. Er konnte sich noch genau an sein Gesicht erinnern. Warum wollte er die Augen nicht öffnen?*

*Er würde sich dicht, ganz dicht an ihn legen. Und sicher würde er ihm von seinen Reisen erzählen, zu denen er immer wieder aufbrach, ohne sich zu verabschieden.*

*Und er? Er würde von seiner Angst sprechen. Seiner Angst, allein zu sein. Hier allein zu bleiben. Zurückzubleiben.*

*Das war bald vorbei. Nie wieder würde er auf ihn warten müssen, nie wieder.*

*Er öffnete den Kühlschrank und zog die Flasche mit Apfelsaft heraus. Ja, Adam und Eva. Adam und Adam. Er lachte heiser. Wie einfach alles war, wenn man es nur verstand. Der Heilige Gral! Er hatte ihn gefunden, hatte ihn präpariert. Der Heilige Gral würde das Gefäß für ihn sein. Er war auf dem Weg zu ihm.*

*Und er würde ihm diese finstere Welt erklären, durch*

*die er irrte, wenn er allein war. Wenn nichts ihn aufhielt.*

*Er schenkte sich ein Glas Saft ein und leerte es in einem Zug.*

*Hoffentlich war er einverstanden mit seiner Wahl. Eigentlich konnte er jetzt abwarten, die Spielsteine auf dem Brett bewegten sich von allein.*

*Doch was war mit diesem Anderen, der aus der Dunkelheit aufgetaucht war? Der mit seiner grollenden Stimme zu ihm sprach. Der versucht hatte, ihn zu züchtigen. Er hatte ihm die Peitsche aus der Hand gerissen.*

*Er drehte sich um zum Kühlschrank, öffnete ihn und zog eine Plastiktüte heraus. Behutsam legte er sie auf den Tisch und öffnete sie mit Zeige- und Mittelfinger. Nur einen Spalt. Ja, er konnte sie riechen. Ihr Parfum, ihren Schweiß und ihre Angst. Er fuhr mit dem Zeigefinger sanft über den Stoff. Sie hatte das getragen. Es kam ihm vor, als fühlte er ihr Herz pulsieren. Ihr großes Herz. Auch er würde es bald hören.*

*Er näherte sich mit der Nase dem geöffneten Schlitz der Plastiktüte und sog den Duft tief ein.*

*Nein, das musste warten. Sorgfältig drückte er die Tüte wieder zusammen, faltete sie und legte sie zurück in den Kühlschrank.*

*Schon bald würde ein neuer Mond am Himmel stehen. Blutrot und geheimnisvoll, und dieser Mond würde sich drehen. Er würde ihm seine Rückseite preisgeben. Sein Licht in sein Gesicht werfen.*

*Er lächelte und klappte das Notebook auf. Schon seit Stunden hatte er den Kontakt verloren.*

## 19.

Nachdem Mangold ihn gebeten hatte, noch nicht zurückzufliegen, wartete er auf weitere telefonische Anweisungen. Hensen sah, wie das Flugzeug, in dem er eigentlich nach Hamburg hätte zurückfliegen sollen, an Höhe gewann.

Vor dem Terminal luden Reisebusse ihre Fracht aus. Aufgeregt umringten Touristen ihre uniformierte Reiseleiterin. Die Frau stand mit eingefrorenem Lächeln am Ausstieg des Busses und deutete mit ausholenden Armbewegungen in Richtung der Tür zum Terminal Zwei.

Hensen schlenderte zu einem Kiosk und bestellte eine Flasche Wasser.

Reinigungskräfte schoben Wagen mit Schrubbern, Besen, Eimern und einer Batterie von Reinigungsmitteln vor sich her.

Hensen nahm seinen Skizzenblock heraus und zeichnete einen Mann, der gerade aus den Toilettenräumen kam und sich auf eine Bank setzte.

Hensens Handy signalisierte den Empfang einer SMS. Schon die vierte, seitdem er hier am Flughafen wartete. Auch diesmal würde er sicher von einer griechischen Telekomgesellschaft begrüßt.

Als er die SMS öffnete, las er: »Wie viel wiegt Anna?«

Er kannte keine Anna, zumindest konnte er sich an keine Anna erinnern, und schon gar nicht eine Anna, die mit Gewichtsproblemen kämpfte.

Mit schnellen Strichen skizzierte er den Mann auf der Bank, der die Augen schloss und seinen Kopf nach hinten fallen ließ. Der Mund öffnete sich leicht und Hensen meinte, ein leises Schnarchen zu hören.

Hensens Telefon klingelte.

»Mangold hier, bist du noch am Flughafen?«

Hensen fragte gereizt, ob er denn nun die Erlaubnis hätte, nach Hamburg zurückzufliegen.

»Ist verdammt heiß hier.«

»Möglich, dass Leonie Winterstein entführt wurde. Es gibt Hinweise auf Tarifa. Schneeweißchen will offenbar, dass jemand von uns nach Tarifa fliegt.«

»Südspanien?«

»Bei Gibraltar rechts abbiegen. Es sieht aus, als würde er die Missachtung seiner Anweisungen bestrafen, und ich möchte nicht, dass wir aus Dummheit Leonies Leben gefährden. Buch dir einen Flug nach Sevilla oder Malaga, und dann miete dir ein Auto.«

»Peer, er macht sich lustig über uns.«

»Klar, aber er tötet auch.«

»Er bringt Menschen um, wenn wir nicht nach seiner Nase tanzen?«, fragte Hensen.

»So sieht es aus. Ist möglich, dass seine Wut auf Kaja Winterstein und ihre Tochter damit zusammenhängt, weil der saubere Herr Weitz einen Hinweis nicht weitergegeben hat. Die Samen, die wir auf dem Oberschenkel der ersten Toten gefunden haben, wurden von einer bayrischen Samenbank verschickt. Bestellt und bezahlt angeblich von Kaja Winterstein.«

»Und das hat Weitz verschwiegen?«

»Es gibt eine Nachricht, die Leonie in Zusammenhang mit Tarifa bringt.«

»Eine Nachricht an dich?«

»Peter Sienhaupt. Den mussten wir aus dem Netz nehmen. Ist völlig ausgerastet. Sieht aus, als würde da im Hintergrund ein Krieg toben. Auf Hunderten Spieleplattformen, in Quellcodes, auf Wissenschaftsforen, und wir wissen nicht, ob auf Sienhaupt Verlass ist.«

»Lässt er sich nicht steuern?«

»Er hält Kontakt zum Täter. Vielleicht war es Sienhaupt, der ein Programm in unsere Fingerabdruck-Datenbank geschmuggelt hat«, sagte Mangold.

»Deshalb die Übereinstimmung der Fingerabdrücke aus dem Kinderzimmer von Leonie mit den Abdrücken, die die griechische Polizei geschickt hat?«

»Schneeweißchen zeigt uns seine Macht. Die Zeitungen schreiben von fieberhaften Ermittlungen und auch, dass wir es mit einem Savant zu tun haben. Das muss ihnen gesteckt worden sein. Er will jetzt sein Publikum. Könnte auch über Sienhaupt gelaufen sein.«

»Zwei Savants, die mit ihren Superhirnen gegeneinander in die Arena gestiegen sind.«

»Wir haben dafür gesorgt, dass kein Laptop in Sienhaupts Nähe steht.«

»Peer, sagt dir eine Anna was?«

»›Wie schwer ist Anna‹? Ist auch auf meinem Handy eingelaufen und überdies als Mailnachricht einmal quer durch das Polizeipräsidium gegangen.«

»Gerade kommt Tannen mit den Ergebnissen aus dem neuen Fingerabdruckvergleich.«

»Ich denke, ihr habt eine Erklärung für die falschen Fingerabdrücke?«

Hensen hörte, wie Mangold durch die Zähne pfiff.

»Ich muss jetzt aufhören. Er schlägt ein neues Kapitel auf.«

»Aber ...«

»Melde dich, wenn du in Sevilla angekommen bist. Der Mann rückt uns auf die Pelle.«

Hensen verstaute seinen Zeichenblock und stopfte ihn in die Reisetasche. Dann ging er zum Schalter von Olympic Airways, um in Erfahrung zu bringen, wie er am schnellsten nach Spanien kam.

*

Ein Mörder, der alles bis ins Kleinste plante, und dann hatte er sich seine Opfer wahllos von der Straße gegriffen? Marc Weitz war sicher, dass Zufall nicht zu solch einem Killer passte.

Der bereitete sich doch darauf vor, holte sich einen runter, wenn er seine Opfer beobachtete. Genoss ihre Arglosigkeit, weil sie nicht wussten, was er mit ihnen anstellen würde ... und wieder und wieder in seiner Fantasie schon angestellt hatte.

Diese kranken Gestalten brauchten das. Die Vorbereitung, der süße Geruch der Macht, der sich ausbreitete, sobald sie ein Opfer ins Visier genommen hatten. Wo also waren sich Täter und Opfer begegnet?

Den übersichtlichsten Lebenswandel hatte Carla Kanuk geführt. Kein großer Freundeskreis, keine Treffen in schummrigen Bars, und eben auch keine Single-Chatbörsen, in denen die Mörder neuerdings ihre Beute jagten.

Äußerst bequem! Ein netter Chat, ein paar falsche Angaben zur Person, vielleicht ein falsches Bild, und schon war das Opfer für ein Treffen abgekocht. Doch Carla Kanuk war anscheinend mit ihrem Single-Dasein zufrieden gewesen.

Auch wenn Weitz dieser Einschätzung ihres Bruders nicht traute, eine Frau ihres Alters war doch empfänglich für das männliche Werben. Andererseits gab es schon Frauen ... na ja.

Weitz fuhr mit dem Fahrstuhl in den vierten Stock. Diesen Weg hatte auch Carla Kanuk genommen. Jeden Tag. Eine großartige Karriereaussicht hatte ihr der junge Schnösel von Chef prognostiziert, den er sich gleich vornehmen würde.

»Kann ich Herrn Hansen sprechen?«

»Sind Sie angemeldet?«

»Wir sind verabredet. Nun schaffen Sie ihn schon ran, ich hab wenig Zeit.«

Die Dame am Empfang lächelte beharrlich weiter, schickte ihn in den Besprechungsraum und versicherte ihm, dass Herr Hansen sofort kommen würde.

Weitz sagte nichts, sondern blickte sich um. In der Mitte des Raumes ein Stahltisch, an den Wänden nur ein modernes Gemälde, das den Rücken eines Mannes zeigte, der aus dem Bild lief. Stahlrahmen, Stahlstühle und schwarz lackierte Schränke, die in die Wand eingelassen waren.

Drei Minuten später betrat wippend und in einem braunen Nadelstreifen der Besitzer des Immobilienbüros den Raum.

»Ich bin Lars Hansen, Sie kommen wegen Frau Kanuk?«

»Ich möchte keine Zeit verschwenden, wir haben es eilig.«

»Dann mal los«, sagte Hansen. »Ich weiß allerdings

nicht, was wir nicht schon zu Protokoll gegeben hätten. Haben Sie denn überhaupt keine Spur vom Täter? Solch ein Mord ...«

»Wir haben eine Spur, eine Spur von Ahnung, und die sagt uns, dass wir aus taktischen Gründen nicht über Ermittlungsergebnisse herumquatschen sollten.«

»Verstehe«, sagte Hansen. »Was wollen Sie also wissen?«

Weitz beugte sich nach vorn dicht an das Ohr seines Gegenübers.

»Wissen Sie, was Diskretion ist?«

»Sicher.«

»Hab ich mir schon gedacht, dass Sie das wissen.«

»Was soll das?«, fragte der Immobilienkaufmann.

»Ich möchte, dass Sie Ihre verdammte Diskretion hier mal vergessen. Herr Lars Hansen, stellen Sie sich einfach vor, Ihre Freundin geht zum Frauenarzt ...«

»Was hat meine Frau ...«

»Stellen Sie sich vor, sie geht zum Frauenarzt. Da setzt sie sich auf einen Stuhl und legt alles frei. So ist es jetzt auch zwischen uns. Sie halten einfach nicht zurück, machen Ihre Beine breit und erzählen mir alles über diese Carla Kanuk. Wenn ich alles sage, meine ich auch alles. Nicht diesen Scheiß von verdiente Mitarbeiterin, Stütze des Geschäfts und so. Ich meine, mit wem hat sie rumgevögelt, hat sie in der Firma Kollegen oder Kunden aufgerissen? Haben Sie sie vernascht, wie das sicher nicht ganz unüblich ist? War ja mal ein flotter Feger, diese Kanuk. Da wachsen schließlich Begehrlichkeiten, und Sie waschen sich Ihren Schwanz sicher auch nicht mit Sagrotan. Sind schließlich kein Kostverächter, das sehe ich gleich.«

»Was wollen Sie? Vielleicht sollte ich meinen Anwalt ...«

»Natürlich können Sie Ihren Anwalt rufen, aber ich kann Sie dann meinerseits auch ganz schnell vom Zeugen zum Tatverdächtigen befördern, verstehen Sie? Mit wem hat sie's getrieben? Ich will Gerüchte hören, Vermutungen, Büroklatsch.«

»Das dringt sicher kaum bis zu mir durch.«

»Nun machen Sie hier mal nicht den dicken Maxe. Sie haben zwölf Mitarbeiter, zwölf! Und da wollen Sie mir erzählen, dass Sie nicht wüssten, wer mit wem in die Kiste steigt?«

»Frau Kanuk hat solche Kontakte innerhalb des Büros immer vermieden. Einmal gab es die Vermutung, sie hätte sich privat mit einem Kunden getroffen.«

»Aha, genau das will ich hören. Wer war der Mann?«

»Eine Frau, es war eine Frau.«

»Eine Lesbe? Wollen Sie damit sagen, Carla Kanuk war eine Lesbe?«

»Will ich nicht sagen. Ich kann mir nicht vorstellen, dass sie sexuelle Kontakte zu der Frau hatte, die war gut und gern zwanzig Jahre älter.«

»Das sagt gar nichts, glauben Sie mir. Okay, wir haben diese Frau, diese Kundin, deren Namen Sie mir nachher aufschreiben werden. Und weiter?«

»Einer meiner langjährigen Mitarbeiter hat Interesse an ihr gehabt, aber sie hat darauf nicht reagiert. Sie hat Geschäftliches und Privates streng getrennt. Da war nichts.«

»Keine privaten Mails?«

»Wir überprüfen nicht, welche Mails unsere Mitarbeiter verschicken, das ist hier nicht so ein Supermarkt, der seine Leute bespitzelt. Hier wird unabhängig gearbeitet, und die Mitarbeiter partizipieren mit Provisionen an den Geschäftsabschlüssen.«

»Partizipieren? Herr Lars Hansen, ich will hier nicht Ihren Bildungshorizont ausloten. War sie in letzter Zeit an sensiblen Geschäften beteiligt? Etwas, was über das Normale und Alltägliche hinausgeht?«

»Sie hat ihre ganz normalen Tätigkeiten erledigt. Hat Begehungen mit Interessenten im Geschäftsimmobilienbereich gemacht, Verträge aufgesetzt, Nebenkostenabrechnungen überprüft.«

»Alles wie immer?«

»In den letzten vier Wochen hat sie die Außentermine an Kollegen vergeben. War ein wenig angeschlagen.«

»Chronische Grippe, oder was soll ›angeschlagen‹ heißen?«

»Sie hat sich Vorwürfe gemacht, irgendeine Verkehrsangelegenheit, ein Unfall, bei dem sie Zeuge war.«

»Was war das für ein Unfall?«

»Darüber hat sie nicht gesprochen, aber dabei ist wohl ein Säugling gestorben.«

»Und sie war Zeugin? Hier in Hamburg?«

»Ich weiß darüber nichts. Sie war ein zurückgezogener Typ, aber ich hab mir gedacht, wenn sie sich noch mehr vergräbt, könnte das mit dem Unfall zu tun haben. Eine Frau sieht zu, wenn ein Säugling stirbt, das verpackt die sicher nicht so leicht.«

»Jahrelang Frau gewesen, was?«, sagte Weitz.

Er reichte Hansen seine Karte.

»Wenn Ihnen noch was einfällt, rufen Sie mich an. Es geht hier um eine Mordermittlung, und Sie möchten sicher nicht mitschuldig sein, wenn wir aufgrund Ihrer fehlenden Aussage weiter die Stücke anderer Opfer eintüten müssen.«

»Also stimmt das mit den Verstümmelungen der Opfer?«

»Wenn Sie mal keine Immobilien mehr zu verkaufen haben, können Sie sich ja in unserem Personalbüro melden«, sagte Weitz.

\*

Mangold massierte sich die Schläfe.

»Wie kann Sienhaupt mit einer IP-Adresse eine Mail abschicken? Das ist vollkommen unmöglich. Sein Computer steht da. Unberührt. Der Mann sitzt in seinem Hotelzimmer. Ohne Notebook oder Telefonleitung nach draußen. Nach Aussagen der Rezeption und des Beamten vor der Tür hat er das Zimmer nicht verlassen. Also auch kein Internet-Café aufgesucht.«

Tannen sah vom Computerbildschirm auf.

»Man kann so etwas auch mit Zeitverzögerung versenden.«

Mangold widersprach: »Wie soll man erklären, dass dort Nachrichten von einem Polizeicomputer einlaufen, der gar nicht benutzt wird? Unterschrieben mit dem Namen des Polizeipräsidenten?«

Mit wehenden Haaren stürzte Jan König von der Kriminaltechnik in den Konferenzraum.

»Also, dass die Fingerabdrücke aus Leonies Zimmer nicht zu Leonies passen, hab ich euch ja schon gesagt. Der Computer ist jetzt durch und hat zwei Namen ausgespuckt. Haltet euch fest: Die Fingerabdrücke stammen von einer gewissen Antonia Ahrens und von … na?«

»Keine Zeit für Spielchen«, sagte Mangold. »Also?«

»Peter Sienhaupt.«

Mangold sprang in die Höhe.

»Wie soll das gehen? Ist da wieder ein Programm zugange? Habt ihr das geklärt?«

»Alles sauber, wir haben das gecheckt und zweimal überprüft. Im Zimmer sind die Spuren von Antonia Ahrens und Peter Sienhaupt.«

»Der war hier die ganze Zeit unter Kontrolle, wann hätte er das machen sollen?«

»Ist aber so. Sienhaupt war in unserer Datenbank, weil er mal wegen eines Ladendiebstahls aufgefallen ist. Hat sich Batterien geklaut.«

»Sienhaupt, immer wieder Sienhaupt. Was ist, wenn er unser Mann ist. Wenn wir den Bock zum Gärtner gemacht haben?«, sagte Tannen.

»Sie haben ihn doch gesehen, wie soll der zwei Frauen und einen Mann ermorden? Dazu braucht man Kraft und Feinmotorik, die Muskeln müssen funktionieren.«

»Und wenn er uns etwas vorspielt? Wenn er den Autisten nur vorgaukelt, um seine Ruhe zu haben?«

Mangold trommelte mit dem Stift auf seine Schreibtischplatte.

»Sienhaupt ist hundertfach von Wissenschaftlern untersucht worden. Der Mann ist Autist und er hat motorische Störungen. Was immer sich hinter seinem Lächeln verbirgt, es ist vollkommen ausgeschlossen, dass er auch nur einen Menschen umgebracht hat. Nein, das bedeutet etwas anderes: Die Fingerabdrücke von Sienhaupt wurden dort platziert. Der Täter will uns zeigen, wie nah er ist.«

»Und woher sollte der Täter Sienhaupts Abdrücke haben?«

Mangold fixierte seine Fingernägel.

»Sienhaupts Fingerabdrücke sind in unserer Datenbank,

er muss die technischen Fähigkeiten besitzen, vom Ausdruck eine Art Stempel herzustellen. Ähnlich, wie er das mit dem Gebiss gemacht hat.«

Der Kriminaltechniker Jan König schüttelte den Kopf.

»Wäre das so, dann müssten die von uns gefundenen Abdrücke vom Ausschnitt her absolut identisch sein mit dem, was wir in der Wohnung vorgefunden haben. Erkennbare Spuren des Aufdrückens, verschwommene Stellen ...«

»Und?«, sagte Mangold.

»Sind sie aber nicht. Die Fingerspuren im Zimmer von Leonie Winterstein passen zu Sienhaupt, sind aber nicht hundertprozentig identisch mit dem, was wir in der Datenbank haben.«

»Dann muss er sie sich auf andere Weise besorgt haben«, sagte Mangold. »Tannen, Sie überprüfen, wer diese Antonia Ahrens ist und wo wir sie finden. Wieso haben wir überhaupt ihre Abdrücke?«

»Mehrfachtäterin. Vorbestraft wegen Diebstahl und Betrug«, sagte Lars König.

»Auch Einbruch?«

»Steht nicht im Vorstrafenregister.«

»Überprüfen Sie das, und treiben Sie die Dame auf. Ich fahre zu Sienhaupt. Ich wette, dass Schneeweißchen in der Wohnung von Kaja Winterstein war. Und das ist keine gute Nachricht.«

\*

Die Metalltafel mit den Klingelknöpfen war herausgerissen und lose Kabelenden wippten in der Zugluft. Marc Weitz sah auf die verschmutzte Türklinke und drückte dann die Eingangstür des Mietshauses in Altona mit seinem Ellenbogen auf. Das Treppenhaus roch nach Urin. An den Wohnungstüren im ersten Stock prangten Graffitis.

Das bronzene Türschild »Annand, Kraus, Petersen« fand er im dritten Stock. So wohnen also Schwuchteln, dachte Weitz und drückte mit dem Handrücken auf den Klingelknopf. Fehlte noch, dass er sich hier was wegholte.

»Nun mach doch mal die Tür auf, Waltraud«, flötete eine männliche Stimme hinter der Tür.

Ein junger Mann in einem Muskelshirt und Boxershorts öffnete und sah ihn strahlend an.

»Meine Güte, wenn ich das gewusst hätte ... Sie wollen zu mir, stimmt's? Sie sind ein Lotteriegewinn und machen heute Nacktputzen?«

Weitz drängte ihn zur Seite und betrat den Flur.

»Hoppla«, sagte der junge Mann.

Die Wohnung war der völlige Kontrast zum äußeren Erscheinungsbild des Mietshauses. Der Flur mit einem edlen Holzparkett ausgelegt, an den Wänden verchromte Armaturen und ein leuchtend rotes Sofa. Von der Decke hing ein vergoldeter Engel, der über drei tropfenförmigen Lampeneinfassungen schwebte. An den Wänden eine Frau mit Pagenfrisur und Zigarettenspitze. Weitz blickte in eines der Zimmer. Teure Antiquitäten und ein riesiges Bett mit einer lilafarbenen Decke aus Samt.

»Gefällt Ihnen unser kleines Belle-Époque-Museum?«, fragte der junge Mann. »Tolles Bett, was?«

»Vielleicht wollen Sie mal 'ne Pritsche in unserem Untersuchungsgefängnis kennen lernen. Da sollten Sie dann aber eine große Tube Vaseline mitnehmen. Gibt es hier so etwas wie einen Haushaltsvorstand?«

»Waltraud, kommst du mal?«

Aus einem hinteren Zimmer kam ein etwa vierzigjähriger Mann in den Flur.

»Ja?«

»Die Polizei ist im Haus, und was für ein strammer Kerl, meine Güte.«

Der Mann, der ihn fragend ansah, hatte kurz geschnittene, leicht ergraute Haare und kantige Gesichtszüge. Seine Tränensäcke waren geschwollen.

»Sie kommen wegen Charly. Wir haben Ihren Kollegen alles gesagt, was wir wissen.«

»Sie waren der Freund von Charles Annand?«

»Wir waren verheiratet.«

»Schön, dann kennen Sie sich im Leben Ihres toten Ehemannes ja aus.«

Der Mann, der sich als Ralf Petersen vorstellte, winkte ihn in sein Zimmer. Auch hier war alles picobello aufgeräumt. Auf dem Schreibtisch standen zwei große Bildschirme, davor eine Tastatur.

»Sie arbeiten zu Hause?«

»Ich bin Architekt. Möchten Sie einen Kaffee?«

»Ich möchte ein paar Auskünfte.«

»Ich hoffe, dass Sie dieses Schwein schnell erwischen.«

»Schon klar. Also ich möchte wissen, ob Ihr Freund in letzter Zeit Schwierigkeiten hatte oder schlecht drauf war.«

Ralf Petersen dachte kurz nach und machte eine verneinende Geste.

»War er zurückhaltender als sonst? Verschlossener?«

»Er hatte gute und schlechte Tage. Wie jeder andere auch.«

»Hatte er Angst?«

»Angst?«

»Könnte es sein, dass Ihr Freund jemanden angesteckt hat?«

»Wieso angesteckt?«

»Aids.«

»Charles hatte kein Aids und auch keine anderen Krankheiten, das wüsste ich.«

»Damit geht man nicht hausieren.«

»Haben Ihre Gerichtsmediziner das festgestellt?«

»Kein Kommentar«, sagte Weitz, der sich daran erinnerte, dass im Autopsiebericht nichts über Aids gestanden hatte.

»Ist Ihr Freund jemandem zu nah gekommen?«

»Wir haben eine monogame Beziehung geführt, wenn Sie das meinen.«

»Keine Fummelkinos, Darkrooms oder so?«

Ralf Petersen schüttelte den Kopf.

»Ich habe ihn nicht beobachten lassen, aber er war nicht der Typ dazu.«

»Aber er war der Typ, um als Barmann zu arbeiten.«

»Hauptsächlich als Altenpfleger.«

»Gab es in der Bar irgendwelchen Ärger? Oder im Altenheim?«

»Charles war ein fröhlicher Mensch, der konnte mit Kunden und auch mit seinen Alten gut umgehen. Er war sehr beliebt.«

»Ein enttäuschter Liebhaber, jemand, dem es sauer aufgestoßen ist, dass er ... nun, dass er vergeben war?«

»Das hätte er mir erzählt. Er war ein absolut treuer ...«

»... Ehemann, ich weiß, geschenkt. Kann ich sein Zimmer mal sehen? Oder haben Sie das schon an Ehefrau zwo vergeben?«

»Alles ist so, wie es war.«

Petersen öffnete die Schublade seines Schreibtisches und zog einen Schlüssel heraus. Er forderte Weitz auf, ihm zu folgen. Nachdem er die Tür aufgeschlossen hatte, trat er einen Schritt zurück.

»Ich kann das noch nicht. Verstehen Sie?«

Weitz nickte. Gefühlsausbrüche bei den Tunten, na schön.

Das Oberlicht des Fensters war einen Spalt breit geöffnet und die Gardine flatterte leicht. Auch in Charles Annands Zimmer herrschte peinliche Sauberkeit.

Um einen Mosaiktisch, der aus einem arabischen Laden stammen musste, waren drei Sitzkissen gruppiert. Der verchromte Metallschrank passte zum Art déco der übrigen Wohnung. Ein wenig erinnerte er Weitz an einen Schrank, den er in einer Arztpraxis gesehen hatte.

In der Ecke stand ein schmales, mit einer pinkfarbenen Decke bezogenes Bett.

Auf einer Vitrine, die oben mit einem Spiegel versehen war, standen Familienbilder. Eine ältere Frau, dann Annand selbst im Kinderwagen und beim Spielen auf einer Wiese. Annand mit seinen Geschwistern, mit einer Trommel und in der Uniform des örtlichen Spielmannszuges.

Die persönlichen Unterlagen fand Weitz in drei Filzkisten. Beim Durchblättern fiel ihm nichts Außergewöhnliches auf.

Als Weitz das Zimmer verließ, wartete Petersen schon im Flur.

»Haben Sie gefunden, was Sie suchten?«

»Seine Eltern sind tot? Keine Bilder, keine Briefe …«

»Kein Kontakt. Er hat diese Sache nicht ausgehalten, Charles war sehr sensibel.«

»Welche Sache?«

»Charles ist ja in Frankreich geboren. Aufgewachsen ist er allerdings in einem deutschen Kaff. Eines Tages hat ein Bauer aus der Nachbarschaft seinen behinderten Sohn umgebracht und in der Jauchegrube versenkt. Das ganze Dorf wusste es und hat geschwiegen.«

»Das ganze Dorf? Auch Charles Annand?«

»Schon. Seine Eltern haben ihn gezwungen, nichts zu sagen. Er hat sich das nie verziehen. Wie gesagt, den Kontakt zu seinen Eltern hat er abgebrochen. Ich glaube, deshalb hat er sich auch zum Krankenpfleger ausbilden lassen.«

»Altenpfleger.«

»Er hat sich auf Betreuung von Demenzkranken spezialisiert.«

»In diesem Kaff wurde ein behindertes Kind in einer Jauchegrube versenkt und niemand sagt etwas?«

»Wenn ich Charles richtig verstanden habe, war das ein Mord mit Ansage. ›Ich schmeiß ihn in die Grube‹, hat der Bauer gesagt. Charles war damals 16. Aber warum wollen Sie das wissen?«

»Weil ich ein neugieriger Bulle bin. Und Charles Annand ist dann nach Hamburg?«

»Gleich, nachdem er 18 war.«

»Wer weiß denn noch davon?«

»Es wurde zum ›Tod durch Unfall‹ erklärt. Aber das Ganze kocht gerade wieder hoch.«

»Kocht hoch?«

»Jemand aus dem Dorf hat geredet. Jedenfalls wurde Charles von einem Reporter angerufen.«

»Wissen Sie den Namen oder die Zeitung, für die der gearbeitet hat?«

»Ich hab die Notiz noch. Charles war ziemlich aufgebracht nach dem Anruf.«

Ralf Petersen holte einen Zettel aus seinem Zimmer, auf den Annand unleserliche Notizen gekritzelt hatte. Der Name allerdings war in Druckbuchstaben geschrieben.

Deutlich konnte Weitz »Peer Mangold« entziffern.

# 20.

Das Hotel »Hafenkante« war bekannt für seine gediegene Atmosphäre und den Ausblick über den Hamburger Hafen. Im unteren Bereich war eine Kneipe untergebracht, deren Einrichtung sich aus den 1950er Jahren in die Gegenwart gerettet hatte. Aschenbecher, auf denen das Wort »Stammtisch« prangte, Fischernetze an Säulen, rustikale Tische und Stühle, ausgestopfte Krokodile über dem Tresen und signierte Autogrammpostkarten von Schlagerstars an den Wänden.

Die eleganten Uniformen des Hotelpersonals machten deutlich, dass dies nur eine geduldete Oase in einem modern geführten Hotel war.

Peer Mangold zeigte an der Rezeption seinen Ausweis und fragte nach dem Zimmer von Peter Sienhaupt. Der Mann an der Rezeption deutete zum Fahrstuhl.

»428, vierter Stock.«

Der uniformierte Beamte saß vor der Tür, auf den Knien ein aufgeschlagenes Buch.

»Alles ruhig?«, fragte Mangold.

»Sienhaupt und seine Schwester haben das Hotel nicht verlassen«, sagte der Beamte.

Bevor Mangold klopfen konnte, öffnete Ellen Sienhaupt die Tür.

»Hellhörig, die Zimmer. Peter mag das gar nicht.«

Sie deutete auf ihren Bruder, der vor dem Fenster auf einem Stuhl saß und die Schiffe beobachtete, die im Hafenwasser vorbeischaukelten.

»Bitte seien Sie ganz ehrlich«, sagte Mangold. »Hat Ihr Bruder ein Notebook? Eine Verbindung zur Außenwelt?«

»Ich sagte Ihnen doch schon, dass es neu für ihn war. Wie neu, das haben Sie ja miterlebt.«

»Es lag weniger am Computer als an demjenigen, mit dem er zu tun hatte. Also kein Computer?«

Ellen Sienhaupt schüttelte den Kopf. Sie räumte einen Stapel Bücher vom Sofa und bot ihm Platz an.

Peter Sienhaupt hatte seine Lieblingsbücher mit auf die Reise genommen. Auf Tischen, Stühlen und Boden lagen Autoatlanten, Feldkarten, Sportbücher, das Hamburger Telefonbuch, das Guinnessbuch der Rekorde und eine umfangreiche Sammlung mathematischer Formeln.

Sienhaupt selbst nahm keine Notiz von Mangold, sondern beobachtete weiter das Treiben im Hafen.

»Das mit dem Kontakt zur Außenwelt kann ich natürlich nicht garantieren.«

»Wie?«

»Ich hab Ihnen ja schon gesagt, dass er etwas vor mir versteckt und manchmal sehr lange im Badezimmer bleibt.«

Sie beugte sich an sein Ohr und sagte: »Ich glaube, es ist ein Handy.«

»Sie haben ihn damit telefonieren gehört?«

Ellen Sienhaupt schüttelte den Kopf.

»Peter telefoniert nicht gern. Er will sein Gegenüber sehen.«

»Kann ich einen Blick auf das Handy werfen?«

»Versuchen Sie Ihr Glück.«

Mangold stellte sich direkt hinter Peter Sienhaupt:

»Würden Sie mir Ihr Handy leihen? Ich müsste mal telefonieren.«

Sienhaupt summte etwas und fixierte einen Schlepper, der sich durch das Elbwasser arbeitete.

»Sie halten ihn für blöd, nicht wahr?«, sagte Ellen Sienhaupt. »Er lebt zwar in seiner eigenen Welt, aber blöd ist er nicht.«

»Herr Sienhaupt, es ist dringend. Haben Sie Nachrichten verschickt? Im Auftrag von jemand anderem? Wir müssen das wissen. Es geht um Menschenleben, ich bitte Sie.«

Peter Sienhaupt wippte auf seinem Stuhl vor und zurück. Gerade als Mangold sich zu Ellen Sienhaupt umdrehte, um ihr mitzuteilen, dass er ihren Bruder auch gegen seinen Willen durchsuchen würde, streckte Sienhaupt die Hand aus.

»Und was soll jetzt das?«

Sienhaupt wedelte mit der Hand und hielt sie dann wieder ruhig.

Ellen Sienhaupt lachte.

»Dumm ist er nicht. Wenn ich das richtig verstehe, will er mit Ihnen ein Tauschgeschäft machen.«

Widerwillig zog Mangold sein brandneues Handy aus der Tasche und legte es in Sienhaupts Hand. Der Savant ließ das Ziffernfeld rausgleiten und roch an dem großen Display. Dann verstaute er es in seiner Jackentasche und zog sein eigenes Handy heraus.

Mangold sah sofort, dass an dem preiswerten und bestimmt fünf Jahre alten Modell manipuliert worden sein musste.

Den Kratzspuren nach war das Gehäuse mehrfach geöffnet worden.

Mangold drückte zwei Ziffern, und auf dem Display erschien eine achtstellige Zahlenfolge. Dann leuchtete auf dem Display die Begrüßungsseite des Kernforschungszentrums Jülich auf.

Er schaltete das Handy aus und ließ es in die Tasche gleiten. Darum sollten sich die Techniker im Präsidium kümmern.

Peter Sienhaupt blickte noch immer aus dem Fenster und schien vollkommen zufrieden mit sich selbst zu sein.

»Können wir wieder nach Hause?«, fragte Ellen Sienhaupt.

»Ich verstehe, dass dies eine ungeheure Belastung ist, aber wir brauchen Ihren Bruder noch. Er hat Kontakt mit einem sehr gefährlichen Menschen. Gut möglich, dass er der Schlüssel zu diesem Mann ist.«

Ellen Sienhaupt sah ihn angriffslustig an.

»Ich lasse nicht zu, dass Peter etwas zustößt.«

»Keine Sorge, nur müssen wir wissen, was zwischen den beiden ausgetauscht wurde.«

Ellen Sienhaupt nickte.

Mangold überlegte, ob er sein Handy zurückfordern sollte. Anderes war jetzt wichtiger. Glücklicherweise hatte er es schnell ausgeschaltet und selbst Sienhaupt würde einige Zeit damit verbringen, den Code zu knacken.

Vor der Zimmertür versprach er dem wartenden Polizisten die Ablösung in einer Stunde.

\*

»Wie viel wiegt Anna?«

Hensen bestellte sich beim Kellner ein Bier und blätterte in seinen Skizzen. Er gähnte. Die Fahrt von Malaga nach Tarifa war anstrengend gewesen. Er hatte die knapp 200 Kilometer an die Südspitze des europäischen Festlandes mit einem Mietwagen bewältigt. Auch die Aussicht aus dem Wagenfenster war trostlos. Weit über hundert Kilometer hatte er neben sich nichts anderes gesehen als gewaltige Hotelburgen. Eine Beton-Skyline ohne die geringste Lücke, die den Blick zum Meer freigegeben hätte.

»Wie viel wiegt Anna?« Wieder eines dieser Rätsel, die sich letztendlich zu einem Gesamtbild zusammenfügen würden. Aber wie viele Opfer würde es bis dahin geben?

Der Täter würde es genießen, ihnen vor Augen zu führen, wie dicht sie dran gewesen waren. Er schaffte Unordnung und Verwirrung, und doch zeigten die Bezüge zum da Vinci-Foto, dem Dante-Zitat oder zur Hand in der Burgmauer von Rhodos einen fast religiösen Eifer.

»Wie schwer ist Anna?«

Hensen blätterte seine Skizzen durch. Er besah sich die Zeichnungen, die er von den Opfern gemacht hatte. Auch seine missglückten Versuche, die Körperteile wirklich so darzustellen, wie sie vorgefunden wurden. Sein Gehirn machte aus den grotesk verstreuten Extremitäten immer wieder ganze Körper. Unversehens war ihm ein Oberarm zu einem Körper gerutscht, der Kopf zu dicht am Hals gezeichnet.

Gott liegt im Auge des Betrachters, dachte er. Dann zog er den Ausdruck des Letzten Abendmahls heraus, den ihnen der Täter geschickt hatte.

Warum hatte er den Jünger Johannes oder eben auch Maria Magdalena durchgestrichen? Genau betrachtet war es kein Durchstreichen, kein Auskreuzen. Die unbeholfenen Striche ähnelten einem aufrecht stehenden Kreuz, das vor der Figur, ja, vor dem Tisch stand. Maria Magdalena oder Johannes, Verfasser des vierten Evangeliums und der Bibel nach der »Jünger, den Jesus liebte«.

Genau das hatte einige Historiker auf die Idee gebracht, dass gar nicht Johannes, der im Evangelium nicht mit Namen genannt wurde, sondern Maria Magdalena gemeint sein könnte. Auch da Vinci hatte in seinem Gemälde mit Sicherheit darauf angespielt. Theorien, die selbst in Kriminalromanen weidlich abgefeiert wurden.

Der vermeintliche Johannes zur Rechten Jesu sah mit seinen langen Haaren und weichen Zügen aus wie eine Frau. Im Unterschied zu den anderen Aposteln. Hatte sich der Meister die Freiheit genommen, die Bibel wieder an seine Urform anzugleichen? Für den Täter, den sie jagten, musste dies von Bedeutung sein. Oder machte er Witze über den vermeintlichen da Vinci-Code?

Hensen bezahlte seinen Kaffee und schob die Skizzen in den Ordner.

Er schlenderte die Hafenmole entlang zum nahe gelegenen Strand. Auflandiger Wind trieb den safrangelben Sand auf die Mole.

»Hast du Tarifa gemacht?«, stand auf einem Plakat, das im Fenster eines alten VW-Busses klebte. Der Besitzer musste zu den Kite-Surfern gehören, die sich mithilfe eines Segels durch die Gischt pflügen ließen.

Hensen blieb stehen und blickte auf das Meer. Immer wieder schossen die Kite-Surfer auf ihren Brettern meterhoch aus dem Wasser. Die meisten von ihnen trugen Neopren-Anzüge. Er hatte gelesen, dass Tarifa unter den Surfern als äußerst anspruchsvoll galt. Nicht selten wurden die akrobatischen Leistungen mit Knochenbrüchen belohnt.

Auch die Winde, die rasch wechselnd vom Atlantik oder dem Mittelmeer kommend gegen das Land schlugen, waren nichts für sensible Gemüter. Ein immerwährender Fön, der Kopfschmerzen und finstere Gedanken in die Köpfe jagte.

Der von der Sahara herüberwehende Levante löste sich mit dem kühleren Poniente ab, der vom Atlantik blies. Immerhin, der Wind sorgte dafür, dass es hier keine größeren Touristenhotels gab. Auch ein netter Strandurlaub war wegen des meist starken Wellengangs nicht möglich. Tarifa, das war Surfer-Land.

Hensen durchquerte eine kleine Gasse am Hafen. Unvermittelt stand er vor einem Verkehrsschild, das unter einem Linksabbiegerpfeil »Afrika 14 km« verkündete.

Im Schaufenster eines Geschäfts wurde Whalewatching mit hundertprozentiger Sichtgarantie angeboten. Hier, in der Meerenge von Gibraltar, zogen Delfine, Tümmler, Orcas, Grind-, Pott- und Finnwale Richtung Mittelmeer. Wer das Ticket für eine Begegnung mit den sanften Riesen lösen wollte, wurde allerdings darauf aufmerksam gemacht, dass die Besucher »Seefestigkeit« und »wasserabweisende Kleidung« mitbringen sollten. Das abgebildete Boot sah eher aus, als könnte es für Kaffeefahrten auf der Ostsee gebucht werden. Die Anbieter verstanden sich als »Aktivisten des sanften Ökotourismus«.

Hensen betrat eine Kathedrale, die so aussah, als hätte man sie aus einem in Mexiko spielenden Western geklaut und hierhergepflanzt.

Altstadt, Burg und Hafenanlagen von Tarifa hatte der Kalif von Córdoba im 10. Jahrhundert errichtet, um den Piraten Einhalt zu gebieten, die in der Meerenge ihr Unwesen trieben. So hatte es Hensen in einem Prospekt des Tourismusbüros gelesen, das in seinem Hotel auslag.

Die Heiligen in der Iglesia de San Mateo starben den Märtyrertod. Blut schoss in Fontänen aus dem Herzen Jesu, Blut ergoss sich über die Umhänge der Apostel und Blut rollte als Tränen aus den Augen.

Mit Blut schrieb auch ihr Savant seine Lebensgeschichte um.

Als Hensen die kühle Kirche verlassen hatte, setzte er sich in ein Internet-Café, nahm Platz vor einem Computerschirm, loggte sich ein und sah zunächst flüchtig auf den Platz neben sich. Das war nicht möglich, ganz ausgeschlossen! Er wandte sich verblüfft um.

»Wollen Sie was von mir?«

»Wie um Himmels willen kommen Sie hierher? Das gibt es doch gar nicht!«

\*

Tannen starrte auf die Liste von Serientätern, die ihm Kaja Winterstein zusammengestellt hatte. Nie hätte er gedacht, dass so viele hochgefährliche Killer in den Strafanstalten einsaßen. Menschen, die nie wieder freikommen durften.

Er verstand jetzt auch, warum Kaja Winterstein darum gebeten hatte, bei ihren Recherchen auf Vorkommen von Tierquälerei zu achten. Nahezu die Hälfte der Täter war bereits im Kinder- oder Jugendalter aufgefallen, weil sie sich als bestialische Sadisten hervortat.

Die Macht, die sie später als Täter über Menschen auskosteten, wurde zunächst im Kleinen erprobt.

Tannen betrachtete das Foto eines jungen Mannes, der

versucht hatte, seine zwei minderjährigen Opfer bei lebendigem Leib mit einem Teppichmesser zu häuten.

Kaja Winterstein hatte sich in den Gesprächen, die sie mit Serientätern im Gefängnis geführt hatte, auch mit deren Gewaltfantasien beschäftigt. Schonungslos offen hatten einige die Bilder ausgebreitet, die sie umtrieben. Immer ging es um Erniedrigung.

»Lass dich auf den Täter ein«, hatte seine Freundin Joyce gesagt. Sie hatte keine Ahnung, was sie da von ihm verlangte. Hielt er nicht einen gehörigen Abstand, wer weiß, vielleicht erwiesen sich diese Fantasien als ansteckend. Überraschend war die Art, wie die Täter über sich redeten. Wie erstaunte Kinder, die davon berichteten, dass sie die Sandburg des Nachbarkindes zertreten hatten. Immer schwang dieses »Wie konnte ich das tun, sagen Sie's mir?« mit.

»Ich darf nie wieder freikommen«, hatte einer der Täter sogar vor sich selbst gewarnt.

Tannen hatte sich nicht auf die Akten verlassen, sondern Anfragen an alle infrage kommenden Gefängnisse und psychiatrischen Anstalten geschickt. Bis jetzt sah es so aus, als wären alle von Kaja Winterstein befragten Serienmörder sicher hinter Mauern und Gittern verwahrt.

Den Wohnort dieser Antonia Ahrens, deren Fingerabdrücke sie in Leonies Zimmer gefunden hatten, hatte Tannen zwar herausfinden können, doch sie selbst war nicht erreichbar.

Am Festnetzanschluss sprang ein Anrufbeantworter an, und eine Mobilnummer konnte er nicht in Erfahrung bringen. Zur Sicherheit hatte er die Kasseler Kollegen gebeten, bei ihr vorbeizufahren.

Sollte der Täter tatsächlich ihre und Peter Sienhaupts

Fingerspuren in dem Zimmer mithilfe von Folie auf Fensterbänke, Türgriffe und die Tür platziert haben, war sie ein potenzielles weiteres Opfer. Aber er glaubte nicht daran. Wahrscheinlich hatte Leonie die Frau zu Besuch gehabt. Bedrohlich war die ganze Angelegenheit dennoch. Da Sienhaupt unmöglich das Zimmer von Leonie besucht haben konnte, musste Schneeweißchen in der Villa gewesen sein.

Das Telefon klingelte.

»Carstens, Revierwache 5, Kassel. Haben Sie die Anfrage wegen einer Antonia Ahrens rausgeschickt?«

»Vor zwei Stunden.«

»Es hat gedauert, weil wir den Hausmeister auftreiben mussten.«

»Und?«

»Sieht wüst aus. Die Wohnung war durchwühlt. Ein Einbruch. Von Frau Ahrens keine Spur.«

\*

Mangold drückte den Knopf zum Basement. Direkt oberhalb der Tiefgarage lagen die Büros und Labore der Kriminaltechnik. Er fragte einen Kollegen in einem ölverschmierten Overall, wo er Viktor Riehm finden könne.

»Computerraum«, sagte der Mann und wischte sich die Hände an einem Lappen ab. Mangold betrat das Büro, das mehr einer Werkstatt glich. In den Regalen türmten sich Computer, Relais, elektronische Platinen und Festplatten. Riehm saß an einer Arbeitsplatte vor flimmernden Computerschirmen.

»Ich wollte Sie schon anrufen«, sagte er, ohne sich umzudrehen. Er deutete auf Sienhaupts Handy, das neben der

Tastatur lag und mit einem Kabel an den Rechner angeschlossen war.

»Diese Kiste hat nur wenig mit einem Telefon zu tun.«

»Das heißt?«

»Ist so eine Art Internet-Fernbedienung. Er steuert damit Rechner an, die im ganzen Bundesgebiet verteilt sind, nutzt die Rechnerressourcen und alles, was ihm wichtig ist ...«

»Dafür braucht man doch Speicherplatz.«

»Seine Daten hat er auf Festplatten in Rechenzentren verteilt und miteinander verkoppelt. Frag mich nicht, wie das funktioniert, aber es funktioniert. Ich hab so etwas noch nie gesehen.«

»Er hat seiner Schwester also sein kleines Computer-Hobby verheimlicht.«

»Ich weiß auch, warum«, sagte Riehm.

»Sexuelle Motive, hübsche kleine Filmchen?«

»Filmchen schon, aber nicht so.«

Auf dem Bildschirm startete ein Film, der Frauen am Strand zeigte, danach eine verwackelte Sequenz, in der eine Kamera durch einen Türspalt gehalten wurde.

»Er ist Voyeur?«

»Er steht darauf, wenn Menschen heimlich beobachtet werden. Sexuelle Dinge tauchen eher nicht auf. Zwei, drei Filme vielleicht, aber er hat sie wohl eher zufällig mit in seine Sammlung aufgenommen.«

»Was ist mit den Programmen, die er benutzt?«

»Das ist ihm zu blöd. Er schreibt seine eigenen Programme. Auch wenn die instabil sind, er erreicht sein Ziel.«

»Ausspäh-Programme, Viren?«

»Jede Menge. Eines liefert übrigens Daten aus unserem

System direkt auf eine seiner Festplatten. Unwichtiges Zeug, der Mann ist ein Daten-Messie.«

»Interessen?«

»Ich hab nach den Informationen zu unserem Fall gesucht und nach Querverbindungen, nichts. Oder eben verborgen.«

»Ermittlungsdaten, die er an die Presse weitergegeben hat?«

»Nein, dafür aber Querschaltungen zu religiösen Seiten.«

»Der Mann liest mit seinen selbst gebastelten Superprogrammen in der Bibel?«

»Es geht um den Apostel Johannes. Er versucht die Bausteine der Bibel und Informationen, die er aus den Bereichen Naturwissenschaften, Kultur, aber auch der Sprachen klaubt, zusammenzubringen. Er baut die Welt aus wissenschaftlichen Erkenntnissen und Formeln noch einmal zusammen.«

»Wie kann man einen Bibeltext mit der Relativitätstheorie abgleichen?«

»Über Formeln. Vieles von dem Zeug ist verschlüsselt, da müsstest du schon ein Heer von Kryptoanalytikern anfordern. Vielleicht versuchst du es beim militärischen Abschirmdienst der Vereinigten Staaten. Da müssten die mal zwei, drei Kriege verschieben, um mit diesem Kram fertig zu werden.«

»Was ist mit dem Kontakt zu dem Killer?«

»Der Mann kommt aus den Tiefen des Internets und versucht ihm etwas zu erklären. Sienhaupts Fragen konnte ich nicht entschlüsseln, aber ich habe ein paar Antworten, die eingelaufen sind.«

Viktor Riehm rief das Word-Programm auf.

Mangold beugte sich vor.

»Was soll das sein?«

»Altgriechisch«, sagte Riehm und lud ein Übersetzungsprogramm hoch.

»Ich bin es, ich, der ist.«

»Stammt aus diesem Evangelium. Verändert zwar, aber siehst du das Wort, das das Programm nicht übersetzen kann?«

Mangold nickte.

»Wenn ich das neugriechische Wörterbuch dazuschalte, kommt die Buchstabenfolge ›Peter‹ raus.«

»Er spielt Gott, dieser Mistkerl hält sich für Gott.«

»Zumindest für den Verwalter eines göttlichen Prinzips. Und das geht munter so weiter.«

Auf dem Bild erschienen die ersten Verse des Evangeliums nach Johannes:

> *Am Anfang war das Wort*
> *und das Wort war bei Gott,*
> *und das Wort war Gott.*
> *Im Anfang war es bei Gott.*
> *Alles ist durch das Wort geworden*
> *und ohne das Wort wurde nichts, was*
> *geworden ist.*

»Nach diesem ersten Vers macht er mit dem 14. Vers weiter«, sagte Riehm und scrollte weiter:

> *Und das Wort ist Fleisch*
> *geworden*
> *und hat unter uns gewohnt*

*und wir haben seine Herrlichkeit*
*gesehen,*
*die Herrlichkeit des einzigen Sohnes*
                    *vom Vater,*
*voll Gnade und Wahrheit.«*

»Eine Bekehrung?«

»Rechtfertigung, Anleitung, ich weiß nicht. Dieser Unbekannte will, dass Sienhaupt sein Handeln versteht. Der Mann weiß, dass Sienhaupt ein Savant und ein Autist ist, ein Geistesverwandter. Und weil er weiß, was Sienhaupt mit Informationen macht, sie sammelt, neu gruppiert, will er ihm eine Anweisung geben oder einen Weg weisen …«

»Und dieses ›Wie viel wiegt Anna?‹«

»Taucht nicht auf«, sagte Riehm. »Für ihn ist das ein Tunnelsystem aus Informationen, die er begehen kann und in dem er mit einem Griff das Richtige findet. Uns macht er damit fertig.«

Riehm zog ratlos die Schultern hoch.

»Sieh dir das an: ›Arsch Neffe Haut Penis Betrug buergt Morserednerei‹. Krauses Zeug.«

Mangold starrte auf den Bildschirm.

»Ach ja, noch was. Sienhaupt hat sich in das Netz der Swissair gehackt und den Namen von Leonie Winterstein aus den Fluglisten gelöscht.«

»Das geht?«, fragte Mangold.

»Bist du drin, bist du dran. Einmal im System, geht alles.«

»Und warum hat er das nicht gelöscht oder verschlüsselt?«

»Weil Sienhaupt Leonie Winterstein schützen wollte?«

Mangold griff in die Tasche seines Jacketts und fluchte. Sein Handy! Steckte immer noch in der Hosentasche von Sienhaupt und er war nicht erreichbar.

Eilig ging er zurück ins Büro der Sonderkommission. Tannen musste seinen Schreibtisch gerade verlassen haben.

Mangold zog aus der Schublade sein Zweithandy, das mit einer Multicard ausgerüstet war und mit dem er seine Anrufe ganz normal entgegennehmen konnte.

Hensen saß in Tarifa und wartete auf seinen Rückruf. Das hatte Zeit. Leonie war noch nicht aufgetaucht. Die Zeit drängte, aber er brauchte jetzt dringend zwei, drei Stunden Schlaf.

Am besten wie Sienhaupt ein Tunnelsystem graben. Etwas, in dem sie sich auskannten und in das sich der Täter locken ließ. Aber wie? Mit Hilfe von Sienhaupt? Würde der mitspielen? Gut möglich, dass er längst übergelaufen war.

Die Aktennotiz, die Tannen ihm auf den Schreibtisch gelegt hatte, stopfte er ungelesen in seine Tasche. Später.

*

Gott sei Dank, dachte Kaja Winterstein. Sofort nachdem Hensen sie angerufen und ihr beigebracht hatte, dass Leonie neben ihm saß, hatte sie einen Entschluss gefasst. Nichts und niemand würde sie davon abbringen: Schluss mit den Spielchen.

Ein wenig durcheinander hatte Leonie davon berichtet, wie sie nach Tarifa gekommen war.

Eine SMS ihrer Mutter hatte sie noch auf dem Flughafen Zürich erhalten. »Sofort am Tuifly-Schalter nach Sevilla einchecken, Ticket liegt bereit ... bin jetzt nicht erreichbar. Erwarte dich in Tarifa! Im Hotel Escobar«, hätte darin gestanden.

Leonie hatte vergeblich versucht, sie dennoch zu erreichen. Anschließend hätte sie im Flugzeug gesessen und nicht telefonieren dürfen. Beim Aussteigen in Sevilla sei ihr dann aufgefallen, dass ihr Handy fehlte.

Weil die Nachricht so dringend gewesen sei, sei sie sofort mit einem Bus in das Hotel gefahren. Dass die Nachricht von ihrer Mutter stammte, daran hätte sie keinen Zweifel gehabt, schließlich wurde ihr Absender angezeigt. Dann sei sie ins Internet-Café gegangen, um ihr eine Email zu schicken.

Kaja Winterstein winkte ein Taxi heran und stieg ein. Ja, sie würde ihre Tochter persönlich in Spanien abholen. Auch wenn er ihre Tochter laufen gelassen hatte, sie war in höchster Gefahr. Warum sonst hatte er sich die Mühe gemacht und sie nach Tarifa gelockt? Er musste in ihrer Nähe gewesen sein. Wie sonst war das verschwundene Handy zu erklären? Ihr schauderte bei der Vorstellung, dass der Mann, der seine Opfer derart bestialisch ermordet und zugerichtet hatte, direkt neben Leonie gesessen haben konnte. Nur seine Hand auszustrecken brauchte ...

»Nie wieder«, sagte Kaja laut.

»Wie bitte?«, sagte der Taxifahrer.

»Nichts, nichts, ich muss nur schnell zum Flughafen.«

Jetzt hatte es sich ausgespielt! Sie war durch die Hölle gegangen, noch einmal würde sie das auf keinen Fall mitmachen. Und wenn sie Leonie in einer Einzelzelle in Grönland unterbringen musste, bis der Mann gefasst war. Er würde zu falschen SMS-Nachrichten keine Möglichkeiten mehr bekommen. Und auch ihr würde er keine Angst mehr machen.

Woher die Gewalt? Warum wurde Mangold angerufen? In ihr Haus eingebrochen? Warum sie?

Und was hatte das mit dem Johannes-Evangelium zu tun, über das Hensen mit ihr reden wollte?

Mangold! Wo steckte der? Seit mindestens einer Stunde war er nicht erreichbar. Egal, auch der hätte sie nicht davon abbringen können, jetzt sofort mit der nächsten Maschine nach Spanien zu fliegen.

»Welches Terminal?«, fragte der Taxifahrer und blickte in seinen Rückspiegel.

»Aber ich kenne Sie«, sagte Kaja Winterstein. »Sie sind doch …«

Der Mann lächelte in den Spiegel.

Dann hörte sie, wie die Zentralverriegelung des Taxis mit einem schmatzenden Geräusch einrastete. Der Fahrer bog von der Hauptstraße ab in eine Seitenstraße.

Der Fahrer drehte sich zu ihr um und sagte: »Hallo, Kaja.«

## 21.

Mangold ließ sich in seinen Sessel fallen. Die Position der Umzugskartons kam ihm inzwischen vertraut vor.

Zwei Kartons mit Tunnelmodellen hatte er ausgepackt. Auch das Modell des 150 v. Chr. im Heiligen Land geschlagenen Tunnels nach Qumran am Toten Meer war darunter. Die Rollen von Qumran. Zeugnisse der Essener, in denen die ältesten Bibelschriften enthalten sind. Johannes der Apostel.

Bis jetzt hatte Schneeweißchen nicht erkennen lassen, was er mit seinen grausamen Taten beabsichtigte.

Der Einzige, der einen Tunnel direkt zum Täter gegraben hatte, war Sienhaupt. Doch der zeigte keinerlei Bereitschaft, ihnen Zugang zu verschaffen.

Mangold hörte, wie seine Wohnungstür geöffnet wurde.

»Halli hallo, niemand zu Hause? Die Tür war offen!«

Lena! Nicht jetzt, bitte nicht jetzt!

Lena steckte den Kopf durch die Wohnzimmertür und fuhr sich durch die hellbraune Perücke. Dann rauschte sie auch schon mit ihrem leuchtend roten Blümchenkleid, Stirnband und Blumen-Tattoos auf den Beinen in sein Wohnzimmer. Sie drehte sich auf ihren Riemchensandalen einmal im Kreis und ließ das schwere silberne Peace-Zeichen um ihren Hals wirbeln.

»Cool, was?«

»Schön«, sagte Mangold, »die Hippies sind wieder da.«

»Sie waren nie weg. Haben sich nur verkleidet und jetzt ...«

Sie schüttelte ihre Handgelenke und brachte so die Silberarmbänder zum Klingen.

Neugierig sah sie ihn aus kajalgeschminkten Augen an.

»Lena, ich hab keine Zeit.«

»Du spielst mit deinen Tunneln?«, fragte sie und deutete auf das neben ihm stehende Modell. »Abgefahren.«

»Geschenkt, du spielst später mit kleinen Modell-Friedhöfen.«

»Ich bin keiner von diesen Gothic-Typen.«

»Und wie geht's in der Gerichtsmedizin?«, sagte Mangold.

»Leg mal die Füße auf die Kiste«, sagte Lena.

»Was soll das?«

»Schuhe aus, nun stell dich nicht so an.«

Mangold gab seinen Widerstand auf, streifte die Schuhe ab und legte die Füße auf die Kiste. Lena rückte einen zweiten Karton davor, setzte sich und begann, seine Fußsohlen zu massieren.

»Praktikumserfahrung?«, fragte Mangold, dem plötzlich einfiel, dass er seit Tagen seine Socken nicht mehr gewechselt hatte. Unwillkürlich winkelte er die Beine an, doch Lena griff um seine Knöchel und zog die Füße zurück auf den Karton.

»Fußreflexzonenmassage. Hab mal einen Lehrgang gemacht.«

»Was hast du in deinem Alter eigentlich noch nicht gemacht?«

»Was ist das für ein Fall? Geht es um die Frauenmorde? Es geht um die Frauenmorde, stimmt's?«

»Es gibt auch einen männlichen Toten.«

»Der zählt nicht, der war schwul.«

»Der zählt nicht?«

»Ich meine nur, dass er was Weibliches hat. Es geht immer um die Ausstrahlung. Das ist das, was für den Täter stimmen muss. Was ist, Mangold, bin ich gut?«

»Fantastisch«, sagte er.

Er fühlte sich unwohl bei dem Gedanken, Lena zu sagen, wie gut ihm diese Massage tat. Die Wärme, die von seinen Füßen ausging, fuhr ihm sogar in den Rücken, strahlte wohlig aus, als würde jemand mit einer Rotlichtlampe über seinen Körper fahren.

Sein Handy klingelte. Hensen war am Apparat.

»Wo steckst du, warum bist du nicht zu erreichen?«

»Sienhaupt hat mein Handy. Mein Ersatzgerät ... ist jetzt auch egal. Was ist los?«

»Leonie Winterstein sitzt neben mir.«

Mangold hätte beinahe seine Füße in das Gesicht von Lena gestoßen.

»Gott sei Dank. Aber wieso in Tarifa? Hat er sie dir übergeben?«

»Er hat sie eher hergelockt.«

»Um sie dir zu übergeben? Was soll das?«

»Wollte sicher einem abgehalfterten Journalisten zu einer netten Reise verhelfen.«

»Unsinn, er wollte dich nicht in der Nähe haben und dafür muss es einen Grund geben«, sagte Mangold.

»Hab ich auch schon dran gedacht. Wichtig ist ...«

»Der Apostel Johannes«, sagte Mangold.

»Dieses da Vinci-Bild, dann die Bibelzitate ... alles hat irgendwie damit zu tun. Das Evangelium des Johannes gilt als einer der spirituellsten Teile der Bibel. Johannes hat nicht nur Kreuzigung und Wiederauferstehung bezeugt. Es gibt Forscher, die glauben, dass er ein ähnliches Erleuchtungserlebnis wie Jesus hatte.«

»Also doch ein esoterischer Zusammenhang bei unseren Mordfällen«, sagte Mangold.

»Ja und nein. Johannes spricht immer wieder vom Einssein. Ich glaube, unser Savant will Eins werden.«

»Mit Peter Sienhaupt?«

»Eher nicht«, sagte Hensen. »Wozu dann der ganze Aufwand? Nein, das Töten ist nur ein Nebeneffekt. Er bereitet das Feld. Er fühlt sich göttlich, indem er etwas Großartiges schöpfen will. Etwas, das er sehr vermisst oder das ihm noch fehlt. Oder etwas, das seine Herrlichkeit unter Beweis stellt.«

»Vorbereitung, indem er Menschen massakriert? Das ist doch pervers.«

»So macht alles einen Sinn. Er bezieht sich auf die Bibel, zeigt seine finsteren Abgründe, indem er die Serienkiller kopiert, versucht Sienhaupt zu überzeugen, führt uns ständig seine Fähigkeiten vor, indem er Gebisse herstellt oder fremde Fingerabdrücke hinterlässt.«

»Hensen, du glaubst, er spielt mit Identitäten, löscht Persönlichkeiten aus und stülpt ihnen seine eigenen Facetten über?«

»Wir sollten Kaja fragen. Und jemand, der sich mit diesem religiösen Kram auskennt. Wo steckt eigentlich die Winterstein?«, fragte Mangold.

»Hat sie dich nicht erreicht?«

»Nein.«

»Sie ist auf dem Weg hierher, nach Tarifa. Sie wollte dich gleich informieren«, sagte Hensen. »Wieso weißt du eigentlich von dem Johanneszeugs?«

»Es taucht auf diversen Festplatten auf, die Sienhaupt mit Informationen vollgepackt hat. Abschnitte aus dem Johannes-Evangelium wurden vom Täter an Sienhaupt geschickt.«

»Die beiden stehen in Kontakt.«

»Wir wissen nicht, ob Sienhaupt übergelaufen ist. Unser Computer-Freak hat seltsame Begriffe gefunden, die der Unbekannte Sienhaupt geschickt haben muss.«

»Schieß los, ich schreib sie mir auf«, sagte Hensen.

»Wie du willst, also: Arsch Neffe Haut Penis Betrug buergt Morserednerei.«

»Du willst mich verarschen?«

»Sicher nicht.«

Mangold gab Hensen noch einmal die Begriffe durch und teilte ihm mit, dass Sienhaupt die Passagierliste der Swissair manipuliert hatte.

Nachdem Mangold sich verabschiedet hatte, wurde ihm bewusst, dass Lena das Gespräch mitgehört hatte.

»Erzähl doch mal«, sagte sie.

»Ich darf keine Details ausplaudern.«

»Was ist das größte Rätsel bei dem Fall? Dieser Johannes? Der Prophet aus der Bibel? Oder Johannes der Täufer?«

Mangold drückte sich zurück in die Sessellehne.

Ihm war nach einem Cognac.

Lena ließ nicht locker.

»Was ist so rätselhaft? Die Auswahl der Opfer? Das, was der Mörder mit ihnen angestellt hat?«

»Wie viel wiegt Anna?«, fragte Mangold. »Na, wie viel wiegt Anna?«

»Was soll das?«, fragte Lena.

»Das ist eines der Rätsel.«

»Du nimmst mich nicht ernst.«

»Na, wie viel wiegt Anna?«

»1900 Gramm«, sagte Lena, »Anna wiegt 1900 Gramm.«

»Was soll das heißen?«

»Anna wiegt 1900 Gramm, und sie lag heute auf dem Seziertisch. Ein gestorbener Säugling, der untersucht werden sollte.«

»Du bist bei den Leichenöffnungen dabei?«

»Das ist nur Fleisch und hat nichts mehr mit der Seele zu tun.«

Sie sah ihn an, als müsste sie ihn beruhigen. »Nur Fleisch«, wiederholte sie und bearbeitete seinen Fußballen.

»1900 Gramm, na ja.«

»Du verstehst es nicht«, sagte Lena.

»Schon klar, ich bin zu alt.«

»›Wie viel wiegt Anna?‹ ist ein Rätsel, und die Lösung ist ...«

»Fein«, sagte Mangold, »was ist die Lösung?«

»Bitte einmal ›bitte‹ sagen, ja?«

»Ich sage gar nichts mehr.«

»Anna, wiegen ergo Gramm. Na, klappert's in der Birne? Ein Anagramm ist natürlich gemeint. Wenn man die Buchstaben dreht und neue Wörter entstehen.«

Mangold schnellte hoch. Krachend fiel das Tunnelmodell auf den Boden.

\*

Keiner ist unschuldig, dachte Marc Weitz. Er hatte es ja immer gesagt. Die so genannten Opfer hatten schwere Schuld auf sich geladen. Zumindest diese Kanuk und

Charles Annand. Und würde man die Kleine, die sie auf dem Wohnwagengelände entdeckt hatten, genau unter die Lupe nehmen ... auch sie hatte sicher eine Leiche im Keller. Nicht mal der Wachmann war unschuldig, dabei war der bei einem Autounfall getötet worden.

Dieser Killer war ein selbst erklärter Rächer. Und genau darüber würde er ihn kriegen. Der Mann musste Kontakt zu seinen Opfern haben.

Über das Internet rief er die Zeitungsarchive in jenen Regionen auf, in denen die Opfer gelebt hatten. Er gab die Vornamen ein und durchsuchte die Archive. Weder Annand noch Kanuk tauchten in den Artikeln auf. Nach drei Stunden dehnte Weitz die Suche auf Bibliotheken und Forschungsinstitute aus. Bei einer Agentur, die Diplomarbeiten gegen Bezahlung einer Gebühr als Books on Demand vertrieb, wurde er im Inhaltsverzeichnis fündig. »Carla. K, Charles A. und Leonie J.«

Antonia Ahrens hieß die Verfasserin der Diplomarbeit im Fach Soziologie. Bekam er Näheres heraus, wollte er seinen Erfolg gleich mitteilen.

Als er versuchte, die Arbeit herunterzuladen, tauchte die Meldung auf, dass man diesen Dienst aus rechtlichen Gründen eingestellt hätte.

*

Mangold rief Hensen auf dem Weg ins Präsidium an und teilte ihm ohne Umschweife die Lösung seiner Nachbarin Lena mit.

Hensen schwieg verblüfft und sagte dann:

»Natürlich, Anagramme! Das ist nicht nur ein Rätsel, das ist auch eine Sprache, mit einem Begriff kannst du ... ich durchforste gleich mal die Schlüsselbegriffe, die du mir durchgegeben hast. Warum bringt er uns auf die Lösung?«

»Damit er sein Triumphgeheul anstimmen kann. Oder er plant den nächsten Mord«, sagte Mangold. »Unter Umständen sogar ein glorreiches Finale. Hat sich Kaja Winterstein bei dir gemeldet?«

Hensen machte eine Pause, dann sagte er: »Die vorletzte Maschine aus Hamburg ist gerade gelandet und sie war nicht an Bord.«

»Tannen soll das überprüfen. Was ist mit ihrem Handy?«, fragte Mangold.

»Ausgeschaltet. Sitzt sicher in der letzten Maschine.«

Tannen stürmte mit einem Stapel Papier ins Büro und sah Mangold aufgeregt an.

»Haben Sie meine Notiz gesehen? Die Wohnung von Antonia Ahrens wurde durchwühlt und es gibt keine Spur von der Frau.«

»Nicht noch ein Opfer«, stöhnte Mangold. »Überprüfen Sie am Flughafen, mit welcher Maschine Kaja Winterstein nach Sevilla geflogen ist.«

Tannen griff zum Hörer, doch die Kollegen von der Flughafenpolizei verwiesen auf die einzelnen Fluggesellschaften.

»Chef, es gibt da eine ganze Reihe von Möglichkeiten, wenn sie nicht direkt geflogen ist.«

»Wir müssen wissen, wo sie steckt.«

Tannen rief den Flugplan auf und begann, sich mögliche Verbindungen zu notieren.

Direktflüge hatte es an diesem Tag nur von Airberlin gegeben. Über Frankfurt waren die Lufthansa, British Airways und Ryan Air nach Sevilla geflogen.

Tannen machte sich daran, die einzelnen Fluglinien anzurufen, während Mangold an seinem Espresso nippte und seine Gedanken ordnete.

Der Täter hatte sie mit Anagrammen auf Trab gehalten. Anagramme, das war sicher auch die Sprache, über die er mit Peter Sienhaupt kommuniziert hatte.

Zum Glück war Leonie wieder aufgetaucht. Auch eine Mitteilung zu Antonia Ahrens war vom Täter nicht gekommen. Bis auf den Fingerabdruck natürlich.

Waren sie diesmal zu schnell für ihn? Bereitete er den Ablageort vor? Wählte er einen weiteren Serienkiller aus, den er kopieren konnte? Jemanden, über den er seine Fähigkeiten hinsichtlich der Mordmethode, eines Gebissabdruckes oder anderer Kniffe unter Beweis stellen konnte? War Antonia Ahrens das Ziel?

Hinter der durchwühlten Wohnung konnte ein Einbruch stecken, doch das hielt Mangold für unwahrscheinlich. Wäre Schneeweißchen dafür verantwortlich, wäre es eine neue Variante. Bisher hatte er den Wohnungen der Opfer keine Beachtung geschenkt.

Sicher, er konnte eine Fahndung ausschreiben, doch wie sollte er sie begründen? Antonia Ahrens war seit drei Stunden nicht zu erreichen, das allein war nicht genug. Und wo steckte Kaja Winterstein? Er brauchte sie.

Am Bildschirm ging er die Kontaktlisten derjenigen Serientäter durch, die Kaja Winterstein interviewt hatte. Bis auf zwei Ausnahmen hatte keiner der zwölf Täter Besuch bekommen.

Ein Serientäter, der ältere Frauen erschlagen und anschließend vergewaltigt hatte, wurde regelmäßig von einer Brieffreundin aufgesucht. Vermerkt war in der Liste, dass diese Frau sich mit dem Mann inzwischen verlobt hatte und eine Heirat geplant sei. Ein Schleswig-Holsteinischer Serientäter wurde alle drei Monate von seiner Mutter besucht.

Mangold widmete sich wieder den Opferbiografien. Plötzlich hörte er Geräusche auf dem Flur. Auch Tannen drehte sich zur Tür um.

Hensen riss die Tür auf und schob Leonie in das Büro.

»Wir haben die letzte Maschine von Sevilla nach Hamburg genommen«, sagte er.

»Und wo ist Kaja Winterstein?«

Leonie ließ sich auf einen der Bürostühle fallen, gähnte und sagte gar nichts.

»Keine Ahnung, aber nicht in Spanien. Und das hat wahrscheinlich einen guten Grund.«

Hensen sah Mangold an und nickte unmerklich zu Leonie Winterstein hinüber. Mit geschlossenen Augen sagte sie: »Was ist mit meiner Mutter?«

»Wird schon wieder auftauchen. Du solltest erst einmal eine Runde schlafen«, schlug Mangold vor.

»Hier? Niemals!«

»Das wird sich auf die Schnelle leider nicht anders machen lassen.«

»Ich will nach Hause.«

Mangold begleitete sie in ein leer stehendes Büro. Auch er hatte auf der ausgeleierten Couch die eine oder andere Nacht verbracht.

Mangold deutete auf einen Schrank.

»Da findest du eine Decke und ein Kissen.«

Hensen hatte inzwischen einen Kaffee aufgebrüht.

»Zunächst diese Johannesgeschichte. Ich bin mir jetzt ganz sicher, dass der Täter sich als Schöpfer versteht.

Am Anfang war das Wort und das Wort wurde Fleisch und so.«

»Bibelzitate sind nicht gerade neu bei Serientätern. Die hören innere Stimmen, halten sich für Jesus oder den Leibhaftigen«, erwiderte Mangold.

»Lassen wir mal dahingestellt, ob er ein Spinner ist. Er ist klug, sehr sehr klug. Bis jetzt hatte alles, was wir rausfinden konnten, Hand und Fuß.«

»Hände und Füße haben wir, und abgetrennte Köpfe und …«

»Er hat es inszeniert, und das zu einem Zweck.«

Mangold wurde schlagartig wach.

»Zu welchem Zweck?«

»Langsam. Das Wort wird zu Fleisch. Das ist das Gleiche, was ein Romanautor macht. Stell dir diese Geschichte hier als einen Roman vor, da gibt es handelnde Personen und die haben ihre Motive. Sie folgen ihrem Weg, und die Handlung nimmt ihren Lauf.«

»Ja und?«

»Genau diese Personen, die er sich aus der Realität genommen hat, möchte er kontrollieren, sie weitertreiben.«

»Schön, er schreibt mit uns einen Roman und hinterlässt ein Gemetzel«, sagte Mangold.

»Seinen Roman, er schreibt seinen Roman. Er füllt seinen Plot mit Fleisch. Er konfrontiert uns mit grauenhaften Taten, zeigt uns, wozu Menschen in der Lage sind. Führt uns aufs Glatteis mit seinem Wissen, bestraft uns, wenn wir seinem Willen nicht gehorchen. Hält uns ständig die Mohrrübe vors Gesicht, und bevor wir zubeißen können, zieht er sie wieder weg.«

»Gut, das ist eine Theorie, aber sie erklärt immer noch nicht, was er eigentlich will.«

»Warte ab«, sagte Hensen. »Du hast diese Anagramm-Frage gelöst.«

»War eine Idee von einem ... von einer Frau.«

»Deshalb riechst du neuerdings wieder wie ein Mensch?«, sagte Hensen. »Ich habe mir während des Fluges einige der Dinge angesehen, die er uns gesimst hat.«

»Anagramme lösen?«

»Genau. Nehmen wir Dante ... du weißt, diese erste Nachricht.«

»In der Mitte meines Lebens fühlte ich mich ...«

»Genau. Auch wenn das Ganze jetzt ein wenig wie Paranoia klingt, aber Dante, den er nicht ausdrücklich erwähnt hat, ist ein Anagramm für ...?«

»Ist mir zu spät fürs Rätselraten.«

»Stell die Buchstaben von Dante um und du erhältst DATEN. Dann der Lebensweg ... im Original heißt es übrigens Lebenswegs mit s.«

»Und ›Lebensweg‹ heißt?«

»Es ist ein Anagramm für NEBELWEG. Der Begriff ›Geldnote‹, den er auf den Kassenzettel extra noch einmal notiert hat und den wir bei der toten Carla Kanuk gefunden haben, ist ein Anagramm von TOD ENGEL. Das Wort ›Kassenbon‹ wird mit umgestellten Buchstaben zu KNABEN SOS. Es ist ein perverses Spielchen, das er mit uns treibt. Und anschließend steht er lachend da und sagt: Seht her, seht her, ich habe es euch doch gesteckt. Alles lag auf der Hand, worüber beschwert ihr euch?«

»Er will, dass wir unser Unvermögen eingestehen. Dann ist er der große Zampano, schließlich hat er uns die Lösungswerkzeuge auf einem silbernen Tablett serviert.«

Hensen nickte zustimmend und pochte mit seinem

Kugelschreiber auf die Seite seines Notizblocks, der mit Buchstabenumstellungen vollgeschrieben war.

»So wurden ursprünglich Anagramme genutzt«, sagte Hensen. »Ein Forscher berechnet eine Formel oder macht eine Entdeckung, veröffentlicht aber ein Anagramm davon. Später kann er beweisen, dass er es war, der als Erster darauf gekommen ist ...«

»Hast du dir das jetzt ausgedacht?«

»Galileo Galilei hat seine Entdeckung der Venusphasen in verschlüsselter Form dargestellt. Du weißt, der Mann hatte Ärger mit der Kirche. Es gibt übrigens ein Anagramm des Freud-Schülers C.G. Jung, das heute noch nicht entschlüsselt ist.

Mit dem Satz ›Wie viel wiegt Anna?‹ verweist er nicht nur auf Anagramme, sondern er benutzt ein Palindrom.«

»Ein was?«

»Anna kann vorwärts und rückwärts gelesen werden«, sagte Hensen. »Wir sind dicht dran. Denk an die Begriffe, die du auf der Festplatte von Sienhaupt gefunden hast: Arsch Neffe Haut Penis Betrug buergt Morserednerei.«

»Weitere Anagramme?«

»Arsch Neffe steht für ERSCHAFFEN, Haut Penis für SIENHAUPT, Betrug und buergt für GEBURT. Interessanterweise ist das doppelt. Er will etwas erschaffen.«

»Und Morserednerei?«

»SERIENMÖRDER«, erwiderte Hensen.

Tannen räusperte sich und sagte: »Wir haben ein weiteres Opfer.«

»Lass mich raten«, sagte Hensen. »Vor- oder Nachname beginnt mit einem A.«

Mangold sah ihn verblüfft an.

»Antonia Ahrens«, sagte Tannen.

»Wortspiele«, sagte Hensen. »Am Anfang war das Wort. Und das Wort wurde zu Fleisch ... zu totem Fleisch.«

»Wieso ein A am Namensanfang?«, wollte Mangold wissen.

»Das ist der Grund, warum ich hier bin und nicht in Spanien herumsitze. Kanuk, Annand, Jahn und jetzt Ahrens. Die Anfangsbuchstaben ergeben ...«

Mangold sprang von seinem Sessel auf und riss dabei einen Kaffeebecher zu Boden.

»Er wollte von Anfang an Kaja«, sagte Hensen. »Über die Nachricht an dich hat er den Kontakt geknüpft. Er hat sich ausgerechnet, dass du die Psychologin wegen ihrer Erfahrungen mit Serienmördern hinzuziehen würdest. Er konfrontiert sie mit der Brutalität seiner Morde, versetzt sie durch die Entführung ihrer Tochter in Panik, sorgt für Angst, indem er sie über eine Manipulation des Fingerabdruckvergleichs mit dem Tod ihrer Tochter konfrontiert, geht in ihr Haus und verteilt Fingerspuren ...«

»Wieso lockt er dich nach Rhodos, Tarifa ...?«

»Er wollte mich aus dem Weg haben.«

»Warum?«

Statt einer Antwort legte Hensen die schwarze Mappe mit seinen Zeichnungen auf den Tisch. Dann zog er ein Blatt heraus.

Darauf hatte er die Worte »Dante«, »Lebensweg« und dann die Namen der ersten Opfer geschrieben.

»Er hat uns portionsweise mit seinen Rätseln versorgt und wohl befürchtet, dass ich ihm mit meiner dilettantischen Zeichnerei zu früh auf die Spur kommen würde.«

»Woher hätte er wissen sollen, dass du ein paar Namen aufgeschrieben hast, die du hättest als Anagramme erkennen können?«, fragte Mangold.

»Das eben ist das Problem«, sagte Hensen. »Er muss es gesehen haben. Entweder als ich es gezeichnet habe, irgendwo habe herumliegen lassen, vielleicht sogar in meiner Wohnung, oder aber ...«

»Ja?«

»Er hat es hier gesehen, in diesem Raum.«

»Dann ist es jemand, den wir kennen.«

»Und genau dieser Jemand hat Kaja jetzt in seiner Gewalt.«

# 22.

»Hörst du mich, Kaja?«

Um sie herum war es dunkel. Weiße Schleier trieben durch diese Finsternis. Sie streckte sich ihnen entgegen.

Sie lag auf dem Rücken. Festgebunden an einem Stuhl, der auf die Rückenlehne gelegt worden war. Ihre Füße über ihr, Fesseln schnitten in ihre Handgelenke. Und dann spürte sie die Feuchtigkeit in ihrem Schoß. Nein, dachte sie, nicht das. Um Gottes willen, nicht das!

»Kaja, ein paar Minuten noch. Ich will sicher gehen. Es ist eine Empfängnis, Kaja. Du hast das Wunder einer Empfängnis erlebt. Dafür verehre ich dich, Kaja.«

Die Stimme schnarrte aus einem Lautsprecher. Sie ruckelte an dem Stuhl, doch mit jeder Bewegung schnitten ihr die Fesseln tiefer ins Fleisch.

»Kaja, hörst du mich? Ich werde dich losbinden, aber ich muss sicher sein, dass du empfangen hast.«

Sie ließ ihn reden. Nein, sie wollte nicht wimmern. Jetzt nur keine Angst zeigen. Sie musste sich unter Kontrolle bekommen.

Diese kranken Gestalten liebten es, wenn ihre Opfer zitterten. Auf diese Genugtuung würde er verzichten müssen.

Die Bilder seiner Opfer tauchten vor ihren Augen auf.

Hatten sie das Gleiche durchgemacht? In diesem dunklen Raum? Gefesselt und auf den Rücken gelegt? Oder hatte er mit ihr etwas Besonderes vor? Seine Stimme klang beschwörend, flüsternd.

»Kaja, du wirst der Heilige Gral sein. In dir wird das Leben wachsen. Du wirst mich Ganz machen, du wirst uns Ganz machen, uns Eins werden lassen. Kaja, ich liebe dich. So, wie ein Sohn nur lieben kann. Kaja, ich werde dir wehtun. Verzeih mir.«

## 23.

Tannen hatte schlechte Nachrichten für seinen Chef. Knapp berichtete er Mangold von der Suche nach der Psychologin.

Kaja Winterstein war nie am Flughafen angekommen. Auf den Flügen zu den Knotenpunkten oder direkt nach Sevilla tauchte ihr Name in den Passagierlisten nicht auf. Auch die von der Flughafenpolizei befragten Angestellten an den Schaltern konnten sich nicht an Kaja Winterstein erinnern. Niemand erkannte sie auf dem Foto wieder, das Tannen in die Dienststelle am Flughafen gefaxt hatte.

Sicherheit brachten die Überwachungskameras im Eingangsbereich des Flughafens. Als Tannen die ins Präsidium überspielten Bänder kontrolliert hatte, stand fest: Kaja Winterstein musste bereits auf dem Weg zum Flughafen entführt worden sein.

Mangold und Hensen saßen an ihren Schreibtischen und durchforsteten erneut die Daten, die sie über den Fall gesammelt hatten.

»Du gehst davon aus, dass sie noch lebt?«, fragte Mangold.

»Vielleicht ist sein Kreieren nichts anderes, als neue Tote zu produzieren, wer weiß das schon«, sagte Hensen. »Aber sie ist nicht einfach ein weiteres Opfer. Die ganze Zeit hatte er Kaja Winterstein im Auge. Mit den Bildern, die er abgeliefert hat, hat er nicht nur eine Horrorshow veranstaltet, sondern auch eine Art Hirnwäsche durchgeführt.«

»Er hat ihr einen Blick in seine Monsterwelt gestattet.«

»Er will bei ihr sein, ganz nah bei ihr sein«, ergänzte Hensen.

»Und wenn er sie einfach freilässt? Schließlich hat er Leonie ...«

»Unwahrscheinlich«, sagte Hensen. »Wozu der ganze Aufwand, die Rätsel, die Morde, warum dieses riesige Tamtam, nein, das muss etwas Großes sein.«

»Hensen, unsere Fahndung läuft, wir überwachen ihr Haus, was fehlt?«

»Keine Ahnung«, sagte Hensen.

In diesem Augenblick klingelte Mangolds Ersatzhandy. Ein Mitarbeiter der Telekom meldete sich und informierte ihn darüber, dass seine Verbindungskosten gerade die 1000-Euro-Hürde genommen hätten. Ob mit dem Handy alles in Ordnung sei, sie stellten ungeheure Datenmengen fest, die über seinen Anschluss hin- und hergeschoben würden.

»Danke, danke«, sagte Mangold.

»Ach, der Dank ist ganz auf unserer Seite.«


»Okay«, sagte Mangold, »ich weiß zwar nicht, wie er meinen Pin-Zugang geknackt hat, aber ich wette, Sienhaupt hat Kontakt mit Schneeweißchen.«

Er warf sich sein Jackett über.

»Wir werden ihn fragen. Gleichgültig, ob er mit dem Mann zusammenarbeitet oder nicht. Wir müssen etwas aus ihm herauskitzeln, nur einen brauchbaren Hinweis.«

Gerade als sie den großen Besprechungsraum verlassen wollten, öffnete Weitz die Tür.

»Nichts«, sagte er. »Die Anfragen an die Taxigesellschaften haben nichts gebracht. Keiner der Fahrer kann sich an eine Flughafenfahrt mit einem Gast erinnern, der Kaja Winterstein ähnlich war. Eine Reihe von Fahrern hat gerade Schicht und wird morgen befragt.«

Auch in ihrem Haus hätten sie keinerlei Spuren entdeckt, die darauf hindeuteten, dass sie dort entführt worden sei. Das letzte Lebenszeichen sei ihr Telefonat mit Hensen.

»Er ist uns meilenweit voraus«, sagte Tannen.

»Nicht ganz«, widersprach Weitz. »Ich hab mir die Opferbiografien noch mal angesehen, mit Leuten gesprochen.«

»Und?«, fragte Mangold.

»So astrein waren die Opfer nicht. Zumindest bei der Kanuk und dem Annand gab es schweres Fehlverhalten. Kanuk war Zeugin und auch ein wenig Verursacherin eines Verkehrsunfalls, bei dem ein Kind getötet wurde.«

»Und Charles Annand?«

»Hat einen Mord oder Totschlag verschwiegen, der in seinem Dorf passiert ist.«

»Beide haben sich also in den Augen des Täters schuldig gemacht?«, fragte Hensen.

Weitz nickte.

»Und jetzt kommt's: Alle tauchen in der Diplomarbeit einer gewissen Antonia Ahrens auf.«

»Das vermutlich vierte Opfer?«

Weitz blickte Mangold irritiert an.

»Sie kennen den Namen?«

»Was ist das für eine Diplomarbeit?«, fragte Mangold.

»Es geht um die Übernahme von Verantwortung, Zeugenangst und so ein Zeugs.«

Hensen fixierte seine Fußspitze und sagte: »Deshalb hat er sie ausgesucht.«

»Hat er sich gerächt?«, fragte Mangold. »Für selbst erlittenes Unrecht?«

»Passt nicht«, sagte Hensen. »Er hat sie ausgewählt, weil er Opfer braucht. Es geht nicht um Rache, es geht um das Schöpfen, um etwas Neues.«

Mangold trat ungeduldig von einem Fuß auf den anderen. Dieses Rätselraten war unerträglich.

»Weitz, Sie versuchen eine Verbindung zwischen den Geschädigten herzustellen«, sagte Mangold. »Ich meine diejenigen, bei deren Zuschadenkommen unsere Opfer irgendwie beteiligt oder Zeuge waren. Checken Sie auch die Familien, Verwandte, Bekannte, das ganze Programm. Kannten sie sich, taucht vielleicht ein Name immer wieder im Zusammenhang der Fälle auf, also irgendetwas Verbindendes. Wir fahren jetzt zu Sienhaupt.«

Zwanzig Minuten später standen Mangold, Hensen und Tannen unschlüssig vor der Zimmertür Peter Sienhaupts und seiner Schwester. Sienhaupts Heullaute drangen von innen heraus, dann ein Poltern, dann wieder undeutliche, kehlige Laute.

»Wie lange geht das schon so?«, fragte Mangold den Polizisten vor der Tür.

»Seit Stunden. Ich hab gefragt, ob ich helfen kann, aber die Schwester von Sienhaupt meint, sie komme schon allein zurecht.«

Mangold klopfte und trat sofort ein. Hensen und Tannen folgten.

Ellen Sienhaupt hatte die Arme um ihren Bruder geschlungen und versuchte, ihn auf der Couch ruhigzuhalten. Sienhaupt hatte ein puterrotes Gesicht, die Haare fielen ihm in Strähnen ins Gesicht, die Brille fehlte.

Ellen Sienhaupt hatte ihm das Handy weggenommen, und er ruderte, wild mit den Händen greifend, in der Luft herum.

»Peter, komm zu dir«, sagte sie.

Dann drehte sie sich zu Mangold um.

»Ich lasse das nicht zu, er geht kaputt, sehen Sie das denn nicht?«

»Was ist los?«

»Er hämmert seit Stunden auf den Tasten Ihres Handys herum, schreit, grölt, springt auf, wirft Möbel um, ich habe ihn so noch nie erlebt. Es ist, als kämpfe er mit jemandem.«

Sienhaupt ließ plötzlich schlaff die Arme über die Schultern seiner Schwester fallen und musterte Mangold.

»Ja?«, fragte Mangold. »Ist es wegen Kaja Winterstein? K-a-j-a W-i-n-t-e-r-s-t-e-i-n?«

Wieder hob Sienhaupt mit seinem Geheul an.

Die Laute, die er von sich gab, wurden wimmernder. Er deutete mit zittrigen Händen auf das Handy.

»Sind Sie in Kontakt mit ihm?«, sagte Mangold.

»Er ist von Sinnen, er hat geheult, während er etwas eingetippt hat, rasend schnell, so als wollte er jemanden überzeugen, oder ihn von etwas abhalten«, sagte Ellen Sienhaupt. »In was haben Sie ihn da bloß reingezogen?«

Sienhaupt befreite sich aus den Armen seiner Schwester, machte drei Schritte und umarmte Tannen, der, den Blick auf den Boden gerichtet, neben Hensen stand.

»Wollen Sie uns das Handy zeigen?«

Sienhaupt löste sich von Tannen, griff zum Handy und

reichte es Mangold. Eine Reihe von Ziffern und Buchstaben leuchteten auf dem Display.

»Ist das eine Nachricht?«, fragte Mangold.

Sienhaupt hüpfte auf der Stelle und umarmte erneut Tannen. Der achtete weiterhin darauf, dem Savant nicht in die Augen zu sehen.

Mangold wandte sich an Hensen, doch auch der stand ratlos vor dem Couchtisch und starrte auf das Display.

»Wir könnten das Handy mitnehmen und analysieren lassen«, schlug er vor.

»Selbst die Computerfredies blicken da nicht durch«, sagte Mangold. »Uns läuft die Zeit davon.«

»Zeigen«, sagte Tannen plötzlich laut und deutlich, und wieder vermied er es, Peter Sienhaupt dabei anzusehen.

In Sienhaupts Augen erschien ein Leuchten. Dann hoppelte er mit Bewegungen, die Mangold an einen verspielten Kindergalopp erinnerten, ins Badezimmer und kehrte mit einer Flasche Badeöl zurück.

»Badeöl«, sagte Tannen. Sienhaupt schüttelte mit dem Kopf.

»Öl, baden, eincremen, Badewasser, duschen.«

Sienhaupt schüttelte den Kopf. Tannen nahm die Flasche, die Sienhaupt ihm reichte.

»Bathing ... Bathing?«

Wieder Kopfschütteln.

»Oil, Oil?«

Sienhaupt hüpfte auf und ab und lachte über das ganze Gesicht.

»Fein, es ist Oil!«

Sienhaupt war begeistert. Dann rannte er zu einem Blumentopf und riss die Grünpflanze heraus.

»Topf, Benjamini ...«, sagte Tannen.

Sienhaupt hielt die Pflanze in der Hand und starrte mit heraustretenden Augen auf die Wurzel, als wollte er sie hypnotisieren.

»Blumenwurzel ... Wurzel, Wurzel!«

Sienhaupt griff zu einer weiteren Pflanze und war schon im Begriff, sie aus dem Topf zu reißen.

»Wurzeln, Wurzeln«, sagte Tannen.

Wieder hüpfte Sienhaupt auf der Stelle und lachte hysterisch.

»Peter«, sagte seine Schwester. »Beruhige dich doch.«

Sienhaupt sprang unverdrossen um den Sessel herum auf die Minibar zu. Er öffnete die Tür, seine Finger glitten über die Flaschen, dann griff er zu Gin.

»Gin?«, fragte Tannen.

Sienhaupt hielt die Flasche in die Höhe, als hätte er in diesem Augenblick einen Pokal gewonnen.

»Also: Wurzeln, Gin und Oil?«

Sienhaupt drehte sich im Kreis, dann breitete er die Arme aus und drängte Tannen und Hensen zur Tür.

»Ist es das?«, fragte Hensen noch einmal. »Oil, Wurzeln, Gin?«

Sienhaupt nickte und schob jetzt auch Mangold zur Tür.

Als sie im Flur standen, fragte Mangold, ob ihm das gnädigerweise jemand erklären würde.

»Anagramme«, sagte Hensen, und Tannen nickte.

Hensen zog seinen Skizzenblock heraus, und noch während sie zurück zum Auto gingen, zerlegte Hensen die Worte in Buchstaben und probierte erste neue Kombinationen.

Während sie zum Präsidium fuhren, sprachen Mangold und Tannen nur flüsternd miteinander. Hensen saß auf dem Rücksitz und jonglierte mit den Buchstabenkombinationen.

»Tannen, wieso hat er ausgerechnet zu Ihnen Kontakt aufgenommen?«, fragte Mangold.

»Ich hab ihn nicht angesehen«, sagte Tannen. »Autisten mögen das nicht.«

»Danke«, sagte Mangold.

Als sie zwanzig Minuten später den Parkplatz des Präsidiums erreichten, sagte Hensen von hinten: »Zurück, wir müssen sofort zur Universitätsklinik. Probiert doch mal aus, ob eure Dachbeleuchtung noch funktioniert.«

Tannen wendete den Wagen und raste mit Blaulicht und eingeschalteter Sirene Richtung Innenstadt.

»Und?«, sagte Mangold. »Hat er uns verraten, wo sich Kaja befindet?«

Immer noch über seine Notizen gebeugt, schüttelte Hensen den Kopf.

»Wenn ich nicht ganz falsch liege, dann sind die Begriffe Oil, Gin und Wurzeln ein Anagramm für Neurozwilling.«

»Neurozwilling? Was soll das sein?«

»Ein weiteres Anagramm lautet: Er Zwilling uno.«

»Er ist der erste Zwilling?«, fragte Mangold.

»Er ist der erste Zwilling, und er sucht seinen Bruder. Das ist es. Er will seinen Bruder neu schaffen.«

»Und was sollen wir dann im Krankenhaus?«

»Wenn jemand seinen Zwilling neu erschaffen will, dann muss er ihn verloren haben. Klar? Er vermisst ihn, also hat er ihn gekannt.«

»Er will seinen Zwillingsbruder auferstehen lassen, na

schön, doch was haben medizinische Unterlagen damit zu tun?«

»Erinnere dich: Kaja hat davon gesprochen, dass die meisten Savants eine Art Hirnschaden haben, bei denen die Nervenstränge neu verschaltet werden.«

»Richtig.«

»So ein Hirnschaden kann vor der Geburt, währenddessen oder eben durch einen Unfall passieren.«

»Du meinst …«

»Genau, er ist ein siamesischer Zwilling, der seinen Bruder auferstehen lassen will. Oder, um genau zu sein – und jetzt geht es ans Eingemachte – um einen parasitären Zwilling.«

»Was um Himmels willen ist das?«, sagte Mangold.

»Ich kann das nicht genau sagen, aber irgendwie sind die auf besondere Weise verwachsen. Sollte es aber einen solchen Zwilling geben, der operativ von unserem Täter getrennt wurde, dann muss es darüber Unterlagen geben. Zumindest in der medizinischen Datenbank. Die umfasst schließlich auch wichtige Berichte aus anderen Krankenhäusern im Bundesgebiet.«

»Parasitärer Zwilling«, wiederholte Mangold. »Jetzt wird es zum Horrorfilm.«

»Ich mach mal weiter.«

Hensen ließ sich vor dem Gebäude absetzen.

»Und ihr solltet herausfinden, ob derartige Trennungen Schlagzeilen gemacht haben. Zeitungsarchive und so weiter, alles, was ihr rausfinden könnt.«

## 24.

»Kaja, du hast meine Welt betreten. Unsere Welt.«

»Niemand betritt die Welt eines anderen.«

»Wir sind eine Familie, Kaja.«

»Man kann einen Blick hineinwerfen, aber die Welt eines anderen Menschen ist nicht zu betreten.«

»Du bist die Expertin, Kaja.«

»Niemand wird diese Welt verstehen, niemand will diese Welt.«

»Kaja, du verstehst nicht. Ich habe dich erschaffen. Ich habe dich für diese unsere neue Welt erschaffen. Du wirst dich zurechtfinden. Warte ab, bis du uns beide hören kannst. All die Geheimnisse, die wir tauschen.«

»Ich sitze in einem dunklen Loch und höre gar nichts, außer deiner Stimme.«

»Nur wenn es dunkel, wenn es finster ist, kann ein Licht aufscheinen. Licht und Dunkelheit sind Zwillinge. Sind eins. Wir verstehen das. Und du wirst es ebenfalls verstehen. Angst und Freude gehören zusammen, sie sind Zwillinge. Ohne Angst gibt es keine Freude. Die Freude leuchtet in der Dunkelheit auf, verstehst du das?«

»Esoterisches Gewäsch. Wer soll dieses ›Wir‹ sein?«

»Du wirst uns hören. Beide. Hab Vertrauen, Kaja. Auch Liebe und Hass sind Zwillinge.«

# 25.

Hensen stand in einem muffig riechenden Abschnitt des Krankenhausarchivs. An diesen Kellerräumen waren die Modernisierungen der letzten 30 Jahre achtlos vorübergegangen. Nur im Eingangsbereich, in dem die neuesten Krankenakten lagerten, war frisch gestrichen worden.

Zehntausende von Akten mussten es sein, die sich hier in Regalen und auf Tischen türmten. Hensen suchte nach den medizinischen Periodika, in denen neueste Forschungsergebnisse oder auch besondere medizinische Schwerpunkte aufgearbeitet wurden.

In einem »Lexikon zur chirurgischen Praxis« fand er einen Abschnitt über »Missbildungen und Fehlentwicklungen bei Zwillingen«.

Drei von zehn siamesischen Zwillingen verstarben noch während der Schwangerschaft. Auf eine Million Geburten kam den Berechnungen nach eine siamesische Zwillingsgeburt. Die Verwachsungen konnten alle Körperbereiche betreffen. Die Köpfe waren in weniger als zwei Prozent der Fälle verbunden. Kraniopagus hieß diese Missbildung, die in der Zeitschrift mit zahlreichen Fotos dokumentiert wurde.

Unterschieden wurde in dieser Kategorie zwischen den einzelnen Körpern mit zwei Köpfen oder den am Kopf zusammengewachsenen Zwillingen, deren Gesichter in zwei verschiedene Richtungen blickten.

Die neueste Zeitschrift verwies auf ein indisches Mädchen, das von seinen Eltern nach der hinduistischen Göttin Lakshmi benannt wurde. Dieses Kind hatte, wie das Bildnis der Göttin, mehrere Arme und Beine. Von der Bevölkerung des Distriktes wurde es gar als Gottheit verehrt, der man einen Tempel bauen wollte.

Auch Zwillinge mit zwei Gesichtern kamen vor.

Im vorletzten Jahrhundert noch auf Jahrmärkten ausgestellt, spielten siamesische Zwillinge später in Filmen mit und führten oft ein relativ normales Leben mit Ehepartnern, Kindern, musikalischer und selbst sportlicher Betätigung.

Erschreckend empfand Hensen die Details über parasitäre Zwillinge, die teilweise von dem lebenden Zwilling völlig umschlossen waren und quasi im Körper weiter existierten.

Nach Aussagen einiger Mediziner war bei 71 Prozent aller schwangeren Frauen vor der zehnten Woche im Ultraschall ein Zwilling zu erkennen, der allerdings im letzten Drittel der Schwangerschaft verschwunden war.

Geborene parasitäre Zwillinge, bei denen sich eineiige Zwillinge bildeten, von denen einer dann seine Entwicklung einstellte, kamen nur einmal bei 2,5 Millionen Geburten vor.

Es gab Beispiele von Menschen, die mehrere Geschlechtsorgane besaßen. Auch von verschiedenen Blutgruppen in nur einem Menschen wurde berichtet. Dieses galt nach Lehrmeinung als Hinweis darauf, dass im Körper ein weiterer Blutkreislauf zirkulierte.

Hensen fand einen Artikel, in dem es um Trennungen im Schädelbereich ging. Die kamen selten vor und galten auch unter Medizinern als spektakulär. Oft berichteten die

Medien davon, denn in ärmeren Ländern war eine solch teure Operation von vielen betroffenen Familien nur zu bezahlen, wenn sie Geld durch Medienberichte erhielten.

Auf 100.000 Zwillingspaare kam die Geburt eines siamesischen Zwillings. In den USA erblickten jährlich 50 siamesische Zwillinge das Licht der Welt, von denen aber nur zwölf die ersten 24 Stunden überlebten.

Bedingung einer Trennung allerdings war, dass beide Zwillinge alle lebensnotwendigen Organe besaßen. Alle stoffwechsel- und sonstigen lebensnotwendigen Prozesse durften nicht zu kompliziert verflochten sein, wie es etwa bei gemeinsamen Nerven- oder Blutbahnen der Fall war.

Gar nicht so selten trägt das weiterentwickelte Kind später seinen Zwilling im oder am Körper.

Hinweise, dass es nach der Trennung von Zwillingen zur Entwicklung von Savant-Fähigkeiten gekommen war, fand Hensen ebenso wenig wie Material über Operationen von siamesischen Zwillingen.

Stimmte seine These, so müsste sich eine Spur finden lassen.

Hensen stieß auf den Namen eines Professors, der als Chirurg an Trennungen mitgewirkt hatte.

Die Ausgabe der Zeitschrift stammte aus den 1980er Jahren. Er notierte sich den Namen des Mediziners und verließ das Archiv.

Er dachte daran, dass zahlreiche Menschen immer wieder von dem Gefühl berichteten, nicht allein zu sein. Vielleicht hatten sie Recht.

\*

»Die Suche nach Kaja Winterstein hat oberste Priorität«, sagte Mangold in die Runde. Hier im Konferenzraum liefen die Fäden der Sonderkommission zusammen, und alle Kollegen, die aus Platzmangel nicht untergebracht werden konnten, kamen regelmäßig, um sich die neuesten Informationen geben zu lassen.

In den Zeitungen des nächsten Tages würden Bilder von der Psychologin erscheinen, die Bevölkerung würde um Mithilfe gebeten. Anrufe bei der Polizei, die die verschwundene Psychologin betrafen, liefen direkt in einen Nebenraum. Die dort arbeitenden Kollegen hatten die Anweisung, alle ernstzunehmenden Hinweise unverzüglich an Mangold oder Tannen zu melden.

Von Antonia Ahrens fehlte jede Spur. Fest stand: Bindeglied zwischen allen Opfern war ihre Diplomarbeit. Da sie mehrere Monate im Netz gestanden hatte, ging Mangold davon aus, dass der Täter sie heruntergeladen haben musste.

Die Agentur, die die Diplomarbeiten anbot, existierte inzwischen nicht mehr. Weil immer wieder Arbeiten benutzt wurden, um sie leicht umgeschrieben als eigene Abschlussarbeiten auszugeben, hatte man nach zwei Prozessen den Vertrieb eingestellt.

Der Initiator dieses Online-Angebots bedauerte, dass er mit weiteren Unterlagen nicht helfen könne.

»Wir wurden heftig attackiert durch Virenangriffe, dabei sind alle Daten zerstört worden. Hören Sie, ich habe keine Lust auf Stress, Sie können das gern nachprüfen. Gern auch ohne Durchsuchungsbeschluss.«

Angaben über den Verkauf könnten lediglich die Anbieter geben. Ob einzelne Arbeiten weiter im Netz kursierten, könne er nicht sagen, halte es aber für denkbar.

Der Täter hatte die Namen der Opfer aus dieser Arbeit »gezogen«.

Wieder verläuft eine viel versprechende Spur im Sand, dachte Mangold.

Auch die Zeit lief ihnen davon. Wenn Kaja Winterstein noch lebte, war höchste Eile geboten.

Am frühen Nachmittag lief eine SMS-Nachricht auf Mangolds Handy ein.

»Stopp Suche Kaja«, lautete der knappe Text.

»Von Sienhaupt?«, fragte Tannen.

»Keine Ahnung, der Mann könnte sich mit der Fernbedienung seines Fernsehers ins Netz hacken.«

»Ich tippe auf Schneeweißchen«, sagte Tannen.

»Klare Worte, das wäre ein neuer Stil.«

»Er hat, was er wollte«, sagte Tannen.

»Ein Prepaid-Handy aus der Türkei«, sagte ein Assistent, der die Absendernummer überprüft hatte.

»Die Ortungsanweisung ist raus, vielleicht ist er noch eingeloggt.«

Zehn Minuten später benachrichtigte die Kriminaltechnik Mangold, dass es ein GPS-Signal von dem Handy gäbe.

Tannen rief am Computer die dazugehörige Karte auf und gab die Koordinaten ein. Dann besah er sich die Position mithilfe einer Satellitenansicht.

»Da ist nichts. Kein Gebäude oder etwas anderes zu sehen, nicht mal eine Straße. Das erste Mal, dass wir über die Nummer ein Handy orten können.«

Mangold spürte die Müdigkeit. Er kniff die Augen zusammen und massierte sich die Stirn.

»Ein neues Spielchen. Kommen Sie, Weitz, Tannen hält hier die Stellung. Wo genau liegt die Handy-Position?«

»Im Hamburger Hafen, in der Nähe des Grasbrook«, sagte Tannen.

Durch das Schaukeln des Wagens fielen Mangold die Augen zu. Immer wieder dämmerte er weg und schreckte anschließend hoch. Der kantige Fahrstil von Weitz ärgerte ihn.

Auch wenn Mangold nicht glaubte, dass die Absenderposition sie auch nur einen Schritt weiterbrachte – er war froh, für ein, zwei Stunden dem Einsatzbüro entkommen zu sein.

»Stopp Suche Kaja.«

Das Handy klingelte. Hensen teilte ihm mit, dass er auf dem Weg zu einem Chirurgen sei, der sich auskenne.

»Womit?«, hatte Mangold gefragt, doch Hensen vertröstete ihn auf später.

Auf der gegenüberliegenden Seite des Hafens glitt ein Containerkran mit seinem Ausleger über die Ladefläche eines Schiffes. Das regelmäßige Aufheulen der Sirene wehte über das Wasser. Das stählerne Ungetüm hievte den Container in die Höhe und glitt dann auf Schienen ein paar Meter zurück.

Die Straße endete vor einer Schranke. Zu Fuß machten sie sich auf den Weg zu einer Grasnarbe, direkt an einem kleinen Seitenarm der Elbe.

»Hier ist nichts«, sagte Mangold. »Aber wir haben doch ein GPS-Signal, wie ist das möglich?«

»Zumindest muss er mit dem Handy hier gewesen sein, als er die Nachricht abschickte«, antwortete Weitz, der den Zeitpunkt für gekommen hielt, ihm seine neueste Theorie zu servieren.

»Der Mann ist ein Pedant, der zieht die Sachen durch bis zum Ende. Konnte ja nicht wissen, dass er die Psychologin so leicht erwischen würde, und hat sich eine weitere Option offen gelassen.«

»Was ist das?«, sagte Mangold und deutete auf eine Baustelle, die vielleicht hundert Meter entfernt durch Absperrungen gekennzeichnet war. Flache Gebäude standen auf dem Areal, und auch ein Radlader war neben die Baubuden bugsiert worden.

»Kommen Sie«, sagte Mangold.

Die Baustelle war verwaist. Nur einen Arbeiter konnten sie entdecken, der, auf dem Boden hockend, ein ausgebautes Maschinenteil begutachtete.

Mangold zeigte seinen Ausweis.

»Niemand da«, sagte der Mann. »Sind alle auf einer anderen Baustelle in der Hafencity.«

»Die Arbeiten wurden eingestellt?«

»Unterbrochen«, sagte der Arbeiter, der mit einem Hammer auf eine ausgebaute metallene Scheibe schlug.

»Unterbrochen?«

»Neue Bodenproben. Da müssen erst die Geologen ran, das Erdreich untersuchen.«

»Wofür?«, sagte Weitz.

»Den Tunnel. Wir müssen sehen, ob wir mit unserer Grabemaschine überhaupt weiterkommen.«

Mangold zuckte zusammen. Das konnte nun wirklich kein Zufall sein. Der Täter schickte ihnen die Aufforderung, die Suche nach Kaja Winterstein einzustellen und führte sie auf eine Baustelle, auf der ausgerechnet ein Tunnel gegraben wurde? Rückte dieser Verrückte jetzt ihm auf die Pelle? Woher wusste er von seiner Tunnelleidenschaft? Nicht mal im Präsidium war das bekannt. Lediglich Hensen hatte er beiläufig davon erzählt.

»Wo steht das Ding?«, fragte Mangold.

»Ich weiß nicht, ob ich das darf«, sagte der Arbeiter.
»Sie dürfen.«

Der Mann brummte etwas, verschwand in einem Bauwagen und kehrte mit zwei Helmen und einem Schlüsselbund zurück.

»Sicherheitsvorschrift«, sagte er und deutete auf seine Schuhe. »Gummistiefel sind nicht da.«

»Wo geht's rein?«

Der Arbeiter führte sie zu einer aus unbearbeitetem Holz zusammengezimmerten Tür, die mit einem Kettenschloss gesichert war.

Umständlich schloss er auf und sah Mangold noch einmal skeptisch an, bevor er die Tür aufzog.

»Das ist aber auf eigene Gefahr.«

Auf dem lehmigen Boden hatten sich Pfützen gebildet. Erdiger Geruch schlug ihnen entgegen. Der Tunnel war seitlich mit einem Stahlgerüst gesichert. Schon von weitem sahen sie die gläserne Kanzel des Grabegerätes, in dem eine funzelige Lampe leuchtete.

»Keine Ahnung, wer das angelassen hat«, sagte der Arbeiter. »Am Ende können wir wieder mit den Batterien rumschleppen.«

»Von da oben aus wird der Bohrer in die Erde getrieben. Der putzt alles weg. Bis auf die großen Findlinge.«

Mangold hatte diese Monstermaschinen schon als Modell gesehen.

Mangold zog sich hoch, rutschte aber an einer metallenen Stufe ab. Der Arbeiter sah ihm belustigt zu.

»Nicht ungefährlich in diesem Loch.«

»Lassen Sie mich mal«, sagte Weitz und zog sich an den Griffen hoch. Er öffnete die Tür des Führerhäuschens. Federnd kippte ein Arm heraus.

»Mein Gott!«, sagte Mangold. Weitz beugte sich in die Kabine.

»Sie lebt«, sagte Weitz, »sie lebt!«

\*

Hensen wurde von einer elegant gekleideten Empfangsdame begrüßt.

»Zu unserem Professor Kallschmied?«

Sie sah auf die Uhr und zupfte an einer Haarsträhne.

»Der stiefelt um diese Zeit durch den Park und spießt kleine Käfer auf.«

Sie sah Hensens fragendes Gesicht und sagte:

»Nicht, was Sie denken. Keine Spur von gaga, hat sich nur ein neues Hobby zugelegt. Er baut eine Käfersammlung auf und ist besessen davon, hier eine neue Art zu entdecken.«

Die Frau wies ihm den Weg in den Park.

Knorrige Eichen, Buchen, Rhododendren. Der Seniorenanlage hatte er von der Straßenseite aus nicht ansehen können, wie weitläufig das dazugehörige Gelände war.

Beinahe wäre Hensen über den Professor gestolpert. Der kniete hinter einer Buche und hantierte mit einer beleuchteten Lupe.

»Heia Safari«, sagte er, ohne sich umzudrehen. »Sind Sie vom Nobelpreiskomitee?« Er lachte heiser und sah ihn an. Dann schob er seine Brille auf die Nasenwurzel.

Der Professor hatte langes graues Haar. Seine winzigen Augen waren hinter der starken Brille verborgen. Sein Bart war schneeweiß. Das hellgraue Leinenjackett hing an ihm herunter, an den Knien der dazu passenden Hose hatte er Knieschoner befestigt. Die musste er einem skatenden Enkel abgeschwatzt haben.

»Wissen Sie, dass es in einer Handvoll gewöhnlicher Erde mehr Kleinstlebewesen gibt, als die Erde Menschen trägt? Was wollen Sie?«

»Es geht um Ihre Arbeit als Chirurg.«

»Alles vergessen. Sie sehen doch, ich arbeite jetzt mit Stecknadeln, die ich diesen kleinen Kerlchen direkt hinter der Kopfpartie in den Leib ramme.«

»Es ist wichtig«, sagte Hensen.

Der Professor musterte ihn und sagte: »Reporter, nicht?«

Hensen zog die Notiz aus der Jackentasche, auf der Wirch ihm bestätigt hatte, dass er für die Polizei tätig war.

»Ich bin über achtzig, da vergisst man alles, was einem früher wichtig war. Wollen Sie etwas über Käfer wissen?«

»Es geht um Ihr damaliges Spezialgebiet. Sie haben nicht nur zahlreiche medizinische Artikel darüber geschrieben, Sie waren auch ein gesuchter Spezialist, wenn es um die Trennung von Zwillingen ging.«

»Selten vorgekommen. Bei den meisten mir vorgestellten Patienten war eine solche Trennung von vornherein ausgeschlossen.«

»Sie haben Trennungen vorgenommen.«

»Vierzigprozentige Erfolgsrate. Ich war immer nur einer aus einem ganzen Ärzteteam. Team, so nennt man das doch heute? Jedenfalls geht's bei solchen Operationen zu wie auf der Bowlingbahn, jede Menge Leute, und jeder will die Kugel mal rollen lassen.«

»Die Fälle wurden ausführlich von den Medien begleitet?«, fragte Hensen. Der Professor sah gedankenverloren in die Ferne.

»Die Natur stellt skurrile Sachen an, das dürfen Sie mir glauben. Wieso Medien?«

»Nun, so etwas wollen die Leute lesen, und diese Fälle wurden doch breitgetreten.«

Kallschmied schüttelte den Kopf.

»Nur in den seltensten Fällen. Die meisten Trennungen wurden hinter verschlossenen Türen durchgeführt. Die Eltern wollten nicht als Monstereltern in das Licht der Öffentlichkeit gezerrt werden. Schwere Sache, solch eine Entscheidung zu treffen.«

»Sie meinen die Trennung?«

Kallschmied nickte.

»Wenn eine Trennung möglich war, handelte es sich immer noch um schwerste Fälle. Die Überlebensrate ist wirklich nicht sehr hoch. Dass beide den Eingriff überleben, ist die Ausnahme.«

»Wer entscheidet denn, welcher Zwilling überleben darf und welcher nicht?«

»Die Natur«, antwortete Kallschmied. »Man geht danach, bei welchem der Individuen die größere Überlebenschance besteht.«

»Und wenn diese Chancen gleich verteilt sind?«

»Entscheiden die Eltern, oder eben die Zwillinge, das heißt, wenn sie erwachsen sind. Die Frage stellt sich selten, die meisten Trennungen werden in den ersten Lebensmonaten durchgeführt.«

»Gab es einen Fall, bei dem ein Junge nach der Trennung besondere geistige Fähigkeiten entwickelt hat?«

»Hören Sie, junger Mann, ich darf hier gar nicht so von der Leber weg mit Ihnen schwatzen. Da geht es um Arztgeheimnisse.«

»Hat es so jemanden gegeben? Einen Savant?«

»Umgekehrt. Schwachsinn und Hirnschädigungen hat es oft gegeben. Wenn die Zwillinge am Kopf zusammengewachsen waren, dann war eine saubere Trennung oft gar nicht möglich.«

»Und das bedeutet?«, fragte Hensen.

»Dann bleiben Fragmente des abgetrennten Zwillings im Hirn des Überlebenden, des Autositen. Genau wie bei den Eingekapselten.«

»Parasitäre Zwillinge?«

»Sie kennen sich aus! Kommt durchaus häufiger vor, dass ein nicht weiterentwickelter Parasit im Hirn eingekapselt wird und erst später entfernt werden kann. Verwachsene Zwillinge können zwar diagnostisch in den ersten Schwangerschaftswochen festgestellt werden, aber dann verschwinden die meisten. Lösen sich einfach auf … aber ich glaube das nicht.«

»Dass sie einfach verschwinden?«

»In Wirklichkeit schnappt sich der Klügere von beiden die Nabelschnur, erwürgt seinen Mitbewerber und dann …«

»Dann?«

»Frisst er ihn auf!«

Der Professor brach in ein heiseres Gelächter aus.

Hensen dachte an die Fotografien und Zeichnungen, die er vor zwei Stunden im Archiv der Universitätsklinik gesehen hatte.

»Also keine außergewöhnlichen Begabungen bei einem Überlebenden?«

»Unsinn. Ich hatte sogar mal einen Jungen, der hat sich noch Jahre nach der Operation selber Briefe geschrieben. Stellen Sie sich das vor: Der schreibt einen Brief, bringt ihn zur Post, zieht ihn am nächsten Tag aus dem Kasten und liest ihn. Können Sie sich das vorstellen?«

»Persönlichkeitsspaltung?«

»Die Mutter kam mit einem ganzen Packen dieser Briefe. Eine Person, zwei verschiedene Handschriften.«

»Und was stand drin in diesen Briefen?«

»Wörter und Silben mit verdrehten Buchstaben. Anagramme, da ist niemand durchgestiegen.«

\*

Mangold rutschte nervös auf der Bank. Sicher wurde er im Präsidium gebraucht, doch diese Spur war heiß. Noch im Krankenwagen war Antonia Ahrens aus einer Betäubung erwacht. Der Arzt untersuchte sie jetzt in der Notaufnahme und wollte dann entscheiden, ob Mangold kurz mit ihr würde sprechen dürfen.

Nach einer halben Stunde holte eine Schwester ihn aus dem Warteraum der Notaufnahme und führte ihn in ein Patientenzimmer mit zwei Betten.

Der Arzt stand neben dem Bett und sagte: »Sieht nach einer Chloroform-Betäubung aus, keine Hinweise auf weitere Verletzungen.«

Er sah Mangold an und sagte: »Ihnen würde Schlaf auch nicht schaden.«

Dann verließ er das Zimmer.

Antonia Ahrens war blass, Schweißperlen standen auf ihrer Stirn. Ihre langen dunklen Haare lagen in Strähnen auf dem Kopfkissen. Mit erstauntem Gesichtsausdruck blickte sie Mangold an und sagte: »Stimmt es, dass ich in Hamburg bin?«

Mangold nickte.

»Können Sie sich daran erinnern, was passiert ist?«

»Da sind lauter schwarze Löcher. Ich bin nach Hause und sehe das Chaos in meinem Zimmer, dann greift mich jemand von hinten und drückt mir einen Lappen auf das Gesicht. Dann bin ich wach geworden, und ich weiß noch, dass es wehtat. Die Fesseln an meinem Handgelenk. Dann bin ich wieder weggetreten.«

»Keine besonderen Geräusche, kein Geruch?«

»Es roch nach einem medizinischen Mittel. Der Mann hatte keine Handschuhe an. Ich kann mich noch an den Handrücken erinnern, die Härchen, tja, und dann nichts mehr.«

»Sie haben eine Diplomarbeit geschrieben?«

Sie lächelte ihn an.

»Ich wollte das unbedingt schaffen.«

»Sie haben über das Zeugenverhalten geforscht?«

»Sozialpsychologisches Thema. Verhaltensauffälligkeiten von Zeugen, die mit unvorhergesehenen Situationen konfrontiert werden.«

»Haben Sie die Personen, deren Verhalten Sie aufgelistet haben, persönlich kennen gelernt?«

»Ich habe ein paar Interviews geführt. Haben Sie einen Job für mich?«

Sie versuchte zu lächeln.

»Hat sich jemand für die Arbeit oder die Interviews interessiert? Ein Universitätsfremder?«

Antonia Ahrens schüttelte den Kopf.

»Was hat das alles mit meiner Diplomarbeit zu tun?«

»Ich muss wissen, ob Ihre Arbeit über dieses Internetforum gekauft worden ist.«

»Nein. Mir ist nur die Festplatte ex gegangen. Ein Virus. Ich hatte alles in einer Internet-Datenbank gespeichert. Ist also nichts Böses passiert.«

Dass Schneeweißchen ohne Handschuhe arbeitete, war kein gutes Zeichen. Er musste sicher sein, dass seine Abdrücke nicht in der Datei zu finden waren. Dennoch rief Mangold die Kasseler Kollegen an und bat sie, die Wohnung von Antonia Ahrens gründlich auf Fingerabdrücke und DNA-Spuren abzusuchen. Auch eventuell vorhandene Computer oder Laptops sollten sie auf verdächtige Dateien überprüfen.

Er hatte sie am Leben gelassen, und dafür gab es nur eine Erklärung: Er hatte sein Ziel erreicht, es ging um Kaja Winterstein. Jetzt ging es um die Sicherung seiner Beute. Er demonstrierte seine Macht und – was immer er vorhatte – er warnte davor, ihn dabei zu stören.

Trotz des Fahndungsdrucks entführte er in aller Seelenruhe eine junge Frau, betäubte sie, ließ sie am Leben und schickte ihm, Mangold, eine Warnung. Genauso war auch seine Wahl des Ortes zu verstehen, an dem er sie »zur Abholung« bereitgelegt hatte. Eine Grabemaschine in einem entstehenden Tunnel. Ein mörderischer Gruß.

## 26.

»Unser Mann heißt Jan Travenhorst«, sagte Hensen, als er die Tür zum Konferenzraum aufriss.

»Und wir müssen uns beeilen.«

Ohne zu antworten, tippte Mangold den Namen in das Suchfenster des Melderegisters.

»Gibt es nicht«, sagte er.

»Dieser Professor Kallschmied hat ihn vor dreißig Jahren von seinem parasitären Zwilling getrennt. Die Eltern wollten das nicht an die große Glocke hängen, haben ihn abgeschirmt. War eine spektakuläre Sache, weil sie am Kopf zusammengewachsen waren. Die Medien wurden nicht informiert, es drang nichts nach außen, und wie es aussieht, hat dieser Jan Travenhorst schon als Kind zwei Persönlichkeiten entwickelt.«

»Schizophrenie?«

»Es gibt Fragmente seines Zwillings in seinem Hirn.«

»Horrorgeschichten«, sagte Mangold.

»Leider nicht. Und es kommt öfter vor, als man denkt. Ineinander verwachsene Zwillinge.«

»Fein, zwei Täter in einem Körper«, sagte Mangold.

»Wir müssen in seinen Strukturen denken.«

»Diese Strukturen haut er uns jede Stunde erneut um die Ohren und wir verstehen sie trotzdem nur in Zeitlupe.«

Hensen warf sich auf einen Bürostuhl.

»Diese Labyrinthe, die er aufbaut, das entspricht seiner Art zu denken. Nach den Savant-Forschern sind diese Leute immer auf Hochtouren. Deshalb auch dieses unsinnige Auswendiglernen von Telefonbüchern, Verkehrsverbindungen, Adressverzeichnissen und so weiter. Der Speicher will gefüllt werden, Nervenbahnen, die immer glühen.«

»Du meinst, dieser ganze Kokolores, den er veranstaltet hat ...«

»... diente mehreren Zwecken. Zum einen hat er uns in seinen Roman, in seine Story, seinen Denkkosmos gezwungen und uns damit seine Überlegenheit gezeigt. Und dann die psychologische Manipulation von Kaja. Er wollte sie in seine Welt ziehen, sie mit seinen grauenhaften Gedanken vertraut machen, sie vorbereiten.«

»Was steht am Ende dieses Wahnsinns?«

»Eine Geburt«, sagte Hensen. »Er will den Zwilling, den er verloren hat, zurück, will, dass er erneut geboren wird.«

»Kaja soll seinen Zwillingsbruder austragen?«

Hensen blickte ihn ernst an.

»Nach neueren Forschungen bekommen diese Zwillinge schon im Mutterleib einen Knall weg, wenn sie ihr Spiegelbild verlieren. Und das passiert häufiger, als wir denken.«

»Er vergewaltigt sie und ...«

Hensen sah ihn stumm an.

»Chef, ich hab mir dieses Anagramm Neurozwilling noch einmal angesehen«, unterbrach Tannen die Stille.

»Und?«

»Es passt nicht hundertprozentig, aber verdreht man dieses Wort, dann lässt sich auch Zollweg daraus lesen. Bleiben allerdings ein paar Buchstaben übrig. Der Zollweg ist in Altona.«

Mangold stellte sich vor den Stadtplan, den er vor Tagen an der Pinwand befestigt hatte.

»Würde natürlich zu Sienhaupt passen, dass er uns mit diesem Anagramm auch die Adresse mitteilt, aber wir können nicht die ganze Straße absuchen.«

Mangold wandte sich wieder Hensen zu.

»Warum ausgerechnet Kaja? Wieso eine Psychologin?«

»Keine Ahnung«, sagte Hensen. »Hat vielleicht die besten Voraussetzungen durch ihre Befragungen der Serientäter. Möglich, dass er sich verliebt hat.«

»Was wissen wir noch über diesen Travenhorst?«

»Er wurde getrennt, zeigte später außerordentliche Schulleistungen, galt als verschlossen und entwickelte autistische Neigungen. Hat zumindest der Chirurg behauptet.«

»Er dürfte sich eine neue Identität zugelegt haben. Für einen Mann mit seinen Fähigkeiten kein Problem.«

»Seine Strukturen, seine Strukturen«, murmelte Hensen und hämmerte sich an den Kopf. »Was braucht er noch außer Kaja?«

»Zeit und Ort«, sagte Tannen.

Hensen sprang auf und stellte sich hinter Tannen.

»Nun rufen Sie diese verdammte Seite schon auf. Sie wissen, welche ich meine?«

Tannen nickte. »Spielen wir ›kosmischer Kreißsaal‹.«

# 27.

Sie schloss ihre Augen und wandte den Kopf gegen die Wärme des Lichtstrahls, der von schräg oben in das Zimmer schien.

Sie wusste, dass er sie beobachtete.

Das Brummen, das zu ihr durchdrang, musste von Kühlaggregaten stammen. Doch da war auch noch ein gleichmäßiges Surren und Summen.

Computerventilatoren, dachte sie. Dazu würde auch das Klackern passen, das von Festplatten stammen konnte.

Und er spielte Musik. Eine Oper, die ihr bekannt vorkam.

Als hätte er ihre Gedanken gelesen, sagte die Stimme: »Da wird die Göttin Atropos besungen. Frag Mangold, er liebt diese Musik.«

Er stand hinter ihr.

»Ist mir neu, dass man Göttinnen so behandelt.«

»Du kennst die griechische Mythologie?«

»Bitte keinen Schulunterricht. Wie ist das?«

»Was?«

»Alles zu beherrschen? Großartig, was?«

»Ich weiß nicht, es gab nie einen anderen Platz.«

»Wie heißen Sie?«

»Psychologische Kriegsführung, Kaja? Eine persönliche Bindung schaffen. Opfer und Täter personalisieren, den armen armen Menschen ein Gesicht geben. Und den Bestien auch.«

Sie hörte sein heiseres Lachen.

»Kaja, du musst noch so viel lernen.«

»Vielen Dank«, sagte sie mit sarkastischem Unterton. »Ich werde von dir lernen. Von deinem Leib, der sich verwandelt. Kann man das spüren? Wie die Nabelschnur durchtrennt wird?«

Etwas Heißes stieg in ihrem Körper auf. Auf keinen Fall Angst zeigen, sich nicht zum Opfer machen lassen.

Plötzlich hörte sie aus der gleichen Richtung, aus der der Mann sie angesprochen hatte, eine zweite Stimme. Sie klang dunkler, samtiger, sprach langsamer.

»Er wird dir nichts tun, er spielt.«

Dann hörte sie das Zuschnappen einer Schere.

Dabei hätte sie schwören können, dass sich nur eine Person im Raum befand. Wie war das möglich?

»Du wirst sie gut behandeln«, sagte die samtige Stimme.

»Du wirst dich nicht einmischen. Du kannst nicht kommen und alles an dich reißen«, sagte die helle Stimme.

»Es ist meine Mutter, hörst du?«

»Das werden wir sehen. Zumindest kannst du nicht mehr so einfach verschwinden und alles mir überlassen.«

»Du brauchst mich?«

»Als wenn du das nicht wüsstest.«

Die samtige Stimme gurrte.

Kaja Winterstein hörte die Schritte einer Person, die hinter ihrem Rücken auf- und abging.

Die Planken des Holzbodens gaben knarrend nach.

»Siehst du die fallenden Haare?«, fragte die helle Stimme.

Kaja Winterstein hörte das Schaben der beiden Klingen und im gleichen Augenblick spürte sie, wie direkt neben ihrem Ohr eine Strähne abgeschnitten wurde.

»Es ist nicht höflich, über eine anwesende Person zu reden, als sei sie nicht hier.«

»Wer hat sich denn um alles gekümmert? Wer? Willst du mir etwa einen Vorwurf machen?«

Kaja atmete tief durch. Die Augenbinde war leicht verrutscht, und sie konnte den Boden sehen. Sie neigte leicht den Kopf zur Seite und sah die Wildlederschuhe. Nur ein Paar Schuhe!

\*

»Die Planetenkonstellation über Hamburg bei der Geburt dieses Jan Travenhorst ist nicht ähnlich mit dem, was wir in den nächsten Monaten erwarten«, sagte Tannen.

Mangold dachte einen Augenblick nach und fuhr sich durchs Haar.

»Was, wenn er sich einen Teufel um diesen astrologischen Kram schert?«

Hensen trommelte mit den Fingerkuppen auf den Tisch.

»Du hast selbst die astrologischen Seiten gesehen, über die Sienhaupt und Schneeweißchen sich ausgetauscht haben. Er kann nichts dem Zufall überlassen. Möglich, dass auch die Ablageorte der Leichen mit Sternkonstellationen zu tun haben.«

»Wenn er von Anfang an Kaja gemeint hat, wieso dann der an mich adressierte Kassenbon, die Nachricht, die er mir geschickt hat?«, fragte Mangold.

»Finde dich damit ab. Du bist der Wurm, der Köder, mit dem er sich Kaja Winterstein nähern konnte. Er wusste, dass sie mit ihren Serientätererfahrungen hinzugezogen würde. Du und die Ermordeten, ihr seid der Weg, die Psychologin ist das Ziel.«

»Du hörst dich an wie das Alte Testament.«

»Er hat uns alle von Anfang an zu kontrollieren versucht. Hat uns vor sich her getrieben.«

»Und für seinen wiedererschaffenen Bruder will er gleiche Geburtsumstände«, sagte Mangold.

Hensen sah kurz auf und senkte den Blick dann wieder auf den Bildschirm.

»Kaja wurde darauf vorbereitet. Mit Ängsten und Panik konfrontiert, da überlässt er das andere nicht dem Zufall.«

Hensen gab Koordinaten in die Webseite.

»Und wenn sie sich als Leihmutter nicht eignet?«

»Wird er sie töten«, sagte Hensen, ohne aufzublicken.

Mangold fuhr sich mit den Fingern wieder durch die Haare.

»Er vergewaltigt sie und lässt sie an seinen Fantasien teilhaben.«

»Es sind auch die Fantasien seines Bruders. Das glaubt er jedenfalls, und vielleicht sind sie es auch. Auf jeden Fall wird er Kaja weiter mit seinen Perversionen bekannt machen.«

»Ein Alptraum, der dir vorgespielt wird, damit dein Gehirn ihn aufnimmt.«

»Und es auf das Kind überträgt, das er als Inkarnation im Bauch von Kaja …«

»… züchtet«, sagte Hensen. »Er inszeniert gerade seine Horrorvisionen.«

Weitz baute sich neben dem Schreibtisch von Mangold auf und wedelte mit einem Stück Papier.

»Wir haben die Klinik, in der die Mutter von Travenhorst entbunden hat. Die Meldeabteilung hat die Daten gelöscht, aber in den Unterlagen des Krankenhauses war tatsächlich eine Adresse im Zollweg 8 angegeben. Eine gynäkologische Privatklinik. Und noch etwas: Seine Mutter war blind.«

Mangold griff zu seinem Mantel und zum Telefonhörer.

»Wir werden es mit dem SEK machen, da darf nichts schief laufen.«

Tannen blickte von seinem Computer auf.

»Die Adresse gibt es nicht mehr«, sagte er. »Das Gebäude wurde vor fünf Jahren abgerissen. Das Satellitenbild zeigt eine leere Stelle, und die Sternkonstellationen stimmen nicht.«

*

Von hinten fuhr eine Hand über ihre Schulter, berührte flüchtig ihre Wange. Kaja Winterstein presste sich an die Stuhllehne. Die Hand glitt über ihre Brüste zum Bauch und blieb dort liegen. Sie spürte seine Wärme. Dann zog er die Hand zurück.

»Es wird eine lange Nacht, Kaja, und du wirst unter Schmerzen austragen, die Frucht meines Leibes.«

Es war die helle Stimme, die mit ihr sprach.

»Ich werde es töten und in den Müll werfen«, sagte sie.

»Er ist jetzt weg, er versteht von diesen Dingen nichts.«

Er knotete die Augenbinde auf, und im Dämmerlicht sah sie ein Blitzen. Sie erkannte sofort, dass es ein Einweg-Skalpell war.

»Die Dunkelheit kann ein Freund sein«, sagte die helle Stimme. »Du wirst es schätzen.«

Der Mann zog das Skalpell zurück und sie hörte ein Zischen. Er desinfiziert das Skalpell, dachte sie. Er hat es nicht zum ersten Mal benutzt.

Er zog ihr das linke Augenlid in die Höhe und drehte sachte das Skalpell.

»Es wird eine wärmende Dunkelheit sein. Ich werde für dich da sein, auch wenn er es nicht glaubt. Was weiß er davon?«

Geradezu verächtlich sagte er dieses »Er«.

»Weißt du, was er die letzten Wochen …«

Er drückte mit der flachen Seite des Skalpells auf ihre Augenbraue und zog es dann zurück.

»Einen Moment, Kaja«, sagte er.

Sie hörte ein leises Klirren.

Dann ein Lichtblitz, der in ihrem Kopf explodierte und sie in Dunkelheit stürzte.

»Er hat es getan!«, schrie die Stimme in ihr auf. »Mein Gott, er hat es getan!«

## 28.

»Morgen nehmen die Ärzte die Augenklappe ab«, sagte die Stimme von Mangold. Sie umschloss mit der rechten Hand ihre linke. Sie konnte das Zittern ihrer Finger einfach nicht unter Kontrolle bringen.

»Kaja, es ist vorbei«, sagte Mangold.

»Schon?«, sagte sie und versuchte zu lächeln.

Die Laken rochen nach Waschpulver.

»Ja, Sie sehen aus wie eine Squaw, der das Stirnband verrutscht ist«, sagte Weitz. »Echt erotisch.«

Sie bewegte ihre knochentrockenen Lippen und brauchte ein paar Versuche, bis sie den ersten Satz herausbekam.

»Ihr habt ihn?«

»Tot«, sagte Mangold. »Wir haben gestürmt, und zeitgleich mit der Blendgranate ist auch eine Sprengladung im Nebenzimmer hochgegangen.«

»Er hat sich in die Luft gesprengt«, sagte Weitz. »Hat sich in Tausende Einzelteile aufgelöst.«

»Sicher?«, fragte Kaja Winterstein.

»Wir haben Fragmente seiner Kleidung gefunden und konnten die DNA-Spuren zuordnen. Er muss die Sprengladung an seinem Körper getragen haben. Sagen jedenfalls die Techniker.«

»Wir haben ihn aufgesammelt«, sagte Weitz. »In hübschen blauen Plastiktüten. So wie seine Opfer.«

»Haben Sie sein Gesicht gesehen?«

»Nein«, sagte Mangold.

»Unser Pizzalieferant. Der Mann mit dem Goldzahn. Er war's. Er war ganz nahe.«

»Ja, ich hatte Recht«, sagte Hensen. »Er hat meine Skizzen mit den Anagrammen gesehen und beschlossen, mich nach Rhodos und Tarifa zu schicken. Das Genie fürchtete sich vor einer Zeichnung, unglaublich.«

»Es ist vorbei, Kaja. Er hat es nicht geschafft, er hat Sie nicht unter Kontrolle gebracht«, sagte Mangold.

Ihre Hand lag ausgestreckt auf dem Laken, doch er traute sich nicht, sie anzufassen.

Mangold räusperte sich.

»Er wurde als Kind operativ von seinem mit ihm verwachsenen Zwillingsbruder getrennt. Er wollte ihn wieder auferstehen lassen. Die Opfer haben sich seiner Meinung nach schuldig gemacht. Er hat sie benutzt.«

»Wiedergeburt«, sagte Kaja Winterstein.

»Wir sind schließlich darauf gekommen, dass er weder den Tag seiner Geburt noch den Tag seiner Abtrennung gewählt hat, sondern die Zeugung.«

»Adresse?«

»Seine Adresse?«, wiederholte Mangold. »Die haben wir nicht über diesen ganzen Sterneklimbim gefunden. Tannen hat die Adresse des Hauses herausgefunden, in dem seine Eltern gewohnt haben, als er gezeugt wurde.«

»Wie Pizza besorgt?«

Hensen hielt ihr einen Becher an den Mund, damit sie ihre Lippen benetzen konnte.

»Sie werden es ja bald sehen. Er hatte ein komplettes Restaurantangebot in den Kühltruhen. Auch wenn wir die einzigen Abnehmer waren. Er muss Ihnen seine Pizzawerbung irgendwie untergeschoben haben.

Auch seine Zahntechnikwerkstatt haben wir gefunden.«

*

Mangold öffnete seine Wohnungstür. Bevor er das Licht anknipste, warf er seine Schlüssel auf den Karton in der rechten hinteren Ecke. Doch sie fielen klirrend auf den Boden.

Plötzlich flammte Licht auf. Lena stand im Flur. In der Hand einen gläsernen Kasten, in dem eine Kerze brannte.

»Ist ein Fahrstuhl, ein Geschenk«, sagte sie. »Runterfahren, rauffahren, runter, rauf. Sieh dich um, ich hab eingeräumt.«

Sie breitete die Arme aus und deutete auf Regale und einen Bambusschrank, den er noch nie zuvor gesehen hatte.

»Aus einem Secondhandshop, gefällt's dir?«

Mangold schüttelte den Kopf.

»Hast du keine Eltern oder Verwandte, denen du auf die Nerven gehen kannst?«

»Nein, du bist perfekt. Deinen Sessel habe ich nicht angerührt.«

»Ich bin jetzt wirklich fertig.«

»Das sieht man.«

Mangold blickte sich um.

»Ich zieh aus«, sagte er.

»Das Essen ist gleich fertig, und dann erzählst du mir von den Guten und den Bösen. Von der Jagd.«

*

Kaja Winterstein sah durchs Fenster ihres Krankenzimmers hinaus. Vor ein paar Stunden war der Augenverband entfernt worden, und sie hatte sich langsam an die Helligkeit gewöhnt.

In dem kleinen Garten vor der Klinik blühten Rhododendren, Stiefmütterchen und Margeriten. Schlieren zogen über das Bild, und der Anblick erinnerte sie an die Bilder französischer Impressionisten.

Sie wusste nicht warum, aber sie dachte an das Wohnwagengelände. Wie hatte er es geschafft, mit einer Leiche an den scharfen Wachhunden vorbei in den Wohnwagen zu gelangen? Unmöglich konnte er sie betäubt haben. Es musste eine Lösung geben.

Und dann tauchte die Frage auf, die sie seit Tagen quälte und auf die sie einfach keine Antwort finden konnte: Warum ich? Wieso hat er sich ausgerechnet mich ausgesucht?

»Kaja, er hat dir nichts getan. Ich habe es nicht zugelassen«, sagte die Stimme, die dunkel war und samtig.

Sie drehte sich um. Doch da war niemand.

# DANKSAGUNG

»Für ein Danke kann man keinen Pelzmantel kaufen«, sagt ein russisches Sprichwort. Das ist leider wahr.

Umso herzlicher möchte ich mich deshalb bei jenen bedanken, die mich unermüdlich unterstützt, ermuntert und mir tatkräftig geholfen haben:

Für die gründliche Durchsicht des Manuskripts und viele gute Ratschläge bei Alexander Liu.

Bei Anna für das kritische Lesen, die Nervenmassage, den freien Rücken und all die hilfreichen Dinge, die ich hier lieber nicht ausbreite.

Mein ganz besonderer Dank gilt ebenso meinen Agentinnen Bettina und Anja Keil, der Lektorin Karin Ballauff und Barbara Heinzius vom Goldmann Verlag.

**Reetgedeckte Häuser, malerische Häfen, Dünen in milder Septembersonne – und ein Mord ...**

224 Seiten
ISBN 978-3-442-46855-3

»In *jeder* Hinsicht eine spannende Geschichte!«
*NDR*

Überall, wo es Bücher gibt und     unter www.goldmann-verlag.de

# »Unbestritten das derzeit größte Talent des deutschen Polizeiromans.« *(WDR)*

288 Seiten
ISBN 978-3-442-45230-9

288 Seiten
ISBN 978-3-442-45912-4

384 Seiten
ISBN 978-3-442-46305-3

288 Seiten
ISBN 978-3-442-46487-6

Überall, wo es Bücher gibt und unter www.goldmann-verlag.de

# Die ganze Welt des Taschenbuchs unter
# www.goldmann-verlag.de

Literatur deutschsprachiger und
internationaler Autoren,
**Unterhaltung, Kriminalromane, Thriller,
Historische Romane** und **Fantasy-Literatur**

Aktuelle **Sachbücher** und **Ratgeber**

Bücher zu **Politik, Gesellschaft,
Naturwissenschaft** und **Umwelt**

Alles aus den Bereichen **Body, Mind + Spirit**
und **Psychologie**

Überall, wo es Bücher gibt und unter www.goldmann-verlag.de

Goldmann Verlag • Neumarkter Straße 28 • 81673 München